KB260203

신상웅전집9
고추잠자리
일어서는 빛 1

동서문화사

신상웅전집9
고추잠자리
일어서는 빛 1

초판 발행/2003년 10월 1일
발행인 고정일/발행처 동서문화사
창업 1956. 12. 12. 등록 16-345 (윤)
서울강남구신사동 540-22 ☎ 546-0331~6 (FAX) 545-0331
www.epascal.co.kr
＊잘못 만들어진 책은 바꾸어 드립니다.
총10권 각권 9,800원

＊

이 책의 출판권은 동서문화사 (동판)가 소유합니다.
의장권 제호권 편집권은 저작권 법에 의해 보호를 받는 출판물이므로
무단전재와 무단복제를 금합니다.

편찬·필름·제작 일체 「동판」 자본으로 이루어짐에 따라
출판권 소유권자 「동판」에서 제조출판판매 세무일체를 전담합니다.
사업자등록번호 211-90-02201
ISBN 89-497-0203-7 04810
ISBN 89-497-0194-4 (세트)

고추잠자리
일어서는 빛 1
차례

1. 고추잠자리

활주로 끝으로 굼실굼실 기어나간 비행기는 잠시 멎어서는 듯하다가 갑자기 쏜살같은 속력을 붙여 내달리기 시작했다. 그리고 찢어지는 굉음 속에 곧 동체를 허공으로 띄웠다.

나한조(羅漢祚)는 그토록 오래 벼르고 벼르던 순간을 맞아 지체없이 소리쳤다.

"잘 있거라! 잘 있으시오, 어머니. 영원히!"

옆자리에 앉은 여자가 흘끗 돌아봤다. 국제선도 아닌 제주도행 비행기를 타고 앉아 무슨 촌놈 수작인가 하는 것인지 몰랐다. 아니 비행기를 납치해서 영원히 딴 나라로 갈 음모는 아닌가 하는 두려움이라도 생기는 것일까.

비행기는 이윽고 고도(高度)를 잡고 있었다. 여자가 아직도 틈만 나면 곁눈질이었으므로 한조는 새삼스레 자기 차림새에 생각이 미쳤다. 저절로 혀가 차졌다.

입을 옷이 이렇게 없던가 싶어 옷장을 열었을 때 양복 한 벌 없었으니. 한구석에 하늘빛의 그것이 하나 비닐에 덮여 있긴 했지만 십

넌은 그대로 걸려 있었을 성부른 그건 아무리 꺼내 놓고 재어봐도 입고 나설 만한 것이 아니었다. 우선 빛깔하며 좁은 깃이 시골 면장도 안 입을 것이었다.

나가는 길에 한 벌 사 입을까. 한조는 손목시계를 들춰봤다. 양복한 벌 고를 시간은 충분히 있었다. 그러나 그는 곧 마음을 고쳐 먹었다.

어머니한테 10만 원 한 장은 남겨 놓기로 했고, 그러고 나면 여유가 없었다. 서귀포까지 가서 하룻밤 잘 돈은 있어야 하지 않는가.

이때껏 점퍼 뙈기 아니면 남방 바람으로 살아 온 인생인데 마지막이라고 양복을 입어야 할 이유가 어디 있는가, 했지만 눈만 뜨면 걸쳐 온 가죽 점퍼를 끼어 입는 한조의 기분은 뭔가 울적한 데가 있었다.

제주도를 택한 것이 애당초 잘못이었을까. 그는 처음 설악산을 후보지로 점찍었었다. 그 꼭대기에 드러누우면 하늘이 코끝에까지 내려와 앉지 않을까 하여.

그러나 그는 끝내 제주도를 포기할 수 없었다. 서귀포 끝으로 내려가면 거긴 태평양이기 때문이었다. 적어도 지도에 의하면 거긴 틀림없이 태평양 바다로 이어져 있었다. 가고시마 꼬리가 좀 처져 내려온 감은 있지만 서귀포에서 거기가 건너다 보인다는 말은 아직 못 들었으니까.

스튜어디스가 먹으라고 준 건 고작 캔디 두 알이었다. 이걸 먹으라고 주는가 싶었지만 한조는 아무 말 하지 않았다. 다만 아침부터 점심까지 걸렀다는 사실이 생각났다. 제기랄, 표 끊을 땐 틀림없이 보잉 727기라더니 잠자리만한 프로펠러기가 걸리고……

한조는 화가 나서 캔디 종이를 휙 내던졌다.

"냉수 한 컵 주쇼."

"네, 잠깐만 기다리세요. 지금 간식 서브 중이니까요."

캔디 두 알 주고 간식? 스튜어디스가 냉수컵을 들고 나타난 건 어느새 한라산이 저만큼 보이기 시작할 무렵에나였다.

"손님, 냉수 찾으셨죠?"

"내가 그랬던가?"

"너무 바빠서 깜빡 잊었어요. 미안해요."

기내 방송으로 한라산에 대해 말할 만도 한데 그런 것조차 없었다. 고작 좌석 벨트 묶으란 말만 하고 있었다.

허옇게 눈에 덮인 한라산이 훨씬 가까이 눈앞까지 다가오고 있었다. 그러나 백록담은 보이지 않았다. 설악산으로 가지 않은 건 역시 잘했어. 거기 꼭대기에서 죽기엔 너무 추울 거야.

한조는 손목시계를 들춰봤다. 오후 세 시가 넘어 있으므로 지금쯤 어머니는 틀림없이 그가 써 놓은 유서를 읽었을 것이다.

'어머니, 먼저 가는 이 못난 아들을 용서하십시오.'

그러고는 효도 한번 못해본 게 그중 가슴 아프다는 말도 썼으므로 유서를 읽는 어머니는 울음을 터뜨리지 않을 수 없겠지. 때문에 한조는 그 말만은 쓰지 않을 생각이었지만 아들의 유서를 읽고 그 어머니가 우는 것은 매우 자연스러운 현상이어서 생각을 바꾸지 않았던가.

하지만 너무 놀란 나머지 유서와 함께 둔 10만 원 수표도 못 찾아내고, 그 옆에 가지런히 놓아 둔 '채권자 여러분께'라는 또 한 통의 다른 유서도 읽지 않은 채 큰형한테 전화하러 쫓아가지나 않았는지. 조카가 폐렴에 걸렸다면서 지난밤에 돌아갔으니까 형은 지금 병원에 있기 쉬운데.

아니 그럴 리 없어, 하고 한조는 고개를 내저었다. 양복 한 벌도 없는 셋째아들 유서가 무슨 그런 커다란 슬픔을 자아내랴.

어디 그뿐인가. 지금쯤은 채권자들이 벌떼같이 몰려들어 북새통을 치고 있을 텐데 큰형한테 연락할 겨를이 어디 있으랴. 몰려든 채권자들은 더러 가슴을 치기도 하겠지.

알게 뭐냐, 이 한 몸 죽어 주면 그만이지. 막상 그렇게 생각하자 한조는 새삼 인생이라는 것이 허무하다는 느낌이 들었다.

한조는 종려나무와 유도화 나목이 즐비하게 늘어선 제주시 한가운데서 서귀포행 버스를 탔다. 공항 앞 중립지대에는 용설란이 흐드러지게 늘어서 있었다.

역시 제주도는 이색적이군. 이리로 오길 잘했어. 못 와 보고 죽었으면 후회할 뻔했어.

한조는 생각할수록 아찔한 느낌이 들었다. 무엇보다 제주도라면 우선 해외가 아닌가. 그리고 와서 보니 그에 값할 만큼 이국적이지 않은가.

한라산 옆데기를 도는 서귀포행 횡단 도로는 그를 오래지 않아 목적지에 실어다 줄 만큼 지름길이었다. 공항에서 시내로 나오는 동안 택시 운전사는 그에게 웬만하면 서귀포까지 택시로 가지 그러냐고 꾀었다. 그가 관광 목적으로 오지 않았다고 했기 때문이다.

한조는 서귀포로 가면 감귤농장을 돌아볼 작정이라고 말했던 것이다. 그도 그럴 것이 죽으러 간다고야 할 수 없지 않은가.

"사시려구요?"

"적당한 게 있으면."

한조는 서귀포에 닿아 여관 종업원 아이한테도 그렇게 말했다. 종점 5백미터 앞에서 버스를 내려, 택시를 타고 '바다가 내려다뵈는 여관'으로 안내되어 가서 연거푸 경적을 울리게 한 다음, 그의 조그만 손가방을 받으러 나온 아이를 앞세우고 들어가며 그는 그런 암시를 던졌던 것이다.

"요즘 귤농장 사러 오는 사람들 많지?"

"아저씨두요?"

"적당한 게 있으면."

그러고 나서 한조는 아이한테 만 원권 지폐 한 장을 쥐어 주었다. 다른 뜻은 없었다. 죽을 자리를 찾으러 왔다는 놀라운 말을 할 수가 없어서일 뿐이었다. 그리고 기왕 죽는 마당에 마지막으로 존경할 만한 부자 대우나 한번 받고 싶었다면 그건 얼마나 작은 소망인가.

아니나다를까. 1만 원의 효과는 즉각 나타났다. 아이는 이미 방에 들여놓았던 한조의 작은 가방을 얼른 들어내며 말했다.

"아저씨 따라오세요. 바다가 시원하게 다 내다뵈는 방이 있어요. 이 방은 답답해요."

심부름시킬 일 있으면 언제든지 부르세요 라는 말까지 남기고 간 아이가 뭐라고 말했는지 잠시 뒤엔 여관 주인이란 남자까지 나타나 불편한 점이 없는지 물었다.

"바다가 시원하게 내다보여서……."

한조는 '태평양'이라고 말하려다 이상하게 생각할까봐 '바다'로 바꾸어 말했다. 하기야 마빡이 훌렁 벗어진 여관 남자가 무슨 낌새를 알아차린다 해도 그에겐 상관없는 일이었다. 그는 적어도 이 방에서 죽을 못난 계획을 세우고 있는 건 아니니까.

그러나 끝까지 존경을 받고 싶은 생각엔 변함이 없었으므로 한조로선 결정적인 한 마디를 더해 두는 게 안전했다.

"요 아래 관광호텔이니 허니문 하우스니 하는 게 있었지만……."

"그럼요. 지금이 어느 땐데 빈 방이 있을 리 없죠."

뜻하지 않은 대답을 주인이 미리 해주었으므로 한조는 마음놓고 되물었다.

"지금이 어느 때라니, 겨울 아니오?"

"오늘이 섣달 그믐날 아닙니까."

"오늘이?"

한조는 반문을 던지고 나서야 아 참 그렇구나, 내가 오늘을 잊다니 하는 생각을 했다. 손이 발이 되도록 빌고 또 빌어 모든 어음 지불 날짜를 섣달 그믐날로 미루어 놓지 않았던가.

"돈 많은 분들 여름철엔 피서로 오시구 이맘 때면 피한으로도 오시죠. 선생님같이 사업차 오시는 분들말고도."

대머리가 사업차라고 한 건 아무래도 돈 만원에 놀란 아이한테 감귤농장 이상의 무슨 과장된 말을 들은 결과일 것이다. 그러나 그가 돌아가고 나자 한조는 기분이 갑자기 우울해졌다.

남들은 피한(避寒) 오는 곳을 고작 죽을 장소로 택하여 온 신세라니——더구나 주인 말에 의하면 자신이 든 지금의 이 방은 그렇고 그런 사이의 특별한 투숙객들에게나 내주기 위해 끝까지 빼돌려 놓는 방이라지 않는가.

한조는 곧 외출을 서둘렀다. 가방부터 챙겼다. 소중하지 않은 물건도 누가 뒤져 봐서 궁기를 눈치채일 것이면 모조리 꺼내 주머니에 넣었다. 신원이 드러날 위험이 있는 것도 전부 꺼냈다.

아래층으로 내려오자 거액의 뇌물을 먹은 아이가 경련을 일으키며 쫓아나왔다.

"아저씨, 나갔다 오시게요?"

"음. 회를 좀 먹고 싶구나, 해녀들을 위해."

"생선회라면 관광호텔 옆 부산횟집으로 가세요. 고기도 그중 싱싱하고 전복죽도 잘 끓여요."

"알려줘서 고맙다."

"아저씨 제주도엔 통금 없다는 거 아시죠?"

하고 소리치는 아이의 말을 뒤로 한 채 한조는 곧 도로로 내려섰다.

언덕 아래로 조그마한 읍 크기의 서귀포가 한눈에 내려다보였다. 왼편으론 어둠에 침잠하고 있는 검은 바다도 보였다.

그렇지, 사내 대장부로 태어났으면 적어도 태평양엔 안겨 죽어야지. 한조는 주먹을 불끈 쥐어 뿌렸다.

이튿날 아침 한조는 일찌감치 여관을 빠져 나왔다. 시계를 보자

일곱 시 오십 분이었다.

현관을 내려서며 그는 속으로 하직을 고했지만 여관 주인이나 아이는 물론 그를 조금도 의심하지 않았다. 하기야 감귤농장을 계약하자면 며칠을 여기저기 돌아봐야 하겠지만 한조는 지난밤 외출에서 돌아오는 길에 대머리 주인 남자하고 잠시 얘기까지 나눴던 것이다.

"귤농장 하나 사들이는 게 생각만큼 쉬운 일이 아닌 것 같은데."

"그렇습죠. 우선 매물이 있대도 몇 만 평에서 몇 수십만 평되는 밭을 다 돌아봐야지요. 토질은 어떻고 수종(樹種)은 뭐며 수령(樹齡)은 얼마나 됐고 금년 수확은 얼마나 됐으며, 알아볼 게 어디 한두 가진가요. 간단치가 않다구요."

"그런 거야 나는 딱 보면 좀 알지만 장난질들 치는 경우가 많다면서요?" 하고 한조는 한수 더 뜨면서 치명타를 때렸다. "일본인이 뒤에 숨어 앉아 앞잡이를 내세우는 경우가 부쩍 늘어나자 이중매매니 허위계약서 작성이니 하는."

"정확히 들으셨군요. 심지어는 이중매매에다 가등기까지 해서 사채를 빼먹고 튀는 경우도 있죠. 버젓이 은행에다 근저당을 잡히고 돈을 꺼내 달아나는 수도 있구요."

"역시 조심해야 되겠군."

"암, 조심해야 하구 말굽쇼."

"아무래도 며칠 머물면서……."

"저희야 선생님 같은 분 오래 머무실수록 좋죠, 헤헤."

이래 놓고 방으로 올라갔으니 그가 꼭두새벽에 여관을 나선다고 해서 누가 의심하랴. 물론 한조는 계단을 오르며, 아무리 정중한 대우가 즐겁다 해도 당장 내일 죽을 몸이 이렇게까지 맹랑한 거짓말을 할 필요가 뭔가 하는 자책감이 들지 않은 것은 아니다. 하지만 이미 쏟아 논 물인데 어쩌랴.

한조는 그가 그렇게까지 가죽 점퍼 걸친 백만장자 행세를 하게 된 건 전적으로 여관 주인의 아첨 때문이라고 생각했다. 사람들은 왜 돈 많은 사람을 만나면 당장 존경하고 싶어지고 또 그게 그렇게 즐거울까. 하긴 상대방 입장에서 보면 존경이 끝나는 건 곧 죽음이지만. 그가 지금 죽음 앞에 서 있듯이.

어쨌든 그는 방으로 들어가자 주인을 더욱 즐겁게 해주기 위해 아이를 불렀다. 그러곤 생선회 한 접시와 전복죽, 거기에 곁들여 맥주 세 병을 시켰다.

그가 주머니를 뒤적거리기도 전에 아이가 재빨리 말했다.

"계산은 여관비 내실 때 같이하심 되잖아요."

"귀찮은데 그럼 그렇게 하자" 하고 나서 그는 덧붙여 말했다. "회접시 도착하거든 주인 좀 올라오시라고 하렴, 술 한잔 같이하게."

척척 들어맞는 대신에 이쪽도 선심 쓰는 게 있어야 했다. 그의 주량이 맥주 한 병도 안 되면서 세 병이라고 한 이유는 거기에 있었다.

한조는 몸을 후룩 떨었다. 추위를 피해 사람들이 뀐다는 곳이지만 겨울 아침 공기는 역시 쓸쓸했다. 간밤의 과음 탓인지 골치까지 지끈지끈 쑤셨다. 초청을 받은 여관 주인이 기어이 맥주 세 병을 더 사는 바람에 그는 죽을 셈치고 적어도 두 병 가까운 양을 마셨던 것이다.

한조는 여관이 안 보이는 지점까지 가기 위해 곧 걸음을 재게 놀렸다. 그리고는 한조는 허니문 하우스 앞에서 버스를 기다렸다. 화순항을 거쳐 모슬포, 신창, 한림, 애월, 제주시로 가는 서안(西岸) 우회버스는 좀처럼 나타나지 않았다. 카메라 다리를 세우고 이른 아침부터 사진을 찍는 남녀 두 쌍이 그의 앞을 지나 다녔다.

허니문 와서 허니문 하우스에 든 신혼 부부들. 한조는 토끼처럼 남방식물들 사이를 쫓아다니는 그들을 바라보며 갑자기 울적한 기분에 사로잡혔다.

저들의 눈엔 세상이 온통 보랏빛으로 칠해져 있겠지. 막 바다를 뚫고 솟아오르기 시작한 햇빛을 받아 시뻘건 핏빛뿐인 바다도 진한 남색이겠지. 바다는 행복한 사람들 눈엔 본래 남빛이니까.

이렇게 죽을 바엔 장가나 한번 들어보고 죽을걸 하는 생각을 한조는 잠시 했다. 그러나 그는 다음 순간 곧 마음을 고쳐먹었다. 남편이 죽기 바쁘게 다른 남자를 찾아 나서는 여자를 어떻게 그냥 둘 수 있으랴.

한조는 서귀자(徐貴子)를 떠올리고 있었다. 그녀는 지금쯤 한남동 보세 가게 앞에 포니를 세우고 있겠지. 아니 어쩌면 벌써 이십 분쯤 전에 도착하여 가게 통로를 쓸고 진열대를 점검하고 자명종 금고를 내놓는 점원들을 쫑알쫑알 몰아세우고 있을지 몰랐다.

그녀가 내 죽음에 대한 소식을 들으면 눈물을 떨어뜨려 줄까 하고 한조는 생각해 보았다. 잠시, 다만 잠시라도 슬퍼해 줄까.

한조는 지난밤에도 취기로 푸푸거리는 중에 그녀를 생각하지 않았던가. 결코 취기 때문만은 아니었다. 그는 베개 두 개를 끌어안고 또렷한 정신으로 귀자를 생각하고 있었던 것이다.

한조는 버스를 기다리는 게 너무 지루하여 담배 한 갑을 샀다. 버스는 그가 거스름을 받고 있는 동안 경적을 울리며 와 닿았다.

"잘 있거라 귀자여!"

한조는 차창 밖으로 흐르는 신혼 부부를 바라보며 중얼거렸다. 그러나 스스로 작별을 고했음에도 다음 순간 창밖의 사람 그림자가 지체없이 사라지고 안 보이는 것이 왠지 그에게 가슴 철렁하는 충격을 안겨 주었다.

조랑말이라는 이름의 주황색 승용차를 몰고 다니는 귀자——그녀는 언제나 싸늘했다. 7평으로 시작했다는 가게를 늘리고 키워서 오늘의 60평이 되기까진 한조 그의 공도 적지 않았건만 그녀는 한 번도 그를 대하면서 세련미라고 하는 오만을 무장 해제한 일이 없었으니.

하지만 차창 밖으로 사라진 신혼 부부가 귀자와 무슨 상관이랴. 한조는 왼켠 언덕 아래로 펼쳐 보이는 끝없는 바다를 내려다봤다. 멀리 태평양을 건너 온 파도가 바위에 허옇게 부서지고 있었다. 힘찬 소리지만 그러나 그건 종언(終焉)의 음성임에 틀림없었다.

화순항에 내려 바닷가에 솟은 산방산(山房山)에 오르면 그 종언의 소리를 더욱 또렷이 들을 수 있겠지. 그리고 스르르 미끄러져 들면 태평양을 숨쉬며 온 그 억센 완력과 함께 거룩하게 부서질 수 있겠지. 장렬한 갈채처럼.

산방산을 알아내기 위해 그는 지난밤 관광호텔 로비에까지 갔었다. 그러곤 점퍼 차림에 어울리지 않게 이렇게 물었다.

"바다가 가장 잘 보이는 곳이 어디죠?"

"여기죠, 서귀포요."

"그럼 가장 아름답게 보이는 곳은?"

"화순에 가서 산방산에 올라앉아 보세요. 하지만 왜 묻죠?"

"혹시 빠져 죽고 싶은 생각이 들지 누가 알우."

그러나 그의 말을 곧이곧대로 듣는 사람은 아무도 없었다.

화순까지 12킬로의 길을 달리는 데는 불과 얼마 걸리지 않았다. 한조는 항구라기에는 너무나 그 규모가 작은 조그마한 포구 앞에서 버스를 내렸다.

폭포의 곤두박질하는 물줄기 밑으로 서서히 걸어드는 것도 한번 해봄직한 일인데 하면서도 그는 천지연과 천제연 두 폭포를 그냥 지나쳐 왔었다. 외국 영화에서도 그런 장면을 본 일이 있지만 포기했다. 적어도 거기가 태평양과 상관 없다면 아무리 극적인 곳이라 하더라도 그와는 관계 없지 않은가.

산방산은 말대로 바다 가까이에 외톨로 솟아 있었다. 해풍에 씻긴 나무와 바위가 보였다.

"산방굴사를 찾아가세요? 저어기 보이죠? 곁에 다가가 보면 제법 장관을 느끼실 거예요."

"바다가 잘 보이는 곳은?"

"거기선 바다도 잘 보여요. 하지만 좀 늦으셨군요. 모두들 거기 굴을 통해 일출을 보고 싶어하던데요."

"빌어먹을 버스."

"아니죠, 첫차 지나간 게 벌써 언제라구요."

한조는 울화통을 터뜨렸다. 태평양에서 붉은 태양이 불쑥 튀어 오르는 순간을 택하기로 하지 않았던가.

"재수없는 술꾼, 주정뱅이."

여관 주인이 그에게 술을 먹이지만 않았어도 첫차를 놓치는 일생 일대의 실수는 저지르지 않았을 게 아닌가. 베개로 변한 귀자를 포옹하고 일찍 잠자리에 들 수 있었지 않은가.

맞뚫린 동굴로 가는 길은 조금도 힘들지 않았다. 그러나 듣던 말과는 달리 거기선 손바닥만한 크기의 바다밖에 보이지 않았으므로 그는 산 위로 올라갔다.

말하자면 동굴 지붕이라고 할 수 있는 그곳은 오르기가 여간 힘들지 않았다. 활엽수 가지를 휘어잡으며 바위 틈을 손톱으로 긁으며 한조는 바다쪽 동굴 지붕 위까지 이르는 데 꽤 시간이 걸렸다.

매우 적절한, 더 이상 좋은 자리가 있을 것 같지 않은 최적의 장소를 찾아낸 만족감에 젖어 한조는 담배 한 개비를 뽑아 물었다. 일곱 발짝만 걸어 내려가 몸을 날리면 돌출한 바위 위에 떨어질 위험은 조금도 없었다. 바로 짙푸른 태평양 드넓은 바다로 빠질 수 있었다. 깊숙이, 한없이 깊숙이.

적당한 무게를 지닌 매끄러운 바윗덩이를 찾아낼 수 있다면 끌어안고 뛰는 게 더욱 좋은데. 한조는 한편 사방을 두리번거리며 한편

주머니를 뒤졌다. 그러나 성냥이 없었다.

한조는 물고 있던 담배 개비를 휙 절벽 아래로 집어던졌다. 그는 어차피 담배를 피울 줄 모르므로 상관없었다. 날아간 담배 개비가 바다에까지 닿지 못한 것에만 신경이 쓰였다.

나도 잘못하여 저렇게 바위 틈에 옷자락이 걸리는 실수가 있어서는 안 되는데.

지금쯤은 두 형도 쫓아와 어머니에게 쓴 유서를 읽은 뒤겠지. 사는 데 고단한 두 형님께 심려를 끼쳐 드리게 된 것 용서를 빕니다.

채권자들은 순순히 포기하고 돌아갔을까. 유성 섬유의 김선표(金先杓)는 아마도 잽싸게 귀자한테 전화를 했겠지.

—글쎄, 나한조가 내 돈 떼먹고 유서를 남겨 놨잖우.

한조는 차츰 제 빛깔을 찾기 시작한 끝없는 바다로 시선을 보냈다. 바다는 짙은 검정빛이었다. 수면이 은비늘처럼 번쩍였다. 김선표는 끝까지 아까운 친구였다는 말은 않겠지.

한조는 서서히 몸을 일으켰다. 그리고 어금니를 힘껏 깨물었다. 막상 바다로 뛰어내릴 결심을 세우자 한조는 슬픈 생각이 들어 가슴이 뭉클해 왔다. 아니 이미 눈가에 병아리 오줌만큼의 눈물이 찔끔 나뱄을까.

남들은 인생 육십부터 시작이라고들 하는데 나이 서른 하나에 죽다니 무슨 놈의 지지리도 못난 팔자를 타고나서 이 모양이란 말인가. 아무리 한때는 수표책을 들고 다니며 수백만 원짜리 수표장을 종이 뿌리듯하고 다녔다 해도 한조는 그것이 여한없이 산 거라고 생각되지 않았다.

나한조 씨 수표라면야 어느 은행 보증수표만 못하겠어 라고들 했었지, 하고 한조는 잠시 회상에 잠겼다. 기왕 죽을 몸인데 지난날의 즐거웠던 한때를 돌아보는 시간을 좀 가진들 무슨 죄가 되랴 하는 생각을 하며.

석 달짜리 어음 결제를 해도 누구 하나 군말하는 자도 없었지. 수십억 돈이 전화 한 통으로 왔다갔다하는 센트럴 호텔 옆데기로 가져가도 내 어음쪼가리는 얌전한 할인율로 와리깡되어 돌아갔으니까. 신세계 백화점 뒤로 가져가도 마찬가지였고…….

한조는 갑자기 주먹을 뿌리면서 혀를 찼다. 천하가 믿어 주던 그가 마지막 가면서 몇 푼 안 되는 여관비까지 긁어먹었다는 데 생각이 미쳐서였다.

여관비뿐인가. 주머니가 비었으면 장국밥이라도 한 그릇 말아 먹고 말 일이지 아무리 여관 주인이 부러워 안달이었다 해도 특제 모듬 생선회까지 시켜 먹을 건 또 뭔가. 먹지도 못하는 맥주까지 세 병이나 가져오게 하고.

경솔하게 아이한테 만 원짜리를 불쑥 쥐어 주는 실수만 없었어도 마지막을 저주 속에 막내리진 않았을 게 아닌가. 아니 그것도 아니었다. 아이가 통금 애기만 하지 않았어도 저녁 먹을 겨를조차 없이 서둘러 여관으로 돌아가진 않았을 것이다.

회색 어둠에 덮인 언덕에 서서 촘촘히 박힌 어등(漁燈)으로 야시장같이 요란한 바다를 내려다보고 있던 한조에게 전광처럼 스치고 지나가는 생각이 있었다. 아이가 그의 작은 여행 가방을 뒤질 작정임에 틀림없었던 것이다. '올해부터 제주도엔 통금이 없어진 거 아시죠'라고 꾀어 밖으로 몰아내곤 주인 몰래 올라가 손님의 가방을 뒤진다. 돈 많다는 사람이 여행 가방에 잠옷 한 벌도 넣고 오지 않은 것을 발견한다. 다 닳은 칫솔 하나에 쭈그렁 치약 튜브뿐 세수 수건 하나 넣고 온다는 것도 잊은 건 확실히 그의 실수였다. 뜯다가 아직 몇 장 남은 수표책이 들어 있는 것으론 안심이 안 되었다. 아이는 그게 웬만한 사람으로선 가질 수도 없는 당좌 수표철이라는 걸 모를지도 모르잖는가. 그러나 그가 그때 무엇보다 용납할 수 없었던 건 그의 손때가 묻고 그와 생사고락을 같이해 온 그 가방에 누가 손을 댄다는 사실이 아닐 수 없었다.

에라, 그를 저주할 사람이 여관 주인 하나뿐이랴. 입에 거품을 물고 날뛸 채권자들도 있는데. 한조는 드디어 비장한 마음으로 엉덩이를 떼고 일어섰다. 그러곤 지체없이 바다 위로 돌출한 바위 끝으로 내려가기 시작했다.

바다에서 치받쳐 올라오는 바람이 여간 억세지 않았다. 손끝에 잡힌 활엽수들이 마구 떨며 드러누웠다. 불과 몇 미터 내려서는 데도 꽤 시간이 걸렸다. 그래도 바위 끝에 서서 뛰어야 깨끗이 바다로 떨어질 수 있을 텐데…….

그러다가 한조는 어느 순간 발이 마른잎을 밟고 미끄러져 적어도 2미터는 내리 굴렀다. 가까스로 소나무 가지를 잡고 몸을 가누는 순간 그는 휴우 한숨을 내쉬었다.

"자칫했으면 죽을 뻔했잖아!"

뒤에서 누가 바짓가랑이를 잡아채기라도 하듯 한조는 태평양 바람에 엉덩이를 떠받히며 서둘러 비탈을 기어올라가기 시작했다. 그러곤 평평한 안전 지대까지 올라선 다음에야 안도의 한 마디를 중얼거렸다.

"아이구, 살았구나!"

돌아보자 저길 구르면서 어떻게 솔 포기를 붙잡을 수 있었을까 싶게 엄청나게 무서운 급경사였다. 아찔했다. 말할 필요도 없이 그대로 바다로 곤두박질할밖에 도리가 없는 위험천만한 곳에서…….

휘익 휘익.

돌출한 바위산에 받힌 해풍이 마른잎과 앙상한 활엽수 가지까지 쓰러누이며 솟구쳐 올랐다. 그러나 한조는 이제 몸이 떨리지 않았다. 떨리기는커녕 머릿밑이 훅훅 뜨거워 왔다.

그로부터 두 시간도 채 안 되어 겨드랑 밑이 찢어진 가죽 점퍼를 입은 한 사나이가 제주시에 나타났다. 작달막하니 그리 크지 않은

키에 이마 하나는 시원하게 잘 생긴 사나이는 배가 고픈지, 기웃거리는 품이 허름한 싸구려 음식점을 찾고 있는 것이 분명했다. 나한조였다.

그가 덜커덩거리는 버스 뒷자리에 앉아 제주시까지 오는 동안 사뭇 마음 한 구석이 개운치 않은 것은 떼어먹은 여관비가 마음에 걸려서였다. 보다 못해 옆에 앉은 승객이 그에게 물었다.

"형씨 무슨 일이오?"

"뭐가?"

"쉴새없이 혀를 차고 있으니 말이오."

"알 거 없어요."

"좀 알면 어떻소?"

"알아선?"

"도와주려고 그러지."

그렇다면 돈 좀 꿔 주슈, 하는 말이 곧 목젖을 치밀었지만 나한조는 침으로 꿀꺽 눌러 되삼켰다. 이래봬도 죽을 고비를 넘기고 오는 몸인데 그럴 수야 없지 않은가.

"댁에 혹시 어젯밤에……."

"어젯밤에?"

"여자 잘못 데리고 잔 거 아니우?"

"여잘 잘못 데리고 자요? 내가?"

"아니오? 돈만 날리고."

"근방에도 안 갔시다, 당신 애긴."

"그렇다면 혀 차지 말아요. 나도 가만 있는데……."

"그럼 당신은?"

"당했다니까, 여자 잘못 샀다가."

"알 만하군."

"어떻게 당했는지 묻지 않우?"

“관심없소.”

“그럼 혀 차는 연유에 대해서나 한번 들어 봅시다.”

“말하기 싫다고 했잖우.”

“되게 멋대가리 없이 노네.”

“이유를 말할까. 나 서울치들이 딱 맘에 안 들어.”

“당신도 말씨 보니 서울인데 뭘.”

“그러니까 싫지. 몸서리나.”

“그래서 제주도에 살러 온 거요?”

“죽으러 왔지.”

“뭐요?”

“관둡시다. 혀 차러 왔다고 해두지.”

“되게 멋대가리 없이 노네, 정말.”

어쨌거나 마침 허술한 음식점 하나를 찾아내어 별미라고 요란하게 써붙인 전주 콩나물비빔밥을 한 그릇 비벼 놓고 나자 한조는 눈물이 찔끔 나도록 낙천주의자로 변했다. 잘 곳도 갈 곳도 없이 주머니에 남은 돈은 동전 몇 알까지 다 합해 봐야 일금 2만 원도 안 되는데 그딴 건 생각도 나지 않았다. 제주도의 이국적인 풍광만이 그를 슬슬 달뜨게 만들고 있었다. 오후 두 시의 겨울 태양 아래 하얗게 그 모습을 드러내고 있는 섬의 모든 것이.

나는 이 섬을 사랑한다 하면서 종려나무와 유도화 가로수 사이를 공연히 오르락내리락한 건 한참 뒤에 생각해 보니 아무리 나른한 포만감 끝에 빠진 낙천주의였다 해도 부끄러운 일이 아닐 수 없어서 한조는 곧 제주시 산책을 중단했다. 누가 만약 그가 죽을 자리를 찾아 이곳에 온 몸이란 걸 알고 있는 경우라면야 말할 건덕지도 없거니와 스스로 생각해도 그가 지금까지 취한 행동은 얼굴이 화끈한 짓거리가 아닐 수 없었다.

죽으러 온 인간이 한가하게 남의 도청 소재지를 휘파람 쌕쌕 불며

어슬렁거리다니, 더구나 지나가는 여인들을 흘끔흘끔 돌아보기까지 하면서.

'귀자' 하고 한조는 속으로 나직이 불러 보았다.

"귀자 씨, 나 좀 이 섬에서 구해내 주오!"

그러나 실감이 나지 않았다. 아무래도 그녀는 유성 섬유 김선표와 호텔 커피숍 같은 데 앉아 오후의 비낀 겨울 햇빛을 감상하고 있을 것만 같았다.

유서 쓴 나한조 이야기 좀 하고 싶군요, 하고 김선표는 전화를 걸어 커피 마실 구실을 둘러댔겠지. 비열하고 나쁜 놈. 눈독들인 여자를 불러내기 위해 죽은 사람을 팔아?

한조는 토산품점 진열장 앞에 세워져 있는 돌하루방의 정수리를 한손으로 누르고 서서 침을 퉤퉤 뱉었다. 김선표와 호텔 커피숍에 앉아 있을 귀자의 모습을 떠올리자 그녀마저도 징그럽게 느껴졌다.

한 떼의 일본인 관광객들이 그가 선 토산품점 안으로 빨려 들어가며 뭐라고 떠들어 붙이고 있었다. 짧게 깎아 올린 머릿수를 헤아려 보자 자그마치 스물세 명이나 되었다. 진열장을 통해 한참 동안 가게 안을 들여다봐도 더러운 짓이나 하러 온 자린고비들은 별로 구매욕이 있어 보이지 않았다.

그러나 돈 냄새라면 비상한 코를 가진 한조의 머리는 빠르게 회전했다. 이등박문의 얼굴이 그려진 엔화를 우려먹을 방법이 있을 텐데. 딴짓 하러 오는 것들말고도 제주도가 이 정도의 풍광이라면 앞으로 여길 오고 싶어 죽자고 관광 적금을 부을 일본인들이 틀림없이 불어날 텐데.

요컨대 한조의 코엔 제주도가 끝없이 돈 냄새를 솔솔 풍겼다. 엔화 냄새만이 아니었다. 달러라면 사족을 못 쓰는 이 나라에서 그 냄새도 났다.

자유 무역항 될 날이 틀림없이 오지 않을까. 절대로 그냥 둘 리 없는데 무슨 재주로 여기에 일찌감치 터를 잡는다? 그렇지, 무슨 재주로. 당장 무슨 수로 이 섬을 탈출하느냐 말이다.

한조는 손목시계를 들춰봤다. 벌써 오후 네 시가 넘어 있었다. 겨울 짧은 하루해가 마감을 재촉하고 있는 시각이 아닌가.

오늘을 넘겨서는 안 되는데, 생각하자 한조는 갑자기 조급해졌다. 오늘을 넘기면 민박을 한다 쳐도 땡전 한 푼 안 남기고 다 털어 줘도 될뚱말뚱인데, 그러고 나면 정말 꼼짝없이 발목 잡히고 마는 게 아닌가.

돌아보자 자전거를 휘저으며 달려오는 중학생이 있었으므로 그는 대뜸 뛰어나가 붙들어 세웠다.

"배 타는 부두로 가려는데."

"오현단을 지나 평주 왼쪽으로 쭉 나가세요. 동문시장 쪽으로 빠지지 말구요."

"오현단이 어디 있는지 알아야지."

"일로 똑바로 가면 나와요."

"얼루 건너가는 게 젤 가깝지? 여술까?"

"완도가 젤로 가깝다던데요."

"지금 배 탈 수 있겠니?"

"몰라요. 없을 걸요."

"왜?"

"완도 가는 배는 없걸랑요."

이때 그의 등뒤로 자동차 멎어서는 소리가 나면서 이윽고 누가 부르는 듯한 기미였다. 퍼뜩 돌아보자 여자였다. 여자가 차창을 내리고 하얀 손을 팔랑팔랑 흔들고 있었다.

한조는 멀뚱하게 서 있었다. 문을 열고 택시를 나서는 여자는, 그러나 아무리 봐도 전혀 본 적이 없는 여자였다.

"또 만났군요."

여자의 말에 반대쪽을 돌아봤으나 거긴 아무도 없었다. 자전거 탄 괘씸한 아이만 이미 저만큼 페달을 밟아 달려가고 있었다.

한조는 다시 여자 쪽을 돌아봤지만 여전히 모르는 여자였다. 어느 빚쟁이와 관련이 있는 여자일까.

“혹시…… 사람을 잘못 본 거 아니슈?”

하고 한조는 제자리에 선 채로 말을 더듬을 수밖에 없었다.

“아뇨. 전 선생님을 알아보는데요.”

“어떻게요?”

“우선 타시구 얘기하죠.”

“어디로 가게…….”

“그러시담 차를 보내죠 뭐.”

여자가 핸드백을 뒤지기 시작했으므로 한조는 늦기 전에 택시곁 으로 다가섰다.

“그럼 탑시다.”

차는 지체없이 미끄러져 나갔다. 흘끔흘끔 곁눈질을 하며 한조는 머리를 조아렸다. 아무리 봐도 안면이 전혀 없는 여잔데…….

여자가 막연해하는 한조 쪽을 돌아봤다. 눈꼬리엔 밋밋하게나마 웃음기가 묻어 있었다.

“타셨으니 제가 방향을 정해두 돼죠?”

“얼로 가는 길인가요?”

“바다가 보이는 곳으루요.”

“바다가 보이는?”

“차라두 한잔 나눠야잖겠어요, 두 번째 만났으니.”

“두 번째 만나요?”

“정말 저 기억 못하세요?”

“미안하지만…… 도무지.”

“한번 곰곰 생각해 보세요.”

"그렇잖아도 아까부터 생각 중인데……." 하고 나서 한조는 별러 오던 한 마디를 덧붙였다. "우선 난 먼저 들러야 할 데가 있는데 어떨까요?"

"그게 어디죠?"

"연안부두 여객선 터미널."

"거긴……?"

"배표를 끊으려고, 오늘밤에 떠나는. 거기에도 바다가 보이는 다방은 있잖을까요."

"그러시담 가실 필요두 없어요."

"무슨 뜻이오?"

"오늘밤엔 뜨는 배가 없단 뜻이죠."

"정말입니까?"

한조는 자신도 모르게 당황한 목소리를 냈다. 여자가 그런 그를 빤히 쳐다봤다.

"제주도 사정에 맨탕 어두우시군요. 더구나 오늘은 새해 정월 초하루예요."

아, 그리고 보니 참 어제가 섣달 그믐날이었지, 하고 한조는 고개를 주억거렸다. 그렇다면 이거 정말 큰일났군. 여자가 당황한 빛이 역력한 한조의 표정을 읽은 듯 되물었다.

"꼭 오늘 중으루 떠나셔야 할 사정인가요?"

"그렇대도 길이 없잖우."

"그래요. 비행기 편두 없구."

(비행기? 이 여자가 누구 약올리는 거야, 뭐야.)

두 사람은 잠시 후 방파제가 내다보이는 레스토랑 2층 창가에 자리를 잡고 앉았다. 그리고 식탁을 사이에 두고 마주앉기 바쁘게 여자가 재차 다그쳤다.

"아직두 저 기억 안 나세요?"

“글쎄 도무지…….”

“바로 어저께 일인데요. 비행기에서 우리는 나란히 앉아 오잖았어요?”

“예?”

한조는 놀라서 여자를 노려보았다.

아항, 그러고 보니 그랬다. 바로 제주도로 오는 비행기에서 만난 여자였다. 한조는 안도의 한숨을 깨물었다. 그녀는 결코 채권자들과 관계되는 여자가 아니었던 것이다. 처음 얼마 동안 그는 미행당했을 가능성에 대해서까지 생각해 보지 않을 수 없지 않았던가.

여자는 약간 후텁지근함을 느끼는 듯 일어서서 갈색 모피 코트를 벗고 있었다. 분홍 무늬가 진 스카프를 풀자 눈부신 은백색 실크 블라우스 위로 약간 대담하게 드러난 듯싶은 가슴이 한조의 눈길을 끌었다. 허리를 같은 뜨개질 띠로 묶은 계란빛 니트 원피스 위에다간 다시 그보다 좀더 짙은 황금빛 재킷을 걸치고 있어서 어딘가 귀족미 같은 것을 풍기는 여자.

한조는 황홀감에 빠진 듯한 눈길로 아직도 앉을 준비가 덜 끝난 여자를 쳐다봤다. 그러자 스스로 생각해도 터무니없는 엉뚱한 희망이 머릿속을 바쁘게 굴러다니기 시작했다.

이 이름도 아직 모르는 여자와 언제까지 같이 있게 될까. 어디까지 동행하게 될까. 같이 잘 수도 있을까. 그렇다고 이상하게 생각할 건 없는 것. 절대로 그 점은 안심해도 좋지. 잠만 재워 주면 되니까. 숙박비를 물고 잘 형편이 못 되는 입장이거든…….

하지만 무슨 소리냐, 여자에 대해 아무것도 아는 게 없으면서 무슨 개수작이냐. 방파제에 부서지는 흰 파도에 잠깐 시선을 주고 나서 여자가 자리에 앉으면서 먼저 입을 열었다.

“뭘 골똘히 생각하구 계시는 것 같네요. 고민이 많으신 분 같애.”

이따가 이 레스토랑 계산대 앞을 어떻게 지나가느냐 고민하고 있

다고 말할까. 그러나 한조는 대답하지 않기로 하고 대신 이렇게 되
물었다.

　"우리, 이름이나 압시다."

　"조희재예요."

　"호감이 가는 이름인데요. 내 이종 동생 이름하고 같아서 그런지.
갠 정희재였지요."

　"였다뇨?"

　"죽었거든요, 교통사고로."

　"기분 안 존데요."

　"그럴 거 없습니다. 갠 실연당했던 모양이니까."

　"그렇담 더구나."

　"여자들이란 별걸 다 질투하는군요."

　"질투요? 호호호."

　조희재가 하얀 손으로 입을 막고 있었다. 한조도 따라서 히죽이
웃었다.

　"내 이름은 나한줍니다. 되게 촌스런 이름이죠?"

　"그보담두 나 선생님 경험으룬 여자들이 또 무얼 갖구 질투하던가
요?"

　"옆자리에 앉아 여행 한번 한 인연을 다른 사람이 먼저 뺏아갈까
봐도 겁내지요."

　말을 마치면서 이번엔 한조 쪽이 먼저 소리내어 웃어 버렸다. 여
자의 자존심을 건드린 것이라면 곤란해지므로. 침착한 편인 듯 조희
재는 약간 힘든 얼굴이었지만 따라 웃어 주었다.

　"고민이 있으신 건 아니군요, 농담하시는 걸 보면."

　"왜요. 오늘 오후부터 갑자기 고민덩어리를 짊어지고 다닙니다."

　"꿈이 대단하신 모양이죠, 정월 초하루에."

　"차라리 꿈이었으면 좋겠습니다, 인생이."

한조는 내친 걸음에 이 여자한테 다 말해 버릴까 하는 충동을 잠시 느꼈으나 참았다. 참기 위해 서둘러 화제를 바꾸었다.

"들어오다 보니 이 집 이름이 뭐 그래요?"

"파고파고 말예요?"

"음식점에서 뭘 자꾸 파고든다는 걸까?"

그러나 한조의 말에 조희재는 뜻밖에도 도발적인 웃음을 터뜨렸다. 그녀의 웃음이 얼마나 높았던지 마침내 종업원들까지 일깨워 그제야 새파란 제주도 사내가 물컵과 메뉴판을 받쳐 들고 주문을 받으러 다가왔다.

조희재는 왜 웃었을까? 한조는 결코 웃는 얼굴이 아닌 멀뚱한 표정으로 그녀를 건너다보았다.

아무래도 기미가 수상했으므로 한조는 급한 시늉을 하며 테이블을 벗어났다. 그러곤 출입구 곁에 두 손을 앞으로 모으고 서 있는 또 하나의 종업원 쪽으로 다가가 옆구리를 꾹 찔렀다.

"화장실 어딨어?"

"나가시면 바로 왼쪽에 있습니다."

"따라와서 가르쳐 줘."

다소 밸이 틀려 하면서도 박병원이란 플라스틱 명찰을 단 나비 타이는 문을 밀고 따라나와 주었다. 한조는 밖으로 나서자마자 그런 그를 재빨리 벽 앞으로 끌어다 세웠다.

"야, 파고파고가 무슨 뜻이냐?"

"그거 물어보시려고 이러세요?"

"하도 괴상한 말이라서."

"남태평양에 있는 섬 이름도 모르세요?"

"섬 이름이야?"

"허리케인이란 영화 못 보셨어요?"

"팔자 좋은 소리 마라."

“하긴 저도 못 봤어요.”

“어디에 있는 섬이라구?”

“사모아는 아시죠. 그 바로 밑에요.”

“알았어. 들어가 봐.”

한조는 생각도 없는 화장실에 가기 위해 그와 작별했다. 제복으로 입은 새빨간 윗도리 빛깔이 너무 강렬하여 한조의 눈앞엔 아직도 붉은 빛이 어른거렸다.

한조가 자리로 돌아왔을 땐 차를 마시자던 애초의 약속과는 달리 테이블 위에 술잔이 두 개 놓여 있었다. 자리를 잡고 앉으며 그가 항의했다.

“차 마시기로 한 거 아닙니까?”

“정월 초하룻날 찻잔 들구 건배할 순 없잖아요. 들끓는 바다를 내다보면서는 어울리지두 않구요.”

아 그렇지, 태평양 바다, 하고 한조는 자신도 무슨 뜻인지 모를 탄성을 터뜨렸다. 이 여자가 계속 희망을 불어넣고 있군. 속타는 줄도 모르고.

“그래서 제 맘대루 브랜디 한 잔씩 시켰어요. 괜찮죠?”

“그러니까 차 한 잔은 아직 남아 있는 거지요.”

“좋아요.” 하고 나서 조희재는 노리끼리한 액체가 든 유리 촛대 같은 술잔을 받쳐들었다. “자, 우리 토스해요. 행운을 빌어요!”

“행운을!”

두 사람은 잔을 소리나게 맞부딪쳤다.

그러나 한조의 관심은 오로지 파고파고에밖에 없었다. 그래서일까. 술맛이 키니네만큼이나 쓰디썼다. 입맛을 쩝쩝 다시는 그를 조희재는 재미있다는 듯이 건너다보고 있었다.

“바다를 내다보세요.”

“그러면?”

“술기운이 좀 돌면 바다가 더 아름답게 보여요.”

“그런데 말이우.” 하고 한조는 더는 기다릴 수가 없어 마침내 시비를 걸고 나섰다. “여자들은 왜 그렇게 웃기를 좋아하우?”

“아까 얘기군요.”

“내가 파고파고에 대해 얘기했을 때.”

“파고파고가 뭔지 아세요?”

“이거 왜 이러슈. 내가 남태평양에 있는 섬 이름 하나 모른단 말이우.”

“아시는군요.”

“사모아 바로 밑에 있는 섬 아니우.”

“맞아요.”

“영화에도 나오는.”

제목은 어느새 깜빡 까먹었으므로 댈 수가 없었지만 그 정도로도 충분했다.

“그래서 기분 상하셨더랬나요?”

“기분 상할 것까진 없지만 놀라게 만든 편이지.”

“그런 뜻에서 제가 새우튀김 사 드릴게요.”

한조는 속으로 쾌재를 불렀다. 남은 브랜디를 홀짝 마셔 버릴 만큼. 그러나 너무 기분이 좋아서 이 여자가 무슨 생각을 가지고 있는 것일까 하는 의문마저 풀어진 것은 아니었다.

조희재라는 이름을 가진 미인은 약속대로 한조에게 새우 요리를 사 주었다. 곁들여 포도주 한 병도 주문했으므로 두 사람은 또 한 번 술잔을 맞부딪는 의식을 가졌다.

“아까 브랜딜 시키게 되어 유감이었어요.”

“무슨 뜻이오?”

“오늘 같은 날은 샴페인을 터뜨렸어야죠. 근데 없대잖아요.”

“생선 요리에 백포도주면 됐잖우.”

“그래요. 바다가 곁에 있으니 됐죠 뭐.”

한조는 그 말에 고개를 돌려 방파제 쪽을 내다봤다. 유리창에 막혀 가느다랗게 들리는 소리와는 달리 파도는 아까보다 더 세차게 방파제를 때리고 있었다. 곧게 뻗은 제방이 더부렁 가까이로 휘어져 오는 듯한 착각을 일으킬 정도로. 비단 방파제뿐만이 아니었다. 바다가 온통 부글부글 끓어올라 창틀 밑으로 달려들고 있었다.

혹시 술기운 탓인가 하여 한조는 눈을 씀벅이며 고개를 흔들었지만 마찬가지였다. 희뿌옇게 어둠이 내려앉아설까.

한조는 바다를 포기하고 여자를 돌아봤다. 그러곤 거의 충동적인 발작 같은 소리를 내질렀다.

“아이구 답답해!”

“바다가 있는데두요?”

“바다가 너무 좁아져 버렸소. 너무 가까이 와 있다구요.”

“어둠이 수평선을 지워 버려서 그래요.”

“그게 싫단 말이오.”

“여행자에겐 원래 그래요. 밤은 초조감을 부추기는 법예요.”

“그런데 말이우, 난 도무지…….”

한조는 하려던 말을 중단하고 여자를 노려보았다. 뭐든 하고 싶은 말은 주저없이 해버리는 그였는데 이상하게 떨꺽 걸려 버린 것이다.

“알아요, 무슨 애기 하시려는 건지. 제가 왜 선생님한테 새우랑 포도줄 사는지 모르겠단 말씀이죠?”

“그렇수. 내가 제주도에 뭣 하러 온 줄 아슈?”

“알아요.”

“안다고?”

“겨울바다 보러 오신 건 아녜요. 귤농장 사러 오신 것도 아니구.”

“물론 아니지.”

“자살하러 오셨어요.”

“뭐요 ! ” 하고 한조는 순간 너무나 놀라 눈을 홉뜨고 여자를 쳐다봤다. “무슨 농담을 그렇게 하는 거요, 멀쩡한 사람을 놓고.”

“전 알죠.”

“뭘 말요 ? ”

“비행기가 서울을 떠날 때 그러셨잖아요. ‘어머니 안녕히 계세요’ 하구 작별 인사 하셨잖아요.”

“……그럴 수도 있잖우.”

“아니죠, ‘영원히’라는 말을 썼어요.”

“중대한 실수군.”

“뭐가요 ? ”

“난 죽지 못했으니까, 아직.”

“이젠 안 죽기루 하신 거 아녜요 ? ”

“실은 말이오, 죽으려고 비탈을 굴러 떨어졌소, 물론 발을 헛디디는 실수로. 그러다가 나무 포길 붙잡고 간신히 되살아나자 죽을 뻔했다는 생각이 듭디다, 제기랄 ! ”

한조가 그렇게 말했는데도 조희재는 웃지 않았다. 굳은 표정으로 앉아 그를 건너다보고만 있었다. 그러나 침묵을 오래 끌지 않고 여자가 곧 입을 열었다.

“그렇다면 선생님은 나무 포길 잡구 살아나신 게 아녜요. 질긴 가죽 점퍼가 선생님을 붙들었을 거예요.”

“그게 무슨 얘기요 ? ”

“겨드랑 밑을 한번 보세요.”

그 말에 한조는 벌떡 일어나 팔을 번쩍 쳐들었다. 그는 그때까지도 자신의 가죽 점퍼가 찢어져 있는 것을 미처 모르고 있었다.

한조는 겨드랑을 든 채로 히죽 웃음을 흘렸다. 여자도 따라 웃었다. 한조가 자리에 다시 엉덩이를 걸치고 앉자 여자가 말했다.

“역시 제 예감이 맞았군요.”

말하고 나서도 조희재는 몇 번씩 고개를 끄덕거렸다.

"그 예감을 위해서도 내가 죽었어야 했는데…… 예감이 적중했다는 사실 때문에 당신은 날 끝까지 기억해 주었을 거 아니오?"

"전 제주공항에서 선생님을 놓치는 순간 가슴이 철렁했어요. 저대론 바짝 뒤쫓았는데 한발 앞서 택시를 잡아 타고 달아나셨어요."

조희재는 제주까지 오는 비행기 속의 5십 분 동안 사뭇 미행 계획을 짰었다고 했다. 그리고 그가 죽음의 장소로 어디를 택할 것인지에 대해서도 따져 보았다는 게 아닌가. 그녀는 거기까지 말하고 나서 한조에게 물었다.

"어디루 가셨더랬어요? 여기 계셨나요?"

"한번 알아맞혀 보슈."

"서귀포 쪽으루 내려가지 않았어요, 혹시?"

"족집게군."

"정말예요? 그런데 왜 우린 못 만났을까?"

"서귀포에 왔었단 말이우?"

"그럼요. 천지연, 천제연 폭포랑 다 찾아다닌걸요."

"왜?"

"아무래도 그런 곳을 택할 것 같애서였죠."

"난 오로지 태평양이 목표였수. 붉은 해가 솟는 순간의 태평양 바다가."

"어쨌든 태평양이 선생님을 거부한 거예요. 전 아까 선생님을 발견한 순간 까무라칠 뻔했어요."

"뭣 땜에 죽으려 했는지에 대해선 물어보지 않우?"

"그런 건 상관없어요."

"어째서?"

"살아 돌아왔으니까."

"무슨 전쟁터에라도 갔다 온 것 같이 됐군."

“전쟁이죠. 전 그렇게 생각해요. 전쟁치구두 그렇게 치열한 전쟁이 없죠. 우리 그런 의미루 축배 들어요.”

조희재가 술잔을 들어올렸다. 그러니까 이 여자는 내게 한턱을 쓸 만하군, 하고 한조도 속으로 생각했다. 아니, 한턱을 쓰고 싶겠군. 하지만 이게 무슨 뻔뻔스러운 수작인가.

자신의 죽음에 대한 비참한 애기를 하고 있는데 무덤덤해지는 것도 같고 느긋해지는 것도 같은 심사란 또 무엇일까……? 그러나 한조는 더 생각하지 않고 농담을 했다.

“내려올 땐 잠자리만한 프로펠러기가 걸려 기분이 나빴었소.”

“도중에 고장을 낼까 봐서요?”

“기왕이면 몸집 큰 비행길 타고 싶어서.”

“그런 조그만 불만두 죽음을 결행하지 못하게 하는 제동 역할을 하잖았을까요?”

한조는 대답을 않고 포도주를 한모금 들이켰다. 조희재가 생선토막에다 레몬즙을 짜서 뿌렸다. 그러곤 칼로 겨자를 조금씩 찍어 발랐다.

“불만스러운 거라면 많았지. 여관비를 떼먹은 거라든지, 술을 마셔 골치가 지끈지끈 쑤신 것도”

하고 한참 뒤 한조가 말을 잇자 그녀는 어쨌든 이젠 고비를 넘긴 게 아니냐고 결론지었다. 글쎄, 고비를 넘은 것일까.

한조는 대답 대신 남은 포도주를 또 홀짝 마셨다. 과연 한 고비를 넘긴 것일까. 그러나 한조는 막막했다. 창밖으로 시선을 내보내자 거기도 막막하게 검은 바다뿐이었다. 방파제 끝에 켜진 등대조차 물보라 위에 뿌옇게 떠서 모호한 외로움을 자아내고 있었다.

말수가 갑자기 적어진 데 신경이 쓰였던지 조희재가 침묵을 깨고 말했다.

“여긴 야간 통금이 없거든요.”

“여관 소년이 그럽디다.”

“숙박비 떼먹은 집?”

한조는 주눅이 들어 고개를 끄덕였다.

“우리, 술 좀 더 마셔요.”

술을 못한다는 말이 차마 나오지 않았으므로 한조는 대신 얼음에 잰 포도주병을 뽑아 보았다. 빈 병이었다. 배가 불러 위스키루 해야겠죠, 하며 종업원을 향해 손짓을 해 보이는데도 대꾸를 않자 그녀가 말했다.

“한조씬 인생을 다시 시작하시는 거 아녜요? 과거를 말끔히 씻구. 술루 씻는 게 젤 좋아요.”

이 여자가 어느새 호칭을 바꾸고 있군. 한조 씨라고 했지 아마. 그게 그에게 또렷이 남은 마지막 기억이었다. 아니, 또 한 가지가 더 있었다. 아마도 드디어 식탁을 떠나면서가 아닌가 하는데 그녀는 비치적거리는 그를 붙들며 이런 말을 했었다.

“잠자리 같은 비행길 탔다구 불평하신 한조씬 지금 보니 고추잠자리예요. 그렇게 새빨개요.”

“좋시다, 까짓거.”

“하지만 그런 뜻으루 한 말이 아녜요.”

“그럼?”

“한조씬 오뉴월만 날구 곧 내려앉으려 했잖아요.”

“그러므로 고추잠자리다?”

사내 대장부가 뭐 그러냐, 그런 뜻인데…… 그러나 한조는 어떻게 정신을 수습해 볼 형편이 아니었다.

그는 다만 택시인 듯한 차 속으로 구겨 넣어졌다. 그러곤 어디론가 오래 달렸다. 희미하게 시야로 스며들던 가로등 불빛도 사라진 지 오랜 깜깜한 길을 자동차는 내처 달렸다.

한조는 기를 썼지만 쉴새없이 깜박깜박 졸음에 빠지곤 했다. 깜박

하는 순간은 어쩌면 일초쯤인지 모르지만 아무리 이를 악물어도 벗어날 수가 없었다.

얼마나 달렸을까. 바퀴 끌리는 소리를 내며 차가 멎어서고 그녀가 그의 옆구리에 팔을 끼었다.

"내리세요, 한조 씨. 다 왔어요."

"여기가 어디요?"

그녀는 대답하지 않고 그를 자갈밭같이 울퉁불퉁한 길로 끌어내렸다. 그러곤 그를 자동차 밖에다 기대 세워 놓고 요금을 치렀다.

누군가 젊은 남자가 가까이 다가왔다. 그의 등뒤로 뿌연 수박등 두 개가 켜져 있는 게 보였다.

그녀가 남자보다 앞서 말했다.

"이분 좀 모시구 들어가세요. 술이 몹시 취하신 것 같아요."

"지금 오세요?"

남자가 한조의 어깨를 꼈다. 그리고 두 개의 외등 사이를 걸어 들어갔다. 곧 정원이었다. 현관 앞에도 등이 켜져 있었다. 한조는 그 판에도, 이게 조희재의 집일까 하고 생각했다. 그렇다면 이 여자의 신분은 도대체 뭘까.

남자가 물었다.

"어디루 모실까요?"

"우선 거실루 가세요. 아녜요, 바로 방으루 가야겠어요."

"서재 옆방으로요?"

"그럼 그 방말구 또 있어요?"

한조의 신발도 남자가 벗겼다. 그를 서재 옆방 침대에 끌어다 누인 다음 남자는 아마도 거대한 해삼한테 걸려들었다고 혀를 찼을 것이다.

한조가 눈이 떠진 것은 날이 완전히 밝은 뒤였다.

그는 잠이 깨자 침대에 누운 채로 커튼에 밴 우웃빛의 아침 햇살을 바라봤다. 그러곤 정신이 들어 벌떡 몸을 일으켰다. 침대에 걸터앉아 방 안을 휘둘러 봤다.

맞은편 벽에 동양화 한 폭이 걸려 있었다. 그 밑으로 안락의자 한 조가 놓여 있고 그 뒤쪽 구석으로 옷걸이가 서 있었다. 자세히 보자 거기엔 자신의 바지와 가죽 점퍼가 걸려 있지 않은가. 점퍼의 찢어진 겨드랑이 부분은 가려져 보이지 않았다.

누가 내 옷을 벗긴 것일까. 한조는 털이 숭숭한 자신의 다리를 내려다봤다.

바지만 끼어 입고 방을 나서는 순간 한조는 거실 한가운데 서 있는 조희재를 발견하고 주춤 물러섰다. 그녀는 머리에 분홍 스카프를 쓰고 있었다.

"일어나셨어요?"

그녀는 정원이 다 내려다뵈는 거대한 붙박이창을 배경으로 하고 서서 말했다. 키가 천장에 닿을 듯한 파초 한 그루가 창 옆의 거실 한구석을 차지하고 서 있었다.

"어저께 밤엔 실례가 많았습니다."

"아녜요. 즐거웠어요."

한조는 그녀 앞으로 다가가며 목운동을 하듯이 고개를 두어 번 주억거렸다. 솜 위를 걷는 것처럼 카펫에 발이 빠졌다.

"술이 약하신가 봐요, 한조씬?"

"이거 도무지……."

"긴장 탓일 거예요."

"주책을 부렸다면 용서해 주시오."

"아뇨, 전혀."

여전히 어리뻥뻥해하는 한조를 쳐다보며 그녀가 말했다.

"목욕하시겠어요? 욕탕은 저기예요."

얼굴에 물만 끼얹고 나온 한조에게 그녀가 말했다.

"따라오세요."

그녀는 한조를 데리고 정원의 죽은 잔디밭을 가로질러 집 뒤쪽으로 돌아갔다. 지붕 경사가 완만한 창고 같은 건물이 나타났다.

"한조 씨는 검도하실 줄 아세요?"

그러나 한조가 뭐라고 대답하기도 전에 그녀는 이미 널빤지로 짠 문을 밀고 건물 안으로 들어서고 있었다.

"들어오세요."

50평은 될 횡하니 빈 직사각형의 공간이었다. 마루가 깔려 있고 암회색의 매트가 공간 가운데를 덮고 있었다. 한 줄에 일곱 장씩 여섯 줄이었다. 그리고 그 한가운데 반투명의 유리창을 통해 쏟아지는 아침 햇살을 받으며 한 사나이가 서 있었다. 험상궂은 모습의 프로텍터를 쓰고.

"남편예요" 하고 그녀가 그를 건너다보며 말했다. "나한조 씨 일어나셨어요."

사나이가 머리 위로 치켜 들고 있던 목검을 내리고 성큼성큼 다가왔다. 한 손에 목검을 짚고 서서 팔을 내밀었다. 다섯 손가락이 부챗살처럼 쫙 펴져 있었다.

"반갑소. 나 이욱형이오."

"나한조라고 합니다."

운동을 하던 끝이어선지 사나이는 한조의 팔을 터무니없이 세차게 잡아 흔들었다.

"잠자린 불편하지 않았소?"

"아닙니다. 잠을 재워 주셔서 고맙습니다."

뭔가 위엄을 느껴서일까, 한조의 목소리가 떨려 나왔다. 사나이는 그제야 턱에 걸린 프로텍터의 끈을 벗겼다.

이욱형은 곧 목검과 프로텍터를 창틀 밑에 걸었다.

"갑시다."

도장을 나와 정원을 걷는 동안 이욱형이 다시 말했다.

"대련하지 않을 때도 프로텍털 쓰는 기 좋은 기라."

"그렇습니까?"

한조는 대꾸하는 한편으로 아, 그걸 프로텍터라고 하는군 하고 되뇌었다. 돌아보자 조희재는 도장에 남아 있는지 보이지 않았다.

이욱형이 몸을 씻는 동안 한조는 거실 소파에 혼자 앉아 있었다. 창을 통해 종려수니 소철, 용설란…… 등 남방식물들로 보이는 나무들이 그득한 정원 둘레를 내다보고 있는 한조의 귀에 이욱형의 강한 경상도 억양이 쟁쟁 울렸다.

"내 당신 얘긴 희재인데서 다 들었소. 죽을라 카다 고만 돗다는 얘기도."

이욱형은 현관으로 올라서기 전에 그렇게 말했다.

"내가 공항에 나가는 기 좀 늦었는기라. 희재가 안 보인다 아이가. 택시 타고 갔는갑다 하고 돌아와 보이 집에도 엄써. 안 왔는갑다 했지. 밤 아홉시나 대서 떡 안 나타나. 어데 갔도 카이 서귀포 갔다 온다 카네. 뭐꼬 카이 어떤 남자가 제주도에 죽으러 왔다 카네. 그런데 카이, 몬 찾고 놓쳤다 카네. 그기 나한조 당신인기라."

쏴아 하고 물 흐르는 소리가 났다. 이욱형은 그런 지 10분쯤 되어 물기가 번들번들한 모습으로 나타났다.

"자, 우리 아침 무야지."

식탁머리엔 이욱형이 앉고 그 앞에 한조와 조희재가 마주보고 앉았다. 식사를 하는 동안 두 부부는 별로 말을 걸지 않았다. 다만 한마디씩만 했다.

"속을 푸시게 전복죽을 끓였어요."

"그러지 말고 반주를 한잔 권하지 그래. 나도 한잔 주고."

한조는 사양하지 않았다. 이러구러 술이 좀 늘겠지 하고.

　식탁에서 그의 관심을 끈 것은 어쩌면 이욱형의 말씨였는지 몰랐다. 그는 조금 어색한 데가 없진 않았지만 갑자기 무슨 영문인지 거의 표준말에 가까운 억양으로 바꾸어 말하고 있었던 것이다.
　그리고 또 한 가지 관심거리가 있었다면 그건 이욱형의 나이라고 하지 않을 수 없었다. 거실로 가기 위해 식당을 나서는 그를 처음으로 가까이서 볼 수 있었다. 그런데 옆을 스쳐가는 그의 귀밑머리는 분명히 하얗게 백색이었다.
　거실로 나와 탁자를 사이에 두고 마주앉아서 보자 더욱 뚜렷했다. 적어도 예순은 넘은 게 틀림없었다.
　한조는 갑자기 뭔가 우울한 기분이 들었다. 서른도 안 돼 보이는 조희재가 슬퍼져서. 그녀가 아름다워서 더욱 슬펐다. 무슨 소리냐. 행복해 뵈는 그들 부부의 눈으로 보면 슬프고 가련한 쪽은 누군데.
　이욱형의 젊은 아내가 찻종을 받쳐 들고 거실에 나타났다. 그리고 그녀의 뒤에 삼십대의 가정부가 과일 접시를 들고 따라왔다. 그녀는 식당에서 전복죽을 퍼먹고 있는 그에게 다가와 이렇게 속삭였었다.
　"조금만 더 드수꽈?"
　그렇게 그렇게 신분이 걸맞는다는 것일까. 그러나 한조는 곧 고개를 저어 쓸데없는 잡념을 떨쳐 냈다. 적어도 이들 부부를 만난 건 얼마나 큰 행운인가 말이다.
　그때 갑자기 이욱형이 흰 귀밑머리를 쓸어 넘기며 놀라운 질문을 던졌다.
　"당신 어떻게 해서 계획을 실행에 못 옮기고 말았지? 왜 못 죽었느냐 말야."
　한조는 집주인의 이 말에 울컥 분노가 치밀었다. 적어도 거기에는 사람을 깔보는 강한 묵시가 담겨 있다고 봐야 하지 않는가. 그러나 한조가 미처 대답을 얼버무리지 못하고 있는 동안에 이욱형이 그런 저의가 아님을 드러내 주었다.

"어떤 사정인진 모르지만 그런 일을 해선 안 돼요. 그건 죄악이기도 하지만 사내 대장부로 태어나서 얼마나 부끄러운 일이야. 더구나 그 젊은 나이에."

"면목 없습니다."

한조는 고개를 숙였다.

"하지만 이젠 끝났소. 아니야, 당신은 절대로 자살로 인생을 끝낼 사람이 아니야. 적어도 내가 받은 인상으론 그래. 희재는 그렇게 생각 안 하나?"

이욱형이 그의 아내를 돌아봤다. 그러자 그녀가 엷게 웃음이 묻은 눈으로 한조를 쳐다봤다.

"이마가 너무 잘 생겼잖어. 저런 이마를 가진 사람은 절대로 죽지 않아."

이욱형은 말하고 나서 천천히 찻종을 들어올렸다.

"자, 식기 전에."

세 사람은 조용히 차를 마셨다. 한조의 자살 미수와 관련된 토론은 더 이상 계속되지 않았다.

한조는 속으로 떠나야 할 시각에 대해 생각했다. 조희재를 건너다보면서는 그녀에게 남편이 있었다는 건 참으로 섭섭한 일이라는 터무니없는 생각도 했다. 남태평양상에 있는 미지의 섬 이름을 딴 레스토랑에 마주앉았을 때는 막연하고 모호하나마 아름다운 미래도 펼쳐지고 있었지 않았는가.

"전 이제 떠나야겠습니다."

하고 한조는 마침내 슬픈 목소리로 말했다.

과일을 우둑우둑 씹고 있다가 느닷없는 작별 선언을 들은 이욱형이 눈을 홉뜨고 그를 쳐다봤다. 그의 젊은 아내도 놀라 찻종을 내려놓았다.

이욱형이 이윽고 사과 부스러기가 물린 입으로 물었다.

"어디로 가겠소?"

"글쎄요. 서울로 돌아가야겠죠."

"그렇다면 서둘 거 없는데, 없고말고. 그 도시가 다신 당신을 죽음으로 몰아가진 못할 테니까."

한조가 무슨 말인지 알아듣지 못해 어리뻥뻥해 있는 동안에 이욱형이 다시 말했다.

"신정 연휴가 내일 끝나니까. 당신 제주도는 봤소?"

"전 관광 온 게 아니잖습니까."

"그렇지, 죽으러 왔지. 하지만 이젠 사정이 다르잖아. 오늘 하루, 달라진 제주도를 돌아보고 내일 우리랑 같이 올라가지. 나도 서울 살어. 연휴 쉴려고 잠시 내려왔다구."

"그럼……?"

"음, 일년에 두세 번 내려올 때 외엔 이 집은 늘 비어 있지."

이욱형은 말하고 나서 곧 몸을 일으켰다. 그가 내뿜은 파이프 담배 연기가 그의 검도로 단련된 몸에 밀려 거실 천장으로 달아났다.

"희재가 좀 안내하지. 서귀포는 가지 말고."

"거긴 갈 수도 없습니다. 여관비를 내지 않았거든요."

"까짓거 떼먹어 버리지 뭐. 가방을 남겨 놨다며?"

그는 한조에 대한 모든 걸 다 알고 있었다.

1월 3일, 나한조는 마침내 정초 연휴의 마지막 잠에 빠져 있는 서울로 돌아왔다. 그러나 떠날 때와 같은 점퍼 차림이 아니었다. 어떻게 된 셈인지 말쑥하게 양복을 차려 입고 있었다.

누가 만약 무슨 영문이냐고 묻는다면 그는 이렇게 대답할 것이다.

"살아서 다시 돌아왔는데 이만한 모습은 갖춰야 되잖겠어."

그러곤 새하얀 와이셔츠를 받쳐 묶은 넥타이를 한번 쓱 죄어 보일까. 아닌게아니라 그렇게 차려 입고 나자 나한조도 어엿한 신사의 풍모였다. 누가 봐도 돈푼깨나 있어 뵈지 않을까 싶게.

옷이 날개라더니, 바뀐 것은 점퍼 대신에 걸친 체크 무늬의 홈스펀 윗도리 하난데 그렇게 사람까지 달라 보였다. 새 것도 아닌 이욱형 씨의 헌 저고리 하나 얻어 걸친 것이…….

넥타이와 와이셔츠는 제주시에 나와 조희재가 사 주었다. 한조로선 그녀가 골라 준 넥타이가 그중 마음에 들었다. 진홍 바탕에 패랭이꽃 비슷한 무늬가 가는 흰 선으로 그려진 실크 타이였다. 그녀의 미적 감각에 대해선 양품점 주인도 감탄해 마지않았다.

"사모님 놀라우시군요. 돈 많은 멋쟁이 신사분이나 만난다면 모르지만 했는데 딱 집어 내시니 말예요. 이태리제걸랑요."

가게를 돌아 나올 땐 다시 이렇게 한 마디 더 덧붙이기까지 했다. '두 분 행운을 빌겠어요' 하고.

"저도 올핸 장사가 잘될 것 같아요. 정초부터 행운의 손님을 맞았으니 말예요."

가게 여주인의 '돈 많은 멋쟁이'니 하는 호들갑을 들을 땐 오도방정이라고 생각했는데 붉은 넥타이 하나에 정말 행운이 붙었는지 한조의 주머니엔 지금 자신이 생각해도 꿈만 같은 거액의 돈까지 들어 있었다.

제주의 마지막 밤을 이욱형 씨의 거실에 늦게까지 앉아 보내고 있는데 주인이 물었다.

"당신 왜 죽으려 했어?"

한조는 그러나 조금도 대답하고 싶지 않았다. 느긋하게 안락의자에 기대 앉아 파이프 담배 방향이나 뿌리는 주인과는 달리 한조는 소화가 안 될 정도로 속이 바짝바짝 타고 있었으니까. 밤은 역시 여행자를 우울로 괴롭혔다. 서울로 돌아간들 어떻게 한다?

"말하기 싫우?"

"아닙니다. 양복까지 주셨는데…… 사업에 실패했습니다."

"빚을 졌겠구먼, 그렇다면."

"네. 갚을 길이 없었습니다."

"얼마나 되던가?"

천 몇 백에 목숨을 끊기로 했다고 하면 못난 사내라고 비웃을까 하여 2천쯤이라고 한조는 불려 말했다.

"원금은 그렇게 안 되겠지."

"그렇죠, 물론."

"내가 좀 도와줄 테니 돌아가거든 싹 풀어서 빚잔칠 해버리지. 그리고 다시 출발하는 거야."

한조는 놀라서 집주인을 쳐다봤다.

"절 왜 도와주신다는 거지요? 제 뭘 믿고……."

"죽을 각오를 했는데 그것보다 더 믿을 수 있는 담보가 어딨어."

"그건 안 됩니다. 전 단지 못 죽었을 뿐입니다."

"못 죽었으니 이렇게 애길 할 수 있지. 그 각오로 다시 일어서 보라 이거야."

조희재가 옆에서 한 마디 더 거들었다.

"찢어진 가죽옷두 간직하심 좋은 기념품이 될 거예요, 늘 각오를 새롭게 해주는."

조희재가 소중히 간직하라고 한 옷——

한조는 찢어진 가죽 점퍼를 꾸려 넣은 조그만 가방을 옆구리에 잔뜩 주려 꼈다. 그러나 비행기 안에서의 실수가 퍼뜩 생각나 얼굴이 화끈 달아올랐다.

갈 때도 저지른 실수를 한조는 오는 비행기 속에서 또 저질렀다. 모두가 연말 연시 휴가를 보내고 돌아들 가느라 항공권 얻어 걸리기가 거의 무망이었는데도 조희재가 왕복권을 가진 자기네 두 장말고 한조를 위한 또 한 장을 뽑아내는 데 성공하여 앞뒷자리로 좌석 지정까지 받은 것도 행운의 하나라고 생각했는데 마침 비행기까지 프로펠러기 아닌 보잉 727기가 걸려, 행운이 겹쳤다고 생각하며 한조는 시트를 찾아가자마자 우선 가방부터 널름 선반에 올려놓았다.

그랬는데 누군가 달려들어 얼른 그걸 시트 밑에 처박아 버리지 않는가. 아찔하는 실수를 알아차려 돌아보자 역시 냉정한 스튜어디스였다.

"발치에 내려놔야지요. 여긴 물건 올려놓는 데가 아녜요."

막 자리를 잡으려던 앞 시트의 이욱형 씨 부부가 돌아보며 소리 없이 웃음을 흘렸다. 내려갈 때도 조희재는 그런 광경을 목격했을 것이므로 한 번으로 충분한 실수를 두 번이나 거듭하는 한조를 어떻게 생각하고 있을까.

국내선 터미널 앞엔 이욱형 씨의 자가용 승용차가 대기하고 있었다. 6기통 도요타였다. 이욱형 씨가 물었다.

"한조 씨 어디다 내려 줄까?"

글쎄, 어디서 내려야 할까. 한조는 운전석 옆자리로 엉덩이를 들이밀며 생각했다.

"어느 방향으로 가십니까?"

"이건 궤도차가 아니니까 아무 데로나 가."

"그럼 소공동까지 태워다 주시겠습니까?"

소공동은 가장 돈이 많은 곳이니까. 한국은행도 있고.

이욱형 씨가 운전사한테 지시하고 있었다.

"김군, 소공동으로 해서 가도록."

자동차는 곧 을씨년스런 풍경의 겨울 들판 사잇길을 쾌적한 속력으로 미끄러져 나갔다. 나도 언젠가 제주도에 집을 샀으면. 그러곤 50분 거리를 출퇴근했으면. 한조는 그런 생각에 골몰해 있었다. 행운의 징표인 미소가 그의 얼굴에 떠오르도록 유도하기 위해서.

이욱형 씨는 그의 차가 시내로 들어설 때까지 침묵으로만 일관하고 있었다. 그를 도와주기로 한 이후로 갑자기 근엄해지기 시작한 건 아닌지 한조는 신경이 쓰였다.

운전사는 30분도 안 되어 한조를 소공동 어귀 조선호텔 앞까지 실어다 주었다. 정초의 시내는 그만큼 한적했다.

"전 여기서 내리겠습니다."

"그러시오. 행운을 빌겠소."

"꼭 성공하시기 바래요."

한조는 땅으로 내려선 다음 뒷자리의 부부를 들여다보며 말했다.

"이 은혜 평생 잊지 않겠습니다. 그리고 빠른 시일 안에 진 신셀 갚겠습니다."

이욱형 씨의 승용차는 지체없이 떠났다. 뒤창을 통해 조희재가 손을 흔드는 것이 보였다.

한조는 자동차가 한국은행 쪽으로 완전히 사라질 때까지 서 있다가 이윽고 호텔 쪽을 향해 길을 가로질러 뛰었다. 5백만 원이 든 가방을 옆구리에 끼고.

무슨 냄새가 나는 것도 같았다. 그러나 아직은 도시가 철문을 내리고 있는 정초 휴업 중이어서 확실한 것은 아무것도 없었다.

그랬다. 정초라는 건 어떤 설계마저도 불가능케 하는 막연한 농무(濃霧) 그 자체였다.

한조는 쓸쓸한 한겨울의 냉기로 들어찬 하오의 도시 속으로 어슬렁어슬렁 걸어 들어갔다. 샐러리맨들의 이 가는 소리가 들리는 것 같았다. 사흘 연휴가 어느새 물거품처럼 잦아들고 있는 시각이니까.

2. 떠도는 가망(可望)

독일제 로덴스톡 금테 안경을 낀 사나이가 태평로 쪽으로부터 나타나 서울시청 앞으로 급히 걸어갔다. 두어 번 광장 쪽을 흘끗거린 게 고작이고 별로 한눈도 팔지 않았다. 그러곤 어디로 가는가 했더니 시청 정문 앞에 이르자 거침없이 계단을 뛰어올라 건물 안으로 사라졌다.

"시민홀은 그쪽이 아닌데요."

수위가 사나이의 뒤통수에다 대고 소리치는데도 돌아보지조차 않고 사나이는 성큼성큼 위쪽으로 올라갔다. 간섭해도 괜찮을 신분이 아니라고 생각했는지 수위도 멀거니 쳐다보기만 할 뿐 더 이상은 제지하지 않았다.

각 시무식을 끝냈을 시각이라서 그런지 간간이 복도에서 마주치는 직원들의 표정은 어정쩡하게 일이 손에 잡히지 않아 하는 품이 역력했다.

시장을 만나 봐야 하는 걸까. 그러나 시장을 만나 무슨 말을 물어볼 수 있을 것인가.

시장실, 제1부시장실, 제2부시장실, 기획관리실, 비상계획관실…
… 도무지 어느 방문을 밀고 들어가야 할까. 시장실 앞에 책상을 놓
고 앉아 있는 수위가 서성거리는 그를 노려보는 것 같았다.

내무, 재무, 세무, 보건사회, 산업민방위, 관광운수, 환경녹지,
하수 수도국……의 어느 방문을 두드릴 수 있을지 시청 안을 다 돌
고 돌아봐도 감이 잡히지 않았다. 그랬다. 감이 통 안 잡혔다.

도시정비국이나 주택국의 국장님은 곤란하고 그 훨씬 밑의 계장
이나 계원쯤을 만나 보면 뭔가 냄새를 맡을 수 있을 것 같은 예감은
있지만, 그런다 해도 그것조차 가지가 너무 많았다. 도시계획 1과는
뭐며 2과는 뭔가. 도시정비과는 무엇이고 구획정리과는 또 뭔가. 어
떻게 서로 맡은 일이 다른 것일까. 아무래도 포기하고 돌아서는 게
그나마 아까운 시간 낭비가 아닐 것 같은 생각마저 들었다.

그럼에도 나한조는 얼른 돌아서지 못하고 있었다. 사내 대장부가
한번 마음먹었으면 끝을 봐야지 그렇게 쉽게 단념할 수야 없지 않은
가. 그도 그럴 것이 처음 나설 때는 어디 이렇게 막연하리라고 생각
이나 했었던가.

어떻게 된 게 이젠 누구 하나 퍼렇게 언 얼굴을 하고 지나가지도
않았다. 시무식날이라고 스팀을 늦게 넣었는지 복도의 라디에이터는
피직피직 소릴 내며 끓고 있는데 지나다니는 직원들의 얼굴은 하나
같이 퍼렇게 얼어 있었다.

"애, 도시계획 1과하고 2관 어떻게 다르니?"

"왜 그러세요?"

"응… 우리집이… 도시계획에 걸려서."

"헐리게 됐나요?"

"맞았어. 헐리게 됐어."

"그럼 민원실루 가셔야죠."

소녀는 더 이상 할 말이 없다고 판단했는지 뽀르르 화장실로 쫓아

들어가 버렸다.

　바로 그때였다. 달아나는 여자애를 향해 손을 내젓고 있는 한조의 등에다 대고 누군가 뭐라고 묻는 소리가 들렸다.

　"왜 그러세요?"

　휙 몸을 돌려 돌아보자 키가 작달만한 사내가 손을 바지 주머니에 찌른 당돌한 모습으로 서 있지 않은가.

　"아…… 네에…… ."

　"이거 누구야? 나한조 아냐?"

　누군데 이러나 하고 다시 보자 나길조(羅吉祚)가 아닌가. 이름이 우연히 비슷하여 꽤나 친하게 짝지어 다닌 고등학교 동기 녀석이 아닌가.

　뭔가 구세주를 만난 것 같은 느낌을 한조가 미처 수습하지 못하고 있는 동안에 나길조는 같은 질문을 두 번이나 되풀이하고 있었다.

　"여긴 웬일이야?"

　"으응, 정말 오래간만인데, 이거"
하고 한조는 얼버무려 말머리를 돌렸다.

　"십 년도 넘었지?"

　"하지만 우리 아우가 여기서 시장님으로 근무하고 있다는 건 알고 있었지."

　"좋아하네. 우리 친구들 중에 내가 시청에 있는 줄 아는 녀석은 하나도 없다."

　"어디 있는 줄 알고?"

　"아마 아직도 동회 다니는 줄 아는 녀석들이 많을걸. 아니면 시립 병원에 있는 줄 알거나."

　"그러고 보니 너 굉장히 출세했구나."

　한조는 말하면서 제대로 걸렸다는 느낌을 버릴 수가 없었다. 이 도시에 관한 한 산전수전 다 겪은 친구를 만났다는 건 얼마나 행운

의 조우인가 말이다. 나길조는 한걸음 더 나아가 출세는커녕 그동안
의 말단 지방 공무원으로서의 행로가 얼마나 고단했는지 아느냐는
말까지 스스로 해주고 있었다.

"구청 위생과로 발령받아 동회를 떠난 지 다섯 달 만에 시립병원
　서무과로 밀려나기도 하고…… 여기 온 지 이제 겨우 두 달밖에
　안 됐다구."

아닌게아니라 자세히 보니 나길조의 얼굴엔 그런 고단한 세월의
그림자가 남아 있었다. 말하자면 아는 친구들로부터 똥토간 푼 돈이
나 떼어먹는다는 야유를 들으며 보낸 동회 서기 시절, 음식점 주방
쓰레기통 트집잡는 게 일과 아니냐고 몰아세우는 위생과 직원 때나
링거병 빼돌린 돈으로 술 사라고 추궁당하던 병원 시절 등의 배반감
과 유혹과 추구가 한데 뒤엉켜 나길조의 이마에 지형지도 같은 슬픈
주름을 파고 있었던 것이다.

한조는 다짐하고 있었다. 나길조를 동정하지 말자. 우연히 맞닥뜨
린 고등학교 동창을 철저히 이용 가치로만 바라보자. 나길조가 잠시
빠져 있던 자학주의에서 벗어나 한조에게 물었다.

"그래 넌 어떠니? 무슨 사업을 한다는 애길 들은 것 같은데."

"뭐…… 조그맣게."

"무슨 사업인데?"

"그냥 그래. 수입도 하고……."

"무역이군 그러니까."

나길조는 일단 말하고 나서야 '야 굉장하구나' 하고 실감으로 가
득 찬 감탄을 덧붙이고 있었다.

"요즘 무역 세상 아니냐."

"그렇게 대단한 게 아니라니까."

"오퍼상이야?"

"뭐 그런 거야."

오퍼상이 정확히 뭔지 모르지만 한조는 그렇다고 했다. 전에도 오퍼상 오퍼상 하고 자주 들어온 말이긴 한데…… 언젠가는 재미 본다는 그걸 한번 해보도록 할까.

나길조가 눈치 챘다는 듯이 갑자기 소리쳤다.

"아항, 그러고 보니 너 무슨 허가 사항 땜에 여기 온 거구나."

"음, 그런 건이 좀 있어서."

"그런데 주택과 앞에 얼쩡거리고 있으면 어떻게 해?"

"주택과가 뭐하는 곳이야?"

"주택에 관한 일을 하는 곳이지. 무허가 주택 철거하고 아파트 입주시키고. 그런 일 다 여기서 하는 거야."

(옳거니 바로 걸렸어.)

한조는 자칫했으면 손가락을 딱 튕길 뻔했다.

"나가자! 나가서 차라도 한잔 하자."

"너 일은 안 보고?"

"다 봤어 벌써."

한조는 말을 흘리며 대뜸 나길조의 팔을 끌었다.

팔을 끌려 나오며 나길조가 잠깐 시계를 들춰본 것에 한조는 신경이 쓰였다. 곧 들어간다고 하면 제대로 정보를 캐내지도 못하고 그야말로 오랜만에 만난 의례적인 행사로 끝나고 마는 게 아닌가. 한조도 슬쩍 손목시계를 훔쳐봤다. 30분 정도만 그렁저렁 시간을 끌면 점심 시간으로 연결되는데…….

시청 정문이 아닌 뒷마당으로 나서며 나길조가 공무원 특유의 말버릇으로 한마디 던졌다.

"우리 나 사장께서 얼마나 비싼 차를 사시려고 이러나?"

나는 오로지 얻어 마실 뿐이다 이건데, 좋다, 정보만 준다면 이 땅에서 제일 비싼 차도 산다. 한조는 가시지 않는 불안을 끄려 슬쩍 물었다.

“오늘은 시무식만 하고 끝나는 거 아냐, 공무원들?”

“일이 어디 손에 잡히겠어?”

됐다. 너는 이제 취조실로 연행되는 거다. 한조의 눈에 이미 서광이 비치고 있었다. 공무원은 아무리 친구라도 두 번만 찾아가면 눈치 채니까 단칼에 베어 버려야 하는 것이다.

“차 할 게 아니라 좀 이르긴 하지만 점심을 하는 게 어떨까?”

“그것도 괜찮지, 속이 벼서 덜덜 떨리는 판에.”

나길조는 말하고 나서 자신의 말을 행동으로 보이려는 듯 어깨를 한껏 접어 넣고 몸을 후룩후룩 떨었다.

“뭘 먹고 싶니? 추위에 약 되는 걸로.”

하고 한조는 포로를 유혹했다.

“요 길 건너가면 지하에 유명한 이태리 음식점이 있는데. 좀 비싸
긴 하지만.”

역시 무서운 공무원 근성이었다. 그러나 갓 시청까지 진출한 말단급 공무원으로선 너무 건방진 태도였다.

“좋아, 가 보자.”

아마도 시청으로 진출하기 위한 청을 넣으러 왔을 때 끌려간 곳이겠지. 두말없이 앞장서 걸어가는 인사권자를 따라가 옴팍 바가질 쓰고 나왔겠지. 그게 두고두고 억울하여 엉뚱한 동기 동창한테 보복하려는 거겠지.

‘라 깐티나’라는 레스토랑 이름은 제주도에서 본 ‘파고파고’만큼이나 한조에겐 어려웠다. 지하 계단을 내려가 출입문을 밀고 들어서자 벌써 시큼한 냄새가 코를 찔렀다.

되도록 밀담을 나누기 좋은 자리를 골라 마주앉자 검정 재킷을 입은 사내가 메뉴판을 들고 와서 컵에 물을 따랐다. 한조는 우선 안경부터 벗었다.

그러고는 하필 그의 앞에 내려놓은 메뉴판을 얼른 나길조 앞으로

넘겼다. 솔직한 고백 한 가지를 하자. 한조가 세상에서 두려워하는 것이 있다면 그건 단연코 양식집에서 마주치는 메뉴판이 아닐 수 없었다. 그것만 앞에 펼쳐지면 학창 시절 책상 위에 던져지는 영어 시험지의 공포가 되살아나는 것이다.

요컨대 그는 어학의 천재는 아니었다. 아무리 달착지근한 연애소설도 악어같이 무서웠다. 그래서 악어를 사전에서 찾아 외웠다. 나 한조한테 잉글리시는 크로코딜레다 하고. 그는 '문학'을 '리터러처'라 읽어선 죽어도 철자를 되살려 낼 수 없었다. 그래서 나름의 묘책을 세워 리터라투레—하고 외우지 않으면 안 되었다.

그런데 지금 보니 나길조가 그 비슷한 발음을 하고 있었다.

"스파게티 고로곤솔로!"

비후 스텍밖에 아는 것이 없는 한조로선 도무지 한마디도 알아들을 수 없는 말이었다. 하긴 비프스테이크라고만 해도 못 알아듣는 그니까.

움켜쥐어도 부스러지지 않을 것처럼 동실동실한 차돌멩이 같은 빵이 든 광주리가 날라져 오고 한조가 어정쩡해 있는 사이 나길조는 어느새 그것의 부숴뜨린 조각에다 버터와 잼을 처덕처덕 찍어 바르고 있지 않은가.

한조는 작전상 잠시 뜸을 들인 다음 따라 흉내를 내며 생각했다. 네가 아무리 익숙한 체해도 난 확신하지만 네놈도 스파게티 곤돌란가 뭔가 하는 것밖에 모를 거다. 앙심 끝에 그걸 목숨 걸고 외웠겠지. 나 같은 먹이가 나타나길 기다리는 동안에.

곧 시큼한 냄새를 풍기면서 김이 피어오르는 이태리 국수 그릇이 날라져 왔다.

"와인 한잔 해도 되겠지, 나 사장?"

하고 나길조가 또 격식에 익숙함을 자랑했으므로 한조는 속이 쓰렸지만 그러자고 할 밖에.

국수에 이어 지지미 같은 것도 나오고, 으깨어 익힌 고깃덩이가 얹힌 또 다른 밀가루 음식도 나오고, 어쨌든 나길조는 후련한 보복이 즐거워서 간간이 포도주잔으로 입을 가시며 게걸스럽게 먹어젖혔다.

소채 썬 걸 와삭와삭 씹고 사기 접시에 쇠스랑 부딪는 소릴 시끄럽게 내는 걸 보니, 난 그 정돈 알지만 너도 아직 촌놈 때를 못 벗었다, 임마. 한조는 서서히 작전을 개시할 채비를 차렸다. 비싼 식사 시간을 그냥 허송하고 있다가 숟가락 놓자마자 달아나 버리면 어쩌느냐. 그는 우선 감탄으로부터 시작했다.

"아무리 생각해도 네 집념은 존경할 만해. 입지전적인 인물에게서나 볼 수 있는 그런 집념이 아닐 수 없어."

한조는 말하고 나서 '입지전적'이라는 말을 쓴 것이 매우 마음에 들었다. 얼마나 멋있고 품위 있는 적절한 표현인가.

"무슨 말이야?"

"네가 서울시청까지 진출한 사실 말이야."

"흥!"

무슨 뜻인가 했는데 나길조는 곧 이어 스스로 해명 같은 말을 하였다.

"무슨 소리야. 나라고 못 오란 법이 어딨어. 하긴 나 같은 사람 안 알아준다면 공무원 세계도 희망 없지. 솔직히 말해 나같이 청렴하게 살아온 공무원도 없다구. 유혹도 많았어요. 돈 벌려 맘만 먹었다면 떼돈 벌었을 거야. 지금 생각하면 그게 잘한 일이었던가 하는 후회도 없지 않아. 한몫 잡은 다음 일찌감치 사표 던지고 나가 무슨 장사라도 했다면 더 낫지 않았나 하는. 말단 공무원이 청렴하다고 누가 알아줘?"

"인정받았으니 시청까지 온 거 아냐."

"하기야 나 같은 케이슨 못 봤다고들 하지."

　나길조가 아무리 청렴을 되풀이 강조해도 그는 동회 서기 때부터
벌써 오물수거료 같은 구린내 나는 푼돈을 들어 먹었다는 것을 한조
는 장담할 수 있었다. 그의 눈길만 쳐다봐도 알 수 있었다. 탐욕과
비굴, 경계와 열패감이 한데 얽혀 싸우는 그런 인물 특유의 초점 없
는 충혈된 눈은 그런 과거를 비추는 훌륭한 거울이 되고도 남았다.
　"주택국에서 무슨 일을 하고 있니?"
　"나? 내가 주택국에 있는 줄 알어?"
　"아냐?"
　"주택정비계 같은 데 있다면 얼마나 좋겠어. 한데야, 나 있는 덴.
문서수발이나 하고 앉은."
　지폐로 탑을 쌓아 시청에 이르러선 추위 타는 한데 앉은 것이 슬
퍼서 나길조는 갑자기 씩씩거렸다. 청렴한 나길조가. 하지만 나길조
가 화가 나서 씩씩거린다고 한조가 그에게서 절망을 느낀 건 천만에
아니다.
　흔히 뒤가 구린 인간은 거래나 이해 관계에 있지 않은 동창 같은
사이를 만나면 지나칠 정도로 예의바르게 나타나는 게 보통이지만
걸맞지 않게 고급에 초조감을 나타내거나(나길조가 이태리식 고급
레스토랑에 간 건 꼭 보복감만은 아닌 복합적 사고에서 나온 것임을
한조는 안다) 필요 이상으로 거들먹거리고 싶어하는 수가 있는데
어느 경우든 그런 행동은 구린 뒤를 포장지로 싸고 싶은 반사 심리
에서 나오는 법이 아닌가.
　그러므로 나길조의 건방짐은 절망이긴커녕 한조에겐 얼마나 분명
하게 잡히는 희망의 등대 같은 것인가. 기회가 잡혀 위장의 포장지
만 벗겨 버릴 수 있는 날엔 저쪽에서 먼저 야합하자는 말이 나오도
록 유인할 수도 있었다. 하지만 결코 간단한 문제는 아니므로 신중
하게 기회를 탐색해야지. 자칫 잘못 건드렸다간 자라목처럼 쏙 집어
넣곤 다시는 보지 않으려 들지 모르거든. 동창 사이라는 것도 대단

히 불리한 조건임에 틀림없지 않은가. 차라리 모르는 사이를 편해할 테니까.

한조는 냅킨으로 입 언저리를 닦고 있는 나길조를 건너다봤다. 포만감은 운을 뗄 때는 데 유리하게 작용할까 불리할까.

그러나 그가 미처 판단이 서기도 전에 마지막 포도주잔을 홀짝 들이키고 난 나길조 쪽에서 먼저 입을 열었다.

"보러 온 일은 정말 해결됐어?"

"시청건?"

"혹시 잘 안 돼서 나 찾아왔던 건 아냐?"

"그랬으면 벌써 애기했지."

"그렇다면 내가 이 멋지고 훌륭한 점심값의 대가를 지불할 일도 없게 됐군."

기회는 이렇듯 손쉽게 찾아왔으므로 한조는 결코 놓침이 없이 바짝 거머쥐었다.

"그래, 말 잘했어. 밥값 좀 해봐. 동기 동창 좋다는 게 뭐냐."

"동창뿐야, 항렬도 같은 종씬데."

"그래 말이야. ……예의바른 아우답게. 정말 너희 시청 상대로 돈 좀 벌 길 없을까?"

"많기야 많지."

"뭔데? 우리같이 사업한다고 돌아다니는 인간들한텐 돈 벌 구석 있다는 애기가 가장 귀에 즐겁더라."

"한조도 그룹 총수가 눈에 번한 모양이구나."

"사업하는 놈치고 그런 꿈 없는 놈 어딨어."

사업, 사업 하다 보니 한조는 자기 말에 자기가 설득당했는지 자신이 거짓을 말하고 있다는 느낌이 별로 들지 않았다.

"예컨대 도시계획과 관련된 무슨 부스러기 같은 거라든지, 뭐 없을까?"

"그룹 산하에 토목부서를 신설한 모양이군. 아냐, 그러구 보니 너 아까 건설국 있는 복도에서 서성거린 게 나 찾아온 길이 아니었구나."

"아직 그런 힘은 없고……."

하고 나서 한조는 잠시 뜸을 들였다.

그러나 마치 서울시 주택국에 눈독을 들인 한조가 천부적인 사업가적 형안을 가진 것처럼 감탄까지 곁들여 말이 많았지만 그날 나길조와의 오찬을 겸한 회담은 결국 아무것도 얻은 것 없이 끝나고 말았다. 나중에 생각해 보니 나길조가 결론적으론 한마디도 구체적인 정보랄 게 없는 장광설만 그렇게 늘어놓은 건 짠 이태리식 음식을 퍼넣어 너무 부른 배를 적당히 꺼뜨리려는 데 목적이 있었을 뿐인지 몰랐다.

한조는 화가 나서 견딜 수가 없었다. 포도주 한 병까지 합한 점심값이 자그마치 1만 6천 원하고도 4백원이 더 붙은 거액이 아니었던가.

"주택국엔 국물이 없어. 기껏해야 계획 세우고 지도에 붉은 줄 긋는 일이 고작이니까, 거기 뭐가 있겠어."

"그럼 뭐가 있는 부선 어디야?"

"글쎄 있다면 건설국 같은 덴데 건설국은 네가 흥미없어 하고, 주택국은 그렇다니까."

한조는 나길조가 갑자기 말을 않기로 한 이유를 알 수 없었으므로 다만 그를 뚫어지게 노려보고만 있었다. 빛만 보여주어 야합하자는 말이 나오기를 기다리는 건가 뭔가.

레스토랑을 나와 헤어질 찰나에 이르러서도 나길조는 더는 말하지 않았다. 한조가 먼저 말했다.

"이제 들어가 봐야지?"

"가끔씩 연락해서 나 사장 술 좀 얻어먹자구. 일찬 내가 살 테니까, 소주로."

"연락하지."

한조는 튀어나오려는 막말은 꼴깍 되삼키고 그렇게 말했다. 장래를 위하여.

"시보단 오히려 구청이 실무선인지 몰라, 사업 내용에 따라선."

이 말이 그나마 그날 한조가 들은 가장 구체적인 암시였는지 모른다. 구청이라… 열두 개나 되는 구청이라….

그러나 다음 순간 나길조는 이렇게 말했다.

"하지만 지금은 아직 연초라 계획 단계일 뿐이란 거 잊지 마. 몇달 뒤 애기야. 그때 가도 여간해선 감도 못 잡기 쉽고. 웬만하면 다 끼리끼리 끼고 돈다구."

"무슨 애기야?"

"복덕방들이 다 붙어 있거든."

"복덕방?"

"내 애긴 차라리 부동산부서 신설하지 말고, 하려거든 증권부서를 신설하라고 권하고 싶어."

"증권? 주식 말야?"

"그렇지 주식."

"패가망신하기 딱 알맞은 주식?"

"그건 옛날 애기야. 광산 날리고 극장 날리고 하던 시절하곤 다르다구. 무슨 생각을 하고 있어."

그래도 한조가 시큰둥한 표정을 바꾸지 않자 나길조가 재차 강조했다.

"이건 점심 얻어먹은 대간데 정말 한번 해보라구, 내 말이 거짓말인지. 오늘 신년 발회(發會)했을 테니 내일부터 사흘만 경제신문 한번 사봐, 시중 돈이 증권시장으로 다 몰려든다는 말이 나오나 안 나오나. 부동산은 아직 침체야. 물론 금년 중반쯤 가면 침체의

늪에서 빠져 나올 거라고들 하지만 어쨌든 아직은 침체야. 내 말대로 명동에 한번 가봐. 증권시장 열기를 한번 재보라구."
"주식이 뭔 줄 알아야 하지."
"부딪치려면 공부부터 해야지."
나길조는 말하기 바쁘게 동동걸음으로 뛰어가 버렸다. 저런 놈이 청렴을 들먹이다니. 한조는 그 길로 서점을 찾아갔다. 그러곤 책 한 권을 샀다. 제목이 '초심자를 위한 주식투자'였다.
―이건 예상밖의 급등센데.
―오늘 중으로 종행 주가지수 400을 넘어설걸. 내일은 410을 깰거고.
―전자, 건설, 무역뿐만이 아냐. 기계, 화학업종 같은 저가주에도 매기가 일기 시작하고 있어. 모두 미쳤어.
―지난 연말에 푼 자금이 몰려들어서 그래.
―이제 보라구, 이러다간 무슨 규제 조치가 떨어질 거라구. 벌써 거래소 당국이 재무부로 쫓아갔다는 소문이야.
―100 프로 예납 조치 같은 게 내리겠지. 기관 보유주의 출회를 지시하고.
―두고 봐, 그 정도 조치로 이런 상승 기세가 꺾이나. 지금은 발행시장의 공백긴데다 배당 지급기를 앞두고 있는데 이렇게 이상 열기로 불붙은 폭등세가 그 정도 미온적 규제로 가라앉을 것 같애?
―어쨌든 하루 지수 10포인트 이상씩이나 오른다는 건 어딘가 잘못된 거야.
한떼의 쑥덕거리던 사내들은 어느 순간 말을 뚝 끊고 다투어 건물 출입구 쪽을 향해 몰려 나갔다.
한조는 영문을 알 수 없었다. 고객 대합실인 영업장 두 귀퉁이에 설치된 확성기에서는 줄기차게 회사 이름과 숫자를 주워섬기고 한

벽면을 온통 다 차지한 시세판에는 더벅머리 야간 고등학생이 사다리를 놓고 달라붙어 백묵으로 타자하듯 숫자를 써 넣고 있었다. 아이의 손은 춤추듯 빨랐다. 손가락 사이에 흰 백묵과 붉은 걸 한꺼번에 끼고 어떤 것에는 흰 숫자를, 그리고 대부분의 숫자는 붉은 색깔로 써넣었다. 화살표로 위를 치솟는 표시도 겸해서 해냈다.

한조에게 분명히 오는 것은 실내가 터질 듯한 흥분으로 숨막히게 돌아가고 있다는 사실 하나뿐이었다. 붉은 딱지, 녹색 딱지가 회사 이름에마다 붙어 있고 삼각형, 곱표, 네모꼴, 물구나무선 삼각형, 동그라미, 빗금……등 온갖 표시에다 상종가, 하종가, 권리락, 배당락, 감리, 특별포스트, 기세, 신용거래, 1부, 2부……의 범례 표시가 따로 되어 있었지만 그런 건 한조로서는 도대체가 하나도 가늠이 가지 않았다.

'초심자를 위한 주식투자'란 책을 밤새 읽고 나왔는데도 그런 건 거기선 아무짝에도 소용없는 것 같았다. '용어 하나하나를 주식을 모르는 사람 입장에서 쉽게 풀어 쓰고, 뜻 하나하나도 초심자 편에 서서 친절히 설명한다'는 부제가 붙은 책을 구석구석까지 다 들여다 보고 나온 결과가 그랬다.

뭔가 늦었구나, 아니 지금도 늦고 있구나 하는 초조감이 한조를 부추겼다. 책에서 경고하고 있는 '바보 중의 바보'로 남아 있는 것 같은 느낌을 지울 수가 없었다.

책은, 증권이란 상대가 있다는 말을 누누이 강조하고 있었다. 내가 이득을 보자면 누군가에게 반드시 손해를 입히지 않고는 안 된다나. 그 마지막 손해를 보는 멍청이가 바보 중의 바보라나. 그래서 바보 이론이라는 게 있다는 투니 참 웃기는 책이었다.

어쨌든 증권시장의 생리까지 환히 꿰고 있어야 비로소 투자를 할 수 있다니, 처음엔 주식이란 걸 증권거래소에 가서 사는 줄 알고 거래소로 들어가려다 망신만 당하고 물러난 한조로선 어느 세월에 시장 생리까지 터득을 하랴.

주식을 거래소에 직접 가서 사지 않는다는 건 책에서도 읽었는데 깜빡 잊은 게 한조는 억울했다. 그는 답답하여 안경을 확 벗어 들었다. 까짓 빚쟁이가 알아봐도 좋다 하고——.

무슨 생산공장이나 현물시장도 아닌, 시퍼런 지폐가 휘어잡고 돌아 가는 증권시장. 한조는 몸이 근질근질한 유혹에 더 이상 거기 머물러 있을 수가 없었다.

증권이란 얘기만 들었지 이런 거라는 걸 왜 일찍 몰랐던가. 그러나 한조는 사람들 보는 앞에서 가슴을 칠 수도 없고 혀를 차며 불난 호떡집을 나올 수밖에 없었다. 내일 다시 올 테니 두고 봐라.

그런데 누군가 출입구를 향해 걸어 나가는 그를 불러 세웠다.

"손님, 저 좀 보세요."

돌아보니 얼추 봐서 스물다섯이나 될까 싶은 젊은 청년이었다.

"왜 그러슈?"

"증권회사 첨 구경하시는 분 같아서요."

"그런데?"

"정신을 못 차리시겠죠?"

"모두 미쳤구먼."

한조는 조금 전 세 사나이가 하던 말을 흉내내어 말했다. 청년이 소리 없이 웃었다.

"한번 선생님도 미쳐 보시지 않으시겠어요?"

"어떻게?"

"투자해 보시라구요. 제가 자문해 드릴게요."

"당신이 왜?"

"전 이 증권회사 직원이거든요."

청년의 말에 한조는 다시 한 번 쳐다봤다. 여전히 웃음이 묻은 얼굴이긴 하지만 어딘가 어색하고 단련이 안 된 수줍음 같은 게 끼여 있는 표정이었다.

"처음 오시는 고객들을 알아보고 투자 권율 하는 게 제 일이죠."
하고 청년이 말을 계속했다. "첨 오시는 분들은 대부분 엄두가 안
나서서 그냥들 돌아서시죠."

"나도 다음에 다시 오지. 첫 투잔 사흘을 지켜보고 나서 한다니
까."

"증권 안내 책자 보셨군요."

"좀 보기도 하고 얻어 듣기도 하고……."

"하지만 뭐든 이론대로 되는 거 보셨어요? 그리고 지금은 급해
요. 하루 늦으심 그만큼 후회하실 거예요. 보셨다시피 막 춤을 추
고 있거든요."

"그럼 당신은 왜 투자 안해?"

"증권회사 직원은 못하게 돼 있어요. 아녜요, 다른 사람 명의로들
많이 하기도 해요. 하지만 전 아직 젊잖아요. 황금을 보기를 돌같
이 해야죠."

한조는 자신도 모르게 하하 하고 소리내어 웃었다. 그리고 청년이
마음에 들었다. 나길조를 찾아가 물어보느니 아무래도 증권회사 직
원이 더 잘 알겠지. 그런데 청년은 다음 순간 이렇게 말했다.

"저도 아직 잘 모르겠어요. 입사한 지 겨우 한 달 조금 넘었거든
요. 아직 졸업식도 안 했구요."

그러니까 황금을 돌같이 보려는 안간힘을 쓸 만하지. 조심하라구.
삐끗하면 그 정신 몇 달 못 간다구.

"오늘은 그냥 한번 시험삼아 오파나 던져 보시죠 뭐. 위탁증거금
만 조금 내시고 매매 대금 전액은 모레까지 갖다 주시면 돼요."

청년은 말하고 나서 '아 참, 증권책 읽으셔서 그 정돈 아시겠군요'
라고 덧붙였다.

"어떤 주식을 사란 말이오?"

"건설주밖에 더 있어요. 그런데 너무 달려드는 사람이 많아서 잡
힐려나 모르겠네요. 하여튼 회사랑 사실 양을 한번 정해 보세요.
넣어 볼 테니까."
"넣어 보다니?"
"거래소에 나가 있는 우리 거래원 불러 잡아 달라고 해야죠."
건설주라… 하고 한조는 잠시 궁리했다. 아침에 버스를 타고 오는
데 휘장을 둥그렇게 치고 흙을 파내던 회사 이름이 뭐더라. 노란색
이 특히 강렬했었는데. 거기다 솟아오르는 태양을 연상케 하는 회사
마크와 함께 검은 글씨로 크게 쓴 회사의 이름은 그렇다, 분명히 동
아건설이었다. 옛날 가마니 거적때기를 둘러치고 지게로 흙을 져 올
리던 때에 비하면 포클레인이 동원된 요즘의 장면은 얼마나 안쓰러
움이 가시는가.
한조는 청년을 건너다봤다.
"동아건설이라는 회사 있지?"
"있죠. 그 회사주로 사시겠습니까?"
청년은 말하기 바쁘게 시세판 앞으로 쫓아갔다. 시세판을 앞으로
당겨 놓고 무슨 공사 중인가 했더니 전광 시설을 하고 있다지 않은
가.
한조가 겨우 동아건설을 찾아내고는 금을 따라 전날 후장(後場)
종가(終價)를 읽어 내고 있는데 어느새 청년이 옆에서 말했다.
"지금 662원까지 가 있군요. 어떻게 할까요, 아예 670원으로 넣
어 볼까요?"
한조가 감이 잡히지 않아 어리뻥뻥하게 결정을 못 내리고 있는데
청년이 또 말했다.
"어제 상종가까지 올라가서 648원이었는데 오늘도 틀림없이 상종
갈 거예요. 지금 그렇게 넣어도 잡힌다는 보장이 없어요."
"난 그게 아니고 몇 주나 살까 해서 그래. 계산이 잘 안 돼서."

청년은 한조의 말에 얼른 저고리 안주머니에서 전자 계산기를 꺼
내 들었다.

"만 주면 670만 원이구요, 5천 주면 335만 원이 나오는군요."

한조도 그 정도 계산은 이미 나와 있었다. 그래도 그의 암산 실력
은 귀자를 깜짝 놀라게 할 정도로 빠르고 정확했지 않은가.

지금 그의 고민은 오로지 수중에 있는 전 재산 496만 5천 600원
중에서 얼마를 던지느냐에 있었다. 그새 3만 4천 400원의 뼈아픈
지출이 있었다. 안경을 사는 데 2만 원 가까이 지불한 것은 너무 무
모했을까. 참, 나길조란 놈 가만 두나 봐라. 점심 한 끼 값으로 1만
6천 원 넘어 날린 거 꼭 뽑고야 말 테니.

한조는 단호히 결심을 세웠다. 풋내기 증권회사 직원의 충동에 넘
어가서는 안 되었다. 적어도 돈냄새를 맡는 일인 한은 천부적인 코
를 가진 그라고 한다면.

"한 500 정도 한번 던져 볼까 하는데."

그러시다면, 하고 청년이 다시 계산기 단추를 두드리기 시작했다.
7천 주는 살 수 있다는 말을 하겠지. 469만 원이 나오니까.

"7천 400주까진 넣을 수 있군요."

"7천 주만 사 주."

"좋습니다. 당장 불러 보죠."

한조는 청년이 내준 거래약정서와 적색의 매입전표에다 이름과
주소를 쓰고 도장을 눌렀다. 청년이 전표를 영업장 반대편의 데스크
로 넘기자 곧 수화기를 들고 한 사내가 소리쳤다. 거래소로 연결된
직통선인 모양이었다.

한조는 시세판 앞에 길게 놓여 있는 소파로 돌아와서 사람들 사이
에 엉덩이를 비집어 넣었다. 거래소로 연결된 단조로운 숫자 방송이
여전히 계속되고 있었다. 선거개표 중계방송같이 사람들을 쥐어 흔
들면서.

청년이 다가와 명함지를 내밀었다.

"인사가 늦었습니다. "

'대동증권 영업부 禹濟禎'이라고 씌어 있었다. 한조는 손을 내밀어 황금을 사랑하지 않는 우제정의 말랑말랑한 손을 잡아 흔들었다. 그도 어느새 달뜨는 흥분 속으로 빠져들고 있는 것일까.

동아건설주 7천 주는 결국 곡예를 거듭한 끝에 전장(前場) 거의 마감 임박해서야 주가를 684원까지 올려 한조의 몫으로 떨어졌다. 그럼에도 우제정은 환성을 질렀다.

"이건 행운입니다. "

한조는 방송을 듣고 있는 동안 잡히진 않고 자꾸 뛰기만 하는 값에 약이 올랐었다. 그래서, 오기는 금물인데 하면서도 우제정을 시켜 80원대로 껑충 튕겨 버렸다. 그때 우제정이 이렇게 제의했다.

"다른 회사로 돌리면 안 되시겠어요? 대림산업은 아침부터 기세(氣勢)니 안 되지만 남광토건이나 삼환기업도 전망이 좋은데요. "

"약올라서 안 되겠어, 올리자. "

"다른 회사 주는 싫으시구요? 감정적 반응은 좋지 않아요. "

"그래도 그렇지, 액면가 500원짜리가 3천 원이 넘는다니 말이 되나 말야. "

"중동이라는 호재 때문이죠. 지난 연말경 현대건설이 사우디에 3억 불짜리 항만 건설을 맡았다는 소문이 돌자 그날부터 주가가 미치기 시작했어요. "

건설주가 이 판이라는데 7천 주나 잡혔으니 과연 우제정이 탄성을 지를 만한 사정이라 해야 할까. 하긴 도중에 작전을 바꾸어 7천을 7만으로 불려 넣어 겨우 그 10분의 1이 걸린 형편이라면 이는 전쟁이다. 우제정은 그걸 다른 증권회사와 찢어 갈라 먹은 것이라고 설명했다. 그는 그러고 나서 한조에게 물었다.

"나 사장님, 동아에다 끝까지 호가(呼價)한 동기가 궁금한데요. "

"오기겠지" 하고 나서 한조는 "실은 말이야" 하고 사실대로 말했다. "오늘 여기 오다가 그 회사가 공사를 하고 있는 걸 본 거뿐이야, 서소문 뒤쪽에."

우제정이 얼른 한조의 옆구리를 꾹 찔렀다. 그러고는 큰 소리로 말했다.

"그게 바로 그 회사 사옥예요. 20층인가 된다죠, 아마. 대단히 장래성이 좋은 기업이라는 정보가 있어요."

한조도 금방 눈치를 챘지만 우제정은 뒤에 나직한 목소리로 속삭이듯이 말했다.

"언제나 산 담엔 뭐가 있는 것처럼 슬슬 부추겨야 돼요. 그러잖아도 우리가 아까부터 집념을 보이자 영업장 전체가 좀 주목했었거든요."

꼭 그래서 그런 건 아니겠지만 동아건설주는 그날 전장 종가가 상종가에 가까운 693원까지 가더니 후장 시가(始價)에서 곧장 98원에 이르는 상종가를 기록하며 동시호가(同時呼價) 외엔 매물이 나오지 않아 매매가 더 이상 성립되지 않은 채 끝났다.

매매 약정에 따른 위탁증거금 10만 원만 우선 내고 통장을 받아 든 다음에도 돌아가지 않고 후장 입회 시각에 맞춰 다시 나타난 한조를 보자 우제정이 대뜸 소리쳤다.

"저 보세요. 벌써 상종가를 때렸죠. 지금 당장 되팔아도 10만 원 하난 버셨어요."

"점심이나 같이 할까 했는데 어디로 도망갔었수?"

"여자하고 약속이 돼 있어서 살짝 뺐죠."

"이따가 퇴근 후에 만날까, 우리?"

거래수수료 4만 4천 92원을 제하고도 눈깜짝할 사이에 5만 원 가까이 번 폭인데다 친선도모도 해둘 필요가 있어 그랬는데 우제정은 팔을 내저으며 그의 제의를 제지했다.

“모레 나오셔서 잔금이나 내세요. 그리고 일주일만 딱 잊고 내버려 둬보세요.”
우제정은 한조를 문간으로 밀어내며 이렇게 속삭이기도 했다.
“왠지 나 사장님 맘에 들어요.”
동아건설주는 다음날 또 상종가를 기록하며 748원으로 뛰어올랐다.

한조는 동대문 옆구리 이화여대 부속병원 울타리 밑에 세워져 있는 경제신문 게시판을 들여다보고 서 있었다. 숭인아파트로부터 불과 3백미터 거리에 그런 신문 게시판이 설치되어 있는 건 얼마나 다행한 일인가.
물론 한조는 채권자들이 전세금을 차압해 버렸을 아파트로 들어갈 수는 없었지만 혹시 집을 나서는 어머니를 만날지 모른다는 생각에서 그 근방에다 여관을 정하고 있는 중이 아닌가. 하긴 어머닌 벌써 전세금을 넘겨 주고 캐비닛이랑 싸들고 큰형한테로 갔을지 모르지만.
(불쌍한 노친네!)
한조는 그러나 어머니 생각을 곧 잊어버리고 말았다. 동아건설주가 예상 밖으로 내리막길을 걸어 내려오고 있었던 것이다. 전전날 잔금 473만 2천 92원을 내러 들렀을 때 우제정은 698원의 하종가로 뚝 떨어진 시세를 두고 주가란 원래 그런 곡선을 그리며 다진다고 안심을 시켰지만 지금 신문에 나와 있는 시세는 거기서 또 6원이 더 떨어진 692원이 아닌가.
당장 우제정을 만나 보는 수밖에 없었다. 이런 추세라면 당장 지금 던져도 본전조차 못 건지는 게 아닌가. 한조는 다급한 김에 지나가는 택시를 붙들어 세웠다. 우제정이란 놈을 믿은 게 잘못일까.
“증권거래소로 갑시다.”

"그게 어디 있습니까?"

"아, 거긴 가봤자 소용없고…… 하여튼 명동으로 갑시다."

그러나 한조는 대동증권 영업장에 설치된 시세판을 들여다보고야 휴우 한숨을 내쉬었다. 어떻게 된 영문인지 거기에 나와 있는 시세는 692원의 상종가도 넘는 748원으로 적혀 있지 않은가. 신문이 오보를 낸 것일까.

마침 우제정이 보이지 않으므로 너무 초조하게 군다는 인상을 주기 전에 도망치자 하고 한조는 서둘러 객장 출입구 쪽으로 걸어 나갔다. 그러나 출입구를 채 벗어나기도 전에 뛰어드는 우제정과 맞닥뜨렸다.

"또 나오셨어요?"

"공부 좀 하려고. 여길 안 나오면 도무지 감이 잡혀야지."

"잘하셨어요. 제가 뭐 한 가지 드릴게요."

그가 건네준 것은 4절지 크기의 종이에 바둑판처럼 줄을 긋고 잔뜩 숫자를 적어 넣은 '거래상황표'라는 것이었다.

"증권업협회에서 매일 내는 상황표예요. 거기 보심 모조리 다 나와 있어요. 이틀 동안의 종가, 어느 회사에서 얼마나 사고 팔았는가, 그래서 전체 거래량의 규모는 얼마나 되는가, 신용거래 현황은 어떤가 등등 안 나와 있는 게 없어요."

한조는 건성으로 들여다보며 우선 의심나는 점부터 물었다.

"경제신문, 거 믿을 게 못 되는 거 아뇨?"

"아녜요, 그거 받아 보시는 게 좋아요."

"오보도 있던데. 어제 동아가 692원으로 떨어진 것처럼 나와 있던데 여기 와서 보니 상종가잖우."

"그럴 리 없을걸요. 혹시 전장 종가를 잘못 보신 거 아녜요."
하며 우제정이 급히 신문걸이 쪽으로 뛰어갔다. 아항, 그런지 모르겠다 했는데 가지고 온 신문을 보니 역시 그랬다. 그럼 그렇지. 하지만 이런 분별력을 가지곤 안 되겠는걸.

"첨엔 누구나 그렇죠. 자꾸 실수하고 놀라는 게 좋아요."

정말 한조는 놀라지 않을 수 없었다. 주가는 그날부터 내리 상종가로만 치달려 아흐레 만에 천원대를 넘어선 1천 88원을 기록했다. 그런데 천원대까지 참았다가 마침내 한조가 나타났을 때 우제정은 무슨 영문인지 얼른 그를 한쪽으로 끌고 갔다.

그렇게 끌고 가서는 밑도끝도 없이 연두교서(年頭敎書)니 뭐니 하는 말을 꺼냈다. 낮은 귀엣말로 갑자기 정치가 같은 말을 하는 데 한조는 어안이 벙벙했다. 무슨 비밀결사의 자금을 대라는 말이라도 하려는 건 아닐까?

"무슨 말인지 난 통……."

"내일 연두교서 발표가 있다는 건 아시죠?"

"그런데? 그게 나하고 무슨 상관이야?"

"상관 있어요."

"있다구?"

"제 얘기 들어보세요."

우제정이 어깨를 부딪치며 더욱 바짝 다가들어 한조는 뭔가 섬뜩한 느낌마저 들지 않을 수 없었다.

"신문의 예상 보도와는 다르대요."

"뭐가 말야?"

"한마디로 고도성장 정책에서 후퇴한다는 거예요."

갈수록 이상한 소릴 한다 싶었는데 잠자코 좀더 듣자 하니 우제정의 소곤거림은 놀랍게도 귀가 번쩍 뜨이는 내용이 아닌가. 요컨대 주가가 떨어질 거라는 것. 선진국들의 보호무역주의 강화로 국제수지가 악화되고 오페크(OPEC)의 원유 가격 인상으로 생산 원가에 압박이 가해지면 물가는 오르는데 자금 경색으로 경기는 침체되고 민간소비 추세도 약화되고……우제정은 세계 경제의 일반적 추세라는 말까지 썼다.

"무엇보다 금융 긴축 정책을 쓴다는 게 그중 악재(惡材)예요. 성
장 위주에서 궤도 수정을 하면 실업 사태가 나요. 큰일 아녜요?"

"그럼 난 어떻게 하는 게 좋겠수?"

한조가 듣기에는 뭔가 먹구름이 깔리는 것 같은 느낌이 들었다.

"파시는 게 어떨까 해요. 아직 이 정본 아무도 모르거든요. 내일
이면 시장이 쑥밭이 될 거래요."

"그렇다면 당장 내놔야 되잖우?"

"그럼요. 불이 붙어 있을 때 팔고 빼는 거죠 뭐."

한조는 서둘러 녹색 매출전표를 썼다. 볼펜을 쥔 손끝이 떨렸다.
7천 주를 몽땅 '팔자'에 붙이고 나서 우제정은 이런 말까지 했다.

"나 사장님이기 때문에 이러지 사실 저흰 고객을 상대로 단기 차
액이나 따먹으라고 권해선 안 돼요. 증권시장에서 투기는 가장 나
쁜 거거든요."

놀라운 연두교서 내용도 모르고 건설주는 여전히 불티가 나고 있
었으므로 한조의 동아건설 7천 주는 상종가로 즉각 팔려 갔다. 수수
료 6만여 원을 빼고도 이틀 뒤에 그에게 돌아올 액수는 자그마치
755만 3천 72원. 우수리를 버려도 단 열흘이 안 되어 270만 원은
번 게 아닌가.

세상에 이렇게 돈 벌기 쉬운 길도 있었던가. 한조는 가슴이 약동
했다. 오로지 빚쟁이들한테 먹살 안 잡히게 안경만 열심히 끼고 다
니면 된다.

한조는 당장 우제정을 끌어내어 푸짐하게 지지고 끓이는 점심을
샀다. 그리고 이쑤시개로 이빨을 쑤시며 제2단계 전략을 물었다.

"이제 어떻게 할까? 돈을 그냥 놀릴 순 없잖우."

"나 선생님 증권에 반하셨어, 벌써." 하고 나서 우제정은 소리 없
이 웃었다. "재미있죠? 사실, 증권 이거 도리짓고땡 같은 거라구

요.”

“패를 잘 골라야겠구먼.”

“그게 그렇게 쉽나요. 하지만 분명한 건 손이 너무 잘면 으례 돈을 잃는 수가 많아요.”

황금을 돌같이 보는 우제정의 입에서 그런 말이 나오고 말다니.

우제정의 말을 듣고 한조가 동아건설주를 처분한 것은 그러나 얼마나 큰 실책이었던가. 건설주가 녹아나리라던 우제정의 장담과는 달리 연두교서에도 불구하고 건설주는 연일 상종가를 기록하면서 치솟고 있었으니까. 한조는 울화통이 터져 견딜 수가 없었다. 손쉽게 270만 원을 먹은 것이 기분 좋아 우제정이 한 이틀 기다려 보자고 한 말을 당연하다고 생각하고 있는 동안 줄잡아 백만 원 한 장은 손해본 폭이 아니던가.

연두교서만 해도 그랬다. 난생 처음 신경을 곤두세우고 신문에 보도된 그것을 다 뜯어 읽어 봤으나 금융 긴축정책은 쓴다고 했지만 고도성장 정책에서 후퇴한다는 선언은 없지 않던가.

객장에서 옆 사람을 붙잡고 물어봐도 우제정이 터무니없는 오판을 했다는 건 명명백백했다.

“건설주가 왜 저렇게 뛰기만 하죠?”

“중동 오일 딸라 본격적으로 먹기 시작했는데 안 뛰고 견뎌?”

“중동 뭐요?”

“중동 건설 진출 말이오. 수주만도 벌써 37억 불이나 된다구요. 그뿐인가요. 국내 건설도 건설부 예산만 천 807억이 넘어요.”

“그래도 세계 경제 동태가 비관 쪽으로 기울고 있다던데요…….”

“누가 그딴 소릴 합디까? 경제순환 사이클도 모르는 그런 무식한 소릴 누가 해요?”

“그렇게들 말하던데…….”

“사이클이 4년 단위 아니오.”

“그야 그렇죠.”

하고 한조는 덮어놓고 고개를 끄덕였다.

“그게 지난 이태 전을 고비로 회복 국면에 돌입하여 각국이 경기 부양책을 쓰고 있고 국제 협력 무드도 고조되고 있는데 비관이라니 무슨 재수없는 소리요.”

미국 와튼연구소나 영국 나이서도 세계 경제를 낙관적으로 보고 있으며, 무엇보다 미·일·독일이 어떤 정책을 쓰느냐가 중요한데 일본은 이미 이 해를 경제의 해로 선언했고 미국도 새 대통령이 취임할 새 정부의 누군가 하는 연방준비제도 이사장이 경기부양책으로 공정할인율을 0.25퍼센트 인하하겠다고 했다나. 되게도 유식하여 한조로선 무슨 얘긴지 다 알아들을 수도 없었지만 어쨌든 우제정의 판단이 틀렸다는 건 분명했다. 그리고 그가 틀렸다고 생각하자 화가 났다. 무식을 면박당한 것도 화가 났다. 그때 한조를 돌아보며 사나이가 물었다.

“건설줄 사려고 그러오?”

“이틀 전에 팔았거든요, 억울하게.”

“다시 잡기는 힘들 거요, 자투리나 더러 걸릴지 몰라도. 큰손들이 들러리주까지 올리려 세밀 작전을 쓰는 판 아니오.”

“저가주들까지 키재길 하는 판인데” 하고 옆에서 누군가 불쑥 거들고 나서기도 했다. “선박, 철도, 차량, 기계공업에 대해선 수출지원금융 융자 기간을 90일에서 배로 연장 조치했으니 그것들도 뛸 거고.”

바로 그때 우제정이 급히 객장에 뛰어들었다. 모두가 날고 뛰는 판에 혼자만 엉거주춤하고 있는 듯한 초조감에 빠져 있던 참이라 한조는 그를 보고도 뭐라고 말이 나오지 않았다.

“나 사장님 제가 너무 큰 실술 해서 어떻게 하죠. 제가 들은 정보가 엉뚱했어요. 나 사장님을 도울려고 한 일이……. 주식이란 원래 그래요. 도리짓고땡 같다고 했잖아요. 손해보신 만큼 꼭 만회해 드릴게요. 전 좋은 경험을 했어요. 나 사장님도 그렇죠 뭐."

우제정이 한꺼번에 다 말해 버렸으므로 한조로선 별로 더 할 말이 없었다. 한조는 우제정에게 어떻게 그의 손해를 만회해 주겠느냐고 추궁하지 않았다. 하긴 270만 원 이상의 이득을 올려 주었으므로 엄밀히 말하면 우제정이 그에게 손해를 끼친 건 아니었잖느냔 얌전한 인식을 한조는 갖고 있기도 했다.

그러나 한조가 입을 다물고 있는 더 큰 이유 우제정이 말한 경험이란 것이 주는 의미의 압도 때문이었다. 객장에서 만난, 세계 경제를 환히 꿰고 있는 듯한 사내한테서도 놀랐지만 우제정의 말대로 이번 동아건설주의 실패 경험이 최소한 그에게 뭔가 주식시장의 생리에 대한 감각 같은 거라도 잡는 계기는 되어 주어야 했다. 적어도 아무리 증권회사 직원이 달리 선택의 여지가 없는 권유를 했다 해도 최종 결정에 대한 책임은 그에게 있는 게 아닌가.

한조는 마음을 가라앉히고 나직이 말했다.

"지나간 일에 너무 신경쓰지 말아요."

"아닙니다. 그런 건 참 약오르는 일예요."

"잊어버리라니까."

"차나 한잔 하시겠어요?"

둘은 건설주 열기에 들떠 있는 객장을 빠져 나갔다. 청년 둘이 그들을 왈칵 밀고 뛰어나가며 소리쳤다.

"드디어 천 900원대를 깼잖어!"

"2천 원대도 시간 문제야!"

한조가 보기엔 모두가 미쳐서 날뛰고 있었다. 그 판에서 절대로 낙오되지 않는다는 각오를 그는 거듭거듭 새롭게 했다.

"큰손들이 가격을 올리고 있는 들러리주론 뭐뭐가 있지?"

"아니, 벌써 큰손을 아세요?"

“나를 아주 한데로 아는군.”

“그런 주 사시면 안 돼요. 몇 십억씩 넣었다 뺐다 하는 투기꾼들 따라붙었다간 당해요.”

우제정이 그를 유심히 지켜보았다. 뭔가 할 말이 있는데 자신이 서지 않아 그러고 있음이 분명했지만 한조는 그냥 내버려 두었다. 그러자 침묵이 거북하여 우제정은 두 번째 담배를 뽑아 물고 있었다. 실패가 짐이 되어 그는 너무 신중해져 버린 편이었다. 할 수 없이 한조가 먼저 입을 여는 수밖에 없었다.

“뭐 없을까, 전망이 있는 걸로?”

“사실은 그 때문에 나오시란 전볼 띄웠죠. 돈이 입금됐다는 걸 알려드리려구 전보친 게 아네요.”

“전보? 나한테 말이오?”

“못 받으셨어요? 약정서에 적어 놓으신 주소로 띄웠는데.”

한조는 순간 가슴이 철렁했다. 그렇다면 전보지가 숭인동 아파트로 갔을 텐데 이걸 어쩐다. 어머니가 아직도 거기 있어서 받았대도 기절을 했을 게고 혹시 빚쟁이 손으로 넘어가서 그가 살아 있는 줄 알면 당장 비상망이 퍼질 텐데.

한조는 다급했으나 태연한 목소릴 가장하여 물었다.

“뭐라고 썼어? 대동증권으로 나오라고?”

“아뇨. 좀 나오시라고만 했죠. 왜요? 증권하시는 줄 알면 부인이 펄쩍 뛰시나요?”

“아직 집에선 모르고 있어서…….”

“걱정 마세요, 끝에단 제 이름만 달았으니까.”

“다행이군.”

휴우, 한조는 안도의 한숨을 깨물었다.

“내가 일찍 집을 나와 못 받은 모양이군.”

“그러게 전화번홀 적어 주세요.”

“내가 매일 나와야지. 그래야 배우잖어. ”

“나 사장님이 안 믿으실 것 같아서 얘길 꺼내기가……. ”

우제정은 말을 중단하고 담배 연기를 빨아들였다. 도대체 무슨 애긴데 이렇게 꺼내기가 어려울까.

한조는 우제정이 그의 자살행에 대해 뭔가 냄새를 맡은 게 아닌가 하는 생각마저 들어서 겁이 더럭 났는데 알고 보니 그게 아니지 않은가.

주가가 바닥 시세로 떨어진 형편없는 회사주를 한번 사보지 않겠느냐는 것. 한때는 대단한 인기주였는데 방만한 경영으로 시세가 기울어 자본 잠식률 70프로나 되는 무역회사주라는 것. 자본 잠식이 뭐냐니까 우제정의 설명인즉 자꾸 적자 경영이 겹쳐 회사 자체 자본금을 끊어 먹는 거라는 것. 말하자면 제 다리 잘라 먹었다는 건데 그런 회사주를 왜 사 ?

“오늘 아침 우리 상무한테서 나온 정본데요, 그 회살 모 재벌회사에서 인수한대요. 전화하는 걸 옆에서 엿들었거든요. ”

“또 그놈의 정보……. ”

“증권은 정보 싸움예요. 하여튼 인수 회사가 대우개발이라는 것까지 나왔는데 확실하지 않겠어요. ”

어떻게 할까. 한조는 결정을 못 내리고 우제정을 노려봤다. 담배 연기로 잠깐 지워졌던 그의 얼굴이 되살아나고 있었다.

“인수설이 경제신문에 나버리면 늦어요. ”

“바닥 시세면 얼마요 ? ”

“어제 종가가 180원이었는데 오늘 아침 시세는 1원이 더 떨어졌고 아까 나올 때 보니 78·77·79에서 다시 77원으로 떨어지고 있더군요. ”

한조는 재빨리 계산을 뽑기 시작했다. 177원에 잡힌다고 하면 적어도 4만 2천 주를 살 수가 있었다.

“한 4만 주 넣어 볼까 ? ”

“그러시겠어요 ? 그럼 가시죠. ”

두 사람은 공연히 마음이 조급해져서 자신도 모르게 동동걸음을 쳤다.

“정보가 틀림없어야 할 텐데. ”

“우리 상문 빈틈없는 정보 아니면 움직이지 않아요. 지점장들한테 뿌리는 것도 아니고 아마 자기집 누군 것 같았어요. 개인으로 먹으려는 거죠. ”

시세판에 나와 있는 남양통상주는 175원까지 떨어져 있었다. 우제정이 한조를 돌아보며 회심의 미소 같은 웃음을 지었다. 아직은 너무 빠른 미소였다.

“74원에 오파를 넣어 보죠 뭐. ”

“너무 잔인하잖을까 ? ”

“호가는 잔인할수록 좋아요. ”

전표를 떼자 곧 거래소에 나가 있는 거래원이 전화에 호출됐다. 이쪽에서 송화기에다 대고 소리쳤다.

“남양통상. 응. 174원. 응. 4만 주. 응. ”

쉽게 잡힐 거라구 우제정이 말하긴 했지만 그로부터 불과 한 시간도 안 되어 마감된 전장 종합 거래 장부엔 분명히 한조가 넣은 남양통상주 4만이 오퍼대로 174원에 잡혀 있었다. 그리고 기왕 내친 걸음에 그는 후장에서 남은 돈으로 2천 주를 더 붙들었다. 그건 176원씩 줬는데 그날 종가는 178원으로 기록됐다.

“아직은 기밀 모르나 봐요. 시가(始價)보다도 1원 낮게 끝났으니까요. 내일이 고빌걸요. ”

했는데 아니나다를까 우제정의 말대로 남양주는 다음날 208원의 상종가를 기록하고 말지 않았는가.

“틀림없이 소문이 돈 거예요. 내일도 뛸 테니 두고 보세요. ”

사흘째에 238원, 나흘째는 268원의 상종가. 하지만 '사자'밖에 물건이 없어 거래가 안 되는 기세(氣勢)를 기록해 나가고 있을 때 한조는 오후의 후장에 두 차례로 나누어 4만 2천 주를 몽땅 팔자고 내밀었다. 우제정의 치밀한 계획에 맞추어. 놓칠세라 누군가 상종가로 널름 받아 먹었다. 그리고 그 이튿날 아침 경제신문엔 이런 제목의 기사가 실렸다.

—대우, 남양통상 인수교섭 실패

—방계 봉재회사 등 일괄인수 조건 타협 못 봐.

한조에게 있어 이젠 '주식 투자란 꽤 재미있는 건데' 하는 정도가 아니었다. 제주도 끝에서 태평양 바다에 빠져 죽었더라면 얼마나 억울했을까 싶을 정도도 아니었다.

그는 주식 투자에 거의 동물적일 정도로 매료당하고 있었다. 그도 그럴 것이 단 나흘 동안의 짜릿한 흥분과 행복감을 맛보고 나자, 400만 원 가까운 거액이 거짓말같이 굴러들어와 있지 않던가.

불과 보름 남짓 증권회사 언저리를 배회하여 얻은 대가가 그의 통장에 1천 130만이란 액수로 나타나 있었다는 건 아무리 생각해도 꿈만 같았다. 당초 투자액 480을 빼도 650이 불어났으니 땡전 한닢 주머니에 남아 있지 않던 신세를 생각하면 당장 거부가 된 것 같은 느낌이 들지 않을 수 없었다.

생각하면 이는 전적으로 우제정의 공로라 해도 과언이 아니었으므로 한조가 그런 걸 모른 체할 인간이 아니었지만 어떻게 방법이 없었다. 억지로 술집까지 끌고 가는 덴 성공했지만 우제정이란 스물여섯 살 청년은 황금만 돌같이 보는 것이 아니라 여자도 돌같이 보지 않던가.

한조가 한껏 호기를 부려 우선 만원 한 장을 여자의 유방 속에 찔러 넣고,

"너 오늘 미남자 껴안고 자는 거야."

하고 시쳇말로 분위기를 핑크 무드로 끌었지만 우제정은 한치도 움쩍하지 않았다. 그건 어느 편이었느냐 하면 여자를 돌같이 본다기보다 여자 앞에 서면 스스로 돌이 되는 참으로 난처한 풋내기였다.

여자가 그의 손목을 건드리자 당장 얼굴을 발그레 물들이며 우제정은 뒤가 바쁜 강아지처럼 안절부절이었던 것이다. 그가 여자한테 한 말이라곤 고작 이것이 전부였다.

"거 댁의 가슴에 든 돈 꺼내세요. 돈은 세탁이 안 돼서 더러워요."

"더러워두 많이만 찔러 주셨음 좋겠어요."

그날 밤 여자는 그말 한 마디로 우제정의 돌이킬 수 없는 혐오감을 사고 말았다. 한조가 그걸 깨부수려 자기 차지 여자의 방뎅이를 수없이 두드렸지만 끝내 헛수고였다.

"증권 애기나 하시죠. 아직 잘 모르시잖아요."

"술맛 떨어지는 소리 마!"

넌 제발 증권회사 그만둬라 하는 말이 곧장 목구멍까지 치밀었으나 한조는 참았다. 돈이 거품을 물고 환장하는 증권가에 남아 있어선 정말 안 될 유리컵 같은 청년이었지만 한조는 자신을 위해, 우제정에게 제발 거길 떠나라는 말을 할 수가 없었다.

"그렇죠. 술이나 마셔야죠."

그가 말하고 나서 홀짝홀짝 들이키길래 술은 꽤 마시는 줄 알고 한조도 목숨을 걸고 속도를 맞춰 갔는데 웬걸, 우제정은 여자 둘이 더 많이 마신 맥주 열 병째를 다 비우기도 전에 끄덕끄덕 졸기 시작하고 있지 않은가.

"형님, 세상 참 돈이 좋죠?"

이게 그를 향한 야유가 뭔가 의심이 가기도 했지만 한조도 그땐 이미 자신의 의식에 대한 통수권을 행사할 능력이 없었다. 그러나 우제정의 말에 대한 변명의 초조감엔 부대끼고 있었던지 한조는 어느 순간 이런 뜻하지 않은 소릴 지껄이고 말았다.

"임마, 난 돈을 지배하고 싶단 말야. 난 돈에 눌려 자살할 뻔했던 사람이란 말야."

"그게 정말입니까, 형님?"

그러나 바늘에 찔린 듯 흠칫 한번 놀라고는 대답도 듣지 않고 곧장 졸음 속으로 되돌아가는 우제정이었다. 한조는 서둘러 계산을 치르고 후들거리는 다리로 그를 들쳐 업었다. 그러곤 두 여자를 돌아보며 소리쳤다.

"너들도 따라와! 난 전직 사장이야, 이래뵈도. 현직은 분명히 아니고."

한조는 이튿날 오후 양복 인환권 한 장을 끊어 넣고 우제정을 찾아갔다. 그는 마침 사무실 분리대에 팔꿈치를 걸치고 객장에 서 있었다.

"새벽에 눈을 뜨니 옆에 여자 하나가 자고 있더군요."

우제정이 던진 첫마디였다. 한조는 대꾸하지 않았다. 결단코 웃지도 않았다.

"형님 짓이죠?"

"아아니."

"나중에 보니 틀림없이 술집에서 본 여자 같던데요?"

"그럼 미행당한 모양이군, 미남 청년이 돼서. 난 집에 가서 잤는데 왜 날 다그쳐."

"정말예요?"

정말이긴 뭐가 정말이냐. 어차피 여관에서 자야 하는 한조가 거길 버리고 가긴 어딜 갔으랴. '옆방 일행 손님은 참 순진하시데요' 하는 여자를 껴안고 잤지.

—저런 남자하구 한번 잤으면 죽어두 원이 없겠어요.

—너, 옆에 누운 사람 어떻게 보고 그러냐?

―너무 잔인하시잖아요, 저런 청년을 여관에 데려오시구.

―너무 못 잊어 하지 마. 황금을 돌이라고 우기는 녀석이야.

―아유, 멋있어. 동화 같을 거야, 저런 사람하구 살면.

우제정은 수모감을 뿌리치듯 주먹을 두어 번 뿌리고 있었다.

"깨어 보니 내가 옷을 한 올도 걸치고 있지 않더라구요. 틀림없이 그 여자 짓일 거예요."

"황금은 돌같이 보더라도 여잔 사랑하라구. 돌이 아니야."

"여자가 자자구 했어요. 여자가 말예요."

"그래서?"

"일어났죠. 아무리 시치밀 떼셔두 형님이 그 사건과 무관하지 않다고 생각해요."

한조는 대답 대신 순모 양복 한 벌이 적힌 인환권을 그의 손에 쥐어 주었다. 그가 기겁을 하고 몸을 뺐으므로 한조는 재빨리 위협을 가했다.

"그러면 다른 사람들이 이상하게 본다구."

"이게 뭐예요?"

"여자들은 좋은 옷 입은 남잘 사랑해."

한조는 말하고 나서 완벽을 기하느라 남의 성의를 무시하는 것도 실례라는 말로 한 차례 공격을 더 가함으로써 그를 침몰시켰다. 잠시 어색한 표정으로 서 있던 우제정이 이윽고 말했다.

"통장에서 5백쯤 인출하시겠어요?"

"뭐가 있어?"

"가면서 얘기하죠."

한조는 우제정의 말대로 3백은 수표로, 그리고 나머지 2백은 고액권의 지폐로 찾아 넣고 한발 앞서 대동증권을 나왔다. 뜻밖에도 밖엔 눈발이 흩뿌리기 시작하고 있었다.

한조는 왠지 몸이 나른해 옴을 느꼈다. 지난밤의 여자 때문인지 몰랐다. 여자가 우제정을 못 잊어 했다 해서 그가 결코 재미없진 않았었다. 아니 그래서 여자는 더욱 적극적이었는지 몰랐다. 그랬다. 여자는 자학처럼 몸을 내던졌으니까.

우제정은 한조가 눈발을 쓰면서 밖에 서 있은 지 십분쯤 뒤에 나왔다.

"어이쿠, 눈이 오시는군요."

두 사람은 증권거래소 앞쪽으로 눈 속을 걸어 내려갔다. 그러나 가면서 애기하겠던 약속을 우제정은 지키지 않았다. 그는 다만 어느 지점에 이르자 이렇게 속삭였다.

"아무 말도 하지 마세요, 형님은."

그리고 '채권 매입'이란 조그만 입간판을 안고 전신주 밑뿌리에 앉은 털모자 앞으로 우제정이 서둘러 다가갔다.

"담뱃불 좀 빌립시다."

"난 댐배 피우지 않어라우."

우제정과 채권장수가 나눈 첫마디는 그것이었다. 털모자에 눈이 하얗게 얹혀 있는 채권장수는 앉은 채로 우제정과, 그리고 한 발짝 뒤에 서 있는 한조를 번갈아 올려다봤다.

"하지만 좋은 댐배라면 피울 수도 있을 것이여."

"담뱃불만 주신다면."

우제정이 재빨리 받아 말하자 그가 다시 두 사람을 노려봤다. 그러곤 부스스 몸을 일으켰다. 알고 보니 그의 앞에는 연탄 화덕이 놓여 있었다.

"누가 보내서 왔가듸?"

"아시면서 그러세요."

"쪼깨 남았을 턴디 얼마나 쓸랑가?"

"만 주 정도."

"단 주? 시셀 알기나 헌가?"

“대충 알죠.”

“일쯔거니 왔으면 모르겄는디…….”

“늦었죠?”

“잽히질 않어라우. 냉기는 작자가 없응게. 워쩌코롬 되야서 이 모양이여?”

“아저씬 없으세요?”

“그란해도 가슴을 치는구만.”

“일찍 파셨군요?”

“왜 아니겄어.”

두 사람이 안내되어 간 곳은 거기서 명동 쪽으로 100미터가 채 안 되게 걸어 올라간 지점의 한 4층 건물이었다. 쉰줄의 남자는 뒷짐을 짚고 좁은 층계를 앞장서 올라갔다. 2층까지가 경양식집이어서 거긴 카펫이 깔려 있었으나 3층으로 오르는 층계는 어둡고 지저분했다. 남자는 3층에 이르러 털모자의 똑딱 단추를 뜯으며 혼잣말처럼 중얼거렸다.

“천 5백은 줘얄 건디.”

“천 5백요?”

하고 우제정이 놀란 소릴 내는 사이 남자는 벌써 털모자의 눈을 떨며 문을 들어서고 있었다.

“형님은 가만 있어요.”

“도대체 무슨 일이야?”

그러나 우제정은 대답을 않고 성큼 남자를 따라 문 안으로 들어섰다. 남자가 굵은 테안경을 쓰고 책상 앞에 앉아 있는 사내 앞으로 다가가 뭐라고 말하고 있었다. 한조는 엉거주춤 물러서서 옷에 묻은 눈을 떨었다. 난로의 열기 탓인지 얼굴이 화끈거렸다. 검은 테안경을 쓴 사내가 이쪽을 쳐다보며 말했다.

“김 사장님 오전에도 전화하셨는데 그런 부탁 없던데… 어제 일만

감사하고."
"네, 갑자기 피치 못할 고객의 부탁이 있으셔서……."
사내가 수화기를 집어 들었다. 우제정이 서둘러 말했다.
"사장님 아마 지금 그 고객 분하고 커피숍에 가셨을 텐데요. 저희보고 글로 오라셨거든요."
그러나 사내는 듣지 않고 다이얼을 돌리기 시작했으므로 한조는 뭔가 탄로나는 것 같은 불안으로 오금이 저려 왔다. 우제정을 흘끗 돌아보자 그의 얼굴도 분명히 검은 빛으로 변해 있었다.
다행히도 통화 중인지 사내는 거칠게 수화기를 내려놓고는 앞에 앉은 여직원의 옆 얼굴을 노려봤다. 한조는 이때다 하고 우제정의 옆구리를 쿡 찔렀다. 자, 튀자 하는 신호로. 그러나 우제정은 다음 순간 배짱 좋게도 이렇게 말하고 있지 않은가.
"시세보단 올려드리라시더군요."
사내는 들은 체도 않고 다시 수화기를 집어 들었다. 마침내 신호가 가는지 사내는 오른손에 들었던 수화기를 왼손으로 옮겨 들었다. 사람을 믿지 않는 왼손잡이한테 잘못 걸려 들어 작살나는구나 하고 한조가 낭패감에 빠져 있는데, 그러나 사내는 이렇게 말하지 않는가.
"김 사장님한테 전화하는 게 아녜요."
그러곤 막고 있던 송화기의 손을 떼고 소리치기 시작했다.
"나야. 극동 꺼 얼마나 갖고 있어? 응, 7천쯤. 물론 시세보다야. 알았어, 알았다니까. 빼지 말고. 피치 못할 사정이라서 그래. 좋아, 그래 얼마야? 얼마? 농담 말고. 농담이 아니라구? 정말? 잠깐."
사내는 다시 손으로 송화기를 막고 우제정을 돌아봤다.
"천 5백을 부르는데 그래도 받겠수?"
"너무 웃부르는데요. 조금만 깎아 보시죠."

"이가 안 들어가요. 그것도 봐줘서 그렇다는 데야 어쩌겠소."

사내는 다시 송화기에다 대고 소리쳤다. 옆에서 듣기에 정말로 이가 안 들어가는 것 같은데다 그나마 4천밖에 없다는 내용인 듯했다. 뭔지 모르지만 한조의 코엔 또다시 돈 냄새가 솔솔 풍기기 시작했다. 주식임엔 틀림없을 게고, 그렇다면 전화 내용으로 봐선 극동건설인 모양 아닌가.

통화를 끝낸 사내가 우제정을 향해 말했다.

"10원 깎아 4천 보내준다고 했소. 돌아가서 김 사장님한테 말씀드리슈. 더 이상은 도저히 잡을 수가 없다구. 우리한테 있는 건 다 긁어 봐야 3천 남짓이니까 잘해야 7천쯤되겠군."

그때 노란 털스웨터를 입은 여직원이 사내의 말을 가로챘다.

"3천 열둘예요, 지금 저희한테 있는 건."

"알았어." 하고 나서 사내가 우제정을 향해 다시 말했다. "우리 껀 20원 깎아 드리지."

"고맙습니다."

"곧 4천 가지고 올 텐데 돈은 갖고 왔수?"

"5백 갖고 왔는데 나머진 삼십분 안으로 갖다 드리죠."

"그럼 5백 여기 맡겨 두고 지금 다녀오는 게 어때요. 늦으면 맘 변할지 몰라요."

"그게 좋겠군요."

두 사람은 채권장수와 함께 곧 사무실을 돌아 나왔다. 줄곧 혀를 차는 채권장수와 층계를 내려와서는 건물 입구에서 바로 헤어졌다.

"아저씨, 수고하셨어요."

우제정은 대동증권을 향해 뛰며 흥분된 목소리로 소리쳤다.

"형님, 운이 괜찮은 분 같은데."

"난 도무지 뭐가 뭔지……."

"이따가 보시면 알아요. 채권장수 저 사람들 다 큰손 끄나풀들이

라구요. 연탄 화덕 끌어안고 앉았다구 깔보시면 큰일나요. 저래봬
도 다들 억대를 굴린다구요.”

한조는 우제정의 말에 놀라지 않을 수 없었다. 털모자 눌러 쓰고
앉아 억대를 굴리다니. 큰손이라는 투명인간들의 고용원들이 그런
길목에도 앉아 있다니⋯⋯.

자투리 12주까지 합친 3천 12주는 1천 480원에, 그리고 다른 집
에서 가져온 4천 주는 그보다 10원 더 얹어 계산하여 1천 41만 7천
60원을 지불하고 받아낸 것을 우제정은 건물 층계에서 처음으로 보
여주었는데, 어떻게 된 게 그건 뜻밖에도 주권이 아니라 단지 여섯
장의 영수증일 뿐이지 않은가.

“이게 뭐야?”

“글쎄요.”

“한가지 물어보자.”

“김 사장 말이죠? 나도 몰라요, 김 사장이 누군지.”

“뭐라구?”

한조는 눈을 흡뜨고 우제정을 쳐다봤다. 서른이 채 안 돼 뵈는 매
력적인 여성을 상대로 우제정이 투자 상담을 해주고 있는데 옆에서
누군가 소곤거리는 목소리로 말하고 있었다는 것이다.

—난 안 돼. 얼굴이 팔려 미행이 붙을지 모른다고 사장님이 난
안 된대. 일도 있구. 대동에 와 있는데, 대한전선 매입 넣어야 되
거든. 눈치챘다고 서너 군데로 분산시켜 사라는 지시야.

우제정은 어떤 경우에도 돌아봐선 안 된다는 순간적인 판단을 굳
혔다. 사내는 공중전화를 쓰고 있었는데 엿듣는 걸 눈치채면 당장
수화기를 걸어 버릴 것이므로.

우선 털모잘 찾아가. 암호는 ‘담뱃불 좀 빌립시다.’ 어딘 어디야,
거래소 앞이지. 전라도 사투릴 쓸 거야. 암말 말고 따라만 가. 알았
지?

그러나 사내에게서 더는 아무것도 얻어 들을 수 없었다고 우제정
은 말했다. 사내는 그렇게만 지시하고는 수화기를 걸어 버렸다는 것
이다.

"그런데 김 사장이란 건 어떻게 알았지?"
하고 한조는 재차 물었다.

"몰랐다니깐요. 안경잡이가 김 사장이라고 했지 제가 언제 그랬어
요."

"이 영수증은 어떻게 알아내고?"

"몰랐죠, 물론."

다만 어렴풋이 짐작은 할 수 있었다고 했다. 신주 청약이 끝나 상
장을 기다리고 있는 극동건설주가 갑자기 어마어마하게 프리미엄이
붙으며 영수증 장외 거래가 되고 있다는 소문이 며칠 전부터 증권가
에 파다하게 돌았다는 것.

"큰손과 짠 대주주 장난이라는 말이 있어요. 소문이 날 정도로 웬
만큼 거둬들인 다음 프리미엄을 확 붙여 버리는 거죠."

"대주주가 저희 회사 영수증을 왜 사들여?"

"앉아서 돈 버는 거죠. 매기(買氣)를 자극시켜 놓으면 물건은 고
갈 상태고 값은 뛰고. 공모 때 몰린 부동 자금이 천억이 넘었다는
데 착안한 거죠."

"잔뜩 끌어올려 놓고 조금씩 조금씩 내놓아 차익을 따먹는다?"

"형님, 머리가 빨리 도는데요. 바로 그거죠. 이제 보세요, 기대성
자금까지 유입되어 무분별한 뇌동매가 일 거예요."

한조는 갑자기 우울증에 빠졌다. 어서 돈 벌어 주식 공모 받는 회
사 사장 한번 해봐야 할 텐데 하는 조바심을 참을 길이 없었다. 그
러나 아직은 그런 건 꿈으로 돌려 두어야겠지. 한조는 고개를 저어
생각을 떨어냈다.

"제정인 큰일이야."

“뭐가요?”

“미녀하고 얘기하고 있었다면서 언제 남의 전활 엿들어. 여자를 상대할 때는 모름지기 몰두해야 하는 법야, 지진이 나도 모를 정도로.”

“증권시장에 불이 났다고 아무나 나타나요? 집에서 인격이나 가꾸어야 할 미녀가 돈독이 올라 노름판에 나타난단 말예요. 매력은 커녕 모멸감이 가더군요. 정말예요. 얼굴이 아깝다는 생각이 들었어요.”

“역시 보통 큰일이 아니군.”

한조는 그렇게만 말하고 다음 말을 꿀꺽 되삼켜 버렸다. 우제정이 돈을 경멸하고 있는 동안만은 그는 얼마나 행복한가. 우제정은 대동 증권 입구를 들어서며 당부했다.

“영수증 잘 보관하세요. 다음달 주식으로 교환할 때쯤이면 못 가도 2천 원은 갈걸요.”

그러나 한조는 갑자기 그의 말이 전혀 귀에 들어오지 않았다. 경직을 일으킨 사람처럼 우뚝 멈춰 선 채 발도 떨어지지 않았다.

역시 여자 쪽에서 먼저 입을 열었다.

“어머, 나한조 씨 아녜요!”

말문을 못 열고 있는 한조와 여자를 번갈아 쳐다보며 우제정이 물었다.

“두 분 아시는 사입니까?”

허리를 질끈 동여맨 갈색 낙타털 코트를 입고 서 있는 여자, 그녀는 서귀자가 아닌가.

“여길 웬일이십니까?”

하고 한조는 정중한 말씨로, 그러나 어딘가 적의가 묻은 목소리로 물었다. 안개가 걷히듯 한조의 눈앞에 뭔가 선명하게 그 모습을 드러내는 것이 있었다. 서글프도록 선명한 끝장, 바로 그것이.

한조는 돌아서서 뛰고 싶었다. 그러나 그를 형님이라고 부르는 청년이 지켜보는 앞에서 그런 행동을 어떻게 보일 수가 있는가.

서귀자가 이윽고 결연한 태도를 보였다. 그를 젖혀놓고 우제정을 서너 발짝 저쪽으로 끌어갔던 것이다.

'저 사나이 누군 줄 아세요. 자살한다구 유서 쓴 자예요. 그래 놓구선 저렇게 멀쩡하게 변장하구 다니는군요.' 그랬을까?

그러나 한조는 다음 순간 어금니를 깨물었다. 무슨 말을 해도 좋다. 이욱형 씨는 당부하지 않았는가. 죽을 각오를 했던 결의로 새로운 인생을 시작하라고.

—문제는 적개심인기라. 내가 검도를 하는 이유가 뭔 줄 아나? 간단없는 적개심의 연습을 위해선 기라. 한조 씨도 뭐 한번 안 해볼래, 공격하는 운동 말이다. 당수도 안 좋나. 아침마다 때리눕히는 기라. 하루를 그렇게 시작하는 기라.

좋다, 물러서지 않는다. 누구든 덤비면 메다꽂아 버린다. 한조는 검도냐 태권도냐 하는 생각에 몰두하기 시작했다.

서귀자가 우제정을 떼어 놓고 다가왔다. 한조는 우선 우제정의 표정부터 살폈다. 그런데 무슨 뜻인지 우제정은 웃음이 묻은 눈으로 여자의 뒤통수를 콕콕 찔러 보이고 있지 않은가.

"정말 오랜만예요, 한조 씨."

"차 한잔 할까?"

"좋아요. 전 시간 있어요."

두 사람은 곧 건물 밖으로 나란히 걸어 나갔다. 우제정이 동행을 않겠다고 완강히 손을 내저은 의미는 무엇일까. 유서니 하는 문제는 당신네들끼리 해결하라는 뜻일까, 아니면 돈독이 붙은 여잔 넌더리 난다는 것일까.

한조는 서귀자의 신분에 걸맞게 로얄호텔 커피숍으로 가고자 했으나 웬일인지 그녀가 가까운 아무 데라도 좋다고 했으므로 그 의견을 존중했다.

“눈이 쏟아지니 기분이 이상하네요.”

하고 말한 건 이 여자의 인생관이 바뀌었음을 나타낸 것일까. 얼음 같은 냉담이 서귀자의 전부가 아니었던가.

한조는 지하 다방에 자리를 잡고 마주앉기 바쁘게 그녀의 가게에 대한 관심부터 표시했다.

“사업은 잘되슈?”

“잘되는 게 뭐예요. 지난 연말에 한 대 맞았어요.”

한 대 맞았다는 건 무슨 뜻일까. 생각보다 많은 액수의 세금 고지서를 받았겠지. 여자의 인색으로선 그걸 삭일 수가 없어 아직도 골수까지 아픈 거겠지.

“급습을 당했어요.”

“급습을 당하다니?”

“갑자기 나타나 가게를 온통 수라장을 만들잖겠어요. 카펫까지 걷어 내구 가게 바닥을 다 두들겨 보더군요.”

“단속반이 들이닥쳤단 말인가요?”

“그렇다니까요.”

“저런!”

“범칙물자(犯則物資)라면서 모조리 다 쓸어 갔어요. 거기다 벌금까지 왕창 물구요.”

한조는 적당한 위로의 말이 생각나지 않아 기회를 타서 말머리를 돌렸다.

“유성섬유 김 사장은 잘 있습니까?”

“그 사람 어떻게 됐는지 모르세요?”

유성섬유 김선표가 어떻게 됐다는 건 또 무슨 얘긴가. 자신이 죽으러 간 사이 서귀자와 호텔 꼭대기에 앉아 느긋하게 차 마시기를 하고 있을 것 같아 약이 올랐던 김선표가 어떻게 됐다는 건가.

“그 사람 부도 내구 깜빵 갔어요.”

“네? 언제요?”

“벌써예요. 두 달두 넘은 것 같은데 어떻게 소식을 못 들으셨을까.”

“두 달이 넘어요?”

“네에. 지난해 시월인가 그랬어요.”

한조는 잠시 말을 잊고 고개를 주억거렸다. 그가 돌려준 돈이 얼마던가. 하지만 부도가 났다니 그가 백만 원 한 장 못 갚았대도 그 때문에 감옥 가게 된 건 아니겠군 그래. 아니, 알고 보니 결제 날짜 이전에 김선표는 이미 뗴들어갔던 게 아닌가.

서귀자가 핸드백을 열어 담배 한 개빌 뽑아 들었다. 앙증맞은 라이터로 불을 붙이고 있었다.

“뭘 생각하세요? 그 사람한테 떨어진 거 있으세요?”

“아니. 그렇진 않지만…….”

“부도액이 5억이 넘는대요. 회사두 넘어갔구요. 삼성물산에서 7천 얼만가로 인수했대요.”

“그 회사한테 빚이 있었던가?”

“그렇대나 봐요.”

한조는 서귀자가 또다시 냉담증후근 증세를 나타내고 있는 데 슬그머니 부아가 치밀었다. 그녀가 그토록 김선표를 남의 애기 하듯 할 순 없는 처지가 아닌가.

그녀의 ‘보세의 집’에서 한감뿐이라는 이름으로 팔아온 영국 복지란 실은 김선표의 유성섬유에서 위조 상표를 넣어서 짠 것들이었잖은가.

김선표가 꼭 서귀자를 위해 그런 짓을 한 건 물론 아니지만 그는 늘 ‘도멜’이니 하는 상표를 박은 자투리 감만 짜고 있었다. 그것이 으리으리한 서귀자의 가게에 나타나면 누구도 의심 않는 밀수품이 되어 운전사를 앞세운 여자들의 사치를 만족시켜 주었다.

'그 집에서 파는 물건은 모두 진짜다' 하는 움직일 수 없는 뒷공론이 돌도록 다른 한쪽에서 보증을 해준 것은 물론 한조였다. 미 8군 피엑스에서 들어내오는 모든 물품은 창부와 미군 엠피의 손을 거쳐 동숭동 18번지 골목에서 한조의 0.7톤 트럭으로 옮겨 실리고, 지프가 먼저 떠나고 5분 뒤에 반대 방향으로 꽁무닐 빼는 한조의 트럭은 창신동 돌산 밑에 있는 그의 창고까지 달리는 데 20분도 넘어 걸리는 우회의 숨바꼭질을 거듭한다. TV에다 진공청소기, 밍크 코트, 엠플리파이어도 있지만 때로는 몇 개의 루즈, 샴푸, 술병, 담뱃갑에다 변소 휴지까지 끼여 나와 빈틈없이 값이 매겨졌다.

그것들이 서귀자의 한남동 가게로 옮겨지는 시각은 언제나 밤 열시가 넘어서다. 야음을 틈타 그녀의 가게 뒷마당에 부려지는 물품은 그러나 그녀의 맵고 야박한 손에 의해 여지없이 값이 깎인다. 상아 빗이니 로션병 같은 건 덩치가 작다는 이유 하나로 그냥 슬쩍 넘어가기 일쑤였다. 그러면서도 조금 입하가 뜸해지면 빚쟁이 닦달하듯이 성화를 대는 건 언제나 그녀 쪽이었다. 피엑스 딱지가 붙어 위태위태하다고 언제나 손을 끊을 듯이 말하면서도.

—이번엔 왜 이렇게 늦으세요? 다른 집으루 가는 거 아네요?

서귀자는 그러면서도 너무나 용의주도한 여자여서 그런 전화를 자기 가게에서 하는 법은 없었다. 그녀는 공중전화도 안심이 안 되어 통화 끝엔 꼭 이런 꼬리를 달 정도이니까.

—까짓 멸치 봉지 안 대주면 안 먹죠, 뭐.

한조는 자기도 모르게 끙 신음 소리를 내며 한숨을 토했다. 실패로 끝났던 마지막 날의 악몽이 갑자기 되살아난 것이다.

이른바 봉천동 고갯마루턱 사건인데, 이날의 그 예기치 못했던 돌발 사태는 그 자체가 지닌 희극적 요소에도 불구하고 한바탕 웃고 손을 털어 버리면 끝나는 그런 사건이 아니었다. 물론 그럼에도 불구하고 그는 '허허허허허' 하고 웃음인지 울음인지 모를 소릴 냈었다. 그건 망조였다. 가진 것 다 털어 넣고도 800이라는 빚을 안고 벌렁 나자빠져야 하는.

한조는 처음엔 무슨 말인지 못 알아들었다. 그도 그럴 것이 재키 리라는 푸르뎅뎅 죽은 얼굴을 한 여자가 되풀이 강조하는 말은 단지 '샌프란시스코 캘리포니아 96301'이라는 암호 같은 말뿐이었으니까. 그러나 처음부터 전연 못 알아듣겠다곤 할 수 없어 얼렁뚱땅 되묻는다는 게, 그래서요? 글루다가 들어온단 말예요. 들어와요? 네, 들어와요, 8군 군사우편으루. 뭐가? 녹용이요. 녹용? 네, 녹용. 관두쇼, 난 그런 물건엔 흥미없어요. 나 선생 사업가 자질 없구먼, 한번에 억대루다 왕창 버는 건 못하니. 하여튼 싫소, 판로도 모르고.

재키는 마약이 아닌 한 양심에 거리낄 게 하나 없다고 주장했다. 국민 건강에 좋은 걸 싸게 사다 파는 건 외려 나라에 공헌하는 게 아니냐는 투의 말로 꾀었다.

그래도 요컨대 그런 것까진 싫다, 했지만 한조는 억대라는 말의 매력을 떨쳐 버릴 수가 없어 며칠을 두고 몇 군데 찔러보고 다녔다. 모르는 한약 건재상을 찾아갔을 때는 깨끗이 거절이었다. 당신같이 어수룩한 체하는 밀수단속반원한텐 안 속아요. 난 이래봬도 개성 사람이라구.

그러나 아는 사람을 통해 운을 떼자 안전하게 자기네 골방까지 운반해 주고 위험 부담만큼 값도 잘해 주는 조건이면 받겠다는 반응을 받아낼 수 있었다. 한조는 며칠 끙끙 앓던 나머지 서귀자도 찾아가 떠보았다.

―누가 그러는데 군사우편으로 국민 보건에 좋은 녹용을 들여올 수도 있다던데요?

―그걸 여태 몰랐어요? 맞았어요. 그 재키 리라는 여자 한번 꾀어보세요. 응할지 몰라요.

—위험한 일 아닐까요? 처분하는 것도 쉽지 않고.

—마진만 좋음 내가 팔아 주죠.

—귀자씨가 어떻게 판다는 겁니까?

—우리 가게 단골들이 얼만데 그래요. 모두 말만 하면 밤중에라두 쫓아들 올 텐데.

옳거니, 서귀자의 돈더미에 파묻힌 단골들이 있었구나.

한조는 지체없이 국제결혼한 재키한테 승낙의 신호를 보냈다. 물건이 도착했다는 연락을 받으면 선금을 내고 받으러 오라. 수표는 안 되고 전액 현금이어야 한다. 절반만 먼저 주겠다. 좋다. 나머지 절반은 역시 현금으로 물건과 교환한다. 좋다.

약속이 이뤄진 지 한 달 남짓 만에 드디어 연락이 왔다. 약속보다 적은 양이 들어와 8천을 가지고 나오라. 양이 적어 전액을 미리 내라고 한다. 양이 얼마나 되는데 8천이나 되느냐. 나도 모른다. 하지만 의심하지 마라. 우리가 하루이틀 거래한 사이냐. 원가에다 10프로 붙였다더라, 보면 알 거 아니냐.

8천을 현금으로 싸서 넘겨준 다음날 오후 세시, 한조는 차를 현장으로 보냈다. 동숭동 18번지는 위험하므로 인적이 뜸한 봉천동 고개로 교환 장소를 바꾸자고 하여 그렇게 했다. 일상적인 품목도 갖고 나오니 트럭을 가지고 나오라는 것. 한조는 택시로 뒤따랐다. 왠지 주먹을 쥔 손바닥에 땀이 촉촉히 나뱄다.

한조가 현장에 도착한 것은 약속 시각 6분 전이었다. 흑장미 미장원을 마지막으로 얼마 가지 않아 인가는 끊어지고 거기서 5백미터쯤 더 올라가면 오른쪽으로 토목공사용 패널이 한켠에 2미터 높이로 쌓여 있는 공터가 나선다. 그 위쪽에 중학교가 하나 있지만 축대 위에 높이 올라앉아 있어 거기선 아래가 내려다보이지 않는다.

재키는 현장 사정에 대해 그렇게 말하고 나서 약도를 펴놓고 다시 하나하나 설명했다.

한조는 시간이 충분했으므로 인가가 끊어지는 지점에서 택시를 돌려 보냈다. 그의 0.7톤 트럭은 이미 공터로 꺾어 들어가고 있었다. 전날 그와 함께 사전 답사를 했으므로 운전사 이군은 현장을 알고 있었던 것이다.

지프가 모습을 나타낸 건 한조가 막 공터 앞에 도착한 것과 거의 동시였다. 그는 얼른 패널 쌓아논 뒤쪽으로 몸을 숨기고 주위를 살폈다. 그러나 지프 뒤를 따르는 차는 없었다. 운전석이 높은 컨테이너 트럭이 한 대 저만큼 뒤쪽에 따라오고 있었지만 의심할 만한 데는 보이지 않았다.

지프는 예리한 마찰음을 내며 곤두박질치듯이 공터로 꺾어 들었다. 차가 멎기 바쁘게 티모시가 서둘러 상자를 들어내며 소리쳤다.

"허리업! 허리업!"

이군이 민첩한 동작으로 상자를 받아 옮기는 동안 재키가 한조 곁으로 다가와 말했다.

"물건들은 그냥 갖다 놓으세요. 나중에 가겠어요."

"그건?"

"물론 가져왔죠. 팀이 이제 보여줄 거예요."

이윽고 티모시가 털부성이 손을 훼훼 내저어 한조를 불렀다.

"캄온, 캄온. 루크, 루크."

한조가 쫓아가자 티모시가 운전석 옆 시트 위에 얹힌 상자의 뚜껑을 조금 열어 보였다. 그러곤 얼른 도로 덮고 가져가라는 시늉을 했다. 그러나 한조는 순간 상자를 끌어안으면서도 믿는 수밖에 뾰족한 수가 없는 낭패감에 사로잡혔다. 언제 다가왔는지 재키가 짧게 말했다.

"서두르세요. 절대루 의심하지 말라구 했어요. 대낮으루 약속했다구 얼마나 투덜거렸는지 아세요."

75년형 낡은 코티나가 공터 앞 길섶에 미끄러져 선 것은 바로 그때였다. 적어도 다섯 명은 타고 있는 듯했다. 그중 두 사내가 차가 채 멎기도 전에 밖으로 튀어나왔다. 현장으로 달려들자마자 그들은 똑같은 동작으로 신분증부터 한조의 코앞으로 들이밀었다. 그러나 그는 이미 눈앞에 아무것도 보이지 않았다.

"이 상자에 뭐 들었수?"

보이는 것이 없을 뿐 아니라 아무 말도 나오지 않았다. 사슴뿔도 포함되어 있다는 말이 그렇게 나오지 않았다. 한 사내는 차 안쪽으로, 또 한 사내는 상자가 실린 트럭 짐실이로 펄쩍 뛰어올랐다.

지프가 한조의 옆구리를 스치며 느닷없는 회전을 한 것은 바로 그때였다. 눈 깜짝할 사이에 지프는 큰길까지 튀어나가고 있었다. 동시에 이군이 공터 뒤쪽의 돌밭으로 튀어 달아났다. '어, 어' 하는 사이였다. 한조는 우왕좌왕, 그러나 거기에 그치지 않았다.

그는 자기 차에 시동이 걸려 굼실굼실 길 쪽으로 돌아서고 있을 때까지도 그냥 보고만 있었다. 연행될 사실 하나에만 압도당하고 있느라 그는 그의 트럭이 도로로 올라서는 순간에야 겨우 아차 하는 생각이 들었다. 그러나 그때는 이미 늦어서 코티나의 꽁무니를 물고 뒤쫓는 이군이 모는 작은 트럭에는 걷잡을 수 없는 속력이 붙고 있었다.

허허, 허허!

한조는 후들거리는 다리를 버둥기고 서서 단지 그런 소리를 낼 뿐이었다.

한조가 당한 것에 견주면 아무것도 아닐 텐데도 서귀자는 밀수단속반의 습격을 받은 게 그렇게 뼈가 아픈지 그 얘기를 재차 또 꺼냈다.

"아무래두 누가 찔렀을 거예요, 우리 가게가 습격당하게 된 거 말예요."

"난 아닙니다."

"참, 한조씬 재키하구 왜 손을 끊었어요? 당했다는 소문이 사실예요 ? ”

“그 여자 애긴 꺼내지도 마쇼. ”

그러나 한조는 재키를 의심하고 있진 않았다. 그는 놈들이 오래 전부터 기회를 노려온 끝에 마침내 뒤따라왔을 거라는 재키의 주장을 액면대로 받아들이고 있었다.

“당했다는 게 사실이군요 ? ” 서귀자는 다시 캐물었다.

“약간. ”

한조는 서귀자의 말을 잘랐다. 그의 0. 7톤 트럭이 거여동 밖 하수구에 거꾸로 처박힌 채로 발견된 사실을 모르고 있는 서귀자한테 그 허망한 사건을 다 말할 이유가 어디 있는가.

“지금은 뭘 하세요, 그럼 ? ”

한조는 그녀의 질문에 처음으로 마음이 놓였다. 워낙 용의주도한 여자이므로 완전히 안심할 순 없지만 그의 자살미수 사건을 그녀가 모르고 있는 건 거의 틀림없어 보였다.

“거기서 손 씻길 잘했지, 안 그랬으면 이번 귀자씨 사건 때 나도 또 걸렸을 거 아닙니까. ”

한조의 말에 서귀자는 이유없이 수모를 당한 듯한 표정을 지었다. 그녀는 다시 핸드백에서 담배 개비를 꺼냈다. 한조가 성냥불을 그어 대주었다.

“한조 씨 증권 쪽으루 돈 것 같애요. ”

“그냥 할 일이 없어 좀……. ”

“그럼 나 좀 가르쳐 주세요. ”

“귀자씨가 증권을……? ”

“하지만 아직은 감이 안 잡혀요, 모두들 야단들인데. ”

자존심은 있어서 '아직은'이라고 하지만 증권이라면 한조도 아직 한덴데 무슨 소린가. 한조는 자신이 붙은 나머지 그녀의 조바심을 부추기려 마침 찻종을 가지러 온 종업원의 엉덩이를 슬슬 쓸었다.

그러자 여자가 돌아서기 바쁘게 서귀자가 즉각 쏘아붙였다.

"한조씬 야비해요. 날 모독했어요."

"그렇다면 용서하슈."

"우리 가게 미스 최한테두 그랬다면서요, 만원 줄 테니 여관 가자
구 했다면서요?"

"증권 얘기나 하지요."

"대답부터 하세요."

"기억이 없는데……."

"어이구, 능청맞으셔."

"증권이란 말입니다."

"뭐예요, 증권이란?"

"산이 높으면 계곡도 깊은 법이다 이거요."

이 말은 '초심자를 위한 주식투자'에 나오는 말이다.

"지금 건설주가 하늘 높은 줄 모르고 뛰지만 언젠가 곤두박질할
날이 있다 그 말이오."

"건설준 살 수두 없다면서요?"

"그래서 무슨 줄 샀수?"

"아까 그 청년이 시키는 대루 2부 저가주라는 걸 샀죠, 어저께."

"주식은 원래 떨어질 때 사고 파는 거라우."

"오늘 15원 더 떨어졌는데두요?"

"증권 투자란 원래 도리짓고땡이니까."

그러나 한조는 마냥 그런 말만 할 순 없었으므로 근엄한 얼굴로
바꾸고, 아마도 지금은 배당금 지급 시기가 임박한 결산 법인이 많
으므로 배당률이 높은 회사주를 사줬을 거라는 내용의 말을 했다.
물론이려니와 배당률이라는 게 뭐라는 설명도 했고 주가는 반드시
뛴다는 희망을 불어넣었다. 서귀자의 표정이 밝게 펴지지 않을 수
없었다.

3. 잔인(殘忍) 연습

우윳빛 같은 햇살이 커튼에 멎어 있었다.

한조는 적당히 몸이 가라앉는 피로감 속으로 빠져들고 있었다. 그래서 그런지 스르르 눈꺼풀이 감기려 했다. 이건 참으로 기묘한 체험이다. 아니, 불가사의한 일이다. 한조는 의식의 한모서리만 깨어서 그런 생각을 하고 있었다. 하지만 사실은 이상한 체험에 감사하고 있었는지 몰랐다.

여자가 실오라기 하나 걸치지 않은 그의 몸뚱아리를 주무르고 있는데 잠이 오다니. 인간의 몸뚱이를 감싸고 있는 한오라기 천의 두께란 무시되어도 좋을 아무것도 아니라는 철학의 경지에 이르고 있었다니.

여자는 손끝에서부터 목 밑으로 추어오르고, 가슴을 거쳐 배와 옆구리에 이르는 상체를 끝내고 발끝으로 내려가 있었다. 매끄럽고 부드러운 손길로 관절을 샅샅이 뒤지면서 서서히 북상을 준비하고 있었다.

넓은 타월이 길게 반으로 접혀 155마일 휴전선처럼 덮여 있는 부분은 어떻게 할 작정일까. 제발 거긴 침범하지 말아다오. 거길 무장 해제된 완충지대로 착각하지 말아다오. 거기야말로 생물학자라는 사람들이 끊임없이 관심을 가져 마지않을 온갖 야성이 원시 그대로 남아 있는 곳이다.

목이 긴 사슴만이 사는 줄 아느냐. 사라지고 없어졌다는 희귀한 습성의 동물도 살고, 특히 무서운 야수들이 기회를 노리며 침을 삼키고 있는 곳이다.

그러나 어린 양은 한조의 그런 간절한 호소를 듣지 않았다. 따라서 마침내 맹수는 무서운 발톱을 가진 앞발로 연약한 양을 덮치고 달려들었다. 이것은 전적으로 경계선을 넘은 네 잘못이야. 운명이라구.

여자가 처음으로 가냘프게 하소연했다.

"놓으세요. 이러심 안 돼요."

한조는 그러나 듣지 않았다. 아니 그 호소를 듣자 사나이의 비릿한 야만이 더욱 불처럼 타올랐다. 하지만 마치 병원 진찰대같이 좁고 딱딱한 침상만은 마음에 차지 않았다.

"여기서 이러심 안 된다니까요. 고함치겠어요."

"조용해. 돈 주겠다는데."

벌거숭이 한조는 이미 여자의 눈같이 흰 가운의 단추를 따기에 바빴다. 단둘이 있는 방에서 나만 벗었다는 건 대단히 공평하지 못하단 말이야.

가운의 앞섶이 열리자 여자는 손바닥만한 팬티 하나로 경계를 긋고 있었다. 브래지어 하나와 잘해야 스무 살쯤 됐을 여자의 몸은 그렇게 세 토막이 져 있었다.

"미리 주세요."

하고 여자가 뜻밖에도 단호한 목소리로 말했다. 한조는 즉각 포로의 투항 조건을 받아들였다. 옷걸이에 걸린 바지 주머니에서 지갑을 꺼내 침상 머리맡으로 던졌다.

"꺼내 주세요."

"염려마. 다 가지라고 할 만큼 촌놈은 아니니까."

"그래두 꺼내 주세요."

"그럴 틈이 어딨어."

한조는 그의 현금 지갑을 여자의 목 밑으로 쑤셔 넣기 바쁘게 침상을 안고 엎어졌다. 여자는 다만 그의 체중이 부담스러워 '으응' 하고 가벼운 신음을 토했다.

단순히 경계선의 약속일 뿐인 팬티를 벗겨내는 데 한조는 시간을 낭비하지 않았다. 물론 그나마의 바리케이드도 없느니만은 못했지만 포로의 입장에서 보면 그것마저 없이 투항 때 조건을 걸 시간을 어떻게 벌 수 있으랴.

성 밖에서 초조하게 시간을 지체한 나머지 원정군은 깃발도 제대로 휘날리지 못한 채 노도같이 입성을 재촉했다.

아아

마침내 원정군에겐 안도의 한숨과 같이 들리는 낮은 신음 소리가 멀리서 들렸다.

두 사나이는 한조가 옷을 다 주워 입고 나온 지 적어도 십분은 더 지나서 휴게실에 나타났다.

"벌써 나왔어?"

"지루해서 그것도 억지로 참았는데."

"증기탕 즐길 줄 모르는구먼. 거 마사지하는 재미가 얼마나 쏠쏠한데."

그렇게 생각해서 그런 게 아니라 두 사내의 눈엔 분명히 게슴츠레한 피로가 끼여 있었다. 방콕의 터키탕이 어떠니 허튼 수작을 붙이지만 네깐 것들이 증기로 씻고 안마나 했을 리 없다는 건 보지 않아도 안다.

"이발관으로 가야지."

한조는 먼저 나와 앉은 십분 동안 머리를 짠 결과를 나길조한테 제의했다. 나길조가 다시 그의 제의를 정병택한테 전하고 있었다.

"머릴 만져야지?"

"뭘…… 몸도 나른한데."

하고 정이 받아 말했는데, 이 말 한마디로 한조는 그날 적어도 몇만 원은 번 결과가 되었다. 우선 이발관으로 몰려갔으면 두당 5천 원 한 장은 줘야 하는 데로 가야 했을 테니 그것도 번 것이지만, 그보다도 정가가 자기도 모르게 욕탕 속의 사건을 실토하고 만 폭인 나른함의 호소를 두고 그 뒤 되풀이 변명을 늘어놓았으니까.

―터키탕이 거 사람 여간 피로하게 만드는 게 아니구먼.

―난 탕을 너무 즐기다 보니 시간이 거지반 가버려 마사진 제대로 받지도 못했어.

―하도 자주 와봐서 그런지 난 그 안에서 마사지해 주는 기집애들이 기집애같이 느껴지지도 않아. 줘도 못 먹을 것 같애.

이렇게까지 앞뒤 맞지 않게 변명에 바빴으니 한조는 초면의 정가를 일찌감치 한수 꺾고 든 게 분명하지 않은가. 왜냐하면 인간이란 자신의 치부를 보인 상대한텐 늘 굴욕감을 느끼니까. 욕조 위에서 (는 아니지만) 고작 선금 만원을 내놓고 도둑 정사한 걸 제 입으로 자백해 버렸으니…….

하지만 그럼에도 불구하고 한조는 마음이 놓이지 않았다. 그도 그럴 것이 일개 동회 서기가 터키식의 증기탕을 가자고 거침없이 제의할 정도라면 어찌 낙관할 수 있는가. 한조가 시청으로 나길조를 다시 찾아간 것은 단지 일찍이 별렀던 대로 그에게 한푼이 아까운 시절에 거금 1만 6천 4백원을 지불하는 비싼 점심을 산 것을 그냥 넘길 수가 없어서였다.

"고지대 무허가 건물을 헐고 아파트 입주권을 내준다며?"

"허지만 그건 내 소관이 아냐."

"그건 지난번에 이미 한 애기고."

"그런데? 증권이나 손대 보라니까 왜 그래. 부동산 경긴 아직 전망이 흐려."

"그렇지도 않지. 주택 경기 부양책의 일환으로 양도소득세 완화 조칠 취할 움직임이잖어."

"그건 아직 경제기획원하고 재무부가 반대하여 건설부와 교착 상태에 빠져 있어."

"전망이야 어찌됐든 좀 도와줘."

"어떻게?"

"실무자와 손이 닿게."

"내가 무슨 재주로?"

나길조는 흰 동자를 허옇게 드러내고 한조를 쳐다봤다. 그러나 그는 다음날 현저3지구 281동, 충정지구 275동, 쌍문지구 293동, 아현지구 388동…… 등 10개 지구 일반 재개발사업 953동의 연간 계획을 평수, 동수, 소요 예산, 공사 기간까지 적은 쪽지를 넘겨주는 협조를 해주지 않았던가. 한조는 그러나 작전상 시큰둥한 반응을 나타낼 수밖에 없었다.

"이걸로 다야?"

나길조가 한조한테 동회 서기 정병택을 소개한 것은 그렇게 하여 이루어졌다. 물론 나길조는 처음 자신이 넘겨준 고지대 무허가 가옥 철거 계획을 적은 쪽지가 오로지 친구를 위해서 위험을 무릅쓰고 빼낸 비밀 정보라고 버텼지만 한조는 결코 그것을 받는 것만으로 물러설 위인이 아니었다.

"이러지 마. 이게 무슨 비밀이야. 이 정돈 나도 알고 있다구."

"그래?"

"그렇게 따돌릴 생각만 한다면 섭섭한데."

나길조는 나중엔 공연히 점심 한 끼 얻어먹었다는 말까지 하며 투덜거렸으므로 한조는 '이때다' 하고 몰아세웠다.

"내가 까짓 이태리 국수 한 그릇 샀다고 이러는 거야? 관두자구. 동기 동창이 그딴 생각을 할 줄은 몰랐는데."

아니나다를까, 나길조는 그의 예상대로 즉각 당황한 빛을 나타냈다. '아냐, 아냐. 그런 뜻이 아냐' 하고.

"내가 옛날 동회에 있을 때 같이 근무하던 친구가 하나 있긴 한데, 한번 찾아가 보겠어? 절대로 내가 소개하더란 말은 하지 말고 한번 다이아다리해봐. 요즘 그 담당이라는 소문이야."

"봐주려거든 홀라당 벗어부치고 시원스레 한번 봐줘."

결코 나한조라는 인간이 입 싹 씻을 사람이 아니라는 말을 덧붙이는 것도 그는 잊지 않았다.

"사업하는 사람들 집념이란 역시 존경할 만하군."

나길조는 그렇게 하여 사흘 뒤 동회 서기 정병택을 불러내는 데 성공했다. 그러기까지 한조는 물론 정가한테 귀띔이 가지 않는 인물로 남겨져 있었지만.

"두 사람 인사하지. 이쪽은 내 고등학교 동창이자 한 집안인 나 사장."

룸 살롱 깊숙한 방으로 안내되어 자리를 잡고 앉은 다음에야 나길조는 정가한테 한조를 소개했다. 그러고는 끝이었다. 술값은 물론 한조가 무는 것만으로도 행운으로 생각해야 할 처지지만 정가와 나길조는 뻔질나게 여자를 끌고 스텝을 밟으러 나감으로써 그를 외톨이로 남겨 두었다. 그들이 즐거워만 해준다면 외톨인들 무얼 못 참으랴.

그러나 한조가 견딜 수 없는 것이 있었다. 옆에 바짝 붙어 앉은 청77번이 끝없이 그를 볶아쳤던 것이다.

"우리두 나가요. 챙피하잖아요. 제가 리드해 드릴게요."

"네 발등에 멍들어."
"좋아요, 멍들어두."
"난 여자 발등은 못 밟아."
"병원비 물어달라구 안 할게요."
"대신에 내가 스커트 밑으로 손 넣어 줄게."
"어이, 응큼하셔."

이러구러 곤욕도 영광으로 생각하자 하고 참고 또 참았는데, 공무원은 모두 저렇게 춤을 잘 추는가 존경심만 키우며 밤의 깊이만 재고 있었는데, 이윽고 밴드가 철수하고 조명이 밝아진 기회를 잡아 잽싸게 계산대로 쫓아가 술값을 치르고 오자, 웬걸 김빠지게도 정병택이라는 자는 이미 빼고 없잖은가.

"어? 어디 갔어?"
"갔어. 뭔가 눈칠 챘나 봐."
"무슨 눈칠?"
"하여튼 달라졌어, 그 친구. 한 번 더 만나자고 해봐야겠어. 오늘 술값 많이 나왔지?"
"뭘. 팁이 더 많아."
"미안한데, 소득도 없이."
"내친 걸음이니까 한 번 더 불러내 봐."

나길조는 염려했지만 정가는 쉽게 다시 나타나 주었고 거침없이 목욕이나 하자는 말까지 하는 노골적인 태도를 보였으므로 이젠 이쪽도 그에 걸맞게 대해 주는 일만이 남은 것일까.

그러나 뻔뻔스럽게도 타락한 정가를 상대하면서 갖는 순진한 기대는 어리둥절한 낙담으로 끝난다는 사실까지는 한조가 미처 상상하지 못했다. 굳이 위안을 삼자면 한증막이 사람을 탈진시킨 탓이라고나 해둘까. 어쨌든 목욕탕에서 나오자 후딱 내빼버린 정가를 그 뒤 다시 불러내기까지는 말할 필요도 없이 나길조의 협조가 컸다.

"이젠 단단히 조여야겠어. 아우의 마음고생을 봐서도."

정병택이 나타나자 나길조는 한조를 향해 눈을 찡긋해 보였다.

"어디 참한 술집 없을까?"

하고 나길조가 정가 쪽을 흘끔거리며 운을 떼어 주었다. 그렇게 물었다 뿐이지 그와 한조 사이에는 이미 점찍어 놓은 집이 있었다. 관훈동에서 안국동으로 올라가는 골목참에 '오천집'이라는, 얼굴이 반반한 애들이 몇 있는 집이 있다고 나길조가 말했었다.

"헛탕칠 셈치고 또 한잔 먹어 보자구. 설마 그러고 났는데도 입
    싹 씻진 못하겠지."

당연한 순서라는 듯 정병택이 별말이 없자 나길조가 한조를 돌아보며 한마디 더 했다.

"거기 한번 가볼까, 요전에 우리 갔던 집?"

"어디?"

"오천집이던가, 거 왜 인사동 골목으로 쭉 올라가서."

"괜찮을까……."

하고 한조는 정병택의 동의를 구하듯 말을 얼버무렸다. 나길조의 능란한 거짓말과는 달리 구경도 못한 '오천집'에 대해 실은 더 이상 한조로서는 할 말이 없었다. 나길조가 정병택을 돌아봤다.

"어때, 서민적인 술집이 하나 있는데?"

"서민적인 집이 좋지 뭐."

두당 3만 원이면 서민적인 수준인가. 그러나 한조는 술을 마시는 동안은 그런 속상한 생각을 않기로 했다. 빈 대접 하나를 술상 밑에 숨겨 놓고 쉴 새 없이 위스키를 쏟아붓는 일에만 열중했다. 화려하게 공단 치마 저고리를 입은 여인이 바싹 붙어앉아 넓은 치마폭으로 그의 그런 짓을 감춰 주었으므로 좋다고만 한다면 한조는 그녀를 데리고 살고 싶기까지 했다.

"약주가 약하신가 보죠, 자기?"

하고 귓가에 달라붙어 뜨거운 입김으로 속삭이는 걸 돌아볼라치면 얼굴도 대단히 예뻤다. 그래서 미인의 귀에 대고 할 말은 못 되었지만 한조는 용기를 내어 말하지 않을 수 없었다.

"실은 고장이 나서 그래."

"어머, 그래요? 어디가요?"

"만년필이 새. 미안해, 여태껏 자기 같은 미인을 못 만난 탓이야."

"그렇다고 몸을 그렇게 마구 돌림 쓰나요."

"우리, 같이 살면 어떨까?"

"어떻게요?"

"방 하나 얻어 엉덩이 두들겨 주며."

"소꿉장난하듯이 말이죠."

"그렇지, 소꿉장난하듯이."

"여보, 당신 하며 말이죠?"

"그렇지, 여보 당신 하며."

"그 조그만 꿈을 이룰 수 없을까요, 전?"

"그게 꿈인가?"

"갑자기 슬퍼지네요, 왠지."

"나 대신 술 한잔 마시지."

"자주 찾아주시겠어요?"

"내가 맘에 들어?"

"아뇨. 사장님은 비극 배우예요, 절 슬프게 만들었으니까요."

"난 행복하게 해주고 싶었는데. 진정이야."

"관두세요. 거짓부렁 마세요."

"취한 모양이군."

"사장님 술을 제가 다 마셨으니까요."

"그 고마움 잊지 않을 거야."

　한조는 한 팔로 여자를 힘껏 끌어안았다. 어쩌면 이 여잔 정말 슬픔에 빠져 있는지 모른다는 생각이 들자 자신에게도 마알간 슬픔이 전해져 오는 것 같았다.

　그래서 그랬을까, 한조는 여자들의 서걱거리는 공단 치마 속에 손을 집어넣고 무슨 짓인가 열심인 두 사내가 갑자기 죽이고 싶도록 미워졌다.

　술집에 가면 최초의 5분이 중요하다고 정병택은 거듭 말했다. 최초의 5분 안에 여자의 젖가슴까지 도착하지 못하면 그날의 연주 여행은 실패로 돌아가고 만다는 것이었다.

　요컨대 그런 말이 나올 정도로 그날 밤의 정병택은 맘껏 즐긴 듯했다. 나길조도 흡족해해 마지않으며 한조한테 충고의 말까지 던졌다.

　"한존 좀 서툴더군. 여잔 꽃하곤 달라. 만진다고 상하지 않아. 뿐만인가, 화분처럼 그냥 앉혀만 놓으면 하품을 한다구. 시들어. 근질근질해서 못 견뎌한다니까."

　그러면서도 두 사내는 집으로 돌아가는 일만은 서둘렀다. 약속대로 여자들을 불러내자는 한조의 제의에 두 사내 모두 팔을 훼훼 내저었다.

　"계집애들 불러내겠다는 약속 다 지키다간 일년 열두 달 집에 못 들어간다구."

　두 아이의 아버지라는 공통된 신분 때문인지, 아니면 용의주도하게 타락한 자들이므로 그런 일에는 일정한 행동 계율을 가지고 있는 것인지, 두 사내는 한조를 검은 길거리에 팽개친 채 도망치듯 달아나 버렸다.

　"병택이, 이 친구 좀 도와주라구."

　"연락해서 한번 만납시다. 오늘 즐거웠습니다."

　두 사내는 헤어지기 전에 이렇게 술값을 하느라 한마디씩 했는데 한조는 그 정도면 성공이라고 생각할 수밖에 없었다. 그러곤 어둠에 휩싸인 거리에 서서 여관 간판을 찾았다. 스프링 코트 주머니에 든 '오천집' 전화번호를 만지작거리며.

불러낼까, 그만둘까. 벌써 옷 갈아입고 사라지지 않았을까. 아니지, 거기서 잔다고 했지, 한조의 슬픈 짝은……

그러나 한조는 끝내 이숙희를 포기했다. 정병택의 주장대로 최초의 5분을 그냥 놓쳤으므로 포기했다. '본명은 이숙희예요'라는 말까지 하면서 소꿉장난의 슬픔에 겨워하던 여자를.

3월의 밤공기는 아직 차가운 것인지 한조는 몸을 후루룩 떨었다. 아니면 약 마시듯이 한 술이 깨고 있는지 몰랐다.

한조는 이튿날로 당장 정병택을 찾아갔다. 다방으로 나와 마주앉자 정가가 먼저 말했다.

"제가 도와드리는 덴 한계가 있어요."

"그럼요."

"길조한테 물어보시면 아시겠지만 담당이라고 저 혼자 처리할 수 있는 게 아니거든요."

"들어서 알고 있습니다."

"주변 복덕방에서들 하도 들쑤셔 놔서 말입니다. 나가 있는 입주권들도 막 웃돈이 붙어 돌아가고 있는 모양이에요."

정병택은 자신이 주선할 수 있는 입주권을 따져 보니 쉰여섯 장이 되더라는 뜻밖의 말을 하며, 그중 넉 장은 동장이 일찍 부탁한 거라서 빼놔야 한다고 했다.

"그러시면……."

"밖에선 웃돈 6만 원이 붙어 26만 원에 도는 모양인데 길조를 봐서라도 그럴 순 없고 25만 원씩으로 걷어 보도록 하죠. 사실이지 집집이 찾아가서 사정을 들어 보면 참 눈물겨운 일도 많아요. 그렇잖습니까. 아파트나 연립주택 입주권을 준대도 신청금 20만 원

에다 그 뒤 중도금 잔금 낼 힘이 없어 권리금 받고 넘기는 사람들
이니."

"그렇죠."

"어쨌든 도저히 돈 못 물 집이 누군진 내가 대충 아니까 이제 얘
기한 정도로는 아마 보아야 할 겁니다. 그렇게 알고 준비해 보십
시오."

"그럼 언제쯤 다시 오면 되겠습니까?"

"언제든지 오세요. 내일이라도 좋습니다."

철거민 찾아가서 모아야 한다면서 언제든지 줄 수 있다니 이 사나
이가 도대체 얼마나 뻔뻔스런 거짓말을 할 작정을 하고 있는 걸까.
한조는 곧 시청으로 나길조를 찾아갔다.

"그 자식 나쁜 놈이군."

나길조의 첫마디였다.

"무슨 소리야?"

"거기다 또 5만 원을 더 얹어 먹어?"

"복덕방에서 6만 원씩 얹어 사들이고 있다는데 아무리 동서기라
고 그냥 거둬들일 수야 없잖어."

"모르는 소리. 그 자식이 모아 주긴 뭘 모아 줘."

나길조의 말인즉, 정병택이 그렇게 말했으면 이미 그자의 서랍 속
에 쉰여섯 장의 입주권이 들어 있다는 것이었다. 사실은 그 이상의
숫잔데 눈치채일까 동장한테 넉 장을 줘야 한다느니 재간을 부렸을
거라는 것.

무슨 애긴고 하면 고지대 무허가 주택 장부에 유령가구를 올려놓
고 그 숫자만큼 구청으로부터 입주권을 더 받아낸다는 것이었다.

"오륙십 가구나 더?"

"그 지구에 이번에 헐리는 동수가 얼만지 알어. 산 101번지에
456동이라구. 그래도 주민등록, 인감 다 있어. 유령이라고 그냥

아무것도 없는 게 아냐. 실제 인물들 소유주로 다 돼 있다니까."

"그럼 어떻게 해야지?"

"어떻게 하긴. 괘씸하지만 그 자식 요구대로 들어줘야지. 그래도 봐주긴 봐준 거라구. 그러니까 이제 조금 있어봐, 프리미엄이 얼마나 붙나."

"난 유령 입주권이라니까 하는 소리지."

"다 실제 인물로 돼 있다니까 그런다, 넌."

"그럼 너만 믿는다."

"의심은. 은혜나 잊지 마."

나길조는 행정 수도 건설 발표가 분기점이었다고 주장했다. 서울에서 한 시간 거리라는 말에 대덕, 철원에 자가용이 줄을 이었는데 경제 10부장관 기자회견은 거기다가 침체된 주택 경기를 부양시킨다고 양도소득세 완화까지 선언했으니 부동산 경기는 틀림없이 불이 붙을 거라는 장담이었다.

"증권시장으로 몰렸던 투기꾼들이 강남으로 몰려갈 거야. 그러면 증권시장은 상대적으로 침체에 빠지겠지."

한조는 알지도 못하고 위태위태하다고 생각했는데 나길조의 말을 듣고는 확신이 섰다. 액면가 1천 원의 극동건설주가 불과 상장 두 달 남짓 동안에 4천 420원까지 뛰었다는 건 뭔가 정상이 아님이 틀림없지 않은가.

형님은 매일 아침 눈뜰 때마다 기분 좋아하기만 하면 되지 뭐가 걱정예요 하고 우제정은 말했지만 한조로선 반드시 무슨 마가 끼었을 것 같은 위기감을 떨쳐 버릴 수 없었다. 한조는 다소 주눅이 든 목소리로 나길조한테 물었다.

"그럼 증권 시센 앞으로 떨어지겠군?"

"발행 시장은 여전히 인기가 있을걸."

"유통 시장은 침체에 빠지고?"

"투기꾼들이 빠지면 그렇게 되잖겠어. "

나길조는 서울 시내 표고 70미터 이상에 있는 무허가 주택은 모두 헐려 공원이나 녹지대로 용도 변경된다는 사실을 머리에 넣고 한번 뛰어 보라는 말을 했다. 미아, 쌍문, 수색, 연희, 홍은, 홍제, 사당, 봉천, 응암, 녹번, 신사동 등 지난번에 적어준 지대의 산비탈은 한번 누벼 볼 만한 곳이라나.

"우선 도봉구 월계동부터 가봐. 막 입주권이 나갔을 거야. 정병택이 것도 물론 받고. "

그는 헤어지기 전에 이렇게 한마디 또 덧붙였다.

"기회란 찾아다니는 자한테나 온다던가. 오늘 아침 신문 봤지, 아파트 네 동이 연쇄적으로 강도를 만났다는 기사. 입주권 시세도 오늘은 틀림없이 좀 떨어졌을 거야. "

대동증권으로 우제정을 찾아간 한조가 극동주를 처분하겠다고 선언하자 우제정은 눈이 휘둥그레졌다.

"형님 정신 나갔어요? 저 시세판 안 보입니까? "

쳐다보자 며칠 사이에 또 뛰어서 4천 900원대로 올라가 있었다.

"그래서 그래. 산이 높으면 계곡도 깊은 법이라고 했잖았어. "

"또 입문서 실력 들먹이시네. 산을 다 오르지도 않고 내려갈 계곡을 생각해요? "

우제정이 말하는 매력도 떨쳐 버리기엔 너무 아쉽디아쉬운 데가 있지만 한조는 결심을 꺾지 않았다.

"실은 오늘 당장 돈이 좀 급해서 꼭 팔아야겠어, 아깝긴 아깝지만. "

"아까운 게 문제가 아녜요. 지금 팔면 다신 못 사요. 그때 제 잘못으로 파신 동아가 지금 얼만지 아세요. 3천 690원이에요. 액면가 500원짜리가요. 그런데도 사자만 있고 팔자는 없어요. 극동도 곧 액면가 분할이 있다는데 지금 팔아요. 무상 증자한다는 소문도

도는데."

"그런들 자금이 짧으니 어떻게 해."

"그럼 차라리 대출을 받으세요, 그거 담보로."

한조는 우제정의 말에 화들짝 놀라지 않을 수 없었다.

증권을 담보로 대출받는 방법이 있는 줄은 몰랐던 것이다.

"얼마나 필요하신데요?"

"천 5백쯤."

"오늘 급히 필요하다고 극동주 팔아 오늘 돈 받나요. 이틀 뒤에 떨어지는데."

"아 참, 그렇군. 그런데 대출이 가능할까?"

우제정은 부장과 상무 책상 앞을 번갈아 오가고 전무실까지 들락거린 끝에 결국은 1천 5백의 대출을 받아내는 데 성공했다.

"야, 제정이 실력 놀라운데."

하고 한조가 탄성을 지르자 우제정은 싱긋 웃기부터 했다.

"제 고등학교 선배 하나가 경제신문 부장으로 있거든요. 그 사람을 이용하려니까 이 회사 간부들은 제 애기를 안 들어 줄 수가 없지요."

한조는 대출금을 받아들기 바쁘게 곧장 대동증권 객장을 빠져 나갔다. 문간까지 배웅 나온 우제정이 생각난 듯이 말했다.

"형님 아시는 서귀자씨 말예요."

"응, 참 어떻게 됐지? 요즘도 나타나나?"

"나타나는 게 뭐예요. 매일 와서 살다시피 하면서 못살게 굴어요."

"왜, 뭘 가지고?"

"종이로 된 금괴라는 건설주 사달라구요. 지난번엔 신주 청약 넣었다가 100주 신청에 겨우 10주 나왔다구 약이 막 오르는 모양이던데요."

"그럼 지금까지 별로 산 게 없는 건가?"

"왜요, 무역주로 샀죠."

"그랬는데?"

"건설주보다 못하거든요. 신원건설 사라니까 그건 또 안 산다더니 삼성이 인수하는 바람에 지금은 그때 시세 열 배 주고도 못 사요. 여자들이란 손이 잘아서 기회가 와도 놓쳐요."

한조는 속으로, 그 성격에 체중이 떨어졌겠다 생각하며 우제정과 헤어졌다.

"그 여자한테 내 얘기 하지 마."

"얼굴이 아까운 여자예요."

아직도 그녀는 내 유서 사건을 모르고 있을까. 어디서 들었다면 우제정한테 얘기했을 텐데 그런 기미는 없지 않은가.

한조는 합승하러 달려드는 택시마다에 대고 소리쳤다.

"월계동! 곱빼기!"

월계동에 가면 뭘 어떻게 하겠다는 생각도 그는 미처 하고 있지 않았다. 아니, 월계동이 어디쯤인지에 대해서도 아는 것이 없었다. 그는 다만 기회란 찾아나서는 자에게만 잡힌다던 말만 굳게 믿고 있을 뿐이었다.

서울 동북끝 수락산 끝자락에 엄두가 안 나는 희뿌연 회색의 모습으로 올라앉은 뜨내기 마을이 있었다. 연탄재와 더러운 하수 찌꺼기를 옆구리에 차고 궁기로 드러누워 있는 마을, 그것이 월계동이었다. 그래서 그런지 동북을 관통하여 의정부로 내빼는 화물 트럭들도, 성북역 창동역을 거친 교외선 열차도 그 마을 앞에 이르면 속력을 더 붙여 달아나는 것 같았다.

한조는 경사진 마을 밑자락에서 택시를 내리자 곧 구멍가게로 쫓아 들어갔다.

"여기 철거되는 지역이 어딥니까?"

“위로 더 올라가세요.”

라면 봉지 두 개를 옆구리에 끼고 나오던 여인은 그렇게만 말하고 골목 쪽으로 서둘러 사라져 갔다. 가게 안을 들여다봐도 주인은 어디 있는지 누구 하나 내다보지조차 않았다.

한조는 가게를 돌아 나와 비탈진 위쪽을 올려다봤다. 골목길은 이내 꼬부라져 으스러진 블록 담과 슬레이트 지붕밖에 보이지 않았다. 좁은 길섶으로 거품을 문 수챗물이 적은 양으로 흐르고 있었다.

중턱까지 걸어 올라가는 동안 사람 그림자도 만날 수 없었다. 막연했다. 그러나 엉거주춤 서서 출구를 찾고 있던 한조는 어느 순간 자기도 모르게 급하게 소리쳤다.

“잠깐 ! ”

“왜 그러세요 ? ”

“철거되는 지역이 어디니 ? ”

“여기 다예요.”

“너희 집도 ? ”

“네.”

“집에 아버지 계시니 ? ”

“없어요.”

“없어 ? ”

“복덕방 사람하고 내려갔어요.”

한조는 벌써 손을 뻗쳤구나 싶어 마음이 조급해졌다. 주머니마다 갈라 넣고도 남은 지폐 뭉치를 잔뜩 주려 낀 옆구리의 감각을 재며 그는 어느 집 문 앞으로 다가섰다.

“계세요 ? ”

방문이 펄쩍 열리며 여인이 빼꼼 얼굴을 내밀었다.

“네, 오셨어요 ? 그런데 딴 분이네요. 부흥사에서 오신 거 아녜요 ? ”

“네…… 맞는데요.”

한조가 말을 얼버무리는 동안에 키가 작달막한 통치마 여인은 벌써 구르듯이 문지방을 넘어 와 있었다.

“그래, 의논해 보셨어요? 아까 그분한테두 말했지만 그렇겐 안 돼요. 우리집 양반두 그 아래룬 안 된다구 했구, 요 옆집 용범이 엄마한테 물어봐두 펄쩍 뛰던걸요.”

“그럼 꼭…….”

“그럼요, 이칠은 주서야 돼요.”

“이륙으로 했으면 딱 좋겠는데…….”

“있는 분들이 뭘 그렇게 쩨쩨하게 그러실까. 딱 짤라 주심 우리두 깨끗하게 해드려요. 서류 벌써 다 만들어 놨다구요, 인감증명이랑 주민등록등본, 주민증 사본꺼정. 두 번 세 번 만나는 거 귀찮거든요, 양쪽 다. 까짓 우리집 양반 인감 도장두 달라면 드려요. 쥐뿔두 없이 그까짓 인감 도장 갖구 있음 뭐해요. ……그리구 이칠만 주신다면 아까 얘기한 대루 다른 집들 것두 모아 드릴 수 있어요. 모두들 우리집 양반 결정하는 대루 따른댔으니까요. 반장집 말을 안 듣겠어요.”

한조는 속사포같이 지껄여대는 여인의 말을 들으며 어안이 벙벙하여 말이 나오지 않을 지경이었다. 이렇게 쉽게 먹나 싶어서가 아니라 집이 헐리는데 흥정에 성공할 기미가 보인다고 흥분기를 나타내는 여인이란 또 뭔가. 그러나 그런 거 지금 신경쓸 때냐. 한조는 어금니를 깨물었다.

뜻밖에 너무 쉽게 풀려 가고 있다 해서 나까지 흥분해선 안 된다 하고 어금니를 깨물며 한조는 일부러 뭔가 골똘히 계산해 보는 듯한 표정을 지었다.

“좋습니다. 계산이 안 맞는 성사지만 아주머니 사정도 있으니까. 대신 아주머니도 우릴 좀 도와주셔야 돼요.”

“다른 집들 것두 모아 달란 말씀이죠?”

“되도록 양이 많아야 우리한테도 좀 떨어지는 게 있잖겠어요. 사실 우리 이거 구전 뜯어먹는 장산데, 한편으로 이런 짓이 여간 위험하지 않거든요. 한꺼번에 너무 많은 입주권이 쏟아져서…….”

“그래서들 철거 보상비만 받고 입주권 포기한 집들두 많다던데요?”

“하여튼 아주머니 시원시원해서 좋군요.”

“낼 아침 일찍 오세요. 오늘밤에 다 모아 놓을게요.”

“지금 모아 주시지 않구요?”

“당장? 그럼 돈 가지구 오셨단 말예요?”

“그런 준비도 없이 할 일 없어 자꾸 찾아오겠어요.”

막상 애기가 끝나자 여인은 주춤 물러서고 싶은 듯한 주저를 보였으므로 한조는 재빨리 한마디 덧붙이지 않을 수 없었다.

“내일 다시 와도 되지만 이런 일은 드러내 놓고 할 일이 못 되거든요. 말이 나면 아주머니네도 귀찮아지니까요.”

“동회에서 뭐 모르나요, 이러는 거.”

“동회만 알면 괜찮지만 다른 데서 알면…….”

“허긴 그래요. 그럼…….”

여인은 결심을 세운 듯 통치마의 허리께를 추스렸다.

“제가 수고해 드린 만큼은 따루 생각해 주시는 거죠?”

“물론이죠. 다 생각하고 있습니다.”

“그동안 여기 계시겠어요? 이쪽 골목으루 한번 들어가 보시겠어요?”

“이쪽으로요?”

“그쪽이 칠팔구 반으로 나가요.”

한조는 두어 발짝 돌아 나온 대문간에서 여인과 헤어졌다. 여인은 발목까지 내려온 치마폭을 엉치에서 걷어 들고 골목 안으로 사라져 갔다.

그러나 또 다른 수다기 있는 반장 아내와 맞닥뜨렸으면 한 한조의 기대는 얼마나 어처구니없는 생각이었던가.

"뭐요? 당신 무슨 억하심정으로 남의 동네 헐리는 거 그렇게 좋아해. 남 고리짝 들고 길거리로 쫓겨나는 게 그렇게 고소해?"

하고 달려드는 중풍 걸린 남자를 만난 건 그래도 약과였다. 그의 봉두난발한 노모가 뛰어나와 한조의 등을 골목까지 밀어붙여 주었으니까.

"그란해도 홧병 겹친 환자헌티 먼 그런 소릴 혀, 시방. 방 허나 시 얻어 사는 사람헌티 입주껀이 다 뭐여. 워쩌 시상 인심이 그란당가."

"할머니, 죄송합니다. 반장님을 찾는다는 게……."

할머니 오래오래 사세요라는 인사까지 하고 꽁무니를 뽑았는데 정작 문제는 그 다음다음 집에서 일어났다.

하늘하늘하는 조각 팬티가 다 들여다뵈게 속치마만 걸친 여자들이 방문을 꽉 채우고 서서 그에게 손짓을 해댔다.

"어서 들어오세요. 아저씨가 뭐 재미없게 아저씰 찾아요. 남자하구 여자하구 붙어야 짝이 맞죠. 수줍어하실 거 없어요."

"난 농담하구 있는 게 아닌데."

"누군요. 이 집 아저씬 마실 가구 안 계시거든요."

"언제 돌아오우?"

"글쎄요. 세 살 먹은 아저씨가 때를 알겠어요. 아직 색시 맛도 모르는데, 호호호……."

재빨리 돌아서는 한조의 뒤통수에다 대고 두 여자가 번갈아 소리쳤다.

"아저씨 왜 가세요. 들어왔다가 우리랑 같이 출근해요."

"이따가 오세요. 아래 떡보네 집 아시죠. 오시면 한마디루다 끝내

드려요.”

한조는 그녀들의 화장이 짙은 이유를 그제야 알아차릴 수 있었다.

이튿날 한조는 출근 시간에 맞춰 서울시청으로 나길조를 찾아갔다. 그러나 사무실에 나타나기엔 너무 이른 시각이었으므로 근방까지 가서 공중전화로 그를 불러냈다.

무슨 일이냐고 물을 줄 알았는데 나길조는 마치 무슨 낌새를 알아차리기라도 한 것처럼 군말 없이 당장 나타나겠다고 했다.

“뒤쪽으로 돌아가면 지하 다방이 하나 있어. 이름이 욕망이던가 그래. 거기서 만나. 곧 나갈 테니까.”

나길조는 한조가 다방을 찾아낸 지 십 분도 채 안 되어 두 손을 바지 주머니에 찌르고 나타났다.

“봄바람이 꽤 쌀쌀한데.”

“뜨거운 차 한잔 마셔.”

“무슨 일이야, 이렇게 일찍?”

“출근 시간까지 기다리는게 지루해서 혼났어.”

“왜?”

“너 투자 좀 하라구.”

“투자? 말단 공무원이 무슨 돈이 있어서.”

“그러지 말고.”

“뭔데? 얘기나 들어보자, 한번.”

“뭐긴 뭐야, 네 동회 친구 껀이지.”

“아니, 그 친구가 더 내놨어?”

“그게 아니고, 실은 이번 건 네가 끌어낸거나 마찬가진데 나 혼자 차지하기가 뭣해서.”

나길조는 한조의 말에 잠시 대꾸가 없었다. 진의가 뭔가 하고 생각하고 있는지 몰랐다. 마침 종업원이 찻종을 날라와서 둘은 대화가 끊어진 김에 오로지 차 마실 채비를 하는 일에만 열중하는 척했다.

“신경쓰지 마. 몇 장 되지도 않는 걸 갖고 뭘 그래.”
“아냐. 그래도 그렇지 않아. 간밤에 곰곰 생각했는데, 나로선 그
럴 수 없었어.”
“뭘 그런 걸 갖고 사업가가 고민하고 그래.”
“사업한다고 앞뒤도 가릴 줄 모르고 염치도 몰수하는 그런 짓은
난 못해. 돈이 인생의 다는 아니잖어.”
한조는 스스로 생각해도 낯뜨거운 말을 거침없이 지껄였다. 그가
어디 나길조의 신세를 갚겠다고 아침부터 찾아온 것인가. 월계동 반
장 마누라한테서 뜻밖에 스물석 장이나 나오는 바람에 대동증권에
서 대출받은 1천 500 중에서 620 이상을 빼 써서 정병택의 쉰두 장
에 대한 대금을 지불하자면 최소한 5백만 원 하나는 모자라게 되어
부리나케 나길조를 찾아온 것이 아닌가.
우제정한테 대동에서 좀더 끌어낼 수 있는지 물어볼 입장만 돼도
그는 결코 나길조를 찾아오지 않았을 것이다. 하지만 아무리 생각해
도 우제정에게 더 이상 무리한 요구를 할 순 없었다. 나길조한테 말
한 바 염치 같은 것 때문이 아니고 모쪼록 사업가인 체하자면 곧 죽
어도 누구한테 궁기를 보여선 안 된다는 것이 처음부터 한조의 신조
였던 것이다. 하지만 누가 돈을 꾸자고 빌붙거나 도움을 청할 땐 반
드시 죽는 시늉을 할 것.
“그래 나한테 몇 프로나 투자하라는 거지?”
하고 나길조가 사양의 뜻으로는 충분히 뜸을 들인 다음 마침내 되물
었다.
“한 스무 장쯤 가져가.”
“그렇게 많이? 그러면 내가 되레 염치없어지잖어.”
“아냐, 내 말대로 해.”
둘은 그 후 갑자기 체면의 노예라도 된 것처럼 밀고 당기는 단조
로운 입씨름을 거듭한 끝에 당연하게도 결국은 나길조 쪽이 손을 들

었다. 그러곤 그게 멋쩍은 듯 다방을 나오며 나길조가 물었다.

"참, 월계동엔 가봤어?"

"아니. 그냥 가가지고 되겠어?"

한조는 펄쩍 시치미를 뗐다.

"그래도 한번 가보지 않고. 그쪽 건 장안평 17평형이라는데. 불꽃이 튄대."

불꽃이 튄다? 한조는 갑자기 기분이 좋았다.

사정에 관계없이 나길조를 참여시킨 것은 얼마나 잘한 일인가 하고 한조는 생각했다. 뭔가 재미있겠다 싶긴 했지만 막상 입주권이란 걸 손아귀에 넣고도 그걸 어떻게 해야 하는 건지에 대해선 도무지 감이 잡히지 않았던 그였으니까.

그랬는데 공동 투자자가 된 나길조가 자세히 코치를 해주지 않았는가.

'집사람한테 연락해서 마련해 보라고 해놀 테니 이따가 점심 시간에 다시 만나자구' 해서 공연히 시간 보낼 데가 없어 대동증권에 들러 뛰는 극동건설주 시세도 쳐다보고 백화점 에스컬레이터를 타고 오르내리면서는 벌써 하늘하늘하는 봄옷으로 갈아입고 나온 여자들 눈요기도 하고, 그러구러 감질나게 안 가는 시간을 보낸 다음 아침에 만났던 다방 '욕망'에 다시 나타난 그에게 나길조는 함흥냉면을 사주며 일러주었다.

"정병택이한테 돈다발부터 내보여. 사람들은 보통 돈을 보면 환장기를 나타내게 마련이야. 그러고 나선 우선 이 다짐부터 받아, 주민등록등본, 주민등록증 사본, 인감증명은 다 만들어 줘야 한다는. 그거 구비되지 않으면 아무짝에두 소용없어."

한조도 그 정도는 이미 월계동 마누라한테서 다 들어 알고 있었지만 모른 척 골똘히 귀를 기울여 주었다.

"내가 알기론 아마 그게 잠실 주공 아파틀 거야."

“잠실 ? ”

“응, 슬슬 거길 한번 나가 보라구. ”

“가선 ? ”

“근방 복덕방 주변을 기웃거려 보는 거지. 틀림없이 복부인이란 년들이 들락거릴 거야. ”

나길조의 말투로 봐서 그는 분명히 이른바 복부인이란 여자들한테 약올라 못 견디는 심사였다.

“그년들의 손목을 잡나 ? ”

“아니지, 프리미엄 시세나 슬쩍 알아보는 거지. ”

“여자들한테 ? ”

“너 그 방면엔 도통 한데구나. 값이야 복덕방이 알지 그딴 것들이 뭘 알어. ”

“아항, 그런가. ”

“모조리 뒤지며 물어봐. 절대로 팔 물건이 있다곤 하지 말고 사러 온 사람처럼. ”

“아파튼 다 지어져 있나 ? ”

“무슨 소리야, 아직 새끼줄이나 쳐놨나 몰라. ”

“그런데 복부인이라는 것들이……. ”

“말뚝도 박지 않았는데 벌써 설친다구, 그년들은. ”

“기도 안 차는 일이군. ”

한조는 나길조가 그에게 정신차리라는 충고까지 하는 덴 정말 기도 차지 않았다. 입가에 시뻘겋게 고추장을 묻혀 가지곤 그는 이런 말까지 했다.

“이 냉면 가락만큼이나 질기고 끈끈해야 한다구. ”

“누구한테 ? ”

“이번 거 다 처분할 때까지. ”

“그게 언젤까 ? ”

"아마 제대로 불이 붙는 건 적어도 한 달 이후가 아닐까."

"그런데 벌써 뭣하러 그 벌판엘 가?"

"모르는 소리. 이것도 증권처럼 정보라구. 단위는 증권하고 비교도 안 되구."

한조는 주머니 속에 든 장안평 아파트 입주권을 떠올렸다. 아무것도 아니었다. 손바닥만한 갱지에 타자를 해 프린트한 보잘것없는 종이쪽이었다.

접수 번호, 재산의 소재, 예치금…… 시청 구분엔 서울시 건립 몇 평형 아파트를 밝히고 신청자가 이름을 쓰고 도장을 찍은 것일 뿐인 '시영주택(아파트) 입주권'이라는 게 그렇게 대단한 것일까. 나길조는 재삼 아쉬워했다.

"월계동 가볼 걸 그랬어. 사무실에서들도 그러는데 장안평 건 틀림없이 난리가 날 거라던데."

냉면집에서 나길조가 이잣돈 얻은 거라고 거짓말을 하면서 건네준 520만 원을 더 보태어 넣고 동회 서기 정병택을 찾아간 한조는, 그러나 우선 돈다발의 빛만 보이라는 나길조의 지시는 차마 이행할 수가 없었다. 어둡고 콧구멍만한 경양식집 칸막이 안도 안심이 안 되어 다짜고짜,

"나 선생 나갑시다."

하고는 벌건 대낮에 여관방으로 끌려갔으므로 거기선 맘만 먹으면 얼마든지 돈다발 빛을 보여 약을 올릴 수도 있었는데 한조는 왠지 그렇게까진 되지 않았다. 문을 걸어 잠근 다음 정병택이 말했다.

"매사 안전하게 하는 게 좋아요. 나 선생을 위해서도."

"그럼요. 그렇다마다요."

"두 장을 더 구했어요. 모처럼의 부탁인데 한 장이라도 더 모아드리는 게 좋을 것 같아서."

"고맙습니다. 하지만 이거 너무 신세가 많아서……."

“그건 가지고 오셨죠?”

하고 정가가 마침내 궁금한 것을 물었으므로 나길조가 시킨 일을 자연스레 할 수 있는 절호의 기회였는데도 한조는 다만 노골적인 대답도 아닌 이런 말로 얼버무렸다.

“준비는 한다고 해왔습니다만…….”

나길조의 사전 지시 때문에 오히려 더 딱 부러지게 안 되는지도 몰랐다.

“주세요. 저도 다 준비해 왔습니다.”

정가가 옆구리에 끼고 앉았던 서류 봉투를 열고 핀으로 하나하나 박은 입주권 서류를 방바닥에 늘어 놓는 동안 한조도 방바닥에 돈다발이 싸인 포장지를 풀어 놓고 가지런히 쌓아 올렸다.

정가가 서류를 한조 앞으로 밀어 놓으며 말했다.

“한번 보세요. 구비서류 빠짐없이 다 갖춰져 있을 겁니다. 얘기한 대로 54세대분입니다.”

“직접 담당하시는 분인데 어련하시려구요.”

“그래도 한번 보세요. 이런 일은 서로 정확히 하는 게 좋으니깐요.”

알고 보니 정가의 그 말은 자신도 지폐 다발을 점검하겠다는 뜻이 아니던가. 그는 1천 350만 원의 지폐 더미를 자기 앞으로 끌어당겨 가며 이렇게 말했으니까.

“저도 이거 세어 보겠습니다. 돈은 그 자리에서 세어 보는 게 예의라면서요?”

빈틈없는 사내였다. 나길조의 말에 의하면 한둘한테 조금씩 떼어 주어 입을 막고는 전액을 고스란히 먹다시피하는 거라는데 그런 돈을 한 다발 한 다발 세어 보는 배짱이라니. 정가는 나길조의 아내가 가져온 5천 원권 묶음 다섯 다발째를 세어 놓고 나서 이렇게 물었다.

"참, 추가된 두 장분은 미처 준비가 안 되셨겠죠?"

"아닙니다. 마침 여유가 좀 있어서."

"그럼 이게 전액 다군요?"

"아마 그럴 겁니다."

"아주 잘됐습니다, 이런 건 여러 번 주고 받고 하기가 번거로워서. 고맙습니다."

정가가 지폐 더미를 한 장 한 장 다 만져 보는 데는 적어도 20분 가까이 시간을 잡아먹은 성싶었다. 그는 역시 빈틈없는 사내여서 그걸 싸기 위해 미리 준비해 온 보자기를 바지 뒷주머니에서 꺼냈다.

"이게 전부 제 돈이라면 좋겠구면."

지폐 보자기를 들고 일어서며 정가가 한 말이었다.

"어쩔까요? 여기 앉아서 맥주라도 한잔 하실까요?"

"글쎄, 대낮인데……."

"그럼 나가시죠. 여관빈 제가 내겠습니다."

정가는 여관 골목을 벗어나기 바쁘게 곧 작별을 고했다. 그러곤 이렇게 덧붙였다.

"인감 시효가 3개월이란 것 잊지 마십쇼. 더는 떼어 드릴 수가 없습니다."

4개 단지로 땅을 구분하여 주택공사가 5층 아파트를 줄줄이 잇대어 짓고 있다는 잠실이라는 땅은 막상 찾아가고 보자 서글픈 풍경이었다. 아직은 군데군데 물이 썩는 웅덩이도 널린, 조금도 마음에 안 드는 벌판 그대로였다. 차라리 마구 파헤치고 들쑤셔 놓기 전의 들판이나 야산일 때가 훨씬 잔잔한 풍경이었을 성부른 그런 을씨년스런 모습으로 드러누워 있는 땅이던 것이다.

보통 가정주부들이 와 봤으면 돌아볼 것도 없이 곧장 내빼고 싶어 할 이런, 상하수도도 제대로 묻혀 있는 것 같지 않고 생활 환경도 하나 갖춰져 있지 않은 벌거숭이 벌판에 복부인이라는 여자들이 꾀

어든다는 게 한조로선 도무지 이해가 안 갔다. 물론 남자인 한조에
겐 뻑뻑하게 격정에 젖게 하는 일면이 없는 것도 아니었지만.
　우선 너무나 넓은 땅이었다. 그 넓은 땅의 한머리에선 꽝꽝 쇠기
둥 박는 소리가 푸른 연기에 휩싸여 지축을 흔들고 다른쪽에선 불도
저와 포클레인과 트럭들이 달려들어 언덕을 깎고 웅덩이를 파느라
법석을 떨고 있었다. 시멘트 비벼 넣는 소리, 발동기 도는 소리, 고
함치는 소리…… 세상의 온갖 잡음이란 잡음을 다 모아다 놓은 듯한
데 한쪽으로 이미 사람이 들어와 살고 있는 아파트가 숲을 이루어
늘어 서 있었다. 정병택한테서 넘겨받은 입주권 봉투를 옆구리에 끼
고 한조는 뭔가 뿌듯한 실감에 잠겨 서 있었다. 건설주가 ‘종이로
된 금괴’로 불리며 불티가 나는 근거를 그는 거기서도 보고 있었다.
　그러나 한조가 그때 가졌던 실감이란 실은 얼마나 한심하고 단선
적인 것이었던가.
　건설주가 ‘종이로 된 금괴’라면 아파트 입주권은 ‘종이로 된 보석’
이라고 해야 할 사정에 부닥쳤을 때 한조는 가슴을 치지 않을 수 없
었다. 25만 원에 산 입주권이 불과 한 달 반 남짓 만에 270만 원까
지 뛰었는데도 가진 게 더 없어서 못 팔 지경이 되었으니 말이다.
모두들 서울시청의 강남 이전설이 투기에 더 불을 댕겼다고들 했다.
　한조가 급조된 복덕방 거리에 매일 가서 살다시피하면서 뻔질나
게 나길조한테 전화질을 하는 동안에 입주권의 시세는 하루가 다르
게 폭등만 거듭하여 마침내는 그를 가슴치게 만들었던 것이다. 우제
정의 만류를 뿌리치고 극동건설주 1천 주만 처분했더라도 스무 장
이나 되는 입주권을 나길조한테 넘기는 어리석은 짓은 범하지 않았
을 게 아닌가.
　운수 소관으로 돌리자 해도 한조는 약오르는 것만은 참을 수가 없
었다. 나길조가 저대론 약게 구느라 군대 동기라는 복덕방 사내와
살짝 줄이 닿아 그 친구의 장담만 믿고 250에 스무 장을 몽땅 넘긴

걸 생각하면 한조는 그래도 보름 남짓 더 버텨서 제일 싸게 넘긴 게 265를 받은 다섯 장뿐이고 마지막으로 남은 열다섯 장은 복덕방 앞을 기웃거리는 복부인 하나를 슬쩍 한쪽으로 불러내어 소개비도 낼 필요가 없는 272까지 받고 넘겼으니 그나마도 다행이었다면 다행이었다고 해야 할까.

여자는 수표를 건네기 전에 다소 찜찜해했다.

"동수랑 층수 추첨에서 잘못 얻어 걸리면 본전 못 찾는 거 아녜요, 이거?"

"지금 그런 거 따지게 됐어요. 아주머니도 돌아봐서 알 거 아녜요, 값만 있지 물건이 없다는 거. 나, 이거 자금 사정 때문에 할 수 없이 넘기는 거지 며칠 안 남은 추첨 앞두고 왜 후회할 짓을 하겠어요."

여자를 침묵시킨 다음 한조는 공연한 염려인 줄 알면서도 정병택한테 들은 말까지 다 털어 넘겨 주었다.

"인감 시효 얼마 안 남았다는 사실 잊지 마쇼. 다신 뗄 수가 없으니까."

"자, 세분이서 합의를 보십시오" 하고 한조는 재차 다그쳤다. 그러고는 목이 타는 시늉으로 물 한모금을 들이켰다. "그렇게 못하겠다면 나로선 어쩔 수 없습니다. 능력이 없는데 감옥을 간들 어쩌겠습니까?"

"배짱이오?"

오십 줄의 이씨가 울컥 역정이 섞인 목소리를 내뱉었다. 그러자 남은 두 사내가 그의 반응을 읽으려는 듯 노려보았다. 한조는 그런 세 빚쟁이와 마주앉아 있었다.

"배짱이라니 무슨 말씀입니까. 이렇게 쫄딱 망해서 죽으러까지 갔었던 몸이지만 저도 양심은 있는 놈입니다. 아닌 말로 제가 영영

안 나타났으면 어쩔 겁니까. ”

“끝까지 숨어 살 수 있을 것 같어 ? ”

“유서 쓴 대로 죽었더라면 어쩌구요 ? ”

“내 돈은 그게 어떤 돈인지나 아오 ? 정년으로 물러난 국민학교 교장 영감의 퇴직금이란 말이오. ”

“왜 모릅니까. 그걸 알기 때문에 무슨 수를 쓰든 원금이라도 갚아드리고 죽어도 죽어야겠다 한 겁니다. 그렇다고 두 분을 빼놓고 이씨한테만 퇴직 교장님 돈이라고 차등을 둘 순 없잖습니까, 지금 제 입장으론. ”

“그럼 난 어떻게 하란 말이오 ? ”

“그렇게 나오시면 나도 더는 할 말이 없다니까요. 맘대로 하시랄 밖에. 원금도 못 받을 경울 생각하셔야죠. 목숨 걸고 원금이라도 갚겠다고 나타난 놈 생각도 좀 해주십시오. ”

“그러니 그게 배짱이 아니고 뭐야 ? ”

옆에 앉았던 고물상 최가가 그러는 이씨의 옆구리를 꼬집고 있는 걸 한조는 눈치 채고 있었다. 그렇게 개미 쳇바퀴 돌듯이 입씨름만 하다가 자리를 박차고 일어서면 어쩌려고 그러느냔 조바심이 나서가 아니라. 한조는 자신이 붙었다.

“할 수 없군요. 전 그나마 최선을 다한 건데. 배짱이라고 몰아세우시면 할 수 없죠. 거덜난 놈이 더 옴치고 뗄 길이 없는데야 어쩝니까. ”

세 사내가 눈길을 교환하고 나서야 마침내 최가가 자세를 고쳐 앉았다.

“좋소. 사정이 그렇다니 이쪽에서 운수 소관으로 돌리는 수밖에 없이 돼버렸지 뭐요. ”

“난들 왜 깨끗이 갚아드리고 싶잖겠수. ”

“하지만 그거라도 받아내게 된 걸 감사하게 생각하란 투론 말하지 말아요.”

“내가 무슨 낯으로 그런 말을 해요. 당치도 않은 소리지.”

“그럼. 그런 말 한다면야 안 되지. 불쌍한 교장 늙은이 퇴직금에다, 난 어쩌고” 하고 길씨가 끼여들었다. “아들 하나 보고 구멍가게 하며 사는 과수댁 돈인데.”

“다 알고 있잖습니까.”

“암, 그건 알아야 하고말고. 잊지 말아야지.”

“또 압니까, 살다 보면 나 같은 인간도 다시 일어설 날이 있을지. 그땐 신세진 거 깨끗이 마저 갚겠습니다.”

한조는 원금만 쳐서 1천 1백만 원을 교장 퇴직금 5백, 과수댁 3백, 최가 4백으로 나누어 돌렸다. 그러곤 세 사내가 돈을 챙겨넣는 걸 기다려 마지막 한마디를 덧붙였다.

“이거 면목 없습니다.”

그러나 이씨는 끝까지 좋은 말을 하지 않았다. 그는 점심을 먹고 음식점을 나오며 이렇게 말했던 것이다.

“나중에 잘되면 보자는 것 난 안 믿는 사람이야.”

까짓 무슨 말을 들은들 어쩌랴. 한조는 세 사내와 헤어지기 바쁘게 안경을 다시 꺼내 썼다. 그동안 쓰고 다녀보자 그거 쓰는 맛도 괜찮았다. 그리고 그의 주머니엔 아직도 7천 5백짜리 예금통장이 들어 있다는 사실이 더욱 기분 좋았다. 한조는 건달처럼 두 손을 바지 주머니에 찌르고 휘파람을 쌕쌕 불었다.

한조는 김선표의 집으로 전화를 하여 그의 빚 백만 원도 갚았다. 옥살이를 하고 있는 사정을 감안하여 이자의 뜻으로 30만 원을 더 얹어 전하자 김선표의 노모는 감격한 듯한 눈길로 한조를 쳐다봤다.

“얼매나 생광스럽기 쓰겄시우.”

“제가 그동안 김형 비슷한 사정이 돼서 이렇게 늦어진 거 용서해 주십시오.”

"그란해도 니얄 갸 약혼녀가 면회 간다고 혔는디……."

"미안하단 말씀 꼭 좀 전해 주시고 안부도 부탁드립니다."

"여부가 있겠시우."

"그리고 너무 걱정 마십시오. 곧 나올 겁니다. 아드님은 나오면 틀림없이 다시 일어설 겁니다. 전 아드님을 잘 압니다."

"그래얄 틴디. 변호사 말로도 곧 나온다구 헌다더만."

"그럼요."

김선표의 노모는 그러나 그와 헤어지기 전에 한숨을 깨물었다.

"댁은 용허게 안 잽혀 갔는디……."

한조가 다음날 서대문 구치소를 찾아간 것은 순전히 노친네의 그 말 때문이었는지 몰랐다. 노친네한테 그녀의 아들 수번(囚番)을 물어 구치소 정문 위쪽 윈켠 언덕에 있는 대기소로 들어서자 웬 사람들이 그렇게 들끓을까. 세상엔 온통 불행에 빠진 사람들밖에 없는 듯한 음울한 느낌에 한조는 압도당하지 않을 수 없었다.

영치금으로 한 5만 원을 넣어 주리라 하고 차입 원표까지 다 적어 넣었는데 접수가 안 되고 되돌아 나오지 않는가.

"왜 이럽니까?"

"규정부터 읽어 봐요, 5만 원이나 넣을 수 있나."

한 번에 만원 이상 넣지 못한다는 거였다. 그것도 앞에 누가 넣은 사람이 있으면 그날은 그나마 끝이라나.

한조는 영치금 만원과 삶은 계란(이 가장 인기라길래)을 사식으로 넣고 돌아서는 수밖에 없었다. 독립문께까지 걸어 내려오는 동안에 음울한 기분은 걷혀 나갔다. 마치 기다리고 기다리던 출감을 실행하고 있는 사람처럼.

이제 다 끝난 셈이다. 안경은 자유 의사에 따라 쓰고 다니는 것뿐 이젠 변장하지 않아도 누구 하나 멱살 잡으러 달려들 자가 없지 않은가. 빚쟁이들이 숭인아파트 전세금 2백은 건드리지 않아서 노친

네가 그동안 혼자서 울며 짜며 지켜 오고 있었으므로 이제 그것도 집주인 요구대로 백만 원만 더 얹어 주면 더 이상 여관을 전전할 필요도 없었다.

이욱형 씨가 가르쳐 준 방법이긴 하지만 빚쟁이들을 한자리에 불러다 놓고 담판을 지은 건 얼마나 잘한 일인가.

그가 원금이라도 갚아야겠다고 생각한 건 동회에 무주택 증명을 떼러 갔다가 들은 말 때문이었다. 그 증명과 주민등록등본 한 장에 3만 원씩 거래되고 그렇게 추첨을 넣어 아파트 당첨만 되면 20만 원을 더 얹어 줘야 한다는 데 내것 한 장이라도 더 떼어 넣자 하고 동회를 찾아가자 창구에 앉은 사내가 대뜸 이렇게 소리치지 않던가.

"댁이 틀림없이 나한조씬가요? 주민등록증 좀 봅시다."

"왜 그래요?"

"글쎄 좀 보자니까."

"무슨 소리야?"

"두 번이나 찾아왔었단 말예요."

"누가?"

"웬 남자가."

"뭐라면서?"

"나한조라는 사람 사망신고 안 들어왔느냐고."

"뭐라구요?"

"댁이 죽었다는 소문이 돈다더라구요."

인상 착의에 대해 자세히 캐물어 본 결과 그건 교장 퇴직금에 몸이 단 이씨임이 분명했다.

흰 타일을 바른 5층 건물——을지로 2가 뒷골목의 지업사들 사이에 끼여 있는 우중충한 건물 입구에 가보면 낡은 인조대리석 벽에 영보빌딩이라는 퍼렇게 곰팡이가 핀 놋쇠판이 하나 붙어 있다.

한조가 이 영보빌딩 2층에 7평짜리 사무실을 얻은 것은 바로 그 永寶라는 글자도 잘 보이지 않을 정도의 새까만 주석판 아래 '사무실 세 놓음'이라는 종이쪽이 붙어 있었던 게 인연의 전부였다. 관리실에 물어보라고 적혀 있어 출입구에 개집만하게 자리를 차지하고 있는 담배포에 묻자 마귀할멈 같은 노파 말인즉 거기 그 개집만한 게 바로 관리실이라는 것.

"예?"

"왜요?"

"건물주는 어디 살구요?"

"5층이 가정집이우."

"저기 산단 말인가요?"

"지금 없어요."

"없다니요?"

"밖에 나갔지. 대낮에 집구석에 처박혀 있을 턱이 있나, 걱정 없는 사람이."

"그렇게 돈이 많아요, 집주인이?"

"이런 빌딩두 가지고 있는데 그럼 돈이 안 많우. 하고 싶은 짓 다 하구두 남지."

한조는 흥 하고 콧방귀를 뀌었지만 그럴듯한 소리였으므로 언젠가 이놈의 건물을 아주 사버리고 말리라는 결심으로 마귀할멈을 상대로 계약서를 썼다. 보증금 평당 40만 원에 월세는 4천 원씩이며 전기수도료, 관리비는 별도라는 말을 마귀할멈은 따라 외듯이 주워섬겼다.

"계약서에 주인 도장두 다 찍혀 있을 테니 보우."

"사무실이 콧구멍만하고 너무 지저분하던데, 지금 올라가 보니."

"작으면 나중에 큰방 날 때 옮기우."

한조는 계약금 중도금 할 것 없이 2백 80만 원을 일시불로 주겠다고 제의했다.

"주인 언제 좀 만나자고 전해 주시오."

"만나기 힘들걸. 임대계약서 있으면 됐지, 일곱 평짜리 들면서 주인은 왜 찾우?"

"그럼 돈도 할머니한테 지불하란 말요?"

"왜, 내가 받으면 안 되나?"

"5층 살림집엔 지금 아무도 없어요?"

"올라가 보우, 조무래기들은 있겠지."

"할머니 영수증 써줄 수 있어요, 그럼?"

"도장 찍힌 영수증 여기 있잖우, 써서 가지구레."

"내 마음대로 쓰면 어쩔려구?"

"난 까막눈인 줄 아나 보군."

건물이 그렇게 내팽개쳐져 썩고 있는 이유가 있었군 하고 한조는 생각했다. 그래서 다음날, 여고를 나와 놀고 있는 조카까지 불러와서 한조는 사무실뿐 아니고 층계까지 쓸고 닦는 일을 스스로 했다. 천원짜리 지폐 한 장을 쥐어 주고 건물 동판을 닦아 달라는 부탁도 게을러 빠진 마귀할멈은 들어주지 않았으므로 그는 그 일도 손수 할 수밖에 없었다.

양수 탁자 하나에다 편수 탁자 하나, 캐비닛, 옷걸이, 소파 1조까지 들여놓고 보자 좀 좁긴 해도 손색없는 어엿한 사무실의 모습이 되었다. 한조는 처음으로 가져 보는 자기 사무실에 뭔가 가슴이 뛰는 감격 같은 걸 느꼈다.

"너, 내일부터 출근해. 옷은 좀 밝은 거 없니?"

"걱정 마세요. 오늘은 청소하러 나오라구 하셨잖아요. 이게 제 책상예요?"

"그래. 심부름할 일이 많을 거다."

"삼춘 장가 안 드세요?"

“왜?”

“오늘 청소하시는 거 보구 삼춘 같은 신랑 만남 얼마나 행복할까 싶던데요.”

“쬐끄만 게 못하는 소리가 없어.”

“삼춘 애인 없어요?”

“곧 만나 보게 될 거다. 낼 아침에 올 때 꽃 몇 송이도 사 가지고 오너라.”

전화 한 대까지 사다 맸으니 이제 사무실로서 갖출 것은 거지반 갖춘 게 아닌가. 마음에 안 드는 것이 있다면 아침에 조카 설희가 가져다 꽂았다는 꽃송이여서 한조는 막 자명종 금고를 사들고 들어서는 설희를 다짜고짜 몰아세웠다.

“야, 너 눈이 왜 그 모양이냐.”

“제 눈이 어때서요, 삼춘?”

“꽃이라곤 거 무슨 불그뎅뎅하게 히마리 하나 없는 저런 걸 골라 와선.”

“이 꽃 말예요?” 하고 설희가 눈이 똥그래져서 항의했다. “이 꽃이 얼마나 고상하구 귀족적인 꽃인데 그러세요.”

“차라리 카네숀이 열 번 낫겠다.”

“삼춘 아는 거 카네이션밖에 더 있겠어요.”

“그 꽃 이름이 뭐냐?”

“베고니아두 모르세요?”

“베고니아? 여자들 좋아하는 꽃이냐?”

“삼춘 애인 오늘 오세요?”

“너 말이다, 앞으로 나 부를 때 삼춘이라고 부르지 마.”

“그럼 뭐라구 불러요?”

“사장님이라고 불러.”

“사장님요?”

“안 그러면 집으로 돌려보내 버릴 거야.”

“삼춘하구 단둘이 있으면서요?”

“이따가 오후에 또 와.”

“몇 사람이나요?”

“한 사람 더. 영업부장. 봐가면서 또 더 데려올 거다.”

“그럼 책상을 더 놔야겠네요?”

“난 필요 없어”

하고 한조는 자기 자리를 암시하듯이 소파에 털썩 주저앉았다. 설희가 그런 그를 빤히 건너다보고 있다가 이윽고 물었다.

“삼춘, 왜 제가 삼춘이라구 부름 안 돼요?”

“그건 말이다. 네가 내 조칸 줄 알면 다른 사람들이 비밀을 만들려 들게 돼. 우리 둘을 따돌리고. 네 앞에서도 아무 얘기 않는단 말이다.”

“삼춘 하는 사업이 뭔데요?”

“차차 알게 돼.”

“비밀예요?”

“설명해도 아직은 못 알아들어.”

“회사 이름은요?”

“한조 실업.”

“그건 삼춘 이름 아녜요.”

한조는 대꾸를 않고 전화 다이얼을 돌리기 시작했다. 전화를 맨후 첫 통화였다. 아침에 통화가 되자마자 벨이 울려 한조를 깜짝 놀라게 한 일이 있었으나 그건 전화의 전소유자를 찾는 것이었다. 엘레강스 의상실이라나 뭐라나 했으니 앞으로 여자들 전화가 심심찮게 걸려 올지 몰랐다.

“서 사장 계셔?……안 계신다구?”

곧 들어온다는 말에 한조는 전화번호를 일러주었다.

“한조 실업 나 사장한테서 왔다고 전해.”

한조는 설희가 빤히 쳐다보고 있는 가운데 수화기를 내려놓았다. 한조실업 나 사장——그럴듯했다. 한조실업이야 처음 사용하지만 나 사장은 이미 오래이므로 서귀자가 의아해하진 않겠지. 그리고 못 알아듣지 않는 한 전화를 안 해 주곤 못 배기겠지. 영동 복덕방에서 마주쳤을 때 그녀는 놀라서 소리쳤었으니까.

“한조 씨보다 또 한발 늦었군요.”

한조는 전화가 걸려 오면 사무실로 찾아오라고 해야 할지 잠시 생각해 보았다. 설희한테 애인임을 암시하기 위해.

그때 마침 벨이 울리는 바람에 한조는 펄쩍 몸이 솟구칠 만큼 놀랐지만, 그러나 그는 설희가 전화를 받도록 내버려 두었다. 삼촌이니 뭐니 하진 말아야 할 텐데……

“나 사장님요?”

하고 마치 외마디 소릴 지르듯이 하는 설희의 전화를 나꿔채듯 뺏아 드는데 설희가 옆에서 일러주었다.

“여자예요.”

역시 서귀자였다. 여전히 자존심은 못 버려 그녀는 냉랭하게 가라앉은 목소리를 실어 보내오고 있었지만 무슨 상관이랴. 그 전까진 사뭇 ‘나씨’이던 것이 대동증권에서 재회하면서 처음으로 ‘한조 씨’로 호칭이 바뀌었으니 그것만도 큰 변화가 아니랴.

서귀자는 웬일이냐는 둥 교만을 떨었으나 끝내 한조실업에 대해 묻지 않곤 배기지 못했다.

“회살 차렸나 보네요?”

“뭐 그렁저렁. 연락처가 하나 필요해서.”

“여사무원까지 두었나 본데요?”

“네, 직원 뒷 두고 있죠.”

서귀자가 약이 오르는 듯 잠시 말을 끊고 있었으므로 한조는 더욱 기분이 좋아 한번 방문해 줄 것을 제의했다.

"유서 깊은 옛 수표교 근방 아니겠어요. 바로 옆에 주차장도 있으니 한번 방문해 주슈. 한두 가지 상의할 일도 있을 것 같고."

"마침 좀 한가한 편인데 그럼 지금 가도록 할까요?"

"그러시면 더욱 좋지. 점심이나 같이 하십시다."

"그래요. 위치 한번 다시 애기해 주세요."

한조는 신탁은행 옆에 있는 유료 주차장 위치에 대해 자세히 일러 주고 나서 20분 뒤쯤 여직원을 주차장까지 내보내 놓겠다고 했다. 그러곤 전화를 끊자마자 대동증권 우제정한테 전화를 걸었다. 서귀자의 주식투자 상황에 대해 알아보기 위해.

우제정은 웬일인지 서귀자가 한 달 가까이 연락이 뜸하다는 것이 아닌가.

"그때 애기한 전자주말고도 무역주 뒤 가지 더 사 줬는데 딴 데로 갔는지 소식이 없어요."

그렇다면 서귀자는 그동안 강남 아파트촌에 가 있었던 게 분명했다. 그러나 한 달 전부터라면 큰 재미를 못 봤을 게 아닌가. 그때 첨 달려든 거라면 이미 한발 늦어서 반포고 잠실이고 민간 아파트들도 40평 기준으로 4, 5백씩 뛴 뒤니까. 거기다 남자 같으면 술집이나 음식점에 끼여 앉아 정보도 얻고 하겠지만 그러지도 못했을 테니 겉돌기만 하면서 속을 태웠겠지.

전화를 끊기 전에 우제정이 물었다.

"거기 어딥니까?"

"참, 여태 내 사무실 전화번호도 가르쳐 주지 않았던가."

"무섭군요. 전화만 가르쳐 주지 말고 위치도 애기해 줘요. 아니 그러시지 말고 오늘 점심 좀 사 주세요."

"점심은 선약이 있고, 저녁을 사지."

"저녁엔 제가 시간이 없는데두요."

“그럼 불행이군.”

“서귀자라는 재수없는 여자하곤 어떤 관곕니까? 어떤 관겐데 그렇게 관심이 많아요?”

“여자란 어떤 경우에도 재수없지 않어. 제정이도 언젠가 여자친구 있다고 했었잖어.”

“헤어졌어요, 재수없게 굴어서.”

“어떻게 재수없이 굴었게?”

“증권을 해보고 싶대잖아요.”

“그랬다고 헤어져, 이 친구야? 참 재수없는 사내군.”

한조는 다음날 만나자는 약속을 끝으로 우제정과의 전화를 끝내자마자 설희를 주차장으로 내보냈다.

“주황색 포니를 몰고 오는 늘씬한 여자가 있을 거다. 모시고 와.”

한조는 설희를 내보내기 바쁘게 소파를 문 앞쪽으로 당기고 가림판으로 안쪽을 막아 공간을 만드는 작업을 서둘렀다.

서귀자가 빨간 리본이 달린 소철분 하나를 들고 한조의 사무실 문앞에 나타난 건 그로부터 반 시간쯤 뒤였다.

“미안해요. 꽃집을 들러 오느라 좀 늦었어요.”

“뭘 이런 것까지…….”

한조는 ‘축 개업 서귀자’라고 쓴 리본이 늘어뜨려진 분재를 받아들며 말했다. 서귀자는 마치 관찰력이 대단한 과학자 같은 눈으로 방 안 구석구석을 찬찬히 둘러보았다. 그러나 그렇게 둘러본 다음에는 그저 의례적인 인사를 했다.

“사무실이 아담하군요.”

“너무 협소해서……돌아다녀 봐도 도통 사무실 난 게 있어야죠.”

“쓸데없이 커선 뭐해요.”

“그나마 내 자린 주문한 책상이 아직 오지도 않아 이렇게…….”

한조는 소파를 밀고 갑자기 만들어논 빈 자리를 가리키며 말했다.

서귀자한텐 알리지 않을 작정을 하고 자기 자린 마련하지 않기로 했는데 역시 그래선 안 되었다. 그녀의 한남동 보세의 집엔 안쪽에 주단까지 깔린 화려한 사장실이 따로 있는데 여긴 사장 의자 하나 없어서야 되겠는가. 한조는 빈 자리나마 만들어 놓게 제때에 아이디어가 떠올라 준 것에 감사했다.

서귀자가 옥색 스커트 자락을 여미며 소파에 조심스럽게 몸을 앉혔다. 한조는 맞은편 주인의 자리에 앉고, 그녀가 들고 온 소철분이 그들 사이에 놓인 유리 탁자 한가운데를 차지하고 있었다.

뭔가 어색해하는 것 같기도 하고, 가능하다면 수줍음을 타는 것으로 볼 수 있었으면 더욱 좋은 그런 모습으로 서귀자가 앉아 있는 건 얼마나 기분 좋은 일인가.

한조는 약간 떨려 나오는 목소리로 물었다.

"사업은 여전히 잘돼 가시겠지？"

그가 '가게'란 말 대신에 '사업'이란 말을 쓴 것은 설희 앞에서 서귀자를 기분 좋게 해주기 위한 배려에서였다. 그러나 서귀자는 웬일인지 얼른 대답하지 않았다.

"거기 가보지 못한 지도 꽤 오래 됐군요."

"집어칠까 해요."

"아니, 왜요？"

그러나 서귀자는 그의 반문에 대한 대답을 그 뒤 식당으로 가 마주앉을 때까지도 들려주지 않았으므로 한조는 그녀의 가게 경기가 어딘가 신통찮음을 직감할 수 있었다. 을지로를 건너 백병원 맞은편에 있는 묘한 요리법의 양식집까지 가는 동안 서귀자는 완강히 입을 다물고 있었던 것이다.

"가겔 내놨어요, 저"

하고 서귀자가 입을 뗀 건 2인분의 로스트 비프와 빵을 주문하고 난 뒤였다. 그녀는 그 말을 하는 데 그렇게 힘들어했다.

"작년 연말에 당한 게 아주 재수없었나 봐요. 그 뒤루 단골이 하나둘 떨어져 나가잖아요, 계속."

한조의 빨리 돌아가는 머리로 충분히 짐작이 가고도 남았다. 그가 대주던 피엑스 물품도 끊어지고 유성섬유 김선표의 가짜 영국 복지 자투리들도 끝장난 판에 진바지나 팔아서 수지 맞춘다는 건 바랄 수도 없는 일일 것임이 뻔했다.

"요즘은 신경질만 남았어요. 약올라 죽겠어요."

"그건 안 존데요, 사업하는 덴."

"난 틀렸나 봐요. 한조 씨처럼 제때에 증권하구 아파트에 관심을 가졌어야 했는데. 한조 씨한테 왜 동업하자구 안 했던가 후회돼요, 자금 모자란단 얘기 전해 들었으면서두."

한조는 기분이 좋아 재빨리 물었다.

"맥주 한잔 해야지요?"

"좋아요."

한조는 팔을 내둘러 종업원을 부르는 한편으로, 사무실을 나올 때 설희가 소곤거리던 말을 떠올렸다.

—저분 삼춘 애인이에요? 굉장히 쎄련됐던데요.

한조는 서귀자로부터 그토록 자신을 잃어하는 얘기를 들을 줄 알았으면 절대로 점심 약속을 하지 않았을걸 그랬다고 생각했다. 저녁에 불러내어 그녀가 만족해할 만한 술집으로 끌고 갔어야 했다. 간접적이지만 동업을 제의하고 싶을 정도로 그에게 패배감을 느끼고 있다면 그녀는 어쩌면 손을 뻗으면 닿을 지점까지 다가와 있는지도 모르지 않는가.

한조는 그게 후회되어 씁쓸한 맥주맛이 더욱 썼다. 저녁에 만나 샴페인이나 한 병 터뜨린 다음 밤이 이슥해지면 강변 도로 같은 데로 드라이브나 하자고 제의했다 하자. 그래서 한강 가 어느 지점쯤까지 가서 차를 세우고 좀 걷기로 했다 하자. 아직은 여름이 아니므

로 강물 썩는 냄새가 나지 않을 거고 회색의 엷은 안개도 끼었을지
모르고. 아이, 추워요. 그래서 별수 없이 저고리를 벗어 입혀 줄 도
리밖에 없었다 하자. 그러곤 어깨를 꼬옥 감싸 안는다. 아니 날씬한
허리에 팔을 감는다. 밖으로 나서지 않고 그녀의 차 안에 앉아 안개
낀 밤을 내다봤다 해도 좋다.

전 자꾸 자신이 없어져요. 그땐, '절 안아 주세요'라는 말의 다른
표현으로 받아들이면 된다. 안았으므로 입술을 더듬어도 되겠지. 옥
색 스커트 위로 둔부를 쓸어도 되겠지. 그러다가 뜻밖에도 우리 결
혼해요라는 놀라운 말을 들을지 누가 알랴. 여자란 재빨리 분위기에
취하니까. 분위기의 노예니까.

그렇게 되어 결혼이란 걸 했다 하자. 소꿉장난 같은 살림살이를
하기 위해 한집에, 아니 한방에, 한이불 속에 들었다 하자. 아, 참,
그러고 싶어 병이 난 여자가 하나 있었지. '오천집'에 언제 또 한 번
가줘야 할 텐데. 가서 본명이 이숙희라는 여자를 찾아봐 줘야 할 텐
데…….

"다 익었나 봐요. 드세요."

건너다보자 서귀자가 긴 나무젓가락을 가누어 들고 있었다. 그런
데 이상하게도 한조는 이유없이 증오심 같은 것이 갑자기 머리를 쳐
들었다. 절대로 이 여자하곤 결혼하지 않는다는 생각에 지배당했다.

지금까지 나를 얼마나 얕잡아본 여자냐. 사뭇 장돌뱅이 취급밖에
더한 여자냐. 이 여자가 내게 열패감을 느낀다면 그건 스스로 얘기
한 대로 뒤처진 게 약오르고 그가 한발 앞서 재미보는 것 같아 배
아픈 거지 다른 아무것도 아니지 않은가. 동업을 해? 천만의 말씀.
알맹이는 다 빼먹히려고.

한조는 갑자기 적개심으로 바뀐 눈길로 서귀자를 건너다봤다. 그
녀의 옥수수알처럼 가지런한 잇새로 작은 고깃덩어리가 들어가고
있었다. 저 이빨이 언젠가 나를 물어뜯었었지.

나씨, 이젠 좀 알 때두 됐을 텐데. 아이보리 비눌 가지고 이보리, 이보리해서 난 무슨 소린가 했잖아요.

그뿐일까마는 한조가 영어에 약하다는 걸 갖고 서귀자는 점원들 앞에서도 망신을 주고 싶어했지. 그걸 단가 깎는 데까지 이용하려 했지. 아이보리가 상아란 뜻인 것쯤은 알구 물건을 갖고 다녀요, 하면서. 공연히 다 잊어버려야 할 기억이 되살아난 것 때문일까.

서귀자와는 처음으로 음식을 같이 먹는 기회였을 뿐 아니라 자신의 떳떳한 입장도 확인된 오찬 초대였는데도 한조는 그녀와 헤어져 돌아서는 순간에도 기분이 좋아지지 않았다.

"점심 잘 먹었어요. 또 찾아오겠어요."

그녀의 작별 인사를 들으면서는 뭔가 비감 같은 것마저 느껴졌다.

"할 얘기가 있다구 하신 건 담에 해주세요."

서귀자는 자동차 열쇠를 꺼내 들고 주차장으로 향하며 말했다. 그녀를 향한 증오심의 정체가 무엇인가를 알아내는 데 한조는 적어도 하루가 더 걸렸다. 그리고 일아내는 순간 부끄러웠다.

그건 그녀에 대한 그의 열패감과 깊은 관련이 있었던 것이다. 아무리 그가 대등함을 과시해도 그걸 받아 주지 않을 여자일 뿐만 아니라 그 스스로가 먼저 좌절감을 느끼는 열패감. 그녀가 소철분을 들고 그를 찾아온 건 다른 아무것도 아닌, 오로지 그의 이용가치에 눈독을 들인 것뿐이라는 너무나 명백한 사실. 그럼에도 불구하고 그녀의 그런 전략을 다른 어떤 감정으로 바꿔 놓을 자신조차 없는 무력감. 이런 모든 패배감이 곧 그의 서귀자를 향한 증오심의 근거였다.

"그러니까 그 부끄러움의 보상으로서 저더러 서귀자씰 도와주란 말씀을 했다, 이건가요?"

하고 우제정은 마치 신문하듯이 다그쳤다.

"그 여잘 돈 좀 벌게 해줘. 안 그러면 그 여잔 날 증오한단 말야.

배 아파하고.”

“형님이 돈 벌게 해주면 되잖아요. 그러면 절대로 증오하지 않을 거 아녜요.”

“아직도 못 알아듣는군. 그러면 그럴수록 그 여잔 날 이용가치로만 본다니까. 머저리라고 더욱더 기분 좋아할 텐데.”

“요컨대 인격적인 대울 안 해준다 이거군요. 형님, 그 여자 사랑하세요?”

“아아니.”

“거짓말 마세요. 하지만 그만두세요. 사랑하지 말아요.”

“사랑하지 않는다니까.”

“형님이 그 여자한테 최초로 기가 죽은 건 그 여자의 다른 어떤 것 때문에도 아녜요. 망신 줘서도 아니구.”

“미인이었다는 점은 있지.”

“물론 전혀 없진 않았겠죠. 하지만 형님이 가장 기가 꺾인 건 그 여자의 돈에 대해서예요. 말하자면 그 여자의 재력에 가위가 눌린 거죠. 일찍부터 자가용을 몰고 다녔다며요?”

한조는 우제정의 주장을 반박하지 않았다. 그렇게 말해도 할 말이 없었고 또 그런지도 몰랐다. 우제정이 담배 연기를 후우 내뿜었다. 마치, ‘이 돈의 노예들아’ 하는 것같이.

“한 가지 방법이 있어요.”

“어떤?”

“형님이 서귀자씨한테 패배감을 안 느끼기 위해선 역으로 그 여잘 형님이 이용하면 돼요.”

“어떻게?”

“돈이 많다며요. 그리고 동업 의살 비쳤다며요? 그러면 동업을 하세요.”

“빈틈없는 여잔데.”

"이쪽이 더 빈틈없으면 되잖아요. 쉽죠. 아무래도 바깥 활동은 남자 쪽이 맡아야 할 테니까 밖에서 만든 일을 적당히 안에 안 가지고 들어가면 되니까요."

한조는 할 말이 없어 다만 이렇게 말했다.

"제정이, 그동안 좀 달라진 것 같다?"

"천만에요. 제가 달라졌다면 여자하고 안 헤어졌게요."

"정말 아주 헤어진 거야?"

"깨끗이."

"그래 놓고선 나보곤……."

"어차피 형님은 배금주의자니까."

"아니라니까. 난 다만 돈을 지배하고 싶단 말야. 다신 돈에 눌려 죽으러 나서는 일이 없게."

"그 각오로 서귀자란 여잘 지배하세요, 잔인하게."

한조는 주먹을 돌같이 불끈 쥐고 고개를 끄덕였다. 한조는 우제정이 하던 말을 잊을 수가 없었다. 며칠을 두고 그의 머릿속에 그대로 남아 있었다.

　─하긴 형님이 아무리 배금주의자라고 해도 별볼일 없어요. 그동안 주식해서 벌었다고 형님 기분 좋죠. 도대체 그게 몇 푼이나 되나요. 작년 말 통계로 이 땅의 주식 인구가 얼마나 되는지 아세요. 56만 6천 393명예요. 금년 들어 형님하고 서귀자씨가 더 달려들었구요. 그런데 고작 1만 주 가진 사람도 대주주로 쳐서 그 숫자가 얼마나 되는지 알아요. 전체 주식 투자자의 3프로밖에 안 된다구요. 무슨 말인가 하면 3프로의 사람들이 전체 주식의 86프로 이상을 소유하고 있다 이거예요. 거대한 부동 자금이 신주 공모나 부동산 투기에 몰려 다닌다고 떠들어대고 야단이지만 소액 투자자들이야 아무리 날고 뛰어 봤자 손오공의 손바닥 위예요. 주식 대중화가 이뤄지지 않는 한 이건 어쩔 수 없는 일인데, 그럼

주식 대중화는 이뤄질 것인가? 요원한 애기죠.

요컨대 우제정의 애긴즉 대주주들이 병아리 오줌만큼 풀어논 주식을 놓고 수십만 명이 달려들어 악다구니를 쓰고 있다는 것이다. 그런데도 큰 회사는 그냥 두고 호떡집에 불나는 것만 두려워 일년 이내에 중도 해제가 안 되는 공모주 청약부금제를 실시하고 인기종목 규제조치로 주가 등락폭을 5단계로 세분하는가 하면 제한폭을 30원으로 규제해도 안 된다고 시세동결까지 하며 소액 투자자들만 손발을 묶기에 바쁘다는 것이다.

우제정은 구청 철거원들이 무허가집이라고 마구잡이로 때려부수고 불싸지르고 하다가 통분한 주민한테 맞아 죽는 사건이 터지는 한편에선 검인정교과서업자라는 자들이 교과서까지 다 부정으로 찍어먹은 사건이 드러나는 세상에 뭘 기대할 수 있겠느냐고 했다. 어쨌든 우제정과 처음으로 우울한 기분인 채 헤어진 것이 한조에겐 여간 부담이 되지 않았다. 다만 그가 황금 보기를 돌같이 하는 청년이라는 사실만이 한조에겐 위안이 되었다.

그리고 증권시장의 구조가 그렇게 되어 있는 판에 일찌감치 거기에만 매달려 있지 않고 부동산 쪽에도 눈길을 보낸 것은 얼마나 다행한 일인가 하는 생각이 들었다.

(이런 생각을 하는 거 보면 나는 영락없는 배금주의자군.)

박시대한테서 급한 목소리의 전화를 받은 것이 분기점이 되었을까. 한조는 더 이상 우울을 지겨워할 겨를도 없이 설희를 은행으로 쫓아 보냈다.

"5백만 찾아와, 빨리!"

박시대가 국민주택 청약부금 통장 다섯을 잡아놨다는 게 아닌가. 무주택자 주민등본도 잘하면 열 장 정도는 손에 넣을 수 있을 것 같다고 했다.

통장 하나의 권리금이 50만 원을 넘은 지 벌써 한 달도 넘었는데

75만 원에 낙찰을 봤다니 박시대는 역시 능력이 있는 녀석이라고 해야 할까. 영동의 유일부동산 정씨도 그에게 영업부장 하나는 잘 썼다고 부러워하지 않던가.

한조는 설희가 찾아온 5백을 들고 영동으로 내달렸다. 세상 어떻게 된 게 남의 통장까지 순전히 아파트 청약하는 데 한 번 써먹기 위해 권리금 주고 빌리는 판일까. 무주택자 주민등본 한 장에 3만 원씩 주고 사서 당첨되면 20만 원을 더 얹어 주고. 한조에겐 지금 통장 열일곱 개, 등본 스무 장 이상이 확보되어 있었다. 그걸 다음 날 마감되는 한신공영 파라다이스 아파트 청약에 집어넣고 컴퓨터 추첨을 기다릴 판이었다.

한조가 영업부장 박시대를 만난 건 참으로 이상한 인연으로 해서였다.

노친네가 별미라고 끓여준 뽀얀 국물 속의 모시조개가 물간 것이었던지 영동 은하수아파트 청약 현장에 나와 있던 한조는 하필이면 불같이 바쁜 시각에 갑자기 급한 사정이 생겼다. 앞뒤 볼 것도 없이 아무 건물에나 뛰어들 수밖에 없을 정도로.

그런데 위기를 씻은 듯 무사히 넘기고 막 쾌감에 젖어 나서려는데 웬 젊고 건장한 사내 하나가 변소 입구를 턱 막아 서 있지 않은가.

첫눈에 뭔가 심상치 않은 낌새다 했는데 아니나다를까 사내가 다짜고짜 말했다.

"몬 나가요!"

뜻밖에 당하는 도발적인 도전 앞에 한조는 잠시 뭘 어떻게 해야 할 바를 알지 못했다. 그는 그저 사내를 망연히 쳐다볼 뿐이었다. 당장이라도 돌 같은 주먹이 날아들 것만 같았다. 송충이같이 일어선 눈썹 아래로 잔뜩 확장된 동공이 쏘아보는 시선은 아플 지경이었다.

한조는 본능적으로 방어 태세를 취하고 있었다. 그러나 벌써 몸이 굳어 있는 것이 느껴졌다. 무엇보다 기가 꺾여 있다는 사실이 한조는 그중 두려웠다. 이 판에 기죽으면 당하는데…….

사내가 황소 눈을 부라리고 쳐다봤다.

"안 들리오, 내 말?"

한조가 주춤하고 있다는 것을 눈치챈 듯 사나이의 목소리는 어느새 쩌렁하게 자신에 차 있었다.

"들려."

한조는 짧게, 그러나 단호한 목소리로 대답하면서 사내의 녹둣빛 골덴 바지를 노려봤다. 저 바지 주머니에 재크 나이프가 들었을까, 안 들었을까?

"그라믄 와 가만 있소?"

"어떻게 하라는 거야?"

"아직도 내 말 몬 알아듣는구만."

사내의 두 손은 여전히 예측을 거부하며 바지 주머니에 찔려 있었다. 툭 불거져 나온 저게 빈 주먹이어야 하는데.

한조는 이런 때 어떻게 해야 하는지 생각이 나지 않았다. 궁리를 해보자 해도 소용없었다.

사내가 한걸음 앞으로 나설 기세였으나 한조는 물러서서는 안 된다고 생각했다.

"너, 내가 누군 줄 알고 시비를 거는 거냐?"

"시비요?"

"시비치고도 더러운 시비지, 똥토깐에서."

"그런 소리 할 때가 아인데."

"지금은 멀건 대낮이야. 그딴 유치한 공갈에 넘어갈 내가 아냐. 사람 잘못 골랐어."

한조는 자신이 차츰 두려움을 벗어나고 있다는 느낌이 들었다. 그러나 실은 이판사판의 심정이었다고 하는 편이 더 옳을까. 만약에 희망이 있다고 한다면 강하게 나가는 것만이 유효한 전술이라는 판단을 그는 하고 있었을 뿐이다.

"큰소리 치지 맙시다, 우리. 심장 상해요. 여긴 유명한 텍사스 아
닝교. 그리고 이 건물은 새로 지은 기라 사람이 엄써. 종일 가도
2, 3층꺼정 올라올 사람이 엄다 이기라."

그랬다. 거긴 빈 건물의 3층이었다. 그리고 2층 변소 문엔 재수없
게 자물쇠가 걸려 있었다.

"내 딴소리 아이요. 같이 묵고 살자 이기요. 심장 상하는 기라,
이 동넨."

"내가 왜 너하고 같이 먹고 살아?"

"정말 이러기요, 쪼깨만 달라는데."

마침내 사내가 한 손을 한조 앞으로 불쑥 내밀었다. 밖엔 인기척
하나 들리지 않는 속에서……

"변소 사용료라 생각하고."

이놈은 칼을 들고 있지 않다 하는 확신을 한조는 하고 있었다. 칼
을 숨기고 있다면 오른손일 텐데 내밀고 있는 손엔 아무것도 들려
있지 않잖은가.

그러나 왼손잡이일 수도 있으므로 한조는 완전히 마음이 놓이진
않았다. 만약 맨주먹이라면 그동안 한 달 남짓 도장을 다닌 당수 실
력으로 한 수 겨뤄볼 수 있을까.

—늘 적의에 차 있으라!

한조는 이욱형 씨의 말을 불현듯 떠올렸다. 그러나 상대는 아무래
도 너무 덩치가 대단했다. 평화적으로 해결할 길은 없을까. 평화적
으로 해결한대도 적의를 버리지만 않으면 되지 않는가.

한조는 다만 청년이 시간을 끌고 있는 데 모든 희망을 걸고 있었
다. 그건 실오라기 같은 희망일 수도 있지만 절망적인 것일 수도 있
었다. 시간을 끈다는 건 주저로 봐도 되는 것이라면 얼마나 좋으랴.
한조는 말투를 바꾸었다.

"당신, 방법이 서툴러. 내가 고맙게 변소를 쓴 건 사실이야. 그러므로 사용료를 지불할 수도 있어. 하지만 이런 방법으론 안 좋다 이거야. 당신은 그렇게 안 생각해?"

설득이 되고 있는 듯한 낌새는 물론 보이지 않았지만 청년은 그의 말을 얼른 받지 않았다.

"우리 화해하고 딴 길을 찾아보자구. 서로 기분 나쁘지 않은 방향으로."

"사람 빙신 맹그네, 변소에 서서."

"천만에. 내 말은 요컨대 우리가 여기서 기분 나쁘게 헤어지게 된다면 당신한테 불행이다 이거야. 난 괜찮지만 당신한테선 오래 지워지지 않을걸."

한조는 내친 김에 자칫하면 잘못된 길로 빠지는 계기가 될지 모른다는 말까지 뱉어버렸다. 도발적인 충동을 불러일으킬 위험이 있는 말이었지만 만약 청년이 수용한다면 지체없이 어깨를 두드리며 달려들어도 괜찮을 테니까 걸어볼 만한 모험이었다.

"이거 와 이래 봐줄라 카노."

청년은 얼굴을 일그러뜨리고 소리쳤다. 어느 편인지 모호한 반응이었지만 한조는 더 이상 기다릴 수 없었다. 그런데 그때였다. 청년이 무섭게 소리쳤다.

"움직이지 마요!"

주춤하고 한조가 한발 물러서는 사이에 청년이 잽싸게 문고리를 비틀었다.

"십 분만 더 있다 나오요. 심장 상하게……."

"잠깐!"

하고 한조는 다급한 목소리로 청년을 불러 세웠다. 그러나 느닷없는 사태의 돌변에 놀란 나머지일 뿐 뭘 어떻게 하겠다는 생각이 있어서는 아니었다.

어떤 편이었나 하면 한조는 느닷없이 유서 쓰던 날 밤의 기억이
되살아나고 있었는지 몰랐다. 하여튼 뭔가 아프게 가슴에 와 닿고
있었던 것만은 틀림없었다. 꼭히 참담하던 날의 그것이 아닌지 모르
지만 그 어떤 무엇이.

 "와 그라요?"

 "우리 약속했잖어."

 "멀 갖고?"

 "화해하기로."

 "재수없는 소리 마요."

청년은 문을 꽝 닫고 변소 밖으로 사라졌다. 그러나 한조도 망설
이지 않았다. 그는 층계를 두세 칸씩 내리뛰며 청년을 뒤쫓았다.

 "그러면 도망간다고 생각할 거야."

청년이 뚝 걸음을 멈춰 섰다. 거긴 건물 입구였다.

 "내가 당신 겁나서 이러는 기가?"

돌아보는 청년의 표정이 무섭게 굳어 있었다. 청년이 자신없어하
는 상대가 그가 아니라는 것쯤은 한조도 알고 있었다. 그럼에도 한
조는 가차없이 말했다.

 "물론 겁이 나서 그러지."

 "뭐라꼬?"

 "놔주니까 큰소리 친다고 말하고 싶겠지?"

 "그럼 앙이요?"

 "아니지."

 "낼 파출소 데불고 가고 싶은 긴가, 그럼?"

 "그것도 아니고."

 "뭐꼬? 와 이라노, 거머리맹글로."

 "얘기했는데, 화해하고 싶다고."

 "웃기지 마소."

“당신 돈 얼마나 필요한 거야, 뭐 하는데?”

“필요 엄써, 한푼도.”

“난 같이 먹고 살 수도 있다고 생각해서 하는 말인데.”

“와? 와 그런 생각이 드요?”

“당신이 그랬잖어. 난 그게 마음에 들어.”

“꼬시지 말아요, 신경질나게.”

“내가 당신을 꾀어서 뭘 하게?”

“그라이 하는 소리 아이요.”

청년은 한조를 외면하고 서서 혀를 찼다. 한조가 그런 청년의 어깨에 손을 얹었다. 자신이 취했던 행동이 못마땅하고 혐오감까지 느껴지리란 것쯤 한조는 짐작하고도 남았다.

그래서 한조는 낮은 목소리로 말했다.

“악수하고 싶소. 이건 진정이오.”

청년은 아무 반응도 나타내지 않았다.

“우리 차 한잔 합시다”

하고 한조는 청년의 손을 잡았다. 힘이 빠져 있어 손은 말캉말캉했다. 땀이 약간 배어 있었다. 뿌리칠 힘도 없는지 붙잡힌 채로 뽑아가지도 않았다. 다만 시선만 허공에 던져져 있었다.

잡아 끌면 따라올까 하고 잠시 망설인 끝에 한조는 청년의 팔을 잡아당겼다. 그러나 막상 다방 입구에 이르자 청년은 그의 손을 단호하게 뿌리쳤다.

“나 안 들어갈라요.”

“그러면 못났다고 생각할 거요.”

“몬난 눔 보고 몬났다 하는 거 당연 안 하요.”

“당신은 못나지 않았어. 당신은 당신을 이겼으니까.”

청년이 갑자기 자기 가슴을 탁탁 두 번 두드렸다. ‘아이구 이기 뭣꼬’ 하면서.

한조가 재차 다그쳤다.

"찰 할까, 아니면 술을 한잔 할까?"

"난 갈라요."

"좋아. 그럼 오늘은 헤어지고 내일 우리 다시 만나기로 하지."

"안 만날라요. 증말 미안하요."

청년은 말하기 바쁘게 돌아섰다.

"어디로 갈 거요?"

"묻지 마소. 다시는 안 나타날 끼요."

"그럼 고향으로 갈 거요?"

"내인데 그른 거 묻지 마소, 제발."

"그럼. 한번 떠나온 고향은 그냥 돌아가는 게 아냐. 그러지 말고 내일 이 다방으로 나와요, 열두시에."

청년은 대답을 않고 한조의 곁을 떠났다. 돌아보지도 않는 게 어쩐지 다신 못 만날 것 같은 예감이 들어 한조는 두어 발짝 따라가며 소리쳤다.

"당신 이름이 뭐요? 내 이름은 나한조요."

그러나 청년으로부터는 대답이 없었다. 없을 뿐만 아니라 그는 다음 순간 쏜살같은 속력으로 뛰기 시작했다. 조경이 안 된 아파트 단지 앞의 곧은 길을 청년은 까만 점이 될 때까지 계속 뛰고 있었다.

한조는 이유없이 뭔가 절망감 같은 것에 빠졌다. 청년을 다신 만나지 못할 것 같은 예감에서 오는 절망감인지 무엇인지 알지 못한 채 한조는 이튿날 정오 약속된 다방으로 나갔다. 예상대로 청년은 반 시간을 기다려도 나타나지 않았다.

한조는 그 뒤에도 이틀 동안을 더 시간에 맞춰 찾아갔으나 허탕이었다. 그가 사흘을 30분씩 다방에 앉아 있으면서 얻은 소득이 있다면 아직 공표는 안 되었지만 지하철 2호선이 지나가는 구간이 확정되었는데 구역 주변에 있는 집들을 사 놓으면 재미볼 거라는 쑤군거림을 얻어들은 거라고나 할까.

"사당동에 가면 지금 대지 50평에 건평 35평짜리 주택이 1천만 원 안쪽인데 오는 시월에 발표만 나봐, 못 뛰어도 8백은 더 뛸 테니."

한조는 나길조를 찾아가 지하철이 뚫리는 길을 알아봐야겠다는 생각을 하면서도 이상하게 그런 모든 일이 갑자기 마음에 들지 않았다. 심드렁하게 느껴질 뿐이었다.

짜식, 제 건물도 아니면서 변소 사용료 받겠다고 손 내밀던 철면피는 어디로 보내고 안 나타나. 한조는 청년에 대한 그런 생각을 하며 혼자 피식 웃었다. 변소 사용료라는 말을 하기로 한 건 어떤 경로를 거쳐 구상이 섰을까.

그러나 그게 웃어서 될 일이 아니란 걸 한조는 며칠 뒤에야 알아차렸다. 그가 이유없이 절망감에 빠져 지냈던 며칠은 실인즉 이유없는 게 아니었던 것이다.

무슨 얘기냐 하면 한조는 자신도 모르는 사이에 그 스스로가 제2의 이욱형이 되고 싶어하고 있었던 것이니까. 그는 며칠 동안 자신이 사뭇 5백만 원이라는 액수에 매달려 있었던 사실을 깨달았다. 이욱형 씨에겐 몰라도 내겐 좀 힘겨운 액순데 하고.

'내가 그 청년한테 5백만 원을 줄 수 있었을까? 그래도 줬어야 했던 게 아닐까?'

왜냐하면 한조는 이욱형 씨의 주소를 알고 있지 않았던 것이다. 이욱형 씨가 적어 준 일도 없고 그가 요구한 일도 없었다. 그가 잊은 건 경황이 없어서였지만 이욱형 씨가 가르쳐 주지 않은 건 의도적이었던 것임에 틀림없었다.

그 의도적이었다는 사실이 한조에겐 충격이었다. 그가 제2의 이욱형이 되고 싶은 충동은 거기서 출발하고 있었다. 그도 청년에게 그냥 던지는 것이다.

그러나 한조의 그건 결국은 실행 못할 하나의 즐거운 상상에 지나지 않았다. 왜냐하면 그는 5백만 원이라는 액수를 안고 며칠을 초조하게 부대껴 지냈으니까. 그럼에도 그 이름 모르는 청년이 그의 분신처럼 느껴지는 것만은 어쩔 수 없었다. 그런 한조가 보름도 더 뒤에 문제의 청년과 느닷없이 맞닥뜨렸으니 얼마나 반가웠으랴. 한조는 너무 반가워 다짜고짜 주먹으로 청년의 어깻죽지를 내려찍었다.

"임마, 널 얼마나 찾았는지 알어 ?"

"진 여러 번 봤어요. "

"뭐야 ? "

"도망쳤지예. 다방에 들어가시는 것도 곁에선 아이고 멀리서 쭉 봤심더. "

"못난 사내. "

한조는 곧 그를 끌고 갔다. 그러나 다방에 마주앉아 들으니 그는 그동안에 부동산업자의 직원이 되어 있다는 것이 아닌가.

한조에겐 그 사실이 곧 5백만 원이라는 고통으로부터의 구원이었다. 그는 지체없이 선언했다.

"거기서 나와. 나와서 나하고 일해. 자네 말대로 같이 먹고 살기로 하는 거야. "

그가 바로 영업부장 박시대였다. 흥안 부동산이 책정한 월급보다 5만 원 하난 더 없는다고 공식 선언까지 하고 뽑아온 그의 능력을 아는 사람은 모두 부러워하고 있지만, 한 달에 오죽헌이 그려진 새 5천 원권 열 장씩 더 얹어 봤자 일년에 60만 원밖에 더 되는가.

며칠 계속 지리하게 비가 내리고 있었다.

온통 진창을 첨벙거리고 다녀서 사무실에 돌아올 때 보면 바짓가랑이까지 진흙범벅이 되어 있는 박시대가 영동에서 전화를 걸고 소리쳤다.

"전화선은 장마져도 통하이 다행임더. "

“무슨 소리야？”

“앙 그래 보이소, 사장님 여기꺼정 나와야지 별수 있십니꺼.”

“점심은 제대로 먹었어？ 우산은 쓰고 다니고？”

“걱정 마이소.”

“걱정이 아니라 장마통에 비 맞고 다니다가 여름 감기 든다구.”

“그건 그렇고예, 사장님 지하철 2호선 한분 알아보이소.”

“왜 무슨 얘기 있어？”

“잠실로, 사당으로, 영등포로 빠진다는데예…….”

“그런데？”

“그르만 집값이 뜔 거 아입니꺼, 지하철 지나가는 덴.”

한조는 통화를 끝내자 곧 나길조한테 전화를 했다. 지난번 아파트 입주권 건으로 최소한 4천 5백만 원은 벌어 줬는데도 공무원 근성은 역시 어쩔 수 없는지 서울시청 근방까지 오라는 거였다. 비가 퍼붓는데 어딜 나가느냔 데야 어쩌랴. 답답한 한조 쪽에서 찾아갈 수밖에 도리가 없었다.

택시 운전사가 왠지 신바람이 나 있었다. 뭐가 그렇게 신이 나느냐니까 장마가 계속되는 한 손님은 많다는 것이다. 오금탱이에 땀띠날 염려도 없어 또한 좋고.

“빗길 조심해요. 교통사고율이 세계 최고라는 사실 알우？”

“염려 마세요. 사고 나면 손님만 남기고 저만 죽어 드릴 테니까.”

“재수없는 소리. 죽는 게 그렇게 쉬워？ 제주도까지 가도 태평양 바다에 빠지는 건 여간 어렵지 않은데.”

한조는 하고 보니 쓸데없는 소릴 했다는 생각이 들어 창밖으로 시선을 돌려 흩뿌리는 빗줄기를 내다봤다. 갑자기 머릿속에 습기가 차는 것 같았다.

웬 비가 이렇게. 칠월 들어 초사흘부터 내리기 시작한 비가 닷새째 계속이었다. 박시대가 여간 고통을 느끼지 않을 텐데, 하필 하숙

방 장판까지 습기에 차서 발바닥에 쩍쩍 붙어 일어난다니.

박시대한테 우제정을 붙여 놓으면 볼 만하겠지. 우제정까지 끌어낼 수만 있다면 한조실업 인력이야 막강해지지만 돈을 혐오하는 인간을 꾀어낼 재간이 어디 있는가.

부동산부—증권부. 하지만 우제정이 박시대한테 황금을 돌같이 보라고 했다간 따귀를 맞을걸. 언젠가 사무실에 들른 우제정을 잠깐 본 박시대는 뒤에 이렇게 말했으니까.

—나무가 꿈꾸는 것 같드구만.

다방 '욕망'으로 나온 나길조는 빗물이 뚝뚝 떨어지는 우산을 가랑이 사이로 짚고 앉아 우선 이 말부터 했다.

"나 사장 오늘 술 좀 사시지."

"살 만한 일이 있다면 사지만 하필 이렇게 비 오는 날?"

"무슨 소리야, 술이야 이런 날 마셔야 제 맛이지."

"그럼 사야겠구먼."

"그러잖아도 잘됐어. 그 전에 갔던 '오천집' 있잖어. 한번 안 온다고 매일같이 전화질이야."

"전화번호를 어떻게 알고?"

"그날 하도 졸라대서 계집애한테 말루다 일러줬는데 알고 보니 용케도 기억을 하고 있잖았어."

그렇다면 별수 없이 술 사러 따라갈 수밖에 없잖은가.

지하철 2호선은 거기 가서나 물어볼 기회를 찾아야 하겠고. 한조는 '오천집' 이숙희 생각은 까맣게 잊고 있었다.

"에그머니나, 나 선생님!"

낙숫물을 피해 뜨락으로 뛰어드는 순간에 그렇게 야단스레 반색을 하는 여자가 있었으나 그게 이숙희는 아니었다. 나 선생님이란 나길조였다.

한조는 방으로 안내되어 들어서면서야 이숙희의 존재에 대해 분명한 생각을 할 수 있었다. 술집을 찾아오는 동안도 그는 사뭇 지하철 2호선에 대해서만 골몰하고 있었으니까.

"어마, 이걸 어쩌죠. 두 분 다 바짓가랑일 홈빡 적시셨으니."

"괜찮어, 어차피 이따가 벗을 텐데 뭐."

"빤스만 입구 술 드실 참이세요?"

"너하고 자자니 벗어야지."

"오머머!"

나길조는 여자가 방석을 던지고 돌아나가자 한조에게 귀엣말을 하고 싶어했다.

"나 사장, 그 전에 정병택이 한 말 명심해."

"무슨 말?"

"여잔 최초의 오분이라던 말 잊었어? 오늘은 제발 꿔다논 보릿자루되지 말라구. 나 혼자 독주회 여는 게 거북해서 그래."

나길조가 그렇게 단단히 경고한 바 있고 한조 자신도 비록 술은 못 먹는다 해도 그 방면에선 결코 뒤떨어지는 편이 아니었는데 이상하게 그날 역시 나길조의 눈에 비친 한조는 꼼짝없는 보릿자루로 끝났다.

어쩌면 그건 한조와 눈길이 닿자마자 발그레하게 얼굴을 물들인 이숙희한테 그 책임이 있는지 몰랐다.

물론 한조는 그녀와 입을 맞추었다. 그러나 그 이상은 나길조의 독촉에도 불구하고 발전이 없었다. 입술이 맞닿을 때 그녀가 떨고 있다는 느낌이 든 건 착각이었을까. 그녀는 나길조의 힐난이 있을 때마다 이런 말로 한조를 진정시켰다.

"어쩔려구 소낙비가 이렇게 오래 내리네요."

한조는 시간이 갈수록 알 수 없는 초조감에 부대꼈는데 어쩌면 그건 이것 때문이었을까. 밤 열한 시 반 가까이 술집을 나오며 이숙희의 손목을 잡아끈 것 말이다.

　나길조가 막판에 약을 올려서인지는 모르지만 녀석은 그가 이숙희를 골목 밖 큰길까지 끌어내는 것을 확인하곤 어느 틈에 감쪽같이 사라지고 말았다.
　"어, 이 자식 얼로 갔지?"
　"가셨어요, 언니랑."
　"우린 어떡허지?"
　그러나 이숙희는 우산 속에서 고개를 숙이고만 있었다.
　"미안해, 숙희"
하고 한조가 그녀한테 사과를 한 건 여관방에 든 뒤에였다. 숙희는 그가 잠자리를 다 마련할 때까지도 벽을 향해 돌아선 채로 꼼짝하지 않았다. 한조가 다가가 그런 그녀를 등뒤로 껴안았다.
　"숙흰 수줍음을 너무 타는군."
　"선생님, 한 가지 부탁드리구 싶어요, 가까우니까 저 돌아가게 해 주세요. 전 그 집에서 자요. 그렇잖음 절 그냥 재워 주셔요."
　"첫 번째 부탁은 통금이 넘었고, 두 번짼 남녀가 한방에 들었는데 믿을 수 있을까?"
　"전 선생님이 약속만 하신다면 믿겠어요. 이런 일은 첨예요."
　"지금 심정으론 약속할 수 있지만……."
　"됐어요, 그럼, 선생님."
　한조는 약속이라는 한마디 때문에 얼마나 괴롭고 긴 밤을 경험했던가. 다섯 시간 동안에 432밀리의 소나기가 쏟아져 안양에서만 3백 명 이상이 죽는 물난리가 난 사실도 모르고 한조는 약속을 지키려는 안간힘만이 이 세상에서 가장 고통스러운 일인 줄 알지 않았던가. 이숙희에게도 공평하게 같은 괴로움이 지워지기를 바라면서.

　잠실에 나간 박시대가 전화를 하여 전세를 주고 있는 아파트 중 하나를 사겠다는 작자가 나타났는데 어쩔까 하여, 값을 튕겨 보고 다시 전화하도록 일러 놓고 있는데 나길조가 생각지도 않게 전화를 걸어 왔다.

녀석은 대뜸 한다는 소리가 기분이 어떠냐고 했지만 한조는 처음엔 무슨 소린지 얼른 알아듣지 못했다. 그러자 시치밀 뗀다고 몰아세운 다음 당장 좀 만나야겠다고 주장했다.

"무슨 일인지, 나 좀 바쁜데."

"야, 야, 비싸게 놀지 말자, 동서끼리."

"뭐야?"

"동서끼리라고 했다, 왜?"

"정말이야, 일이 좀 있다니까."

"일 없는 사람이 어딨어. 사업가는 점심도 안 먹나."

"급한 일이야?"

"급하잖고."

"뭔데?"

"뭐긴 뭐야. 만나서 품평휠 열자는 거지."

"품평회?"

"잔말 말고 나와, 내가 보신탕 사 줄게. 어젯밤에 축난 기 보충해야 될 거 아냐."

한조는 결국 버티지 못하고 약속을 받아들였다. 마침 수화기를 내려놓자마자 박시대가 전화를 걸어 주어 1천 4백만 원까지 끌어올려 보라고 일러 놓고 사무실을 나섰다.

나길조는 만나자마자 히히히 하고 웃기부터 했다. 왠지 징그러운 느낌을 주었으므로 한조의 반응은 자연 삐뚜름했다.

"야, 수도권이 홍수에 잠겼는데 시청 공무원은 그렇게도 할 일이 없냐?"

"물난리난 덴 안양시야. 알지도 못하고."

날씨가 궂을 땐 보신탕이 맛을 잃는다면서 나길조는 삼계탕을 샀다. 실은 냄새만 풍긴 소주일 뿐인 인삼주를 석 잔씩이나 곁들여 마시며 나길조는 세 번이나 되풀이 감탄했다. 고거 삼삼하던데, 미쓰 현이라는 기집애 말야. 그러니까 말하자면 인삼주 한 잔에 감탄 한 번씩인 셈이었다.

"넌 어떻던? 사실은 니게 왔다였을걸. 그렇게 생긴 기집애치고 안 그런 게 없거든."

"뭐…… 그저……."

"이거 왜 이래. 이러면 품평회가 안 되잖어."

"땀이나 닦어."

나길조는 뜨거운 삼계탕 물을 들이켜선지 땀을 줄줄 쏟고 있었다. 손수건을 찾으며 나길조가 말했다.

"어젯밤에 완전히 진이 빠져서 이래. 하지만 홍수진 게 얼마나 다행이야, 마누라한텐 비상근무했다고 되려 짜증을 부릴 수 있었으니 말이야."

"사람이 3백 명이나 떠내려갔는데 다행이야?"

"그건 안양 얘기라니까."

방금 게걸스럽게 발겨먹은 통닭처럼 이숙희를 벗겨 보이기를 나길조는 줄기차게 강요했지만 한조는 들어주지 않았다. 들어주려 해도 벗긴 일이 없는데야.

—저 국민학교 교원이었다면 안 믿으시겠죠?

—그야……

—그러실 거예요.

—그럼 사실이야?

—그게 뭐 중요해요. 제가 그 사람들을 모독하고 있는 것 같아 말씀드리는 것뿐예요.

이숙희는 그러고 나서 눈가를 훔치는 것 같았다.

"난 여잘 건드리지 않았어."

한조는 분명한 어조로 밝혀 두었다. 품평회까지 열고 싶어한 나길조는 가까운 시일 안에 틀림없이 또 '오천집'을 찾아갈 것이므로.

"왜? 믿을 수 없는데?"

"값을 올리려고."

"그런 다음에 잡아먹는다? 야, 역시 사업간 다르구나."

어쩌면 그건 사실인지 몰랐다. 한조는 그래서 말마따나 자신의 허벅지를 꼬집으면서까지 참았는지 몰랐다.

4. 어떤 해후

　아스팔트가 화농한 상처처럼 질질 녹아 내리고 있었다. 35년 만의 무더위라고들 했다. 신문은 서울이 36도, 대구는 40도를 기록했다고 보도하고 있었다.

　싸전에선 낟알이 익을 정도로 값이 불붙고 있는데 영·호남의 벼 포기는 선 채로 말라 죽고 있었다. 모두가 갓 실시한 부가가치세 탓이라고 야단이었다. 하늘에서 저주를 내리고 있다나.

　어쨌든 칠월의 마지막을 넘기기가 그렇게 어려워 헉헉대고들 있었다. 그렇다고 한조가 꼭두새벽부터 서둔 것은 더위를 피하기 위해선 결코 아니었다. 계란 빛깔의 플란넬 수트에다 빨간 실크 넥타이를 긴팔 와이셔츠에 받쳐맨 모습으로 한조는 집을 나섰다.

　그가 성북동 깊숙한 곳에 올라앉은 고급 주택가에 도착한 것은 일곱 시 조금 지나서였다. 깨끗하게 쓸어논 길을 남기고 양쪽으로 높다랗게 쌓아 올린 담벼락 안으론 잘 다듬어진 정원수들이 고개를 내밀고 있었다. 장미가 흐드러지게 피어 있는 것도 보였다.

　한조는 라스폴리니아 대사관이라는 현판이 붙은 검은 벽돌집 앞에서 택시를 내렸다.

흘끗 올려다보자 무슨 짐승인지 이름 모를 두 마리의 통통한 동물이 맞붙어 서서 항아리 같은 것을 떠받치고 있는 그 나라의 문장이 벽 한가운데 높다랗게 붙어 있었다. 그리고 깃봉에는 진홍의 그 나라 국기도 걸려 있었다.

기폭이 꼼짝도 않는 채 지친 듯이 축 쳐져 있었다. 또 얼마나 더 대단한 더위를 몰아오려는지 그렇게 바람 한 점 없었다.

택시가 골목 저쪽으로 사라진 다음 한조는 이윽고 발걸음을 떼어놓았다. 그의 한손에는 1미터가 넘는 무거운 상자가 들려 있었으므로 걸음을 떼어놓기가 그렇게 쉽지 않아 보였다.

그건 방어였다. 금방 냉동실에서 꺼낸 선어(鮮魚)여서 더 무거운지 몰랐다. 상자에 담을 때 보자 너무 미끈하게 잘생긴 놈이었다. 원추형의 주둥이로부터 시원스레 빠진 그놈의 등줄기는 눈부시는 청색이었고 배 쪽은 번들거리는 은백색이었다. 거기다가 아가미 끝에서부터 꼬리까지 담황색의 띠마저 두르고 있지 않던가.

놈을 바다에서 끌어올린 순간의 어부는 얼마나 가슴이 뛰었을까. 한조는 조바심이 나서 걸음을 뒤뚱거렸다. 시들하게 냉동이 풀리진 말아야 할 텐데.

하긴 얼음에 재야 하지 않겠느냐고 했을 때 상점 주인은 한 시간 안에 닿을 수만 있다면 조금도 선도에 손상이 가지 않는다고 장담했었지만.

라스폴리니아 대사관의 담장은 꽤나 길었다. 한조는 너무 힘이 들어 땀이 빼지직 나배려 했다. 그러나 그는 마침내 대사관 다음다음 집의 대문 앞까지 다가가고 있었다. 세 번째 집인 줄 알았다면 택시를 좀더 몰고 들어오는 건데, 하고 그는 후회했다.

한조는 우선 방어를 대문 앞에 내려놓고 땀부터 훔쳤다. 그리고 넥타이를 한 번 더 죄었다. 연분홍의 무늬가 진 커다란 대리석 문패를 재차 확인하고 나서 그는 드디어 초인종을 눌렀다.

이욱형——

이욱형 씨의 집이 거기라는 걸 알아내게 된 건 참으로 우연한 기회였다는 생각을 그는 순간 하고 있었다. 그는 곧 인터폰에다 대고 소리쳤다.

"이 장군님 뵈러 왔습니다. 나한조라고 전해 주십시오."

마치 기를 죽이려는 듯 이욱형 씨 집 대문의 빗장이 벗겨지기까지 웬 시간이 그렇게 걸리던지. 적어도 2분은 끌었다.

—형님 첨 만났을 땐 매력 있더니 점점 실망시켜요.

우제정의 말이었다. 요컨대 저돌형인 줄 알았는데 시간이 갈수록 나약함을 드러내는 것 같다는 얘기였다. 잘못 봤어 임마!

—사귈수록 실망을 주는 인간형은 불행한 사람예요.

기죽을 이유가 어디 있느냐. 철대문의 빗장이 풀리고 한조는 1미터짜리 방어를 문 안으로 옮겨 놓았다. 늙수그레한 남자가 저쪽 현관문 앞에 서 있었다. 한조는 큰 소리로 말했다.

"좀 거들어 주세요."

남자가 다가와 상자의 한쪽 끝을 들어올렸다.

"어이쿠, 꽤 무겁군요."

"이 장군 계십니까?"

"기시긴 헌데 좀 기둘리셔야 헐 거예요."

"운동 중이신가요?"

"아뉴. 운동 끝내구 몸 씻으시는 중이십죠."

"매일같이 검도하시나요?"

"하룬들 빼시겠어요."

"대단한 양반이야."

남자는 현관으로 들어서면서야 생각이 났다는 듯 한조를 돌아보며 물었다. "츰 뵙는 분 같은디 사장님 금도하시는 것꺼정 알구 기

시네요."

그러나 한조는 집의 크기에 대해 생각하고 있는 중이어서 남자의 말을 미처 듣지 못했다.

대문에서 보면 집은 대지의 오른쪽 끝으로 치우쳐 있었다. 그리고 정면으로 약간 볼록하게 튀어오른 듯하다간 완만한 경사를 타고 저 아래쪽 상록 정원수가 늘어선 곳까지 흘러내린 잔디밭이 있었다. 서양 잔디가 잘 손질되어 있었다. 마치 알제리의 건축물같이 흰 벽과 검고 두꺼운 지붕을 가진 2층 저택은 100평도 넘어 보이는 ㄱ자형의 잔디밭을 서북쪽 끝에서 내려다보고 있었다.

한조는 현관에서 생선 상자를 남자한테 넘기고 웬 젊은 여자에게 인계되었다.

"일루 올라오세요."

여자는 한조가 거실로 안내되는 동안 한마디밖에 하지 않았다. 오렌지 주스 잔을 받쳐들고 와서도 말없이 내려놓을 뿐이었다.

20평은 될 거실에서 그가 차지한 면적이 너무나 적다는 데 생각이 미쳐서였던지 한조는 주스 잔을 들 생각도 않고 사방을 두리번거렸다. 보통 소파의 다섯 조도 넘을 안락의자가 거실 벽을 등지고 삼면으로 빙 둘러 놓여 있고 그것마다엔 대(竹)로 얽은 여름용 등받이와 깔개가 얹혀 있었다.

한조는 아까부터 호랑이 눈을 노려보았다. 놈은 현관과 마주보는 벽에 네 활개를 펴고 붙어 있었다. 가죽만 남았다는 느낌이 안 들게 곧장 살아 움직일 것 같은 모습을 하고.

나는 저 양옆으로 모가지가 잘려 붙어 있는 슬픈 사슴과 같은 모습일까. 한조는 오렌지 주스를 단숨에 벌컥벌컥 들이켰다.

젊은 여자가 다시 모습을 나타냈다. 참, 그러고 보니 이 집 안주인의 모습이 안 보이지 않는가. 조희재가 말이다.

그러나 한조가 그때 처음으로 조희재 생각을 한 것은 아니었다.

그는 대문에서부터 그녀가 모습을 나타내기를 기대하고 있었지 않았던가.

　"들어오시래요."

　한조는 호랑이와 사슴이 내려다보는 밑을 걸어 여자가 가리키는 문으로 들어섰다. 그러다가 그는 너무나 놀라 자칫하면 '억'하는 비명을 지를 뻔했다.

　"이기 누고!"

하면서 이욱형 씨가 다가서고 있었지만 한조는 여전히 그의 반가워하는 목소리가 제대로 들리지 않았다.

　한조는 자신의 눈을 의심했다. 그는 바다 밑으로 들어선 듯한 착각에 빠져 있었던 것이다. 벽 한 면을 다 차지하고 있는 그것이 거대한 수족관이라는 걸 알아채기까지 한조는 꽤 시간이 걸렸다. 아니 집주인의 암시가 이해에 도움을 주어 그나마 시간을 덜 끌었는지 몰랐다.

　"해저에 들온 것 같은 느낌이 드는지 모리겠다. 그라믄 성공인데."

　"그러니까…… 아, 그렇군요…… 수족관이군요."

　"와 아이라."

　"놀라운데요."

　"놀랄 것꺼정은 엄고."

　"전, 제가 이거 뭣에 홀린 게 아닌가 했습니다."

　"그랬소?"

　"그럼요, 장군님."

　"장군이라이? 어디서 들었소?"

　"왜 제가 모르겠습니까."

　"누구인데 들었을까, 우리 나한조 씨가?"

　"많은 사람이 알고 있던데요."

“무신 소리고.”

이욱형 씨는 말하고 나서 바다 곁을 떠났다. 거실보다는 약간 평수가 모자라는 듯한 그 방에도 수족관 맞은쪽으로 길게 소파가 놓여 있었고 붉은 양탄자가 깔려 있었다. 그리고 수족관과 직각을 이루는 벽 쪽으로 양탄자를 마감하면서 홈 바가 있었다.

이욱형 씨가 다가간 곳은 거기 바였다. 잠시 뒤 그는 붉은 빛이 도는 액체가 바닥에 깔린 잔 두 개를 양손에 나누어 들고 돌아왔다.

“자, 우리 건배해야지.”

한조는 잔을 받아 들고 서서 되도록 정중한 목소리로 말했다.

“다시 만나뵙게 되어 행복합니다, 장군님.”

“아니지, 성공한 나한조 씨를 위해서!”

두 사람은 잔을 맞부딪쳤다. 그러곤 한 모금씩 마셨다. 한조는 목젖이 타는 것 같았다. 자칫했으면 기침을 할 뻔했다.

“이리로 오요.”

이욱형 씨가 소파를 가리키며 말했다. 한조는 그의 맞은편 자리에 앉기 전에 미리 해둬야 할 말부터 했다.

“이렇게 늦게 찾아뵙게 된 점 용서를 빕니다.”

“무신 소릴. 내가 예상했던 것보단 빠르요.”

“아닙니다. 제가 중대한 실술 했었습니다. 그때, 장군님 주솔 여쭤 보지도 못했으니까요.”

“내가 안 갈키 줬지.”

“제 쪽에서 미리 여쭤 봤어야 했습니다, 당연히.”

“그래도 찾아올 수 있을 끼다 해서 안 갈키 준근 아이고 난 오는 겨울쯤 제주도에서나 만나게 될 낀가 했지.” 하고 나서 이욱형 씨는 술잔을 다시 집어들었다. “자, 다시 한 번 축배. 우리가 예상보다 빨리 만났다는 근 그만큼 나한조 씨의 성공이 빨랐다는 애긴 기라.”

“아닙니다. 성공이라니요.”

"낸 알아, 당신이 내인데 줄 수표도 끊어 갖고 왔다는 거."

"진작 찾아뵈었어야 했는데……."

한조는 말을 얼버무리며 5백만 원짜리 수표가 든 흰 봉투를 꺼내 놓았다. 그러곤 어색함을 얼버무리기 위해 말머리를 돌렸다.

"조 여사께선 어디 가셨나 보죠?"

"아인데…… 저기 안 보이오?"

"어디 말씀입니까?"

"저어기."

이욱형 씨는 뜻밖에도 수족관을 가리키고 있지 않은가. 그의 젊은 아내가 물고기로 변해 버렸단 말인가.

한조가 끝내 조희재를 못 찾아 하는 눈치이자 이욱형 씨가 그를 일으켜 세웠다. 두 사람은 술잔을 들고 수족관의 대형 유리판 앞으로 다가갔다.

그 순간의 한조에겐 뭔가 섬뜩한 전율 같은 것이 몸을 훑어 가고 있었다. 마치 집주인의 젊은 아내가 수장되어 있을 것 같은 느낌이 들어서. 수족관 바닥에 미라가 되어 누워 있는 것을 보게 될 것 같은 그런 느낌이었던 것이다.

민물새우만한 크기의 치어로부터 팔뚝보다 더 큰 덩치를 휘두르며 쏘다니는 놈에 이르기까지 난생 처음 보는 이름 모를 물고기들의 군서(群棲). 색깔도 가지각색이지만 별의별스런 모습을 한 놈이 다 있었다. 이욱형 씨가 물고기에 홀려 있는 한조를 흔들어 깨웠다. 그는 한조의 어깨를 치며 말했다.

"물고길 보지 말고 저 안쪽을 들여다봐야지."

"저 안쪽을요?"

"음."

"아무것도 안 보이는데요."

"그래?"

이욱형 씨는 곧 바가 있는 쪽으로 걸어갔다. 그러곤 스위치를 올렸다. 수족관 안이 갑자기 환해졌다.

"인잔 보이겠지."

한조는 다시 물고기들이 어지럽게 휘젓고 다니는 수족관 안을 찬찬이 들여다봤다.

"저런!"

한조는 순간 자기도 모르게 비명 같은 외마디 소릴 냈다. 커다란 인어가 서서히 수족관 위로 떠올랐던 것이다. 물론 조희재일 것이었다. 그녀는 수영복만 입은 길고 흰 다리를 휘저으며 물고기들 사이에 끼여 있었다.

그렇다면 그녀는 지금까지 어디 있어서 그가 보지 못한 것일까. 이욱형 씨가 옆에 서서 말했다.

"불 컸다고 쫓아와서 저러는 기라."

그는 말하고 나서 스위치를 내렸다.

"아침이 일찍이어서 그런가 몰라도 난 잘 보이는데 당신은 몬 보는구만."

"이젠 멀어져 가는 모습이 보입니다."

"수족관 저짝 뒤가 풀인 기라. 거게도 유리로 막아서 이래 안 보이는가배."

"네? 저쪽이 풀이라고요?"

"아이가, 그라믄 우리 희재가 수족관 안에 들간 줄 알았네. 무신 큰일날 소리고."

"전 그런 줄 알았는데요."

"어데, 아이라."

두 사람은 시선을 모아 마주 웃고 나서 술잔을 입으로 가져갔다.

"재미 있는데요."

"재미 있어?"

“전 이런 경험 첨인데요. 이런 집구존 첨 봤습니다.”

“머 빌끼 아이요.”

조희재가 퍼렇게 입술이 언 모습으로 방에 나타난 건 그로부터 15분쯤 뒤였다.

“어머나 나 선생님, 저희 집을 어떻게 알아내셨어요?”

조희재는 한 손으로 물에 젖은 긴 머리칼을 어깨 뒤로 붙잡고 있었다.

“오래간만입니다, 조 여사님.”

“저, 곧 나올게요. 샤워 벌써 했어요.”

조희재가 서둘러 돌아간 다음 두 사람도 술잔을 놓고 거실로 나왔다. ‘우리 식사 같이 해요’라고 조희재는 말했었다.

우제정을 위해서도 주눅 들지 말자고 한조는 재삼 다짐을 새롭게 하면서 소파에 앉아 있는데, 그런데 옷을 갈아입고 다시 나타난 조희재가 무슨 영문인지 느닷없이 깔깔깔 웃음을 못 참아 하지 않는가.

조희재의 도발적인 웃음에 한조보다 그 남편 쪽이 더 놀라서 눈을 휘둥그렇게 떴다.

“무슨 일이야?”

“글쎄 이제 보니 나 선생님이 방어 한 마릴 가져오시잖았겠어요.”

“뭐 방얼?” 하고 나서 이욱형 씨는 한조를 돌아봤다. “그게 정말이오?”

“네, 변변치 못한 것을……”

한조는 당황한 나머지 말끝을 얼버무렸다.

이욱형 씨도 마침내 우하하 하고 조희재에 합세하여 웃기 시작했다. 그야말로 한조로선 짐작도 못한 돌발 사태였다. 웃음의 절정을 넘기고 나서 조희재가 재차 말했다.

“그것두 아주 싱싱하구 큰 놈으루요.”

"그렇겠지. 물 좋은 것으로 가주왔겠지. 어데 내도 한분 가보자고."

이욱형 씨는 일어서서 거실을 나가며 조희재와 함께 또다시 웃음의 합창소릴 높였다. 돌아왔을 때도 그들의 얼굴엔 여전히 웃음이 묻어 있었다.

한조는 묻지 않을 수 없었다.

"제가 무슨 실술 한 것 같군요."

"아녜요. 오해 마세요. 저희가 웃는 건 나 선생님하군 아무 상관 없는 일예요"

하고 조희재가 서둘러 해명했지만 더 이상 그들은 그들이 웃는 이유에 대해 말해 주지 않았다.

한조는 기분이 좋을 리 없었다. 마치 제주에서처럼 식당에 한식구 같이 앉아 아침상을 받았지만 그의 귀엔 자꾸만 두 사람의 웃음 소리가 쟁쟁 메아리치고 있었다. 조희재가 그의 옷차림새에 관심을 보이는 것도 야유가 숨어 있는 것 같아 기분 나빴다.

"실례될지 모르지만 나 선생님 그때완 완전히 달라진 모습, 굉장히 기뻐요."

"두 분 은혜로 일어섰다는 걸 과장해서 뵈드릴려고 이렇게 촌놈같이⋯⋯."

조희재가 그들의 웃음에 대해 해명해 준 것은 그들이 거실로 나와 차를 마시고 다시 수족관 앞으로 간 뒤였다. 수족관 구경을 또 한 번 하고 싶다고 한 건 물론 한조 쪽이었다. 이욱형 씨가 옷을 갈아입으러 들어간 사이 그는 그녀에게 그런 제의를 했다. 방어가 웃음을 산 이유에 대해 묻기 위해. 그런데 그녀가 미리 말했던 것이다.

"아깐 의아하셨을 거예요. 하지만 그러실 것 없어요. 저의 남편이 바로 방어 장사를 해요. 웃음이 안 나올 수 없잖겠어요."

한조는 머리를 방망이로 한 대 얻어맞은 느낌이었다.

“저의 남편 하는 사업 중에 수산물 판매가 주된 업종예요.”

“제가 정말 큰 실술 했군요.”

“그런 뜻이 아녜요. 방언 참 맛있는 고기예요. 저희가 웃은 건 단지 갖구 오신 고기가 저희한테서 사신 건지 모른다는 점 때문이었어요.”

“새벽에 노량진 어시장 가서 샀는데요.”

“그러신 것 같았어요, 포장이 벌써.”

“그럼 바로 그렇게 되었습니까?”

“바로 그렇진 않아요, 저흰 소매상은 아니니까. 다만 손을 거쳐 갔을 수는 있죠.”

조희재는 화제를 바꾸려는 듯 매우 흉측하게 생긴 수족관 안의 물고기를 가리켰다.

“저놈 보세요, 덩치가 저래두 식인어(食人魚)예요.”

“그래요?”

“아마존에서 왔어요. 다른 놈들두 모두 희귀종이라는데 전 저놈밖에 몰라요. 이 수족관 물이 바닷물이라는 것하구. 자세히 보심 저 안에 또 유리관이 있어요. 흉악한 놈들은 격리시켜서 다른 물고기를 해치지 못하게 해놓았죠.”

“전 그런 줄도 모르고 부인이 저 안에서 수영하시는 줄 알았죠.”

조희재는 그 말에 손으로 입을 막고 웃었다. 그러다가 얼굴을 돌리고 한조를 쳐다보며 물었다.

“우리집이 여긴 줄 어떻게 아셨어요?”

그러나 묻고 있는 조희재의 표정엔 신기하다든가 하는 빛은 조금도 보이지 않았다. 마치 마음만 먹으면 그거야 간단한 문제 아닌가 하는 그런 투의 만족감 같은 것이 엿보이는 그런 눈빛이었다.

“아무려면 제가 이 장군님 댁을 모르겠습니까?”

하고 한조는 재빨리 받아 말했다. 과연 그녀는 귀가 즐거운 모양이었지만 애써 그것을 감추려 하고 있었다.

"언제 아셨어요?"

그 말엔 처음 만났을 땐 몰라봤지 않았느냔 뜻이 숨어 있는 것일까. 하지만 기왕 즐겁게 해줄 바에야 어물거릴 게 뭐 있느냐.

한조는 거침없이 말했다.

"서울에 도착하고 바로 알았죠. 솔직히 말해서 처음엔 몰라뵈었구요."

"그때 나 선생님 사정이 그랬었잖아요."

"부끄럽습니다."

"하지만 지금은 성공하신 거 아녜요?"

"성공이랄 거야 없지만…… 모두가 두 분 덕분 아니겠습니까."

"아녜요. 나 선생님한텐 그때의 참담한 경험이 굉장히 크죠. 참 찢어진 가죽 점퍼 간직하고 계시겠죠?"

"네, 아마 어디 처박혀 있을 겁니다."

"전 걸어 두시라구 한 것 같은데요."

아무리 예비역 군인의 아내라지만 여자가 어떻게 이토록 잔인할 수 있을까 하는 생각이 들어 한조는 대꾸를 하지 않았다. 그때 마침 이욱형 씨가 검은 싱글 차림으로 문 앞에 나타났다.

"손님이 정장을 해서 내도 모처럼 네꼬다이를 매봤지."

그는 말하고 나서 흰 빛깔의 실크 타이를 매만졌다. 조희재가 현관 쪽으로 걸어가며 거들었다.

"오늘두 꽤 무더울려나 봐요."

"이런 날 네꼬다이 매고 다니는 근 촌눔들이나 하는 짓이라고."

이건 한조가 들으라고 하는 소리가 아닌가. 그러나 한조는 못 들은 체 천장에 걸린 거대한 샹들리에를 올려다봤다. 죽은 듯이 가라앉은 실내 공기 속인데도 작은 유리 조각들은 이상하게 아침 햇살에 은비늘처럼 떨고 있었다. 사람의 몸놀림 하나에도 민감하게 반응하도록 장치가 되어 있는 것일까.

"우리 같이 나갈까, 나한조 씨?"

"네, 그러겠습니다."

"이제 집 알았으이 자주 만내야지."

"너무 늦게 찾아뵈서 죄송합니다."

두 사람은 잔디밭 사이를 걸어 대문께로 걸어가며 말을 주고받았다. 대문 밖에 그의 승용차가 세워져 있었다. 운전사가 서둘러 문을 열려 달려드는 그 차는 지난 정월 초 김포공항에 나왔던 76년형 도요타 크라운이었다.

이욱형 씨가 운전석 옆자리에 타려는 한조를 붙잡아 뒷좌석으로 밀어넣었다. 조희재가 문 밖에서 그런 그를 들여다보며 손을 흔들어 보였다.

"안녕히 가세요. 또 뵈어요."

"안녕히 계십시오."

자동차가 곧 골목길을 미끄러져 나갔다. 이욱형 씨가 시트로 가라앉으며 물었다.

"사무실이 어딘고?"

"네, 을지로 2갑니다."

"그럼 잘됐네. 내 사무실은 제일빌딩 아이가."

"아, 네에."

"26층."

"아, 네에."

"담엔 사무실로 오지."

한조에게 이욱형 씨의 그 말이 이상하게 들린 이유 무엇일까. 한조는 이욱형 씨가 옷을 갈아입고 나타났을 때 한 말이 퍼뜩 떠올랐다.

―둘이 연애하는 것 같구나.

그러곤 마침내 2가에서 을지로 쪽으로 꼬부라지면서 청계로 못 미처에서 차가 멎자 이욱형 씨가 운전사에게 지시했다.

"내릴 거 엄다. 이분 가시는 데꺼정 모시다 드리고 오이라."

자, 그름 내 사무실로 한번 와요라고 이욱형 씨가 말하는 동안 누군가 젊은 사내가 나타나 그의 자동차 문을 열어 주었다. 마침 자동차가 신호에 걸려 서 있어서 한조는 이욱형 씨가 적어도 다섯 명은 될 비서들의 영접을 받으며 제일빌딩 화강암 계단을 걸어 올라가는 것을 끝까지 지켜볼 수 있었다.

그리고 드디어 신호가 풀려 자동차가 네거리를 건너는 동안 한조는 이욱형 씨의 운전사한테 말을 걸었다.

"운전을 잘 못하는 것 같군요."

"무슨 말씀입니까?"

"비원 앞에서 좌회전해 내려오다가 낙원동으로 들어와……."

"그게 지름길이란 말씀이시군요. 사장님께서 그 길로 못 오게 하십니다."

"골목길은 싫다 이건가요?"

"아니죠. 매일 아침 중앙청 앞 광화문통을 달리시는 거죠. 교통 순경들도 알아서 경례로 모십죠."

"아항, 그렇게 되는구먼."

"어디로 모실깝쇼?"

"광화문도 달려 봤으니 여기 어디 적당한 데 내려 주쇼."

"아닙죠. 사장님은 언제나 가시는 문 앞까지 모셔다 드리라는 분부신뎁쇼."

"그랬다고 하면 되잖우."

"전 거짓말은 못합죠. 어디서 내리셨다는 걸 알아얍죠."

"그럼 별 수 없이 성모병원 옆데기까지 갔다가 되돌아와야겠군."

"그렇게 하십죠."

성모병원 옆구리에서 회전하여 을지로 2가 좁고 지저분하고 복작대는 이면 도로를 간신히 들어가 한조는 마침내 차를 내렸다.
"잘 타고 왔어요. 영보빌딩이라는 간판을 확인하고 가시오."
한조는 사무실로 올라가는 좁고 어두운 계단을 밟으면서도 뭔가 심통 같은 것이 가라앉지 않았다. 영업부장과 경리 여직원이 웬일이냐는 투로 눈을 흡뜨고 쳐다보는 것도 의식이 안 될 정도로.
박시대가 참을 수 없다는 듯이 물었다.
"사장님, 외국 가십니꺼?"
"뭐, 외국을 가?"
"아입니꺼? 그라믄 웬일입니꺼?"
"뭐가 웬일이야?"
"진 웬 국제신사가 들오나 안 했심니꺼."
"왜 난 이렇게 입으면 안 되나?"
"맨날 남방만 입다가 갑자기 그라시이 앙 그럽니꺼."
"복더위에 촌놈이나 하는 짓이다 이거지."
"와 이러십니꺼."
한쪽에 서서 헤실헤실 웃던 설희가 무슨 기미를 알아차렸다는 듯 재빨리 웃음을 지우는 걸 알 수 있었다.
한조는 공연히 사무실에 나타나 삐뚜름하게 나가고 있다는 생각이 들었다. 하지만 아무리 대단한 수족관과 수영 풀을 갖고 있다 하더라도 이욱형 씨가 그의 사업에 대해 한마디 질문도 던지지 않았다는 건 너무 도도한 오만이 아닌가. 더구나 조희재까지도. 한조는 화가 나서 불과 사흘 만에 제일빌딩 26층으로 이욱형 씨를 다시 찾아갔다. 그러자 그를 본 이욱형 씨가 먼저 소리치지 않던가.
"호래이 지 말하믄 온다 카디, 이기 우찌 된 일고?"
하고 자리에서 벌떡 일어서기까지 하는 이욱형 씨를 쳐다보며 한조가 되물었다.

“무슨 말씀이십니까, 제 말씀을 하시다니요?”

그러나 이욱형 씨는 그의 반문엔 대답을 않고 그를 사장실로 안내한 여비서를 향해 소리쳤다.

“정군인데 연락해서 갈 필요 엄다 캐라. 장본인이 여게 불쑥 나타났다고.”

여비서가 문을 닫고 돌아나가자 이욱형 씨가 소파를 손가락질해 보였다. 그러곤 말했다. 사흘 전에 그를 태워다 준 거짓말할 줄 모른다던 운전사를 시켜 그의 사무실을 찾아가도록 막 지시하던 참이라고.

“무슨 일이신지……? 저 같은 거한테 뭐 명령하실 일이라도 있으시다면 영광이겠습니다만.”

“무신 소리요.” 하고 나서 이욱형 씨는 파이프에 불을 댕겼다. “다른 기 아이고 오늘 저녁에 시간 좀 내줄 수 있겠소?”

“이 장군님 분부시라면 언제든지…….”

“이렇기 갑재기 말하는 근 예의가 아인데, 낸 워낙 그른 일에 서투러서…… 그른데 희재가 아침에 안 깨봐 주나, 나 선생은 초청했능교 카믄서.”

“무슨 경사가 있으신 것 같군요. 그러시다면 만사 젖혀놓고라도 기꺼이 가겠습니다.”

한조는 이욱형 씨가 내뿜는 파이프 담배 연기의 달착지근한 향기를 맡으며 말했다. 완전히 유리로 된 벽을 배경으로 하고 놓인 사장 테이블 위엔 붉은 장미 몇 송이가 꽂혀 있었다. 한조는 소파에 앉아 쳐다보고 있었으므로 그건 눈처럼 흰 여름용 커튼 위로 불쑥 솟아올라 보였다.

“무신 경사가 있는 근 아이고 및 사람을 오라 해서 저닉이나 같이 할라고.”

“그러시다면 저 같은 게 끼여서 되겠습니까?”

“어허, 우리 희잴 바서도 좀 와도고.”

“이 장군님 분부로 가는 거지요.”

“아이라, 우리 희잰 당신이 그렇기 존 모양이라.”

“무슨 뜻입니까?”

“당신을 구한 근 지다 카는 생각을 안 가주고 있나. 그래서 당신
이 재기한 모습으로 나타난 걸 그렇기 좋아 안 하나.”

“고맙습니다.”

“고맙다는 말은 희재인데 해.”

“이 장군님한테 해야죠.”

“모리는 소리. 그때 제주도에서 말이다. 희재가 우쨌는 줄 아나.
낼 못 살게 했는기라, 당신 좀 도와주라꼬.”

“그때 이 장군님은 뭐라고 말씀하셨는데요…….”

“듣기 안 졸지 모르지만 낸 그랬지. 사내가 오죽 몬 났으만 지 목
숨 지가 끊노, 그른 몬난 인간은 도와주 봤자 소용엄다 캤지.”

“그럼 조 여사님이 제 생명의 은인임엔 틀림없군요.”

“그라이 우리 희재인데 감사하라 카는 기지.”

“그 말씀 드리기 위해서도 오늘 저녁 꼭 참석하겠습니다.”

“약속했으이 안 오만 안 대요?”

한조는 약속대로 저녁 일곱시 성북동 이욱형 씨 집으로 택시를 내
달렸다. 촌놈이라 해도 할 수 없다 하고 집에 가서 갈아입고 나선
플란넬의 겨드랑 밑이 담박에 땀으로 흠씬 젖어서——

골목으로 들어서자 놀랍게도 라스폴리니아 대사관 정문 가까이까
지 승용차들이 줄을 지어 서 있었다. 택시를 타고 온 건 한조 한 사
람뿐인지 몰랐다. 이게 모두 이욱형 씨의 초청자들을 싣고 온 차들
이 틀림없다면 그는 잘못 찾아온 게 아닐까.

한조는 우제정이 하던 말이 떠올라 얼른 주저를 걸어 내고 성큼성
큼 대문 앞으로 걸어갔다. 자식, 사람 잘못 봤다. 내가 배짱이 없는

인간이라니.

"어서 오십시오."

대문 앞에 청년 둘이 서서 허리를 굽히며 그를 맞았다. 열린 대문 틈새론 잔디밭에 벌써 사람들이 몇 명씩 흩어져 서 있는 것이 보였다. 도대체 오늘이 이 집의 무슨 날일까. 고기 굽는 냄새가 대문께까지 퍼지고 있었다.

"어서 오세요."

대문 안쪽에도 한복으로 차려 입은 처녀들이 양쪽으로 갈라져 또 서 있었다.

어물거려선 안 된다 하고 한조는 거침없는 걸음걸이로 현관 쪽을 향해 걸어갔다. 그때 긴 치맛자락을 걷어 들고 다가오는 여자가 있었다. 안주인 조희재였다.

"와주셨군요. 고마워요, 나 선생님."

"초청해 주셔서 감사합니다."

한조는 말하면서 발등까지 덮인 여자의 이브닝 드레스를 바라봤다. 마치 꿈꾸는 듯한 눈으로…… 여자가 그의 꿈을 깨며 말했다.

"절루 가세요."

"잠깐!" 하고 한조는 여자를 제지했다. "난 오늘이 무슨 날인지도 모르고 왔습니다."

"아무 날도 아녜요. 남편이 이런 걸 좋아해서 가끔씩 열죠."

"참 보기 존데요, 야외 파티장이."

"목마르실 텐데 뭐 좀 드셔야죠."

한조는 조희재의 안내를 받으며 천으로 덮인 바 앞으로 다가갔다.

참, 나 사장은 술 못하니까 오렌지 주스나 드셔야겠네요, 라는 여자의 말을 따라 막 잔을 받아 들고 돌아서는데 누군가 다가와서 그의 어깨를 짚었다.

"이거 무슨 짓이야, 남자가 무슨 주스 잔을 들고 이래."

쳐다보자 이욱형 씨였다.

"네, 목이 좀 말라서……."

"그러면 바텐더들 눈총 산다구. 조선호텔에서 온 팀인데 칵테일 솜씰 봐줘야지."

이욱형 씨는 그러고 나서 곧 주인의 입장으로 돌아갔다.

"이렇게 와주어 고맙소."

"초청해 주셔서 영광입니다."

"즐거운 시간 가져 주기 바라요. 저기 바비큐도 좀 들고."

한조는 집주인이 가리키는 대로 짐승 고기가 지글지글 타고 있는 쪽을 돌아봤다. 그리고 잔디를 밟고 서 있는 사람들도 휘둘러 봤다.

아직 긴 여름해의 잔광이 채 스러지지 않은 속을 사람들은 두셋씩 혹은 네댓씩 근엄한 표정으로 모여 서 있었다. 한조가 끼어들 자린 한 군데도 없도록 완강한 배타적 자세로——

그런 그의 난처한 궁지를 구해 주려는 듯 조희재가 잔을 받쳐 들고 다가왔다. 그녀는 원군까지 동원하고 있었다.

"인사하시죠. 이쪽은 조 전무님이구 이쪽은 이 상무님이세요."

"첨 뵙겠습니다. 나한조라고 합니다."

"반갑습니다. 말씀 많이 들었습니다."

말을 들었다니. 한조는 갑자기 잔뜩 적개심에 차서 두 사나이를 노려보았다. '어떤 사낸 줄 아세요. 제주도에 빠져 죽으러 갔다가 나한테 걸린 사내예요. 남편이 건져 주어 저만큼 번듯하게 키워 놨어요, 라는 말을 들었다는 것인가.

조 전무라면 조희재의 오빠일 위험이 큰데, 그렇다면 그런 말쯤 주고받고도 남을 관계가 아니냐.

"말씀 나누세요"

하고 조희재가 마침 그들의 곁을 떠나기 바쁘게 한조는 재빨리 조 전무라는 사내의 팔을 잡아챘다.

“혹시 조 여사 오빠되시지 않습니까?”
라는 한조의 물음에 마흔댓쯤되어 보이는 조 전무라는 사내는 그를 아래위로 훑어봤다. 그러곤 잠시 후 되물었다.
“어떻게 아십니까? 쟤가 그럽디까?”
“저도 조 전무님 말씀 많이 들었습니다.”
“그래요?”
“물론 안 들었대도 금방 알아볼 수 있었을 겁니다만.”
“어떻게요?”
“두 분 시원스런 눈이 쏙 뺐습니다.”
“선생은 이마가 아주 잘생기셨군요. 나 사장이라고 하셨던가요?”

조 전무는 그제서야 지갑에서 명함지를 꺼냈다. 물론이려니와 한조도 자신의 한조실업 대표 명함을 이 상무를 포함한 두 사람에게 건네 주었는데, 알고 보니 상무인 삼십대의 이명신은 또 이욱형의 조카라지 않는가. 전무 조건재가 스스로 말해 주었다.
“우린 사돈간입니다. 우리 상무께선 사장의 조카되시거든요.”
한조는 내친 김에 그 점도 알고 있는 듯한 눈치를 보였다. 한조가 이욱형 씨 집안과 그만큼 가까운 것처럼 행세하고 싶은 이유는 무엇일까.
잠시 난감한 외톨이로 남아 있어야 했던 시간에 대한 보복일까. 나도 이 집 손님으로 당당히 초청받을 입장에 있다는——
그러므로 여하한 일이 있어도 두 사내한테 무슨 명목의 파티냐는 질문을 던지는 일만은 해선 안 될 입장이 되어 버린 채 한조는 다만 그들을 졸졸 따라다닐 수밖에 없었다. 자, 우리도 뭐 좀 먹어야지요, 라는 그들을 놓치는 날엔 또다시 비참한 외톨이 신세가 되어 버리지 않겠는가.
그런데 얼마쯤 뒤일까, 마침내 놀라운 발표가 나오지 않던가.

"내빈 여러분! 잠깐 주목해 주실 것을 부탁드립니다. 지금부터 이 장군님 부처께서 결혼 10주년 기념 케이크를 자르시겠습니다."

모든 참석자들의 주목을 받으며 이브닝 드레스 차림의 조희재와 턱시도는 아닌 다만 블랙 수트에 나비 넥타이를 한 이욱형 씨가 칼을 함께 잡고 과자로 만든 10층탑을 파괴하는 작업에 임했다. 여름 해도 완전히 떨어진 시각이었지만 여기저기 켜진 외등으로 어둠은 다만 정원 끝자락에 웅크리고 앉아 한발짝도 다가서지 못하고 있었다.

공든 탑의 파괴를 즐거워하는 요란한 박수가 터지고, 그리고 모두가 잔을 높이 들었다. 그러나 그들 부부가 모든 참석자들로터 축하를 받은 건 아니었다. 사회자는 하객 중에서 국회부의장, 장관, 장성, 보좌관, 비서관, 대법관, 사장, 그리고 여러 명의 국회의원들과 이웃에 사는 라스폴리니아 대사까지 소개하고 있었지만 이름이 불릴 가망이 없는 참석자들은 뒤로 물러서서 수군덕거리고만 있었다.

"여고 졸업반일 때 나꿔채였다잖어."

"군 지프에 태워 내뺐나?"

"조강지천 보은 법주사에 있다지 아마, 머릴 깎고."

"다 그런 거지 뭐."

이 쑤군거림을 조 전무가 들어야 하는데 하고 돌아봤으나 보이지 않았으므로 한조는 사람들을 비집고 서둘러 무너진 탑 쪽으로 다가 갔다. 이욱형 씨가 매일 아침 목검으로 찌르는 것은 무엇일까를 생각하면서.

"축하드립니다, 이 장군님!"

하고 한조는 정중한 목소리로 인사했다. 이욱형 씨가 당부한 증오는 다만 그의 가슴속 깊이 숨겨져 있을 뿐이었으므로 결코 발각당할 염려가 없었다. 한조는 돌아서서 조희재한테도 같은 내용의 인사를 했다. 그러곤 지체없이 물었다.

"그때 아마존에 사는 식인어 이름이 뭐라고 하셨던가요?"

웬일인지 여자의 낯빛이 갑자기 변했다. 잠시 후 조희재가 표정을 고치고 되물었다.

"갑자기 그런 건 왜 물으시죠?"

"그 식인어를 사람이 요리해서 먹는지 별안간 궁금해져서요. 만약 먹는다면……."

"먹는다면 결국 사람이 사람을 먹는 게 되잖느냐 그 말씀이죠?"

"그렇죠, 바로 그거죠."

"못 먹어요."

"다행이군요."

"그리구 그 식인어 이름은 피라니아예요."

"피라미라면 먹는 고긴데……."

한조는 말을 흘리면서 조희재를 한 번 더 쳐다봤다. 그녀가 몸을 움직여 탑에서 떼낸 케이크 한 조각을 그에게 건넸다. 왠지 한조는 벽돌 부스러기를 받아 드는 기분이었다.

"저어, 두 분 사이에 자제분은 없습니까?"

조희재의 표정이 또 바뀌었다.

"왜 사람들은 그런 데 그렇게 관심이 많은지 모르겠어요. 오늘 벌써 여섯 번째루 받는 질문예요."

"실례되는 질문이었다면 용서하십쇼. 남자들이란 원체 그런 걸 궁금해하기 좋아해서."

"아네요, 여자들이 더 많이 물었어요."

"그건 뜻밖인데요."

하고 한조는 터무니없는 능청을 떨었다. 그런 거야 여자들이나 던짐 직한 질문이란 걸 모르지 않으면서도.

"우리 사이엔 아이가 없어요."

거 참 안됐군요, 라고 말하는 것이 이럴 때 어울리는 대화일까, 아니면 혹시 당신보다 나이가 많은 전처 소생이 있는 건 아니오, 라고 물어도 괜찮은 것일까. 그러나 한조는 두 가지 다 포기하고 케이크 한귀퉁이를 떼어 먹었다.

"하긴 난 아직 장가도 못 간 신세지요."

"참, 한조 씨 총각이시죠."

'한조 씨'라는 호칭이 이상하게 그를 동요시켰다. 파티 중에 벌써 두 번째 듣는다는 것까지 그는 기억하고 있었다.

"이번 가을엔 결혼하시게 되나요?"

"희재 씨같은 여성이 어디 있다면……."

"농담 마세요."

"정말입니다. 희재 씨 같은 여성을 만난다면 내일 당장이라도 결혼하겠습니다."

한꺼번에 '희재 씨'를 두 번 불러 즉각 답례를 보내자 여자는 무슨 뜻인지 손으로 입을 막고 호호 웃었다.

"실례하겠어요. 전 고달픈 호스티스의 입장예요."

"즐거운 일이죠."

조희재는 흰 하이힐로 잔디를 찍으며 한조 곁을 떠났다. 그녀가 한조에게로 다시 돌아온 것은 아마도 반 시간도 더 뒤였을 것이다. 그녀의 손에 두 잔의 위스키가 들려 있었다.

"왜 이렇게 붙박이루 서 계세요?"

"조 전무께서 상대를 해주지 않아섭니다."

"모함하지 마세요, 남을."

"오빠되신다면서요?"

"오빠가 그랬어요?"

"매우 자랑스러워하시던데요."

조희재는 그 말에 아무 대꾸가 없었다. 그리고 잠시 후 지체없이 들고 있던 위스키 잔 하나를 그에게로 내밀었다.

"우리 건배해요."

한조는 받아 든 잔을 들어올리며 말했다.

"축하합니다."

그랬는데 이게 어떻게 된 일인가. 여자가 갑자기 술잔을 떨어뜨리며 잔디밭으로 쓰러지고 있지 않는가. 한조가 무너지는 여자를 부축한 것은 극히 순간적인 일이었다.

한조는 여자를 번쩍 안아 들었다. 기절한 여자의 몸이 축 늘어졌다. 그는 여자를 안고 서둘러 현관 앞으로 달려갔다. 누군가 급히 문을 열어 주었다. 그리고 그가 신발을 벗어 던지는 동안에 물었다.

"침실로 가셔야죠? 2층인뎁쇼."

"좀 따라오슈."

남자가 그를 앞질러 발뒤꿈치를 들고 층층대를 뛰어 올라갔다. 층계가 끝나는 지점에 커다란 화병이 하나 놓여 있었다. 침실이라면서 남자가 문을 열고 스위치를 올린 방은 거실을 지나 오른쪽 끝방이었다.

한조는 방으로 뛰어들기 바쁘게 옥색의 시트 커버가 덮인 2인용 침대 쪽으로 다가갔다. 남자가 등뒤에서 말하고 있었다.

"전 의사 선생님을 부르러 가야겠는데요?"

"냉수부터 떠오슈."

남자가 곧 콩콩거리며 층층대를 뛰어 내려가는 소리가 들렸다. 한조는 안겨 있는 여자의 얼굴을 한번 내려다본 다음 침대 위에다 살며시 내려놓았다.

방으로 들어설 때부터 뭔가 강한 듯 은은한 냄새가 코를 자극했는데 그건 분명히 향수를 뿌려서인 듯했다. 한조는 그제야 자신이 남의 깊숙한 침실까지 들어와 있다는 데 생각이 미쳤다.

여자를 내려다봤다. 마치 잠자듯 조용한 얼굴이었다. 한조는 자기도 모르게 허리를 굽히고 여자의 입술에 자신의 입술을 포갰다. 다문 입술이 따뜻한 온기를 전해 왔다. 한조는 곧 허리를 펴고 일어서서 문간 쪽을 돌아봤다. 왜 냉수 떠오는데 이렇게 시간이 걸릴까 생각하며.

이 집 남편은 아직 아무것도 모르고 있는 것일까. 아래층은 여전히 어떤 기척도 없는 정적 속에 빠져 있었다. 한조는 갑자기 누군가 숨어 서서 그의 행동을 낱낱이 지켜보고 있는 것 같은 느낌이 불쑥 들었다. 그러나 그가 거실로 가보기 위해 복도 쪽으로 걸어 나가려는 순간이었다.

"나가지 마세요."

한조는 몸이 얼어붙고 있었다. 돌아보자 조희재가 눈을 빤히 뜨고 그를 올려다보고 있었다. 아무 말도 한조는 나오지 않았다. 어, 깨어났군요라는 말조차 할 수가 없었다.

잠시 뒤 조희재는 몸을 일으켰다. 한조가 얼른 다가가 그런 그녀를 도왔다.

"제가 깜빡했었나 보죠?"

"파티 준비하느라 너무 과로하신 거 아닙니까?"

"하지만 이젠 괜찮아요. 냉수 같은 거 떠오지 않아두 돼요."

냉수 떠오라는 말까지 들은 거라면 그녀는 벌써부터 깨어 있었다는 얘긴데. 한조는 아찔한 생각이 들어 얼굴이 화끈 달아올랐다.

"좀 쉬십시오. 난 먼저 내려가 보겠습니다."

한조는 말하기 바쁘게 도망치듯이 침실 출입문께로 걸어갔다.

"잠깐!"

하고 여자가 말했다. 한조는 흠칫 놀란 걸음을 멈추고 그런 그녀를 돌아봤다. 마주 쳐다보는 여자의 눈가에 엷은 미소 같은 것이 번지고 있었다.

무슨 뜻일까. 유혹의 몸짓일까.

한조는 갑자기 입에 침이 괴는 것을 느끼며 두어 발짝 침대 쪽으로 다가가며 다그치듯 물었다.

"왜 그럽니까?"

다가오지 말라는 듯 여자가 재빨리 손을 들어 보였다. 그러곤 냉랭한 목소리로 말했다.

"그냥 내려가심 안 돼요."

"무슨 뜻입니까."

"입술에 묻었어요, 제 루즈가."

너무나 놀라운 여자의 말에 한조는 자기도 모르게 손이 입술로 갔다. 여자가 그러는 그를 쳐다보며 한마디 더 덧붙였다.

"뻔뻔스러우세요."

"그런 것 같은데요." 하고 한조는 잠시 후 기어들어가는 목소리로 말했다. "함정에 빠졌었던 것 같군요."

"제가 유도했단 뜻인가요?"

"아뇨. 잠시 뻔뻔스러움의 함정에 빠졌었단 뜻이죠."

그때 누군가 층계를 오르는 발짝 소리가 들렸으므로 한조는 서둘러 침실 출입문 쪽으로 걸어갔다. 조희재가 빠른 말씨로 말했다.

"전 분명히 막 깨어났어요. 아녜요. 언젠가부터 가물가물 깨어나구 있었는지 몰라요. 하지만 어떻게 할 도리가 없었어요. 몸이 움직여 주지두, 말을 할 수두 없었어요."

"좀 쉬십시오."

한조는 말을 흘리며 방문을 나섰다. 물대야를 들고 오는 남자가 거실에서 마주친 그에게 일러주었다.

"의사 선생님, 곧 오신다고 했습니다."

"깨어났는데 뭣 하러요."

"깨나셨다구요?"

남자가 주춤 물러서서 한조를 쳐다봤다.

“이 장군은 모르십니까 ? ”

“손님들하고 기서서 말씀드리지 않았습죠. ”

“그래도 여러 사람이 봤을 텐데. ”

“글쎄요, 선생님께서 워낙 빨리 수습해 주서서……. ”

“어쨌든 냉순 이제 필요 없고 뭐 마실 거나 갖다 드리슈. ”

한조는 말하고 나서 한발 앞서 층층대를 내려왔다. 그러곤 현관으로 나서기 전에 손등으로 한 번 더 입술을 문질렀다.

잔디밭으로 내려서는 그에게 가장 먼저 달려온 것은 뜻밖에도 라스폴리니아 대사였다. 그는 전등 불빛 아래서 더욱 짙어 보이는 검은 콧수염을 달고 다급한 목소리로 물었다.

“이즈 매담 오울라잇 ? ”

한데 한조로서는 뭐라는 소린지 알아먹을 수가 있는가. 그래봤자 부인 괜찮냔 말밖에 더 되겠느냐 하고 한조는 거침없이 말했다.

“오케이, 오케이. 시 이즈 오케이. ”

“*끄읏, 끄읏.* ”

하고 나서 대사는 뚱딴지같이 한조에게 악수를 하자고 손을 내밀었다. 대사는 그 뒤에도 뭐라고 여러 말을 했지만 한조는 한마디도 알아먹을 수가 없어 시종 웃기만 했다. 닥터니 뭐니 한 건 ‘당신 의사요 ? ’라고 물은 것일까 ? 그때 누군가 궁지에 몰린 그를 구해 주었는데 돌아보니 조희재의 오빠였다.

“대사께서 이 집 풀이 부럽다는군요. 그 나라에선 우선 물을 상상할 수도 없다는 거예요. ”

“거 한심한 나라군요, 이제 보니. ”

“어쨌든 나 사장님, 고맙습니다. 손님들이 놀랄까봐 저흰 따라가 볼 수도 없었습니다. ”

“과로하신 것 같아 좀 쉬시라고 했습니다. ”

“잘하셨습니다. 다행히 몇 사람 모르는 것 같습니다. ”

그러고 있는데 저쪽에서 이욱형 씨가 급히 걸어오는 모습이 보였다. 한조는 왠지 입술에 신경이 쓰였다.

"나 사장, 정말 고맙소."

이욱형 씨는 들고 있던 술잔을 비서인 듯한 젊은 청년한테 넘기고 한조의 손을 잡아 흔들었다.

"우리 희잰 괜찮겠지?"

"네, 곧 깨어나셨습니다. 이 장군께서도 알고 계셨군요."

"와 몰라, 내가. 나 사장이 우리 희잴 안고 뛰는 것도 다 봤지. 사람들이 있어서 뛰갈 수도 엄고 해서 눈치 몬 차리게 할라꼬 막 떠들어 붙이고 안 있었나. 하여간에 사람들 모리게 빨리 수습해 주서 고맙소."

"저도 첨엔 당황했습니다만 얼른 집 안으로 모셔야겠다고 생각했지요."

"나 사장의 기민한 판단과 동작은 감탄할 만해."

이욱형 씨는 말하고 나서 조 전무를 돌아봤다.

"으뗳노, 나 사장 놀랍재?"

"그래서 저도 고맙다는 인사를 했습니다."

"맞았다, 이 친구 이따가 도망 몬 가게 꼭 붙들어라, 조 전무가. 끝내고 우리 어데 가자."

"좋지요."

"아닙니다. 왜 이러십니까?"

"아이라, 나 사장 오늘 도망갈 생각 마라."

가든 파티는 뷔페로 나온 저녁 식사를 끝으로 밤 열시쯤 막이 내리고, 모두 돌아간 을씨년스런 정원을 세 남자와 두 여자가 정리하고 있을 즈음 한조는 이욱형 씨 일행과 함께 집을 나섰다. 조 전무와 이 상무, 그리고 젊은 사나이 둘이 더 있었지만 조희재는 끼여 있지 않았다.

"오늘 같은 날 조 여사님을 혼자 계시게 해서 되겠습니까?"
하고 한조는 이욱형 씨와 나란히 자동차에 앉아 마지막으로 만류하였다.
"여자들이란 가끔 가다간 혼자 있고 싶어하드라."
"그거야 남자도 마찬가지죠."
"으사가 와서 푹 쉬라 캤다는 기라."
"하지만 오늘은 이 장군님이 옆에 계셔 주시길 바라실 텐데요."
"뵈기 싫다 카믄서 막 밀어내드라. 하여간에 나 사장은 신경 안 써도 댄다."
"저 때문이라면 지금이라도 사양하고 싶은데요."
"아이라, 오늘 같은 날 한잔 안 할 수 있나."
자동차 세 대가 검은 어둠을 뚫고 성북동 언덕길을 미끄러져 내려 갔다. 시내로 들어오자 무더운 여름 밤이어서 그런지 초저녁같이 거리에 사람들이 붐비고 있었다. 이욱형 씨의 승용차가 멎은 곳은 타워호텔 정문 앞이었다. 붉은 모자를 쓰고 제복을 입은 사나이가 잽싸게 달려들어 자동차의 문을 열어 주었다. 그러곤 승강기를 타고 호텔 꼭대기로 올라가자 일행 중 젊은 사내가 그들을 앞질러 스카이 라운지 입구로 쫓아 들어갔다.
"아유, 이 장군님 기다리고 있었어요."
좀 나이 들어 뵈는, 그러나 대단한 미모의 여인이 쫓아나와 이욱형 씨한테 뱀처럼 휘감기며 아첨했다. 홀로 들어서자 그리 많지 않은 손님들이 주로 창가 자리를 차지하고 앉아 있었다. 여인은 테이블 사이를 돌아 그들을 칸막이로 막은 곳으로 안내해 갔다.
"이 장군님 분부대루 다 준비돼 있어요."
"어련할라꼬, 홍 마담인데."
그러자 홍 마담이 갑자기 이욱형 씨한테 매달려 뭔가 귀엣말을 하고 있었다.

"두말하믄 잔소리지. 데불고 와."

데리고 와야 하는 게 누군가 했더니 잠시 뒤에 보자 여자들이 아닌가. 다섯 명이나 되는 늘씬한 여자들은 마치 미인 대회에 나온 것처럼 웃음을 띤 얼굴로 그들의 길게 놓인 테이블 뒤쪽을 돌았다.

홍 마담이란 여자가 이욱형 씨와 짝을 맞추자 조 전무와 이 상무의 여자도 초면은 아님이 분명하여서, 여자들은 왜 그렇게 불러주지 않느냐는 둥 불평을 하고 있었다.

여자들이 나타나기 전 인사를 나눈 업무이사라는 사나이와 기획부장, 그리고 한조에게 배당된 여자 셋만이 처음 보는 얼굴인 듯 어딘가 어색함이 낀 표정으로 손을 모으고 앉아 있었다. 마치 구면임을 으스대는 세 여자를 증오나 하는 듯한 눈길을 하고──.

이윽고 이욱형 씨가 한조를 건너다보며 소리쳤다.

"어때, 나 사장, 마음에 드는지 모리겠다."

"참 좋네요, 시내가 다 내려다뵈고."

"무신 소리고, 지지바가 맘에 드나 카는 기지"

하고 이욱형 씨가 소리치고, 카들카들하는 홍 마담의 암팡진 웃음소리를 신호로 좌중이 모두 한바탕 웃음의 바다를 이뤘다.

"아, 네, 마음에 드는데요."

"그라믄 됐다. 어이 니 이름 뭐꼬?"

"남미혜예요."

"남양. 그래, 니가 알아서 모시라. 그분이 바로 오늘 이 자리에 주빈이다이."

"무슨 말씀이십니까"

하고 한조가 펄쩍 뛰자 홍 마담이 특유의 코맹맹이 소리로 이욱형 씨를 앞질러 말했다.

"이 장군님이 저한텐 벌써 아까 일러주신 걸요, 나 사장님한테 특별히 참한 아가씰 파트너루 붙여 달라구."

“제발 이러시지 마십시오.”

“허긴 나 사장님 관상 보니 이미 여잘 여간 밝히시지 않을 분 같은데요.”

“어허, 거 무신 교양 없는 소릴.”

이욱형 씨가 충고의 말을 해주었으므로 한조는 좀 기분이 나빴지만 참는 수밖에 없었다.

곧 술병이 날라져 오고, 따는데 보자 그건 병마개가 천장으로 튀어 박히는 샴페인이었다.

조 전무가 술잔을 높이 쳐들고 일어섰다.

“자, 축배!”

물론 그의 매부가 맞은 결혼 십년을 축하하는 뜻이 담긴 축배일 테지만 한조는 왠지 아까부터 기분이 별로 유쾌하지 않았다. 홍 마담의 방정맞은 입놀림 때문일까. 이욱형 씨가 자리에서 일어났다.

“이제 자릴 옮기야지.”

한조가 잠시 어리둥절해 있는 동안에 모두 의자를 뒤로 뽑고 일어섰다. ‘남미혜예요’라던 여자가 엉거주춤하고 있는 그에게 나직이 말했다.

“바루 옆예요.”

“거긴 무슨 방인데?”

“나이트 클럽.”

아무리 고함을 쳐도 들리지 않을 것 같은 소음 속이었다. 그랬다. 그건 분명히 음악이라는 이름의 소음이었다. 그런 속으로 걸어 들어가며 이욱형 씨가 그에게 고함쳤다.

“춤 잘 추겠지?”

“전혀 못 춥니다.”

한조는 힘껏 목소리를 높여 대답했다. 마음놓고 욕을 하는 것같이 소리치고 나자 한조는 떨떠름하던 기분이 좀 뚫리는 것도 같았다.

“암만 그래도 오늘밤엔 집에 몬 간다.”

“이 장군님도요?”

“있어야 한다믄 있지.”

“가셔야죠.”

“와? 우리 희재 땜에?”

“날이 날인데요.”

그런 지 얼마 만일까. 자리를 잡고 앉은 지 한 시간 남짓 동안에 두어 번 여자와 같이 스텝을 밟으러 나가곤 하던 이욱형 씨가 어느 순간 보이지 않았다. 조 전무와 이 상무라는 사내들도 춤을 추러 나가선 돌아오지 않았다.

한조는 궁금한 나머지 옆자리의 업무이사한테 물었다.

“모두 어디 가셨습니까?”

“가셨습니다.”

“그래요? 그럼 우리도 가야지요.”

“안 됩니다. 전 사장님의 명령을 받고 있습니다, 나 사장님을 붙들라는.”

“무슨 애깁니까?”

“젊은 사람들만 남았는데 기분이지 뭘 그러십니까. 이미 호텔 방도 잡아놨습니다.”

한조는 약간 당황하지 않을 수 없었다. 무엇보다 이욱형 씨가 그에게 그런 배려를 하는 연유를 알 수 없었다.

정말이지 무엇 때문일까. 돈 많은 사람의 단순한 감정적 사치일까, 아니면 무슨 저의가 숨어 있는 것일까.

한조는 돌아가고 싶다는 말을 하기 위해 재차 업무이사의 팔소매를 끌어당겼다. 약간 피곤도 하고 춤도 전혀 출 줄 모르므로 먼저 실례하겠시다. 그러나 그가 미처 말을 꺼내기도 전에 삼십대의 업무이사가 먼저 그에게 뭔가를 건네주었다.

“방 열쇱니다. 갖고 계시다가 피곤하시면 언제든지 내려가 쉬셔도 됩니다. 모든 지불은 다 돼 있습니다.”

“그렇게 하는 이유가 뭡니까?”

“저희 사장님이 가끔씩 이러시죠. 부담 갖지 마십시오. 마음이 젊으셔서일 겁니다.”

그러고는 마침 블루스로 바뀌고 있는 음악에 빨려 업무이사가 여자를 데리고 자리를 떴으므로 한조는 ‘이때다’ 하고 재빨리 나이트클럽을 빠져 나오고 말았다. 그의 여자는 그의 소매를 끌다 끌다 지친 나머지 기획부장의 신청을 받고 무도장에 나가 있었으므로 따로 작별 인살 나눌 필요도 없었다.

그럼에도 웬일일까. 그는 승강기를 기다리며 춤에 대해 앙심을 품고 있었다. 두고 봐라, 꼭 춤을 배우고 말 테다. 남미혜의 너무나 집요한 권유를 받아서일까.

—아이, 나가세요. 제가 리드해 드릴게요.

—좀 봐줘.

—그럼 이따가 고고 나올 땐 나가시죠? 그건 쉬워요. 그냥 흔들기만 함 돼요.

—그건 더구나 불가능해.

—왜요?

—난 류머티즘 환자거든.

—오모모!

한조는 열쇠를 흔들며 17층에서 승강기를 내렸다. 문을 따고 보자 방은 응접용 소파에다 냉장고, 텔레비전까지 갖춰져 있고도 넓은 공간을 두고 침대가 놓인 의외로 큰 방이었다.

알게 뭐냐. 조희재 곁으로 돌아간 이욱형 씨는 기분 좋아하는 그를 그려 보며 쾌재를 올리겠지.

한조는 옷을 활활 벗어 침대 위에다 팽개쳤다. 그러곤 욕조로 가서 목욕물을 틀었다. 옆방 욕조에서 '쏴아' 하고 물빠지는 소리가 들렸다.

그런데 그가 목욕물이 차기를 기다리느라 창틀에 붙어 서서 어둠에 잠긴 시가지를 내려다보고 있을 때였다. 누군가 그의 방문을 두드리는 소리가 났다.

한조는 서둘러 바지를 꿰어 입으며 문께로 다가갔다.

"누구세요?"

"저예요."

문을 따자 거기 문 앞에 서 있는 건 뜻밖에도 남미혜가 아닌가. 그녀는 눈을 잔뜩 흘기고 항의했다.

"그런 법이 어딨어요, 혼자 살짝 도망치시구."

"도망치다니? 누가 이 방 가르쳐 줬나?"

"관두세요. 에어컨 더 높여야겠어요. 덥잖으세요, 나 사장님은?"

여자가 창틀 앞으로 가서 냉방 기계를 높이고 있었다. 그리고 거침없이 블라우스의 단추를 벗기며 욕조로 들어갔다.

"오모모, 탕물이 막 넘구 있잖아요."

한조는 아무 대꾸도 하지 않았다. 여자가 물을 잠그고 나왔다. 어느새 블라우스를 벗어 버린 브래지어 바람이었다.

"아직 목욕 안 하신 모양이죠."

"먼저 해."

한조는 여자의 희디흰 어깨살을 건너다보며 말했다. 갑자기 코끝에 비린내가 나는 것 같으며 아랫도리가 뿌듯해 왔다.

한조는 성큼성큼 여자 앞으로 걸어갔다. 그러곤 거침없이 여자의 어깨를 감싸 안았다. 땀이 배어 있어서 여자의 어깨살은 약간 끈적거렸다.

품에 안긴 여자가 코앞에서 말없이 그를 올려다봤다. 한조는 여자를 더욱 죄어 안았다. 그러곤 지체없이 여자의 입술을 찾아나섰다.

가늘디가는 허리를 지나 그의 한 손은 여자의 둔부를 쓸기 시작했
다.
　여자는 눈썹을 내리깔고 저항 없이 입술을 허용하였다. 입술도 촉
촉히 젖어 있었다. 약간 단내가 났다. 니코틴 냄새도 곁들여져 있는
것 같았다.
　한조는 이윽고 여자의 혀를 힘껏 빨아들였다. 고통일까, 아니면
격정일까, 여자가 두 팔로 그의 목을 감고 매달렸다. 브래지어의 까
슬까슬함이 그의 맨가슴으로 전해져 왔다.
　한조는 급기야 여자를 번쩍 안아 들었다. 2인용 침대로 걸어가는
동안 여자가 발길질을 하며 하이힐을 벗어 내던지고 있었다.
　그러나 여자는 침대 시트 위에 뉘어지기 바쁘게 마음이 변해 그의
귀에다 대고 나지막이 소곤거렸다.
　"목욕하구요."
　"목욕은."
　"땀냄새는 안 좋아요."
　"까짓 거."
　"아녜요."
　여자가 그의 벗은 가슴을 밀어냈다. 그러곤 숨을 할딱이며 기어코
일어나려 했다.
　한조는 여자를 풀어 주었다. 스스로 찾아온 여린 선린의 사절은
평화적인 예우로 맞아 주어야 했으므로. 아무리 이쪽이 성미가 급하
다 해도 천사 같은 모습으로 찾아온 사절을 나포한 포로같이 취급할
순 없지 않은가.
　한조는 예의를 다하기 위해 여자의 팔을 끌어 일어나는 일을 도와
주기까지 했다. 여자가 행복한 눈으로 그를 쳐다봤다.
　"먼저 하세요."
　"아니, 먼저 해."

하고 한조는 주인의 양보 정신을 발휘하여 이번엔 여자의 어깨를 끌어 일으켰다.

　"제가 어떻게 먼저 해요?"

　"어허, 다 끝나거든 물 뽑지 말라구."

　"왜요?"

　"난 그 물에 빠지고 싶어."

　"오모모!"

여자가 눈을 하얗게 흘기며 그를 쳐다봤다.

　"정말 제가 먼저 탕을 써두 되겠어요?"

　"익사하지만 마."

　"아무 소리두 없으면 죽은 줄 아세요."

하면서 여자가 몸을 일으켜 욕실 쪽으로 걸어갔다.

　"그러면 난 슬퍼서 못 살아"

하고 한조는 좌우로 심하게 흔들리는 여자의 둔부에 시선을 꽂고 소리쳤다. 그는 거기를 현재대로도 한없이 사랑하고 있었다. 그럼에도 여자는 더욱 사랑받기 위해 거기다가 비누질을 하고 싶어하는 게 아닌가.

　한조는 여자가 없는 쓸쓸함을 참기 위해 창가로 걸어갔다. 그러나 실은 그는 목젖이 타는 격앙된 감정을 거기 창밖의 어둠을 빌려 가라앉히려 한 것이 아닌가.

　여자는 욕조에 그리 오래 머물러 있지 않았다. 십분 남짓 만에 그녀는 커다란 타월을 허리에 감은 모습으로 욕탕문 앞으로 나섰다.

　"물 틀어놨어요. 되도록 깨끗이 썼지만 먼저 써서 죄송해요."

　"나도 씻어야 돼?"

　"땀 씻구 나면 상쾌해져요."

　"두고 봐라 골탕먹인 만큼 보복당할 테니."

　한조는 혀를 차면서 욕탕 쪽으로 걸어갔다.

옷을 활활 벗어 던지곤 아직 물이 반도 차지 않은 욕조에 한조는 첨벙 들어앉았다.

그러나 참으로 처리하기 난처한 것이 있었다. 도무지 스러질 줄 모르는 끈질긴 격정의 상징……. 한조는 벌떡 일어나 샤워로 물길을 돌리고 찬물을 확 틀었다. 그래도 불은 도무지 꺼질 줄 몰랐다. 냉수를 뒤집어쓰고 물방울을 흩뿌리며 나타난 한조를 여자가 놀라서 돌아봤다.

"벌써 끝나셨어요?"

"비누칠도 못했어."

"왜요? 물이 끊어졌어요?"

"아니. 바빠서."

"오모모!"

한조는 여자를 흉내내듯이 허리에 감은 타월을 움켜잡고 곁으로 다가갔다. 여자가 냉방기에 다시 머리를 처박으며 말했다.

"샤월 잘못 틀어서 머릴 그만 다 적셨어요."

"그러니까 아주 매력적인데."

"전 화가 나는데요?"

"아냐, 여자들이 늘 머리를 물에 적시고 있을 순 없을까?"

"약올리시기예요?"

한조는 대꾸를 않고 뒤로 잔뜩 밀려나와 있는 여자의 둔부에 부드럽게 손을 얹었다. 획 돌아서는 여자를 한조가 재빨리 받아 안았다.

"내가 왜 그대를 약올려."

여자가 그의 가슴을 꼬집었다. 한조는 가슴에 손톱 자국을 내지 않기 위해 재빨리 여자를 안아 들어올렸다. 여자가 그의 목에 팔을 감고 속삭였다.

"가슴이 돌 같아요."

"마음은 돌 같지 않아. 가슴속에 불이 나서 숯검정이 돼버려 그럴 거야.”

“정말예요? 다 타버렸음 전 어떡해요?”

“그대도 타야지.”

그럼 불질러 주세요라는 듯 여자가 침대에 뉘어지며 한조의 목을 더욱 휘감고 매달렸다. 그는 그대로 여자와 몸을 포개고 엎어질 수밖에 없었다. 한 손으로 약간 눅눅하게 습기를 머금은 타월을 헤치기 시작하며 한편으론 여자의 입술을 더듬었다.

타월 두 개가 방바닥으로 뽑혀 날아가기 전에 여자가 손을 뻗어 머리맡에 있는 전등의 스위치를 내렸다.

실오라기 하나 걸치지 않은 두 사람의 몸을 회색의 어둠이 부드럽게 감싸 주었다. 한조의 손끝은 어둠 속에서 마치 적진의 수색에 나선 적외선 렌즈처럼 약간의 비누냄새가 남은 여자의 몸을 빈틈없이 더듬어 나가기 시작했다.

여자는 매우 침착하게 호흡을 유지하고 있었다. 그러나 마침내 그의 입술을 받아들이는 사이사이로 조금씩 신음 소리를 내기 시작했다. 그리고 몸을 서서히 움직여 갔다.

비록 생나무처럼 늦긴 했지만 기어코 불타기 시작한 것일까. 여자는 화염을 참지 못해 고통스럽게 몸을 비틀었다. 그에게 구원을 청하듯 무서운 완력으로 끌어안고 달려들면서.

한조는 이제 더 이상 기다릴 수가 없었다. 숯이 되기 전에 불길 속으로 뛰어들어 여자를 구출해 내야 했다. 한조는 불 속을 뚫고 달려들었다. 그러자 여자가 초조한 손길로 그를 불렀다.

그러곤 손이 맞닿기 바쁘게 더 이상 견딜 수 없다는 듯 와락 끌어안고 매달렸다. 그러나 두 사람은 어떻게 할 겨를도 없이 불 속으로 굴러 떨어지고 말았다. 한조는 너울거리는 불길에 쉴새없이 몸을 뒤챘다.

그러나 그들의 그런 안간힘은 불길을 잡는 덴 아무 소용도 없었다. 그들은 고통의 뒤챔도 보람없이 끝내 숯이 되고 말았다. 깨끗이 타버린 한 덩어리의 숯검정이. 그러고도 두 사람은 오히려 다 타버린 것에 감사하며 감미로운 한숨을 내쉬었다. 커튼을 걷은 창으로 엷디엷은 빛이 젖어들고 있었다.

마치 끝없이 떨어져 내리는 공동에 빠진 것 같았다.

한조는 자신의 넓적다리를 정신없이 쥐어뜯었다. 그러나 그것은 마음뿐이었다. 그는 속수무책으로 다만 네 활개를 펴고 끝도 없는 추락만을 계속하고 있었다. 여자가 시트를 빠져 나가고 있는 것이 선명하게 전해 오는데도…… 그러므로 잠들어선 안 되는데 하면서도…… 창틀엔 이미 뿌옇게 아침이 와 있는 시각에 한조는 그렇게 가물가물 잠 속을 헤매고 있었다. 아니, 그러다가 그는 어느 순간 깜빡 잠에 떨어지고 말았다.

아마도 여자가 욕조에 물을 채우고 있는 소리를 먼, 아주 먼 소리로 들은 다음이 아닌가 했다. 그런 그를 흔들어 깨우는 기척에 한조는 놀라서 단숨에 벌떡 일어나 앉았다.

"저 먼저 가겠어요."

쳐다보자 여자가 옷을 다 입은 모습으로 그의 앞에 서 있었다. 잠에 취해 그가 미처 대답을 못하자 여자가 이어 말했다.

"주무세요. 작별 인사를 드릴려구 깨운 건 아녜요."

한조는 알아들었으므로 우선 방바닥에 떨어진 팬티부터 주워 입고 침대를 내려섰다. 그러곤 비치적거리며 옷걸이 앞으로 가서 저고리 주머니를 뒤적거렸다.

"뭐 하시는 거예요?"

지갑을 들고 돌아서는 그를 보면서 여자가 항의하는 듯한 어조로 물었다. 그럼에도 한조가 묵살하고 지갑을 뒤지자 여자가 단호히 말했다.

"전 그러시라구 깨운 게 아니라니깐요."

“아무 말도 마.”

“정말예요. 그런 건 어젯밤에 이미 다 주셨어요. 나 사장님한텐 절대루 더 받아선 안 된다는 주의까지 받을 만큼 대단한 액수를요. 깨운 이율 오해하심 싫어요.”

“누가 줬어?”

“누구에게든 받았어요.”

“그렇대도 깨운 건 잘했지. 작별 인산 해야잖어.”

“아니죠, 그냥 살짝 사라지는 게 낫죠.”

“그런데 왜 깨웠어?”

“글쎄요…….”

“지겨워서?”

“아뇨”

“그럼 뭐야……. 어쨌건 왜 이렇게 일찍부터 서둘지?”

“날이 밝으면 비참해져요. 하얗게 아침이 와버리면 죽구 싶어져요.”

“다른 아르바이트를 찾으면 안 될까?”

여자는 한조에게 자신이 대학에 다닌다고 했었다. 여자의 눈가에 해식은 웃음기가 스쳐갈 뿐 대답이 없었다. 한조도 더 이상 그 문제에 대해 말하지 않았다. 여자가 곧 등을 보였으므로 한조는 서둘러 지갑을 열고 만원권 지폐 두 장을 꺼냈다.

“이건 내 뜻이야. 어젯밤 그 사람들은 우리한테 경고할 권리가 없어.”

그러나 여자는 끝내 받지 않겠다고 버텼다.

“그렇다면 내가 지겨운 거군.”

“아뇨, 나 사장님은 너무 빈틈없으세요.”

“무슨 뜻이야?”

“샤워하러 들어가시면서 지갑을 가져가셨어요. 그래서 몰래 방을

나가지 않고 깨워 드렸어요. 지금부터 더 주무셨음 좋겠어요. 죄
송해요."

듣고 보니 한조로선 우선 뭐라 변명할 말도 생각 안 나는 난처한
궁지였다. 솔직한 것이 가장 설득력을 갖는다지만 이런 경우에는 그
럴 수도 없었다. 네가 지갑을 채갈까봐 그랬다고 어떻게 말할 수 있
는가.

"그건…… 그건 미쓰 남 오해다." 하고 한조는 떠듬대는 말투로
팔까지 내저으며 말했다.

"내 지갑엔 누가 보면 좀 수상하게 여길 것이 들어 있거든."

"제가 왜 나 사장님 지갑을 열어 보겠어요?"

"일테면 그렇다 이거지."

"전 그런 짓 하지 않아요."

"물론이지, 알어. 일테면…… 보여줄까, 수상쩍어 보인다는 거?"

"아뇨."

한조는 안도의 한숨을 내쉬었다. 보여줄 것이 없는데 보자면 어떻
게 하겠다는 건가. 그러나 내친 김에 한술 더 떴다.

"말하자면 난수표같이 보이는 게 내 지갑에 들어 있는데…… 별거
아냐. 주식 시셀 적어 놓은 것뿐인데 그걸 누가 보고 신고해 버리
면 어떻게 해."

"재미있겠네요, 신고하면."

"스파이 짓도 못하면서 스파이로 오해받으면 그렇겠지?"

"더 주무세요, 나 사장님. 저 가겠어요."

마치 기회를 노리고 있었던 것처럼 여자는 한조가 어떻게 할 겨를
도 없이 이미 방문을 나서고 있었다. '잠깐만'이라는 소리도 칠 기회
가 없었다.

"제기랄!"

한조는 타워호텔에서 겪은 이른 아침의 이 사건을 며칠이 지나도

록 잊지 못하고 있었다. 여자를 원만한 화해 속에 보내지 못한 건 적어도 남자의 못남이 아닌가 하는 것만이 아니었다.

우선 아무리 머리를 조아려도 여자의 이름이 생각나지 않았다. 그리고 새벽에 그녀를 끌어안고 '오천집' 이숙희 이름을 불렀다는 건 또 무슨 망령들린 짓인가.

하지만 시간이 가자 그가 지갑을 들고 목욕탕에 들어간 것에 대해 크게 가책을 느끼진 않게 되었다. 생각하기에 따라선 순간적인 유혹도 일찍 예방한 공로를 인정받을 수 있잖은가. 하긴 그것도 이욱형씨와 동행이었다는 앞뒤 사정을 생각하면 여자한테는 모욕적인 행동이 아닐 수 없었다.

한조는 이래저래 마음이 편하지 않아 나길조를 불러내어 점심을 샀다.

"어이, 부시장!"

"요전번까진 시장이라더니 강등당했구나."

"대학 다니는 여자가 나이트 클럽을 아르바이트로 나간다는 거 어떻게 생각해?"

"어이쿠, 나 사장 드디어 애인 생겼구나. 그래 어떻게 했어? 호텔로 끌고 갔어?"

"관두자. 너 같은 저질은 우리 '나'가 중에 유일할 거다."

"그런 거 믿지 마."

"거짓말이란 뜻이야?"

"사실인 경우도 있겠지. 내 애긴 어디 아르바이트할 게 없어서 그런 게 다 아르바이트냐 이거지."

"오죽 답답했으면……."

"천만에. 그런 애들은 다 끼가 있다구. 그런 방면으로 진출한다는 건 일찍부터 그런 소질이 있어서 그런 거야."

"그럴까?"

“그렇잖고.”

한조는 화가 났으므로 사무실로 돌아오자 마침 서교동 2층집 등기 수속일로 잠깐 들어와 있는 박시대를 향해 소리쳤다.

“대학에 다니는 기집애가 나이트 클럽에 돈 벌러 나오는 건 다 바람둥이끼가 있어서 그런 거야?”

“그기 무신 소립니까, 홍두깨맹크로?”

“넌 안 그렇다고 생각한다 이거야?”

“뭐가예?”

“우리 첨 만났을 때 네가 나한테 협박한 건 일찍부터 그런 소질이 있어서 그랬단 말이다.”

“내 그라실 줄 알았심더. 끝까지 의심받을 줄 알았심더.”

박시대의 표정이 갑자기 얼음같이 굳어지는 데 한조는 당황하지 않을 수 없었다. 농으로 돌려 버린다는 게 뜻밖에 엉뚱한 결과를 초래했던 것이다. 한조는 다급한 김에 얼른 박시대를 끌고 복도로 나왔다.

“야, 오해하지 마. 농이야. 난 니가 좋아. 무슨 얘긴 줄 알어. 며칠 전에 난 그런 여잘 만났단 말야. 아냐, 사실대로 말하지. 그런 여자하고 잤단 말야. 그게 도통 잊어지지 않아서 그랬어.”

“관두이소.”

“무슨 뜻이야?”

“난 바쁘요. 갑니다.”

“그만두겠단 말야?”

“다른 자리 찾을 때꺼정은 있을 낍니더.”

“야, 시대!”

그러나 박시대는 돌아보지도 않고 그대로 건물 층계를 껑충껑충 뛰어 내려갔다. 한조는 어안이 벙벙하여 그가 사라진 층계참 아래쪽을 한참 동안 내려다보고 서 있었다. 그때 웬 젊은 여자가 아래쪽 건물 입구에 불쑥 모습을 나타냈다.

한조는 놀라지 않을 수 없었다. 건물 입구로 올라서서 잠시 좁고 어두운 층계 위를 올려다보고 선 여자는 분명히 조희재였던 것이다.

저 여자가 웬일일까?

한조는 층계참으로 한발을 내디디며 소리쳤다.

"조 여사 아니십니까?"

"네, 저예요. 마침 거기 나와 계시네요."

"거기 그냥 계십시오. 제가 내려가죠."

"아뇨, 제가 올라가야 해요."

조희재가 곧 층계를 올라오기 시작했다. 그러곤 계단 두 개를 남겨 놓고 서서 그를 올려다봤다.

"쉽게 찾아냈어요. 저희 운전기사가 약돌 자세히 그려 줬어요."

"웬일이십니까?"

그녀는 대답이 없이 나머지 두 계단을 마저 올라섰다.

"찾아오는 게 늦어서 죄송해요. 헌데 혹시 어디 나가시는 길 아니세요?"

"아, 아닙니다. 들어가십시다. 코딱지만합니다."

"크리라군 생각하지 않았어요. 기분 나쁘겐 듣지 마세요."

한조는 조희재를 그의 사무실로 안내해 들어갔다. 방을 휘둘러 보며 조희재가 아유, 예쁘게 꾸며 놓으셨네요라고 말했다. 설희가 발딱 일어서서 그런 그녀를 열심히 훑어보고 있었다.

흰 칼러를 단 자잘한 물방울 무늬의 원피스를 입고 있어서일까. 그녀는 짙은 감색 바탕의 옷에 싸여 훨씬 젊어 보였다.

한조는 그녀가 그렇게 보통 여자처럼 차려 입고 외출할 때도 있었다는 데 어떤 감격 같은 게 느껴졌다. 그러나 그건 어쩌면 그의 사무실 같은 데를 방문하는 데 알맞도록 맞춘 의도적인 차림인지 모른다는 생각이 들지 않은 건 아니었다. 조희재는 한조와 소파에 마주

앉아서도 관심 있게 줄곧 사방을 둘러보고 있었다.

"무슨 사업을 하세요?"

"뭐 사업이랄 것도 없습니다."

"참, 요전번엔 죄송했어요. 과로였었나 봐요. 어저께까지 꼼짝 않구 누워 있었어요."

"앓으셨군요, 그럼?"

한조는 갑자기 얼굴이 화끈 달아올랐으나 시치미를 떼고 걱정스러운 듯한 표정을 지으려 애썼다. 이 여잔 분명히 그날 일을 기억하고 있는 거겠지……

"그냥 누워 있었어요. 의사가 그렇게 지시했어요."

"과로고말고요, 그런 대단한 파틸 준비하시자면."

조희재는 설희가 주문해 온 냉커피를 조금씩 스트로우로 빨며 한 시간 이상 한조의 사무실에 머물렀다. 설희가 있어선지 별달리 내용 있는 대화도 없이 두 사람은 주로 유별난 더위와 끈질기게 오래 끄는 로비스트 사건, 충청 지방의 수해에 대한 얘기 등속을 나눴다.

한조는 그녀가 방정맞게 돌아가는 선풍기 바람도 용케 참아 주는 놀라운 끈기를 지닌 것에 감사하지 않을 수 없었다.

"나가시죠."

"그래요."

한조는 설희한테 냉커피의 맛에 대한 칭찬을 보내고 복도로 나서는 그녀에게 말했다.

"이 장군님 말씀이 조 여사께 감사드리라더군요."

"무슨 말씀이시죠?"

"제주도에서 절 도와주시도록 조 여사께서 강요하셨다더군요."

"네에, 그 말씀이군요."

"재삼 감사의 말씀을 드립니다."

"그러시담 절 좀 즐겁게 해주세요."

“어떻게 하면 되나요. 말씀만 하십시오.”

“드라이브할까요?”

“지금 말입니까? 그럼 이 장군님 사무실로 가시는 길이 아닙니까?”

“전 아직 한 번도 그 사무실에 가본 일이 없어요. 지금은 있지두 않구요. 오늘 아침에 일본 가셨어요.”

조희재를 끌고 한조는 복작거리는 지업사 골목길을 빠져 나와 주차장으로 갔다. 거기 가면 가끔씩 이용하는 자가용 영업차의 운전사를 만날 수 있었다.

한조는 가슴이 둥둥 방망이질을 하여 다신 안 볼 것처럼 터무니없이 만원이나 부르는 운전사의 배짱에도 두말없이 좋다고 했다. 남편이 외국으로 떠난 틈을 타서 찾아온 여자가 있지 않은가.

주차장 입구를 굴러 나온 자동차의 문을 따는 그를 쳐다보며 조희재가 놀란 눈으로 물었다.

“아니, 자동차도 있으시군요, 한조 씨.”

한조 씨. 한조는 속으로 자신의 이름을 되뇌고 나서 말했다.

“고물 딱지라서 챙피합니다.”

“어머, 놀랐어요.”

“타시죠.”

한조는 시트로 들어앉은 다음에야 생각이 나서 다시 한번 조희재를 돌아보았다.

“어디로 가는 게 좋을까요?”

운전사가 있어선지 조희재는 그의 귀에다 대고 속삭였다.

“조용하구 아늑한 데루요.”

그런 곳이라면 아직 들어가 보진 못했지만 그가 아는 한 비원이 있을 뿐이잖은가. 그러나 거긴 닫혀 있을 뿐 아니라 열려 있다 해도 자동차째 들여놔 주지 않으므로 한조는 불가불 이렇게 제의해 보는 수밖에 없었다.

"판문점 쪽으로 달려 볼까요?"

"전 몰라요."

그동안에 그들이 탄 승용차는 이미 을지로 큰길로 들어서고 있었으므로 한조는 더 이상 지체할 수도 없이 소리쳤다.

"어이, 우리 임진각으로 가자구!"

"그럼 가다가 기름을 좀 부어야겠군요."

"넣어야 한다면 넣어야지."

"잠깐이면 됩니다, 사장님."

박석고개를 넘어 한적한 주유소에 차가 멎어 서 있는 동안 조희재의 머리가 스르르 한조의 어깨로 쓰러지지 않는가. 돌아보는 한조를 마주보며 그녀가 말했다.

"피곤해서 어깨 좀 빌렸어요."

"좋습니다, 환자시니까."

"제주도 생각이 나요. 그땐 참 재미있었어요. 전 조 여사라 불리는 거 참 싫거든요. 한조 씨라구 부르구 싶구요."

"그것도 좋습니다, 희재 씨."

운전사가 들어와 자동차를 시원히 뻗은 큰길로 뽑아 넣는 동안 한조는 팔을 돌려 여자의 허리를 감아도 되는지에 대한 생각으로 골몰하고 있었다.

"참, 한조 씨 요전날 밤에 도망가셨다면서요?"

"언제요?"

"파티 끝나구 오빠랑 나이트 클럽에 가서서."

"누가 그럽디까?"

"이욱형 씨가 돌아와 그러던데요. 한조 씨가 도망가서 일찍 돌아왔다구."

"그러셨어요?"

“한조 씨 그렇게 순수파세요? 그렇담 참 재미없는 남자네요.”

“인간이 못나긴 했지만 그렇지만도 않은데…….”

“그런데 왜 여자 불렀다구 기겁을 하구 도망쳐요?”

“그 양반 참 사람 바보 만드는군.”

한조는 모호한 말로 대답을 얼버무렸다. 이욱형 씨가 거짓말을 둘러댄 건 사실인 듯도 했지만 확실하지 않아서였다.

“길이 존데.”

하고 나서 한조는 슬그머니 팔을 집어넣어 조희재의 허리를 안았다. 그녀는 모른 채 앞만 보고 앉아 있었다.

임진각까진 뜻밖이다 싶게 시간이 얼마 걸리지 않았다. 한조가 뭔가 한없이 먼거리처럼 느낀 것은 어쩌면 판문점이라는 동네에 대한 인상 때문인지 몰랐다.

이른바 휴전선이라는, 서로가 경계병을 세우고 단호하게 마주선 곳이 이렇게 가까이 있었던가 하는. 한조는 마치 통일이란 게 손에 잡힐 것 같은 엉뚱한 실감을 거기서 맛보고 있었다.

그러나 무슨 이유에선지 조희재는 도착하여 오렌지 주스 한모금을 마시고는 돌아가자고 했다. 조망대도 올라가 볼 필요가 없다고 우겼다.

“저기 올라간다구 뭐가 뵈는 줄 아세요?”

“그럼 전에 와본 일이 있군요.”

“아뇨, 첨예요.”

“하긴 개성이 보일 린 없겠지만.”

조희재는 자동차가 있는 곳으로 돌아가며 한조에게 물었다.

“한조 씬 통일을 바라세요?”

“그거 안 바라는 사람이 어딨수.”

“통일을 왜 바라세요? 뭐 하시려구요?”

“주먹밥 싸갖고 열차를 탈 겁니다. 평양을 지나 신의주 철교를 건

너선 만주를 한번 신나게 달려보는 거지요. 이게 도대체 뭡니까.
손바닥만한 땅덩이에 사방이 꽉 막혀 숨도 쉴 수가 없으니.”
“한조 씬 소년 같아요.”
조희재는 자동차 시트에 그와 나란히 들어앉으며 그렇게 말했다.
“전 통일 싫어요. 바라지 않아요.”
“그래서 빨리 돌아가자고 했군요. 통일이 뒤에서 소매를 끌어당기
는 것 같습디까 ?”
“네, 두려워요.”
“이 장군이 전방으로 가게 될까 봐요 ?”
“아뇨. 제 생활의 모든 게 파괴당하는 게 싫어요. 전 그런 변화가
두려워요. 통일은 잃는 거예요.”
“뭘 잃을까 ?”
“자유.”
“아항 그 괴로운 거. 구경도 못한 거.”
“괴로운 건 가치 있는 거예요.”
“그렇다면 변화의 괴로움도 가치 있는 거 아닙니까.”
한조는 어떻게 말하다 보니 매우 논리정연하게 말한 것 같다 싶어
기분이 좋았는데, 우리 그런 얘기 그만해요라고 조희재가 차가운 반
응을 나타냈다. 그녀는 분명히 기분이 유쾌한 편이 아닌 듯했다.
“뭐 언짢은 게 있습니까 ?”
“그래요.”
“통일 때문인가요 ?”
“아뇨.”
“기분 좋으라고 여기까지 나왔는데 헛수고한 셈이군요.”
“절 좀 잡아 주세요. 멀미가 나요.”
한조는 몸을 기대어 오는 조희재를 가볍게 끌어안았다. 옷감의 매
끄러운 촉감이 그를 자극했다. 귓바퀴를 간질이는 여자의 머리칼에

선 향수 냄새가 은은히 풍겼다.

"한조 씬 허망해지지 않으세요, 가끔 가다가?"

하고 그에게 몸을 맡기고 있던 조희재가 불쑥 물었다. 창밖을 내다
보자 사위가 자오록하게 잿빛 속으로 가라앉고 있었다. 한조가 잠시
대답을 머뭇거리고 있는 동안에 그녀가 스스로 대답했다.

"아마 한조 씬 그런 일 없으실 거예요."

"별로 없는데요."

"행복하세요. 하지만 삼십댄 음모예요. 모든 것을 배반하구 싶어
져요."

기어이 후두둑 비가 쏟아지기 시작했다. 와이퍼가 분주하게 빗물
을 가르는 사이로 곧고 빤하게 트인 검은 아스팔트길이 내다보였다.

"우리 음모합시다!"

하고 한조는 서울에 도착해서야 대답을 들려주었다. '배반하고 싶은
건 내 쪽이야' 생각하며.

"어떻게요?"

"우선 뭐 좀 먹고."

"좋아요."

차는 보내 버리세요라고 조희재가 제의했으므로 한조는 고작 두
시간 남짓 타고 그만인 검은 5인승 승용차를 떠나 보내고 말았다.
그러나 2만원이 아까워 비를 맞으며 운전사를 향해 말했다.

"요담엔 그냥 한번 태워줘야 돼?"

"자주 이용해 주세요, 사장님."

호텔 2층 커피숍으로 올라가자 넓은 전망창을 통해 내다뵈는 빗
줄기 때문인지 한조는 약간 마음이 달뜨는 느낌이었다. 비에 젖는
도시가 흡사 나신(裸身) 같은 연상을 일으켰다. 커피를 주문하고
난 조희재가 물었다.

"비 오는 날이 좋으세요?"

“이렇게 내다보이는 풍경은 좋은데요.”

“저두요.”

“음몰 꾸미거나 배반을 꿈꾸기에도 아주 좋고.”

한조는 말하고 나서 조희재의 반응을 살폈다. 그러나 조희재는 분명히 아무 표정도 나타내지 않으려 애쓰고 있었다.

“뭘 생각합니까?”

“이제 한조 씨가 하신 말.”

“그렇잖습니까, 비 오는 날이.”

“멋있는 남자 같기두 하구 음험한 남자 같기두 하구…….”

“나야 뻔뻔스럽지요.”

“참, 그렇죠.”

“이 장군께선 일본 왜 가셨습니까?”

“언제 돌아오느냐구 묻지 않구요?”

“설마 점심 먹으러 가진 않으셨을 테니까.”

“동해안 어디에다 공장을 세운데요, 일본 기술을 받아다가.”

“무슨 공장을요?”

“관심 있으세요?”

“왜 없겠습니까.”

“한조 씨 방어 한 마리 가져오셨을 때 제가 그랬죠. 남편이 바루 그런 물고기 장사한다구. 그거예요. 수산물 가공 공장을 세운대요, 묵호에다.”

“아하!”

“통조림 공장이래요. 벌써 반년 넘어 짓구 있어요.”

“그럼 기술 협력 얻으러 지금 일본가셨단 얘긴 뭡니까?”

“기계두 들여오구 뭐 그러는가 보죠.”

“대단한 규몬가 보군요.”

“모르죠. 언제 한번 가봤음 좋겠어요.”

한조는 자신도 모르게 한숨을 깨물었다. 또다시 적개심 같은 것이 뿌듯하게 치밀어 올랐다. 그런 집에다 귀한 선어(鮮魚)라고 팅팅 언 1미터짜리를 끙끙거리며 들고 찾아갔다니. 혀를 차고 있는 그를 건너다보며 조희재가 물었다.

"한조 씬 무슨 사업을 하세요 ? "

"뭐…… 별거 아닙니다. 사업이랄 게 있습니까. "

"부동산 사업하신다면서요 ? "

"누가 그럽디까 ? "

하고 한조는 놀라서 되물었다.

"다 알구 있다구 말할까요 ? "

"정말입니까 ? "

"증권은 요즘 좀 재미없어진 거 아녜요 ? 검찰까지 수사에 나섰으니. "

너무나 뜻밖이어서 한조가 대답을 못하고 있는 동안 조희재가 다그쳐 말했다.

"이만함 많이 알죠 ? 그만큼 관심 있단 뜻예요, 한조 씨에 대해. "

"그 밖에 또 뭘 압니까 ? "

"두려우신가 보죠 ? "

"희재 씨가 내 주변의 누구하고 아는지 모르겠는데요. "

"그건 비밀이에요. "

"서귀자 씬가요 ? "

"역시 한조 씬 여자를 많이 사귀시는군요. " 조희재는 말하고 나서 의미 있는 웃음을 띤 얼굴로 그를 쳐다봤다. "우리 일어서요. "

"벌써 ? "

"어디 조용한 데루 옮겨요. "

2층이 로비인 호텔의 양탄자 위를 걸어 에스컬레이터를 타고 아래층으로 내려오자 회전 도어 사이로 습기찬 공기가 확 묻어 들어왔다. 비는 땅거미가 지기 시작하면서 더욱 기세가 등등해졌는지 빗길을 질주하는 자동차 소리가 쏴아쏴아 크게 들렸다.

한조가 조희재를 돌아보며 중얼거렸다.

"찰 괜히 돌려보낸 것 같은데……."

"택시 잡죠, 뭐."

조희재는 말을 흘리며 도어 보이 곁으로 걸어갔다. 아마도 택시를 좀 잡아 달라는 부탁을 하려는 모양이었다.

그런데 되돌아온 그녀는 뜻밖에도 마음이 변해 있었다. 음산한 빗줄기 때문일까. 어디 조용한 데로 가자던 그녀가 갑자기 헤어지자는 선언을 하지 않는가.

"왜 마음이 변했지요?"

하고 한조는 실망이 밴 음성으로 반문하지 않을 수 없었다.

"누굴 만났어요."

"누굴 말이오?"

"아마 아직도 지켜보구 있을 거예요. 시선이 마주치자 마치 현장을 잡았다는 투의 노골적인 표정을 지었어요."

"어떤 작잔데요?"

"국회의원 나부랭이. 깜빡 잊구 여기 잘못 왔어요. 이 호텔엔 정치인들이 많이 드나들어요. 우리 앉아 있을 때두 여럿이 흘끔흘끔거렸었어요."

사실인 듯했다. 한조도 그녀가 누군가에게 눈인사를 보내는 듯한 기미를 알아챈 일이 있으니까. 유명한 것도 더러는 귀찮은 일이군.

"그럼 우린 여기서 작별인가요?"

"그게 좋겠어요. 오늘은 안 되겠어요. 더구나 비까지 내리구 있어서요."

"비도 상관이 있나요?"

"모르겠어요. 괜히 그럴 것 같애요. 담에 또 뵈어요. 사무실로 찾아가두 돼죠?"

"그거야 언제든지."

그랬는데 20분을 기다려도 택시가 나타나지 않자 조희재가 말을
고쳤다.

"안 되겠어요. 택시 잡히면 우리 같이 타요. 저 데려다 주시구 가
세요. 집에 가서 저녁 드시구 가셔두 좋구요."

두 사람은 결국 반 시간은 충분히 기다린 끝에 잡힌 택시를 함께
타고 어둠이 내려앉은 빗길로 들어섰다. 성북동 언덕길을 힘겹게 추
어오르는 택시에 앉아 조희재가 물었다.

"한조 씬 댁이 어디세요?"

"한강 건너."

"강남예요? 어머나, 그럼 되돌아가셔야잖아요. 들어가셔서 저녁
드시구 가세요."

그러나 한조는 그녀를 대문 앞에 내려놓고 곧 운전사에게 말했다.

"자 갑시다, 오던 길로."

한조는 괜히 화가 나서 혼자 혀를 끌끌 찼다. 도대체 어떻게 되어
조희재는 그에 대한 모든 걸 알고 있는 것일까. 한조는 분명히 뭔가
있는 것 같은 꺼림칙한 느낌을 버릴 수가 없었다. 팔릴 때까지 우선
들어 있는 영동의 아파트로 돌아가서도 그런 느낌이 좀처럼 지워지
지 않았으므로 한조는 내일이라도 당장 조희재를 불러내어 따져 보
리라 마음먹었다.

그러나 다음날 아침 한조가 성북동으로 전화를 걸고 조희재를 찾
았을 때 수화기에 나타난 여자는 그녀가 지금 풀에 들어가 있다고
했다.

"비가 오는데 수영을 해요?"

"비가 오니 더 좋지 뭐예요."

"그런가요. 이 장군께선……."

“네, 회사 나가셨어요.”

“뭐요?” 하고 한조는 놀라서 소리쳤다. “일본 가신 게 아니구
요?”

“일본을 가세요?”
하고 수화기의 여자가 되레 한조에게 반문했다.

“아닙니까?”

“글쎄요, 전 모르겠어요. 전 아침에 나가셨다가 저녁에 돌아오시
는 것만 봤어요.”

‘이게 단서다’ 하고 한조는 생각했다. 그러나 그는 어느 편이냐 하
면 기분 나쁘진 않았다. 그녀의 말대로 그녀가 그에 대해 모조리 알
고 있는 건 그만큼 그에 대해 관심이 많다는 뜻인지 몰랐다. 어쩌면
그녀는 그녀의 남편도 모르게 그의 뒤를 알아보려 쫓아다녔는지 몰
랐다. 그를 구해 주도록 남편에게 못 살게 조른 것도 사실은 그녀라
지 않았는가.

그럼 나한조, 그를 알아보기 위해 흥신소를 찾아갔을까? 여유 있
는 그녀로선 충분히 그럴 수도 있었다.

한조는 무엇보다 이욱형 씨를 만나봐야겠다 하고 사무실에도 들
르지 않고 곧바로 제일빌딩으로 갔다. 26층에 있는 그의 비서실로
들어서자 여비서가 두말없이 한조를 사장실로 안내해 갔으므로 이
욱형 씨가 안에 있다는 건 의심할 여지도 없었다. 그는 일찍이 그의
비서실에 지시해 두지 않았던가.

—이 사람이 나 찾아오면 언제든지 모시고 들어오이라.

이욱형 씨는 등받이가 높은 의자에 파묻혀 유리벽 쪽으로 돌아앉
아 있었다. 한조는 언제나처럼 약간 주눅이 들어 두 손을 앞으로 모
으고 말했다.

“이 장군님, 사업 구상 중이신데 제가 방해한 것 같습니다.”

“아이다. 좀 피곤해서 쉬고 있는 중 아이가.”

“이 장군님도 피곤하실 때가 있으십니까?”

“무신 소리. 내 나이가 얼맨데.”

“별일 없으시죠?”

“하머. 그른데 어제 잠깐 일본 갔다 안 왔나.”

이욱형 씨의 말에 한조는 귀가 번쩍 뜨이지 않을 수 없었다. 그리고 동시에 뭔가 와르르 무너지는 절망 같은 것도 있었다.

“언제 가셨다가요?”

하고 한조는 맥빠진 목소리로 되물었다.

“언젠. 어제 갔다 어제 왔다 카이.”

“그럼 하룻만에 다녀오셨단 말씀입니까?”

“그라이 좀 피곤 안 하나. 난 자주 그런대이.”

“저 같으면 한 달은 있다가 오겠습니다.”

“그럼 언제 나하고 같이 한번 가까?”

“저 같은 게 어떻게요.”

“와, 나 사장이 으때서.”

“말도 한마디 모르고…… 꿈 같은 애깁니다.”

“좋다, 언제 한번 같이 가자.”

한조로선 왠지 정말 꿈 같은 얘기로 들렸다. 아무리 한 시간 50분의 거리라지만 외국을 하룻만에 다녀왔다는 얘긴 한조에게 충격이 아닐 수 없었다.

그의 그런 충격에 찬물을 끼얹듯 이욱형 씨가 질문을 던졌다.

“웬일고, 나 사장? 이렇기 일찌거이.”

“네 저어” 하고 말을 얼버무리던 끝에 한조는 마침내 생각이 났다.

“한 가지 여쭤 보고 싶어서요.”

“먼데?”

“이 장군님은 왜 조 여사님 계시는 데선 경상도 말을 쓰시지 않습니까 ? ”
“그거 물으러 왔단 말가 ? ”
한조는 대답을 않고 씨익 웃어 보였다.
“싱겁긴. 우리 희재가 경상도 말을 죽어도 싫다는 기라. ”
“저도 싫은데요. ”
하고 나서 한조도 또 씨익 웃어 보였다.
“아이가, 와 이라노. 좀 봐도고. ”
“농담입니다. ”
다음 순간 이욱형 씨가 표정을 바꾸고 물었다.
“나 사장, 언제 한 이틀 시간 좀 내줄 수 엄나 ? ”
“제가 뭐 도와드릴 일이라도 있습니까 ? ”
이욱형 씨는 뭘 잊었다는 듯 손목시계를 들여다봤다. 그러곤 자기
책상으로 돌아가 인터폰에다 대고 말했다.
“중역회의 삼십분 미룬다고 연락해라. ”
다시 소파로 돌아와 앉는 그를 쳐다보며 한조가 서둘러 말했다.
“저 때문에 이거…… 저 그만 돌아가겠습니다. ”
“아이라, 상관 엄써. 다시 애긴데, 우리 언제 한분 희재 데불고
셋이 동해안 쪽으로 안 가볼래. ”
“동해안을요 ? ”
한조는 무엇 때문인지 알고 있으면서도 시치미를 떼고 반문했다.
“나 사장은 모르제. 내가 그쪽에다 조그마하게 공장을 하나 짓고
있는 기라. ”
“아, 네에. ”
“간즈메 공장을. 그른데 우에다 보이 반년이 넘었는데 한분밖에
몬 가본 기라. ”
“아, 네에. 그럼 묵호쯤 되겠군요. ”
“역시 나 사장은 머리가 빠르다. 바로 묵혼 기라. ”

"분부만 하시면 전 언제든지 달려올 수 있습니다."

"요즘 좀 한가한 편이가?"

"저야 뭐 하는 게 있습니까."

"그를 리야 엄지만. 어쨌든 그름 잘됐다. 이분 주말쯤 으떻노? 한 이틀 바다 바람이나 씨민서 히나 좀 묵고."

"이 장군님 모시고라면 영광이지요."

"바람 한분 씨는 것도 나쁘진 않을 기다."

"전 벌써 흥분을 못 가눌 지경입니다."

한조는 이욱형 씨의 사무실을 돌아나와 영보빌딩으로 걸어오면서 기분이 매우 유쾌했다. 이욱형 씨가 왜 자신의 공장 건축 공사장에 가면서 그에게 동행을 제의했을까 하는 일말의 의구심이 없는 건 아니었지만, 요컨대 어떤 경우든 그로선 손해볼 것이 없었다. 우리 회사에 당신같이 머리가 빨리 도는 인물이 하나만 있어도 괜찮은데 하던 말이 뭔가 걸린다면 걸렸지만 한조는 별로 대수롭게 생각하지 않았다. 그는 오로지 주말이 오기만 기다리자고 마음 먹었다.

그런데 막상 토요일 아침 약속 시각에 맞춰 열시에 회사로 찾아간 한조에게 이욱형 씨는 이렇게 말하지 않는가.

"나 사장, 미안하지만 우리 희재 데불고 먼저 떠나면 안 되겠나."

"아니, 왜 그러십니까?"

"낸 좀 남아서 처리할 일이 생깄다 아이가. 먼저 가만 내 곧 뒤따라가꾸마."

"중요한 일인 모양이시죠?"

"무슨 일이 있으도 낼 아침까진 틀림엄시 도착한다고 희재인데도 말해 두었데이."

"되도록 오늘 중으로 오셨으면 좋겠습니다."

한조는 별 수 없이 이욱형 씨의 회사에서 내준 백색의 레코드 로 얄을 타고 혼자서 성북동으로 내달렸다. 조희재는 그녀의 말대로 역시 남편의 회사엔 나타나지 않는 모양이었다. 사원들로부터 손가락질 받을까봐?

　—야, 우리 사장 마누라가 저렇게 새파래!

　한조가 탄 레코드 로얄이 성북동 이욱형 씨 집 대문 앞에 도착한 지 2분 만에 조희재는 여행용 트렁크를 앞세우고 바지 차림으로 나타났다.

　"나 사장님, 같이 가주셔서 고마워요. 많이 기다리시진 않으셨죠?"

　사람들이 있어선지 전에 없이 정중하게 나오는 그녀의 말씨에 한조는 자꾸만 웃음이 나오려 했다. 이런 여자와 어쩌면 단둘이 오늘 밤을 보내게 될지도 모른다니…… 이번 여행도 이 여자가 만든 것인지 몰랐다. 공장 짓는 거 한번 가보고 싶다고 이 여자는 분명히 말했었으므로.

　두 사람은 곧 출발했다.

　러시 아워가 아닌, 별로 붐비지 않는 외곽 도로를 빠져서 그들이 탄 백색의 레코드 로얄은 오래지 않아 영동 고속도로로 들어서고 있었다.

　조희재가 한조를 돌아보며 물었다.

　"기분이 어떠세요?"

　앞에 운전사가 앉아 있어선지 그녀는 목소릴 잔뜩 낮추고 있었다.

　"존데요."

　"싱거우셔. 이렇게 우리 둘만 가게 될 줄은 모르셨죠?"

　의도적이었다 이건가. 한조는 뭔가 이상한 느낌이 들었으나 조희재가 곧이어 말했다.

　"저두 이렇게 되리라군 생각 못했어요."

　"회사에 무슨 일이 생긴 겁니까?"

　"아실 거 없어요. 아심 골치 아파요. 어쨌든 기분 좋지 뭐예요.

우리끼리 가게 됐으니."

"어허, 좀 목소릴 낮춰요."

한조의 눈흘김에 그녀가 생긋 웃어 보였으므로 한조는 되물어 보지 않을 수 없었다.

"이번 여행 희재 씨가 꾸민 거지요? 나를 끼워 넣은 거 말이오."

"꾸미다뇨. 이상하게 들리네요."

"하여간에 날 데리고 가자고 한 건 희재 씨 제안 아닌가요?"

"전 다만 한조 씨가 남편하구 친해질 수 있는 기횔 만들어 드리고 싶었어요."

"이유는?"

"모르겠어요."

한조에겐 그 말이, 그래야 그들 두 사람이 자주 만날 수 있지 않겠느냐는 뜻으로 받아들여졌다. 누가 보더라도 의심받을 염려가 없이 말이다.

조희재가 재차 말했다.

"친해지두룩 노력해 보세요."

한조는 대답 대신 잠옷이랑 잇솔 나부랭이를 쑤셔 넣은 가방을 열고 비스킷 봉지를 꺼냈다. 캔에 든 오렌지 주스 두 개도 부스럭거리며 찾아냈다.

"이게 뭐예요?"

땅콩에 버무려 구운 비스킷 두 쪽을 내미는 한조를 쳐다보며 그녀가 소리쳤다.

"난 동대문에 가서 고속버슬 타고 가는 줄 알고 잔뜩 사 넣고 왔죠. 이거 이래봬도 고급입니다."

"전 안 먹을래요. 꼭 수학여행 가는 더벅머리 고등학생 같군요. 그런 거나 주걱주걱 씹구 싶어하시구."

"난 담밸 안 피니까. 여행하면서 이런 거 먹어치우는 재미도 꽤 괜찮은데."

"그런데 왜 제주도 가는 비행기엔 안 넣구 왔어요?"

"여보슈, 그때 그럴 경황이 어딨어요. 그럼 이거나 드릴까?"
하고 한조는 오렌지 주스 캔을 내밀었으나 그녀는 그것에도 고개를
저었다. 한조는 하나를 따서 운전사에게 전하면서 말했다.

"난 촌놈이 돼서 그런지 오렌지라면 이유없이 야코가 죽거든. 귀
한 거 같아 탐욕이 생긴단 말이오."

"지금은 그렇지도 않죠."

"하긴 그렇군요. 제주도 감귤농장에서 맨으로 나니까."

한조는 혼사서 비스킷 몇 조각에 오렌지 물 한모금씩하여 우걱우
걱 줄창 씹었다. 그러다가 생각이 나서 비스킷 봉지 하나도 운전석
으로 넘기는 그를 돌아보며 조희재가 쿨쩍 하고 웃었다.

"왜 웃어요?"

"코끼리한테 비스킷이라는 말이 생각나서요."

"내 덩치가 그렇게 우람해 봬요?"

그녀가 대답 대신 또 쿨쩍 웃었다. 자동차는 어느새 대관령 마루
턱을 오르고 있었다.

"잠깐 쉬어 가세요."

조희재의 말에 운전사가 자동차를 휴게소로 밀어넣었다. 그러곤
그녀가 내린 다음 운전사는 뒤처진 한조에게 이렇게 말했다.

"두 분이 원수진 사이처럼 너무 말씀이 없으셔서 혼났습니다. 졸
려서 말입니다."

한조는 놀라지 않을 수 없었다. 그건 새빨간 거짓말이므로. 적어
도 '원수진 사이처럼'이라곤 도저히 말할 수 없으며, 그렇다면 이 운
전사는 혹시 무슨 임무를 띠고 있는지 모른다는 생각이 한조는 퍼뜩
들었다.

그런데 조희재는 또 그녀대로 그와 감자지짐 두어 젓가락을 집어

먹으며 운전사에 대해 불평이 아닌가.

"저 운전순 기분 나쁜 사내예요."

"어떤 점이요? 우리 목숨을 저당 잡고 있는 사람을 그렇게 얘기하는 게 아닌데."

"우리 운명을 쥐구 있는 사내가 앞은 안 보고 쉴새없이 백미러만 훔쳐봐요?"

"그랬어요? 워낙 미인인 사장 사모님이라서 그랬겠지요."

"농담할 일이 아녜요. 그 전엔 우리 차가 안 될 땐 늘 오빠 찰 내줬는데 오늘은 의도적인 것 같애요."

"그럼 저건 누구 찹니까?"

"이 상무 차지 뭐예요."

"아, 이 장군 조카."

"기분 잡쳤어요."

"고속버슬 타는 건데."

"그래요. 차라리 그편이 나았어요. 줄창 지켜보는 덴 질식할 거 같더라구요."

"난 또 전혀 눈치채지 못했지."

한조는 속으로 조심하지 않으면 안 된다고 다짐했다. 역시 이욱형 씨와 친해 놓을 필요가 있겠구나 하는 생각도 들었다.

십분 만에 대관령 휴게소를 다시 떠난 그들은 정말 원수진 사이처럼 강릉에 닿을 때까지 딱 한마디씩밖에 입을 열지 않았다.

"묵호까지 갑니까, 조 여사?"

"아뇨. 그이가 오실 때까지 강릉에 있어야 해요."

강릉 동해관광호텔에 도착하자 그들의 방은 이미 예약이 되어 있었다. 같은 3층의 바다 쪽으로 창이 난 방이었지만 그것도 의도적인지 한조의 방은 조희재 부부가 들 방으로부터 최소한 방 열 개는 사이에 두는 간격을 유지하고 있었다.

　　물론 한조는 아예 조희재와 복도에서 헤어지고 그 방은 들여다보지도 않았으므로 그녀의 방에서 바다가 보이는지 어떤지도 몰랐으나 그녀가 전화로 알려 주었다.
　　"여긴 바다가 내려다뵈는 방인데 한조 씨가 든 방은 어때요?"
　　"여기서도 철 지난 해수욕장이 내다뵈는군요."
　　"왠지 자꾸 화가 나요."
　　"그런 소리 마슈."
　　"제가 그 방에 들를까요?"
　　"무슨 소리. 운전사가 복도에 숨어서 지켜보고 있을 텐데."
　　"그럼 우리 레스토랑에서 만나요."
　　"난 목욕할 참인데…… 너무 오래 때를 못 씻어서."
　　"하구 내려오세요. 기다리구 있을게요."
　　한조가 서둘러 샤워로 땀을 씻고 내려갔을 때 조희재는 백미러를 피하려는 듯 대관령에서부터 열심히 쓰고 온, 챙이 야자수잎만큼이나 큰 흰빛의 모자를 쓰고 창틀 밑 자리에 오똑 앉아 있었다.
　　한조의 방으로 이욱형 씨의 전화가 걸려온 것은 그날 오후 다섯시쯤이었다.
　　"내 지금 떠날 낀데, 우리 희재 거기 있소?"
　　"네?"
하고 한조가 놀란 소릴 내자,
　　"아, 희재 방에 연결하이 엄서서."
　　"조 여사 오후 내내 못 뵈었는데요."
　　"바닷가로 산보 나간 모양이구만. 같이 가지, 와 바닷가에 가서 호텔방에 처박혀 있노?"
　　"네, 좀 피곤해서…… 곧 뵙겠군요. 기다리겠습니다."
　　한조는 전화를 끊고도 사뭇 기분이 좋지 않았다. 자신과 조희재가 이욱형이라는 사나이가 덮어씌운 리트머스 시험지를 쓰고 있는 것 같아서. 그런 심정으로 벌러덩 침대에 누워 있다가 한조는 스르르 잠에 떨어졌던 모양이다. 다시 울린 전화벨 소리에 펄쩍 놀라 수화기를 집어 들자 이욱형 씨의 목소리였다.

"아이가, 누우 잔 모양이제. 벨이 그렇기 여러분 울리도 이제사 받는 거 보이."

"죄송합니다. 그만 깜빡……."

"참 재미 엄는 사내다. 바닷가에 와서 대낮부터 잠이나 자다이."

"죄송합니다. 조 여사님은 돌아오셨습니까?"

"응 우리 운전수하고 신흥사꺼정 갔다 왔다 카더라. 방금 와 갔고 지끔 저 안에 있다."

"같이 따라붙었으면 설악산 구경이나 했을 걸 그랬군요."

"그케 말이다. 전화로 깨봐도 안 받더라는데."

"그랬었나요?"

"우짰든 내 방으로 오이라."

한조는 깔고 누워 자서 볼품없어진 남방을 떼어 입고 밖으로 나섰다. 복도엔 어느새 엷은 어둠이 내려앉아 있었다.

이욱형 씨의 방은 들어서고 보니 침실에다 응접실이 따로 붙은 수트였다. 흰 시트를 씌운 소파는 대단히 크고 쿠션이 좋았다.

한조는 이욱형 씨의 소개로 낯선 사내 두 사람과 인사를 했다. 고현상이라는 사십대의 남자는 공장 건설 현장소장이고 이준섭이라는 삼십대는 기술부장이라고 했다.

인사가 끝난 뒤 건설소장이 한조에게 말했다.

"오늘은 늦었으므로 내일 아침 일찍 현장으로 모시겠습니다."

"구경시켜 주신다면 영광이지요."

한조는 남자의 지나치게 비굴한 말투가 마음에 들지 않았다. 이런 사낸 틀림없이 무능력자다 하는 생각이 들기도 했다.

그가 나타나기 전에 이미 보고를 다 받은 듯 이욱형 씨는 곧 두 사내에게 말했다.

"알았어. 낼 아침에 가보도록 하자. 그름 가봐."

소장이 두 손을 사타구니 사이에 끼며 이욱형 씨를 쳐다봤다.

"사장님, 허락하신다면 오늘 저녁은 저희가 모시고 싶습니다."

"어, 그래? 그굿도 좋겠다. 우리 한조 씨도 있고 하이."

"고맙습니다, 사장님. 그럼 저흰 로비로 내려가 기다리겠습니다."

두 사내가 방을 나가자 이욱형 씨가 한조를 쳐다보며 말했다.

"같이 몬 와서 미안했어. 회사에 쪼매 문제가 생기서."

"문제라니요?"

"우리 냉동선 한 척이 대만해협에서 침몰했다는 거 아이가, 오늘 새벽에."

"네? 침몰을요?"

"응, 2백톤짜린데 기관 고장을 일으키 가주고 표류하다가 좌초했다는 기라."

"인명 피핸 없습니까?"

"냉동 오징어 120톤을 몽땅 수장지냈뿌맀다 카네."

"사람은요?"

"여덟이 실종되고 계우 넷만 건졌다네."

"원, 저런!"

"북위 21도, 동경 121도 30분 해상을 항해 중이라는 연락이 마지막이었다 안 카나."

이때 조희재가 침실로부터 그 모습을 나타냈다. 그녀는 앞가슴에 화려하고 푸짐한 레이스가 달린 흰빛의 블라우스에 정연하게 주름이 잡힌 스커트를 받쳐 입고 있었다.

"나 사장님, 오후 내내 주무셨다면서요?"

"네, 그만 깜빡……."

이욱형 씨가 곧 자리를 일어서며 말했다.

" 려가자구. 오늘 저녁은 우리 건설소장이 내겠다는데."

그의 말씨에는 어느새 경상도 억양이 전혀 섞여 있지 않았다.

이튿날 아침, 한조는 강릉을 떠나 조희재와 함께 이욱형 씨의 검은 크라운에 실려 묵호로 달렸다. 이명신 상무의 차라던, 그들이 타고 왔던 차는 돌아가 버렸는지 보이지 않았다.

이욱형 씨가 짓고 있는 통조림공장은 묵호항을 약간 벗어난 지점의 바닷가 넓은 모랫벌에 세워지고 있었다. 건물의 외벽 공사가 이미 다 끝나서 한조의 눈엔 꼭 방직공장같이만 뵈는 거대한 건물이 그의 앞을 막고 서 있었다.

그러나 건물 안으로 들어서자 방직공장의 내부와는 딴판이었다. 슬레이트로 덮은 천장 밑까지 치솟은, 마치 배의 마스트 같은 도르래식 크레인이 기계를 제자리에 옮겨 놓느라 한창 부산을 떨고 있었고 철근 기둥 사이를 블록으로 싼 외벽을 빙 둘러서는 2층 높이에 사람이 걸어다닐 수 있는 제법 넓은 난간이 설치되어 있었다. 방직공장과 비슷한 분위기가 있다면 아마도 선어를 열처리의 조리 기계로 보내는 과정에 필요한 듯싶은 50미터도 넘는 긴 시설물이라고나 할까.

번들거리는 알루미늄에다 얕은 턱을 이루며 줄줄이 뻗어나간 그것을 가리키며 건설소장은 설명했다.

"컨베어를 타고 넘어온 고기가 저기서 대가리와 꼬리, 내장을 떼내는 작업을 거치면 다시 다른 컨베어에 실려 저어기 탱크로 넘어가지요."

건설소장은 말하고 나서 이렇게 덧붙였다.

"다 아시겠지만."

지하실엔 굵고 가는 파이프가 거미줄처럼 연결된 방이 있었다. 그러곤 다음 방으로 넘어가자 빠지면 영원한 지옥일 것같이 시커멓게 입을 벌린 탱크 두 개가 묻혀 있었다. 밑창이 보이지 않는 그 무지

막지하게 큰 탱크에 조희재가 아예 접근할 엄두를 내지도 못하자 건설소장은 신이 나서 뒷주머니의 플래시를 뽑아 들고 탱크 안으로 넘어섰다. 안쪽에 쇠사닥다리가 걸려 있었다.

"조금도 무서울 게 없는데요. 사모님!"

하는 그의 목소리가 탱크의 검은 공간에 부딪혀 우렁우렁 메아리쳤다. 한조는 언젠가 읽다가 기분 나빠 집어던진 업튼 싱클레어인가 하는 미국 작가의 소설 〈정글〉인가가 머리에 떠올라 온 몸에 소름이 좌악 훑고 지나갔다. 사람이 발을 잘못 디뎌 아래로 빠져도 통조림으로 되어 시장으로 나가던가. 탱크 아래로 내려서던 그는 조희재의 제지로 허리께도 묻히기 전에 되넘어오고 말았다. 건설소장은 머쓱해진 표정으로 플래시를 뒷주머니에 꽂으며 한조에게 말했다.

"어선에서 부려진 고기가 여기 담기게 됩니다. 이것도 바로 쏟아져 들어올 수 있도록 컨베어 설계가 돼 있지요."

"아, 네, 굉장하군요, 한마디로."

"바다를 준설하여 3천 톤급까지의 어선은 바로 접안이 가능하도록 우리 회사 독자적인 부두를 축조할 계획도 서 있습니다."

"그렇게 큰 배를요?"

"지금 우리 원양어선엔 5천 톤짜리도 있는데요?"

우리란 누구일까. 이 나라란 뜻일까, 아니면 이욱형 씨의 소유로 그런 큰 배가 있단 말일까. 그러나 한조는 묻지 않았다.

지하실 계단을 오르며 이욱형 씨가 말했다.

"이 지하실 토목공사 때 방수시설에 그중 욕을 봤지. 바닷가 모래밭이 돼서."

밖으로 나서자 쏴아쏴아 파도 소리가 귀를 때렸다. 그러나 곁으로 다가가 보자 바닷물은 항구의 온갖 지저분함을 모랫바닥으로 밀어내고 있는 추한 모습이었다.

한조는 목에 맨 스카프를 깃발처럼 나부끼는 조희재의 어깨에 손을 얹고 멀리 바다를 내다보는 이욱형 씨를 한 발 뒤에 서서 바라보았다. 뭔가 열패의식 같은 것이 그의 가슴을 짓눌렀다.

자신이 갑자기 한없이 왜소해져 보여서였을까. 한조는 자기도 모르게 부러움이 묻은 목소리로 중얼거렸다.

"바다가 알고 보니 젖줄이군. 거기다 대고 이런 어마어마한 공장을 만들 만큼……."

그러나 파도 소리가 그의 중얼거림을 삼켜 버렸으므로 한조는 돌아서는 이욱형 씨를 향해 소리치듯이 다시 말했다.

"전 도대체 설명을 들어도 저 큰 공장이 어떻게 빈틈없이 돌아가게 되는지 감이 안 잡히는데요, 이 장군님."

이욱형 씨는 씨익 웃음을 보일 뿐 대꾸를 않고 곧 모래밭을 걷기 시작했다. 한조도 조금 뒤처져 조희재와 나란히, 짓고 있는 공장을 향해 걸었다.

바짓가랑이를 들고 걷던 조희재가 그를 돌아봤다.

"그런 건 두려워 하실 거 없어요. 부닥뜨리면 알게 돼요."

"무슨 뜻입니까?"

"벤자민 스포크의 얘길 하나 빼놓지 않구 다 듣는다 해서 아길 성공적으루 키울 수 있는 건 아니잖아요. 부닥뜨려서 얻는 지식만큼 중요한 게 없어요."

"벤자민 누구요?"

"육아법으루 유명한 스포크 박사 말예요."

"아, 그럼 이 공장에서 만드는 통조림이 어린애들 먹는 겁니까?"

그의 말에 조희재가 갑자기 깔깔거리고 웃음을 터뜨려 한조는 뭐가 뭔지 더욱 어리둥절해졌다. 그러나 그가 뭐라고 되묻기도 전에 조희재가 그의 말을 농담으로 돌려 버리고 말았다.

"한조 씬, 남이 힘들여 하는 얘길 농으로 돌려 버리는 재줄 가지셨나 봐요."

한조는 모래가 들어간 눈을 비비며 그녀한테 물었다.

"이건 농담이 아닌데, 조 여사가 내 부동산하는 건 어떻게 알았습니까?"

"별안간 건 왜 물으시죠?"

"별안간 생각이 나는군요. 아마 이런 큰 공장 앞에 서니 자신이 초라해져설 겁니다."

"그러시담 사업을 바꿔 보실 생각은 없으세요?"

"무슨 좋은 아이디어라도……."

"저기 이욱형 씨랑 의논해 보심 어때요? 실은 한조 씨 무슨 사업 하시는지 얘기해준 것두 저이예요."

"그래요?"

"하지만 얘기하시진 마세요. 저더러 절대루 알은 체하지 말랬거든요."

"이유는?"

"한조 씨 될 캐본 것같이 오해 사기 쉽다구요."

"될 캐본 건 캐본 거 아닙니까, 챙피하게."

"걱정이 돼서 알아봤다구 했어요."

"알아본 결과를 어떻게 생각하신답디까?"

"한 가진 확실히 얘기해 드릴 수 있어요."

"뭡니까, 그 한 가지가?"

그러나 조희재는 웬일인지 얼른 대답해 주지 않았으므로 한조는 자신없는 목소리로 되묻지 않을 수 없었다.

"나쁜 짓한다는 거지요? 철거민들 아파트 입주권이나 뺏으려 뒤쫓아다니고."

그럼에도 그녀는 여전히 입을 다물고 있었다. 한조는 화가 나서 소리쳤다.

"뭐라고 생각해도 좋습니다. 난 나대로 살아갈 테니까. 하지만 더 이상 관심 안 가져 주시면 고맙겠습니다. 내가 무슨 짓 하는지 알면서 이런 데 데리고 오는 건 놀리려는 거죠?”

조희재가 놀란 눈을 하고 그를 쳐다봤다. 그리고 잠시 뒤 생각지도 않은 뜻밖의 말을 했다.

“제가 확실히 얘기할 수 있다는 게 그런 건 줄 아세요? 전혀 잘못 짚으셨어요.”

“그럼 뭡니까?”

“남편은 한조 씨하구 같이 일했음 한단 말예요.”

“네에?”

“한조 씨 같은 분이 우리 회사에 들어오셔서 중요 직책을 맡아 주실 수 있었음 한단 말예요.”

한조는 조희재의 너무나 놀라운 말에 뭐라 말이 나오지 않았다. 그에게서 무슨 대꾸가 없어선지 조희재도 더는 말이 없이 그들은 걸음을 재게 놀려 이욱형 씨를 따라붙었다.

그들이 다가가자 이욱형 씨가 말했다.

“여기까지 온 김에 낙산사를 보고 가야지.”

건설소장을 비롯한 여러 명의 남자들이 나와 허리를 90도로 꺾고 그들의 사장 내외를 배웅했다.

낙산사까진 한 시간 남짓밖에 걸리지 않았다. 차에서 내린 이욱형 씨가 제의했다.

“우리 저 아래 내려가 전복죽이나 좀 끓이랄까? 김군도 내려와라.”

한조는 의상대의 깎아지른 듯한 바위 돌출부 옆으로 민듯하게 경사진 구렁텅이 아래쪽에 받침기둥을 세우고 몇 집 늘어서 있는 횟집으로 이욱형 씨를 따라 내려갔다. 그러나 조희재에게서 들은 말이 있어서 좀처럼 입이 떨어지지 않았다.

“전복죽 끓을 동안 전 의상대나 올라가겠어요.”

하고 조희재가 그들과 갈라져 간 건 자리를 비켜 주려 했던 게 아닐까. 김군이라고 불린 나이 지긋한 운전사가 바깥 마루 끝에 앉아 있는 것이 내다뵈는 방에 자리를 잡고 앉아 이욱형 씨는 전복죽 네 그릇과 생선회 두 접시를 주문했다.

"이 장군님은 생선회 안 드실 줄 알았습니다."

"와, 내가 수산물 회사 한다꼬?"

운전사 김씨가 사장의 식성을 알아서 주문하는지 주막 여자와 이마를 맞대고 물통 속의 살아 움직이는 고기를 고르고 있었다. 한조는 그쪽을 한번 힐끗 내다보고 나서 이욱형 씨를 쳐다봤다. 그러나 조희재가 한 말에 대한 확인을 받고 싶은 조바심과는 달리 그는 엉뚱한 말을 꺼냈다.

"이 장군님, 저도 직업 군인이 될 뻔했는지 모릅니다."

"무신 소리고?"

"육사에 지원서까지 냈었죠."

"그래?"

"그랬는데 그만 도중에 포기하고 말았습니다."

"입학은 했다가?"

"아뇨, 군인할 자신이 없어져서 시험 직전에 그만둬 버렸죠."

"포기 안 했드만 훌륭한 군인이 됐을 낀데."

"장군님 부관이 되었을지도 모른다는 생각을 가끔 합니다. 이렇게 이 장군님과 인연을 맺게 되니까요."

이때 이욱형 씨가 자세를 고쳐 앉으며 그를 건너다봤다.

"그 말 나온 김에 한마디 물어보자. 지금은 내 부관할 생각 엄나? 아이라 부관이 아이지, 참모장."

"아닙니다. 전 쫄병인데요. 병장입니다."

한조는 말하면서 '조희재의 말이 사실이었구나' 하는 생각을 했다. 이욱형 씨가 자세를 또 고쳐 앉고 있었다.

“물론 내도 한조 씨가 하는 사옵 대강은 안다. 내가 그만치 보장해 주만 안 될까 싶은데……. ”
“아니 그럼 이 장군님, 진담이십니까? ”
하고 한조는 그제야 알아들었다는 듯이 놀란 얼굴을 하고 되물었다.
“와 내가 한조 씨인데 농담하겠노. 한분 생각해 보고 대답해 도고. ”
그들은 그날 오후 서울을 향해 떠났다. 생각해 보라고 했으므로 서둘 건 없었지만 한조는 사뭇 착잡한 심경에 빠져 있었다.

5. 부르는 소리

가을 기운이 완연했다.

길가에 말라 비틀어진 잡초가 깔려 있었다. 아랫자락은 아직 푸른 잎이 있었지만 산중턱이 가까워지면서는 발끝에 낙엽이 채이기 시작했다.

그러나 숨이 찼으므로 한조는 홈스펀 웃통을 벗어 어깨에 걸쳤다. 넥타이도 느슨하게 풀어헤쳤다.

조금 더 오르자 '세심사(洗心寺) 1km'란 팻말이 나타났다. 1.5킬로라는 팻말을 지나친 지 언젠데 그동안 5백미터밖에 오르지 못했단 말인가.

한조는 이철의 편지를 떠올렸다.

……제가 절에 들어왔다는 얘기를 들으시면 나 사장님은 놀라시겠지요.

그동안 얼마나 궁금했는지 사장님은 모르실 것입니다. 무사하시다는 말씀 듣고 이 편지 드립니다. 모든 것, 용서를 빕니다. 외롭고 뵙고 싶고, 그래서 참다 못해 용기를 내어 글월 올리는 것입니다. 언젠가 뵈올 날을 기다리며……

이철 합장

아닌게아니라 한조는 녀석이 산사에 있다는 내용의 느닷없는 편지를 받고 여간 놀라지 않았다. 녀석이 중이 되다니.

이철이란 바로 그의 소형 트럭 운전사였다. 열일곱 살의 더벅머리 고아를 붙들어 스무 살이 되도록 데리고 있는 동안 운전까지 가르쳐 놨더니 봉천동고개 녹용 사기 사건 때 돌밭으로 도망친 뒤로 소식을 모르던 아이였다.

녀석은 일년 가까이 만에 소식을 전하면서 그때 일을 사과하느라 용서하라는 말을 세 번씩이나 되풀이하면서 장황한 편지를 쓰고 있었다. 녀석이 절로 들어가다니.

한조는 이철이 어떤 모습을 하고 있을까 하고 생각하자 갑자기 불같이 보고 싶어져 걸음을 재촉했다. 녀석은 내가 가짜 단속반에 기습을 당하여 억대를 날려 버린 줄도 모르고 감옥에 들어가 있는 걸로 알았겠지.

세심사는 청태가 낀 골기와를 이고 단풍이 지기 시작한 나무숲 속에 숨듯이 들어앉아 있었다. 오후 다섯 시가 가까워 오는 경내에는 사람 그림자 하나 보이지 않았다. 굵은 대나무통을 타고 맑은 물만 졸졸졸 소리내어 흐르고 있었다.

한조는 돌로 깎아 만든 커다란 물받이통 전에 엎어져 있는 쪽박으로 물을 한모금 받아 마셨다. 그러곤 넥타이를 고쳐 매고 웃통을 껴 입었다. 키가 큰 소나무 가지를 흔들며 쏴아하고 바람이 스쳐 지나 갔다. 대웅전 앞으로 주춤주춤 올라서자 댕그렁거리는 풍경 소리도 들을 수 있었다. 그렇게 적막 속에 빠진 듯한 절의 분위기에 그는 압도당하고 있었다. 그래서 그가 대웅전 옆구리로 돌아가는 것과 동시에 장삼 자락이 불쑥 그 뒤에서 모습을 나타냈을 때 그는 화들짝 놀라 뒤로 한걸음 물러서지 않을 수 없었다.

"누구시우?"

"아아, 네에, 저어……."

한조는 노승의 질문에 대한 대답을 끝마치지도 않고 그 뒤에 나뭇단을 안고 서 있는 이철을 쳐다봤다.

"철아!"

"어떻게 되시우?"

한조는 얼굴을 일그러뜨리는 이철과 노승을 번갈아 쳐다보며 재빨리 말했다.

"아, 네에, 잘 아는 아입니다."

"기다리시우."

그들은 더 이상 말을 않고 한조 앞을 스쳐 지나갔다. 그는 엉거주춤 비켜 선 채로 이철의 뒤통수를 돌아봤다.

이철이 다시 나타난 건 그로부터 십분도 더 뒤였다.

"사장님!"

이철의 목소리에는 벌써 어딘가 목이 멘 기미가 있었다. 그는 곧 주먹으로 눈두덩을 문질렀다.

"그래, 네가 중이 됐단 말이냐?"

한조는 이군을 따라 대웅전 마당 한끝 늙은 소나무가 서 있는 곳으로 걸어가며 내뱉듯이 말했다. 이군을 그렇게 만든 것은 전적으로 자기 책임이라는 생각이 들어서였다.

"전 아직 중이 못 되었어요. 행자일 뿐예요, 사장님."

이군은 한조와 함께 노송 밑뿌리에 쪼그리고 앉은 다음에야 그렇게 말했다. 생각을 그렇게 해서인지 이군의 목소리는 맥이 하나도 없는 듯했다.

한조는 고개를 들어 윙윙 소리를 내며 흔들리는 소나무 가지를 올려다봤다. 검은 솔잎 새로 잿빛 하늘이 뚫려 있었다. 해는 완전히 떨어진 뒤인 모양이었다.

"사장님이 절 찾아 주시리라곤 상상도 할 수 없었던 일이에요."
하고 이군이 새삼 감격스러운 듯이 그를 쳐다보며 말했다. 그러나 말의 내용과는 달리 음성이 냉랭하게 느껴질 정도로 가라앉아 있었다. 마치 깊은 종교의 경지에 이른 듯한 그런 음성은 산사(山寺) 생활에서 온 것일까.

"행자가 하는 일이란 게 그런 거니?"

"어떤 거 말씀인가요?"

"나뭇단이나 나르고."

"나무하고 불 지피고 청소하고 하는 일을 매일같이 반복하죠."

"그런 허드렛 잡일이 전부란 말이냐?"

"그것도 꼭두새벽부터요."

한조는 더 묻지 않고 끙 신음 같은 소리를 냈다. 이군이 어둠이 묻은 얼굴로 그를 돌아봤다.

"하지만 사장님, 전 그 모든 일을 하고 싶어서 하는 거예요."

"하고 싶어서……."

"그럼요. 일을 하면 전 정신이 맑아져요. 아주 하얀 백지처럼."

"세상에 있을 땐 그렇지 않았니?"

"허욕은 사람의 정신을 흐리게 만들죠."

"그 사이에 이군이 놀랍게 달라진 것 같구나."

"주지 스님은 늘 말씀하세요. 물이 가장 위대한 것을 알아야 한다구요. 언제나 가장 낮은 자리를 차지하는 것이 물 아니겠어요."

"주지 스님이 잘 돌봐주시나 보구나."

"네, 아주 좋은 분예요."

이군은 그렇게 말하고 나서 잘만 수련을 쌓으면 다음해 여름쯤엔 머리를 깎게 될지 모른다는 말까지 했으므로 한조는 되묻지 않을 수 없었다.

"그래도 이군은 후회하지 않을까?"

"절대로 않을 거예요."

"어떻게 하다가 이군이 절간에 들어오게 됐는지 모르겠구나."

"전 여기 오게 된 걸 얼마나 행운이고 잘한 일인가 생각하는걸요,
사장님."

이군이 처음 이 절에 오게 된 건 단순히 이름이 마음에 들어서였
다고 했다. 세심사——마음을 씻는 절이라는 뜻 아니겠어요. 심란
한 마음을 달래려 목적지도 없는 여행을 떠났다가 우연히 찾아든 절
이 바로 이 세심사였다는 것이 아닌가.

한조는 이군이 돌밭을 죽어라 뛰어 달아난 일을 말하고 있는 듯
했으므로 심란하다는 말이 나이에 어울리지 않는 말이 아니냐고 되
묻지 않았다. 뿐만 아니라 그는 속으로, 이군이 나이에 걸맞은 세속
적 욕망을 끝까지 뿌리치고 머릴 깎게 되진 않으리란 근거 없는 장
담을 하고 있었다.

이군이 땅을 후비던 나무토막을 내던지고 엉덩이를 뗐다.

"사장님, 오늘밤 여기서 주무시고 가세요. 주지 스님께 허락을 받
겠어요."

"내려가면 잘 만한 집이 있을걸."

"있기야 있죠. 하지만 절간밥도 한번 잡숴 보셔야죠."

이군이 엉덩이를 툭툭 털며 그를 쳐다봤다. 그러다가 느닷없이 이
상한 소릴 했다.

"사장님, 참 이상한 생각이 들어요."

"무슨?"

그러나 이군은 대꾸를 않고 굳은 얼굴로 노려보듯이 그를 쳐다보
기만 했다.

"이상한 생각이란 뭐지?"

하고 한조가 거푸 다그쳤지만 이군은 역시 굳은 표정만 지을 뿐 대답해 주지 않았다. 바람이 휙 대웅전 앞마당의 먼지를 몰아와 그들의 머리에 끼얹었다.

"저, 곧 돌아오겠어요."

이군은 말하고 나서 대웅전 앞마당을 가로질러 뛰어갔다. 어느새 어둠의 두께가 꽤 두꺼워져 한조에겐 한층 요요한 느낌을 주었다.

이군은 곧 되돌아왔다. 그의 표정에는 기쁜 소식을 품은 자의 미소가 엷게 어려 있었으므로 한조는 듣지 않고도 세심사의 주지가 그의 투숙을 허락했음을 직감할 수 있었다.

"가시죠. 주지 스님께서 쾌히 승낙해 주셨어요."

"난 여기 묵을 생각이 아니었는데……."

"누추하지만 사장님이 여기서 하룻밤이라도 쉬어 가셨음 해요."

한조는 이군을 따라 대웅전 앞쪽의 높은 석축 아래 길게 가로누운 집으로 가기 위해 돌층계를 걸어 내려갔다. 거긴 그런 별채 같은 긴 기와집 두 채가 나란히 서 있었다.

여닫이 문을 펄쩍 열고 서서 이군이 말했다.

"방은 뜨근뜨근할 거예요, 사장님."

"까짓, 차도 괜찮아."

"아녜요, 여긴 산속이라서 벌써부터 새벽이면 으슬으슬 추워요. 오늘 아침엔 살얼음까지 얼걸요."

"군불은 이군이 지폈겠지?"

"이따가 아궁이 한번 구경하시겠어요? 나무를 지게째 짊어지고 들어가도 천장에 닿지 않아요."

"그렇게 어마어마해?"

"하지만 저 혼자 맡아 하진 않아요. 이 절엔 저 같은 행자들이 여섯이나 있는걸요."

장판이 되어 있을 뿐 아니라 칸칸으로 된 옷장까지 윗목에 서 있는 의외로 큰 방이었다. 그럼에도 이군은 감탄하는 그에게 다음 방은 그 방의 열곱은 된다는 설명이 아닌가. 그 방만 뺀 긴 집채의 나머지 부분 전체가 한 방이라는 것이었다.

"쉬세요. 공양 드릴 때 뵙겠어요."

한조는 무슨 말인지 알아듣지 못했는데 고대 어두워진 산속의 절간에서 맞는 식사 시간을 말한 것이 아닌가. 절 안 도처에서 울려 퍼지는 목탁과 염불 소리를 들은 다음 한조는 빈 방에 혼자 앉아 이군이 가져다 준 저녁상을 받았다. 그러곤 밤 여덟 시는 되어 드디어 뒤처리를 다 끝내고 돌아온 듯한 이군을 맞아 대뜸 캐물었다.

"이군이 아까 무엇이 이상한 생각이 드는지 말해 주지 않았어."

군복을 검정색으로 물들인 것을 입고 있는 이군은 아무리 봐도 차림새만으론 중이 될 것 같은 느낌을 조금도 주지 않았다.

"글쎄요, 뭐랄까요…… 사장님이 꼭 절로 들어오시게 될 것 같은 느낌이 들어요."

"뭐라구?"

"참 이상한 느낌이죠?"

"왜 그런 느낌이 드니?"

"처음 딱 뵙는 순간 그런 느낌을 받았어요. 그러니 막연한 얘기지 뭐예요."

"그것도 중의 영험에서 나온 거냐?"

하고 한조는 어딘가 약간 화가 난 듯한 어투로 되물었다.

"전 아직 중이 아닌데요."

"좋다. 넌 그럼 내가 중이 되었으면 좋겠니?"

"모든 건 부처님의 뜻이죠, 뭐."

"난 죽어도 중은 안 돼."

"그건 부처님만 아세요."

한조는 정색을 하고 처음부터 궁금했던 말을 물었다.

“이군아, 내 너한테 한 가지 묻고 싶은 게 있다.”
그러나 한조가 말머리를 트기 바쁘게 이군이 잽싸게 받아 말했다.
“무슨 말씀인지 알아요. 제가 어떻게 사장님 회사 주소를 알아냈
냐고 물으시려는 거죠?”
“바로 그거야, 도대체 내 사무실 주솔 어떻게 알았니?”
“아주 우연한 기회였어요.”
“그 기회란 서울에 왔다가 말이냐?”
“아니죠, 여기서죠.”
“여기서?”
“네, 여기서.”
이군은 뜻밖에도 그의 사무실 주소를 이군에게 알려준 게 남자도
아닌 여자였다는 놀라운 사실을 말하지 않는가. 한조는 다급한 목소
리로 다그쳤다.
“여자라니, 누구냐? 서귀자가 설마 여길 다녀갔다는 얘긴 아니겠
지?”
“참 서 여사께서도 안녕하시겠죠?”
“내 묻는 말에부터 대답해.”
“아녜요. 서 여사께선 안 오셨어요.”
“그렇다면 도대체 누구란 말이냐?”
“저도 누군진 몰라요, 사장님.”
“그게 말이나 되니, 누군지도 모르는 여자가 내 주소를 가르쳐 줬
다니.”
“정말예요. 이름을 가르쳐 주지 않았어요. 편지를 써 보내면서도
요.”
“편지를 써 보내?”
한 달쯤 전에 꼭 한조가 나타난 시간쯤해서 한 여자가 세심사 경
내에 나타나 쭈볏쭈볏 뭔가 망설이고 있었다고 이군은 말했다. 그땐

여름 더위에 헉헉거리며 사람들이 꼬여드는 때여서 대수롭잖게 보아 넘길 수도 있었지만 이군의 눈에 담박 이상한 기미가 느껴져 한시간 남짓 절간을 기웃거리는 여자에게 말을 붙였다는 것.

“그랬더니 이 절에 며칠 묵어갈 수 없겠냐더군요. 그땐 빈 방이 없었고 또 여자여서 다른 방에 끼여 자게 할 데도 없었어요.”

그랬는데도 여자는 쉽게 산을 내려갈 생각을 않았고, 곧 날이 어두워지기 시작했으므로 이군은 불가불 여자를 산밑 옥골〔玉谷〕 마을까지 데려다 주지 않을 수 없게 됐다는 게 아닌가. 날이 어느새 완전히 어두워져서 깜깜한 속을 걸으며 여자는 이상한 말을 했다. 하긴 저 같은 건 절에서 잘 자격두 없죠 하고.

“그래서 이런저런 말을 붙이려다 보니 제 얘길 더 많이 해야 할 입장이 됐고. 그러다 보니 뜻하지 않게 사장님 얘기가 나왔죠. 그랬는데 여자분이 ‘나한조 사장님요’ 하고 깜짝 놀라지 않겠어요.”

“그 여자가 내 주솔 가르쳐 줬단 말이야?”

“아뇨. 당장은 모르고 서울 가면 혹시 알 수 있을 것도 같다 하여 제가 꼭 좀 알았으면 한다고 했더니 세심사 주솔 적어 가서 편지로 알려줬어요.”

“도대체 그게 누구란 말야?”

“글쎄 말예요. 제 부탁 땜에 다신 안 보리라던 서울엘 또 가게 되는 건지도 모른다는 말을 하기도 하더군요.”

그렇다면 조희재일 리도 없는데, 도대체 누굴까. 아니, 우선 그녀라면 이런 절간에 와서 그런 소릴 할 여자가 아니잖은가.

한조는 이군을 데리고 여자의 외모에서부터 목소리에 대한 것까지 말을 맞춰 봤지만 끝내 그 신원이 밝혀지지 않았다. 도대체 내가 알고 있는 여자가 고작 몇 명이나 되는데 이런가.

이때 이군이 다시 입을 열었다.

“사장님 얘길 하는 분이 또 한 사람 있었어요.”

한조는 이군의 말에 어안이 벙벙해졌다. 이 절을 찾아온 사람 가운데 그를 아는 사람이 또 있었다니 도대체 어떻게 된 영문인가.

"너 그게 정말이냐?"

"제가 왜 사장님한테 거짓말을 하겠어요?"

"하도 신기한 얘기라서 그러잖니. 너 혹시 언제 서울에 왔다 간 건 아니겠지?"

"사장님두. 행자는 절을 떠나지 못하는걸요. 떠날 수 있었대도 그렇죠. 제가 서울에 다녀왔으면 다녀왔다고 하지 사장님한테 숨길 이유가 뭐 있겠어요."

"그러니 날 안다는 사람이 도대체 누군데 여길 다녀갔다는 거냐, 그 말이야."

"청년이었어요. 이름이 우제정이라고 하더군요."

"우제정?"

"네, 모르는 사람이세요?"

"우제정이가 이 절엘 왔었단 말야, 언제?"

"그냥 정해 논 목적지도 없이 훌쩍 떠났다고 했어요. 이틀을 묵어 갔지요, 바로 이 방에서."

"그 녀석이……알다가도 모를 일이군."

한조가 고개를 갸웃거리는데 이군은 우제정이 혹시 중이 되고 싶은 것이 아닌가 하는 생각이 들었었다는 말을 하여 그를 더욱 놀라게 만들었다. 다른 녀석도 아닌 우제정이므로 이군의 말이 예사로 들리지 않았다.

"중이 되자면 어떤 수속절차를 밟는지 자세히 알고 싶어했어요. 전들 뭘 알아야죠. 강주(講主) 스님한테 여쭤 보라니까 그렇겐 또 않더군요. 이틀 머무는 동안 저희랑 꼭 같이 새벽 세시부터 일어나 목탁 두드리며 도량 도는 스님 따라 경내를 돌고 예불도 올리고 사미승들 초심자 경발심 받는 것도 다 지켜보고 했어요. 사

미승이 되자면 사미계 10계를 받아야 되고 비구승이 되기까진 2
백50계를 받는다고 했더니 고개를 끄덕이더군요.”
　“신기해서 따라다닌 거겠지. 원래 호기심이 많은 청년이니까.”
하고 부인할 정도로 한조는 자기도 모르게 우제정의 출가 가능성을
믿고 싶지 않았다. 우제정이 대동증권을 그만두고 입산한다면 그에
게 얼마나 큰 타격인가 말이다. 그러나 이군은 이런 말까지 했다.
　“그 사람 떠나면서 차라리 중이 됐으면 한다는 말까지 했어요. 담
에 다시 나타난다면 그땐 결심이 서서 오는 것일 거라구요.”
　“그 자식 다신 안 나타날 거다.”
　“제가 우스개 말로, 그럴 거면 나 사장님도 모시고 오면 좋겠다고
하니까…….”
　“나 말이야?”
　“네, 사장님을요.”
　“그랬더니?”
　“그랬더니 사장님은 하늘이 당장 무너진다 해도 스님 되실 분이
아니시라던데요.”
　“이군은 어떻게 생각하니?”
　“사장님이 왜 절에 들어오시겠어요.”
　“난 이군도 그러리라 생각하는데.”
　“저를요?”
　“응, 나하고 그만 서울로 올라가는 게 어떠니?”
　이군은 고개를 가로저었다.
　“사장님이 저 데리러 내려오신 거라면 잘못 생각하신 거예요. 전
지금 제가 중이 되도록 태어났다는 것을 알고 있어요. 그래서 왜
하루라도 일찍 깨닫지 못했을까 후회하는걸요.”
　이군은 비록 행자지만 그들끼리는 하루만 일찍 들어와도 깍듯이
선배 스님 대접을 받는다는 말도 했다.

한조는 왠지 이군을 쳐다보는 눈길에서 슬픔 같은 것이 느껴졌다. 그를 그렇게 만든 것이 전적으로 자신의 책임처럼 생각되어 그 순간 은 여간 마음이 무겁지 않았다.

둥—둥—둥—둥—

검은 어둠에 싸인 새벽의 정적을 깨고 북소리가 울리기 시작했다. 옆에서 자던 이군은 벌써 방을 나가고 없었다.

정확히 새벽 세시. 경내의 어디선가 은은하게 목탁 두드리는 소리 가 들리기 시작하자 이군은 그 소리에 맞춰 살그머니 방문을 열고 나갔었다.

북소리는 그런지 십분 뒤에 들렸다. 아마도 경내를 도는 모양, 멀 어졌다 가까워졌다 하던 목탁 소리가 멎으면서 곧 들리기 시작한 북 소리는 재어보자 15분 동안이나 계속되었다. 연이어 스물여덟 번의 타종 소리…….

이군은 지난밤, 북은 땅 위를 걷는 모든 생명을 위하여, 종은 지 옥에 떨어진 중생을, 운판은 날아다니는 짐승, 목어는 물에서 사는 생물을 위해 울린다고 설명하지 않던가.

—그걸 사물이라고 하죠. 내일 새벽 혹시 잠이 깨심 들어 보세 요.

북소리를 끝까지 들었으니 땅 위를 걸어다니는 나는 축복을 받은 것일까 하고 생각하며 한조는 이불을 목 밑까지 잔뜩 끌어 덮었다. 나는 때려죽여도 저딴 일을 하러 꼭두새벽부터 일어날 순 없다.

얘기했던 대로 산속의 공기는 서늘했다. 그러나 한조는 네 시 조 금 넘어 이불을 걷어차고 말았다. 예불이 시작되었는지 본당 대웅전 쪽에서 낭랑한 독경 소리가 목탁 치는 사이사이에 끼여 들려왔던 것 이다.

눈을 비비며 대웅전 뜨락으로 올라서자 오십 명은 될 가사 장삼을 입은 스님들이 연방 합장을 했다가 절을 했다가 하는 뒤켠에 평복을 입은 여남은 명의 여인네들까지 끼여 서서 그들의 동작을 흉내내듯 따라하고 있었다.

한조는 신혼 부부임이 분명한 두 쌍의 남녀와 함께 문 밖에서 그 광경을 지켜보았다. 그러다가 발뒤꿈치를 들고 마당으로 내려섰다. 새벽의 찬 공기 탓인지 어딘가 탈속적인 엄숙함과 장엄함이 깃든 분위기에 한조는 자기도 모르게 몸을 후룩 떨어야 했다.

단 한짝도 흐트러진 것이 없이 가지런히 벗어 놓은 우윳빛 흰 고무신이 눈부시는 순백처럼 착각을 일으키는 것도 절간의 경건함에 주눅이 든 탓일까. 하여튼 아침 여섯 시의 공양을 위해 벗어 놓고 들어간 스님들의 백고무신 빛깔은 그렇게 희었다.

딱——딱.

대쪽 맞부딪는 소리를 들으며 한조는 이군이 들고 온 밥상을 받았다. 반찬은 국 한 그릇과 나물 세 가지. 이군은 이걸 일집삼채(一汁 三菜)라고 했던가.

"저 딱딱 소리가 죽비(竹篦) 소리예요. 점심인 사시 공양(巳時供 養)에는 스님들이 모두 가사 장삼 차림으로 정좌해야 하지요."

"요즘은 중들도 고기를 먹는다며?"

"그렇다면 참선이 부족한 탓이겠죠."

고깝게 들으라고 한 말인데도 이군은 낯빛도 바꾸지 않고 그렇게 나직한 목소리로 받았다.

이 녀석은 정말 중으로 다 익어 가고 있는 것일까. 한조는 점점 더 벽을 느꼈다. 이런 아이를 두고 어떻게 떠난단 말인가.

식사가(이군 말로는 공양이) 끝나고 모두가 빗자루를 들고 나서는 시각에 한조는 살짝 세심사 경내를 빠져 나왔다. 이군도 모르게. 그러곤 곧장 산을 내려가기 시작했다.

올 때 확인해 뒀으므로 그는 서울로 전화를 할 수 있는 우체국이 사포역(砂浦驛) 앞까지 가야 있다는 것을 알고 있었다.

우체국의 딱딱한 나무의자에 30분은 충분히 앉아 기다린 다음에
야 신청한 서울 전화는 선이 이어졌다.

그러나 그는 우체국 여직원이 네 번씩이나 전화 나왔다고 소리치
는데도 알아듣지 못하는 실수를 범하여 마침내 그 여직원으로 하여
금 일어서서 팔을 내저으며 그를 부르게까지 만들었다.

"여보세요, 여보세요! 서울 전화 신청 안 하셨어요?"

"왜 안 해. 신청한 지 한 시간은 됐는데."

"그런데 왜 전화 나왔다구 그렇게 소리쳐두 못 들은 척하구 계세
요?"

그도 그럴 밖에. 여직원은 그의 이름이 아닌 다른 사람을 불렀던
것이다.

"한나조 씨, 한나조 씨!"

그러나 그건 우체국 여직원이 그의 이름을 잘못 부른 게 아니었
다. 그가 전화 신청 용지에 송화자 이름을 적어 넣을 때 그 자신이
그렇게 작명을 했었으니까. 모든 일은 안전하고 빈틈없이 하는 게
좋다고 생각해서 말이다.

"여보세요."

하는데 보니 다행히 전화를 받는 목소린 조카 설희였다.

"나다."

'어머, 삼춘' 하고 설희가 금방 그의 목소리를 알아듣는데도 그는
다음 말이 얼른 나오지 않았다. 설희가 놀란 목소릴 내는데 우선 가
슴이 철렁 내려앉아서였을까. 무슨 말이 나올까 해서. '드디어 왔어
요'라고 하면 어쩔까. '삼춘 안 계셔서 대신 영업부장님 연행돼 갔어
요' 한다면……

'거기 어디세요'라고, 그가 침묵을 지키고 있는 동안 설희가 물었
으나 그는 묵살하고 대신 이렇게 물었다.

"사무실 너 혼자 지키고 있니?"

"네, 아뇨. 영업부장님두 계세요."

"누구 찾아온 사람은 없고?"

"아무도 없어요. 영업부장님 그러시는데 우린 괜찮댔어요. 아무일 없대요. 전화 바꿔 드려요?"

한조는 안도의 숨을 휴우 내쉬었다. 그러곤 느긋해져서 설희를 몰아세웠다.

"너 왜 누구 있을 땐 삼촌이라고 부르지 말랬는데 말 안 듣니!"

설희가 제 실수를 알아차려 숨소리마저 내지 못하고 있었으므로 한조는 목소리를 낮추어 일렀다.

"전화 바꾸지 마. 나라고 하지 말란 말야. 너희 집안 삼촌이 걱정돼서 전화한 거라고 해. 그리고 나 내일 아침엔 사무실 나갈지 모른다. 이 말도 부장한텐 하지 말고, 사무실 잘 지키고 있어. 끊는다."

한조는 시골 우체국을 나서며 손가락을 딱 튕겼다. 그럼 그렇지, 나한테까지 손이 뻗칠 리가 있느냐.

20억짜리 토지사기단 다섯 명이 잡힌 것을 계기로 검찰이 부동산 투기업자들도 일제 수사에 착수했다는 소문이 열흘 전부터 나돌았다. 아파트 열 채 이상 가진 사람은 모조리 추적하여 구속할 방침이라나 뭐라나.

아슬아슬하면서도 귀추를 지켜보자 하고 버티던 한조는 마침내 다만 며칠이라도 몸을 피하는 게 좋겠다고 생각했다. 우선 박시대가 강력히 권했고, 그렇잖아도 8, 9개월에 걸쳐 주식청약 부조리를 캐던 검찰이 끝내 증권회사 아홉 개를 영업 정지시키고 관련자 쉰한 명씩이나를 구속했을 때도 조마조마했었는데 이번에 걸리면 모조리 들통내려 들 게 아닌가. 한조가 이군이 적어 보낸 세심사 주소를 들고 내려온 건 그래서였다. 결코 이군을 보러 온 게 아니었다.

그랬는데 알고 보니 지레 겁을 먹었던 게 아닌가. 하긴 내가 뭘 잘못했다는 거냐.

그건 그렇고 어떻게 한다? 세심사로 다시 올라가느냐 아니면 곧
바로 서울행 열차를 타버리느냐.

한조는 망설이던 끝에 다시 세심사로 가기로 하고 휘적휘적 들길
로 들어섰다. 산길로 바뀌면서는 딸꾹질을 하면서 걸었다.

(난 중이 되긴 틀렸어. 절간밥이 맞지 않아. 이렇게 딸꾹질이 나
오거든)

한조는 그런 생각을 하며 바스러지는 마른잎을 골라 밟았다.

이군만 잠깐 만나보고 곧 내려와야지. 내려와서 사포역 근방에서
계집이나 하나 사야지. 역전인데 사타구니 하나만 믿고 사는 계집이
없을 리 없지만 만약 불행히도 못 만난다면 이불 안고 오는 마흔 살
먹은 여관 여편네라도 끼고 자야지.

참, 이군한테 편지까지 하여 주소를 알려준 여자가 누굴까. 그 부
탁만 없다면 서울을 다신 보지 않을 텐데 하고 말할 만한 여자라면
도대체 누굴까. 서귀자가 기어코 가게를 닫은 것일까. 실패한 아픔
을 달래려 절간을 찾아다닌 것일까. 하지만 그녀라면 서울을 다시
보지 않겠다는 결심을 세울 리 없지 않은가. 서귀자라면 서울을 떠
나선 단 하루도 살지 못할 여자가 아닌가. 아니, 서귀자는 이군도
너무 잘 아는 여자이고, 그래서 이군이 그 여잔 아니라고 하지 않았
는가.

그럼 도대체 누구란 말인가.

"아니, 사장님 어디 갔다 오세요?"

한조를 발견한 이군이 놀라서 소리쳤다.

"응, 잠깐 뒷산 꼭대길 올라갔다 왔지."

"구두를 신고 정말 꼭대기까지 갔다 오셨어요?"

"지난 9월 15일 무슨 일 있었는지 알지, 이군도?"

"글쎄요, 무슨 일이 있었을까요?"

“우리 등반대가 에레베스튼가 에베레스튼가를 올랐어. 그런데 내가 저까짓 야산 하나 정복 못한다면 되겠나.”

“야산이 아녜요. 등산화 신고도 로프까지 가져가야 오를 수 있는 산인데요.”

“그건 그렇고, 이군아, 너한테 내 주소 적어 보냈다던 여자 정말이냐?”

“어디 앉으셔서 그거 생각하셨군요. 전 스님들 사시공양 드시는 거 한번 보시라고 얼마나 찾아다녔다구요.”

“아무리 따져봐도 내가 아는 여자들 가운데 그럴 만한 여자가 없단 말이다.”

“혹시 부처님이 제게 사장님 소식 전해 주시라고 보살을 내려보내신 건지 모르죠.”

한조는 방으로 안내되어 발우(鉢盂)에 담아 내온 절밥을 때늦은 점심상으로 받았다. 그는 수저를 들며 몇 번씩이나 코를 잡고 침을 삼켜 겨우 잠재운 딸꾹질이 재발하지나 않을까 두려웠다. 깊숙이, 가급적이면 곧장 창자까지 내려가도록 숭늉 한 대접까지 다 들이켜기 바쁘게 일어서는 한조를 이군이 놀라서 쳐다봤다.

“사장님!”

“응, 가봐야겠어.”

이군의 표정에 서운한 빛이 역력히 비쳤지만 만류하는 말은 하지 않았다. 그가 향운(向雲) 스님이라는 주지승을 찾아가 부탁의 말과 함께 작별 인사를 나눌 동안도 이군은 말이 없이 서 있었다. 그런 이군을 돌아보며 주지승이 말했다.

“전송해 드리고 오너라.”

한조는 이군과 나란히 걸으며 마지막으로 물었다.

“절대로 네 결심을 굽힐 수 없니?”

“법명(法名)을 받은 삭발승으로 사장님 한번 찾아뵐 날을 기다리겠어요."
"내가 또 내려오지. 널 꼭 데려갈 작정으로 찾아왔는데 네 결심이
그렇다니……."
이군은 산 밑자락까지 그를 배웅해 주었다. 그러다 헤어지는 마지
막 순간에 서자 이군은 기어이 눈물을 보이고 말았다.
"이군아!"
"안녕히 가십시오, 사장님."
이군은 꺽꺽 걸리는 목소리로 작별 인사를 하기 바쁘게 돌아섰다.
그러곤 뛰기 시작했다. 한 마리의 사슴처럼——

"어이 들어오셔유. 싱싱한 꼴뚜기혀서 막걸리 한잔 허시구 가셔
유."
여인의 얼굴이 반반했다. 살레살레 힘없이 흔드는 거친 손등은 보
지 않기로 하고 한조는 걸음을 멈췄다. 기분 내키면 당신같이 늙은
여자하고라도 하룻밤 자줄 수 있다 하고.
거긴 사포역 앞을 십 분쯤 벗어난 지점의 시장 입구였다. 길은 질
척질척 너저분하고 지나 다니는 사람들은 고단함을 지겨워하는 표
정들이었다.
"그름요, 들와서 쉬어 가셔야지유."
삐그덕거리는 나무의자에 엉덩이를 걸치고 앉자 안쪽에서 방문이
드르륵 열리며 여자가 하나 또 나타났다. 스물댓쯤 돼보이는 젊은
여자는 문이 열린 공간을 꽉 채우고 서서 입을 탁탁 두드리며 하품
을 했다. 그러곤 기지개까지 켜고 나서 문턱을 내려섰다.
"아저씨, 술 멀루 드려요?"
하고 마음에 안 드는 그 젊은 여자가 물었다. 한조는 들은 체도 않
고 쉰은 됐을 여주인을 향해 말했다.
"물간 꼴뚜기 주신다고 했던가요, 아주머니?"

"어머머, 왜 물이 가요, 꼴뚜기가."

젊은 여자가 그의 말을 또 가로챘다. 그러곤 등받이 없는 똥그란 나무걸상을 들고 와 아예 그의 옆에 늘어붙었다. 칙칙한 분냄새가 코를 찔렀다.

"아저씨 서울분이죠? 맞죠? 딱 봤다 하면 알아요."

한조는 여전히 한마디 상대해 주지 않는데도, 꼴뚜기 안주 장만하느라 돌아서 있는 늙은 여자의 펑퍼짐한 방뎅이만 핥듯이 건너다보고 있는데도, 귀신같이 화장을 한 젊은 여자는 계속해서 지껄였다.

"틀림없어요. 제 눈 쪽집게같이 생겼잖아요. 한번 보세요."

여자가 드디어 한조의 옆구리를 찔렀다. 그는 돌아보지 않았다. 그러나 이럴 것까진 없다, 하는 생각이 들었으므로 그는 미소마저 띤 눈으로 그제야 여자를 돌아봤다.

"나 유혹하지 마. 절간에 가서 마음 씻고 오는 길이야."

"세심사에요?"

"응."

"모르시나봐, 중들이 고기맛을 보면……."

"그 말은 나도 알아."

"그래요? 사람 고기맛두 알아요? 중들이 여자 맛들이는 것두 아세요?"

늙은 여자가 웃음 소릴 내며 꼴뚜기 접시를 들고 왔으므로 한조는 대신 그 여자한테 말을 걸었다.

"아주머니 젊었을 땐 사내깨나 홀렸겠는데요."

"그럼요. 우리 언니 보통 미인이 아니라구요."

"술은 막걸리루 디려유?"

"좋죠…… 내가 삼십 년만 일찍 이 집에 왔어도……."

"어머머, 아저씨 옆에 앉은 미인 모욕했어요. 그러시지 마세요. 삼십 년 전이면 아저씬 출생 신고두 안 했을 때예요."

"그럼 날 아저씨라구 부르지 마."

"이제야 겨우 통하는군, 이 아저씨."

여자는 말하고 나서 호호호 하고 징그럽게 웃었다. 이상했다. 여자가 징그럽게 느껴지는 이상한 경험을 하고 있는 것이 참으로 이상했다. 한조는 얼굴을 찡그리고 탁주 한 잔을 벌컥벌컥 단숨에 다 들이켰다.

"어마나, 인정머리두 없으셔. 나는 한 잔 안 주세요?"

"아주머니, 술 석 잔 더 갖고 일로 와 앉으슈."

좋다. 세심사에서 깨끗이 씻은 몸, 오늘밤 이 여자들 깊숙한 곳으로 던질 테니 두고 봐라. 숲속이겠지. 그러니 투신해도 뼈가 부러지진 않겠지.

"우리 애인 주량이 병아리 오줌만큼밖에 안 되나봐."
하고 여자가 그의 술 마실 줄 모름을 알아차린 것이 동기가 됐을 리는 없는데 한조는 왠지 마음이 변했다. 자리를 일어서는 그를 두 여자는 실망한 눈으로 쳐다봤다.

"어머 그런 법이 어딨어요? 그렇게 가시는 법이 어딨어요?"

여자가 문간에 매달려 소리치는 걸 들으며 한조는 어둠이 내린 길로 나섰다. 역으로 통하는 길을 휘적휘적 걸으며 그는 공연히 공허감에 젖는 자신을 발견하고 있었다.

역사(驛舍) 안은 을씨년스런 분위기에 휩싸여 있었다.

한조는 털썩 나무의자에 몸을 던졌다. 천장을 쳐다보자 시커멓게 먼지가 오른 형광등 하나가 작은 대합실을 밝혀 주고 있었다. 술기운 탓인지 한조는 꼭 대합실이 지진에 시달리고 있는 듯한 느낌이었다. 아니 삼등 선실에 타고 있는 것같이 가벼운 현기증이 일었다.

열차는 아직 한 시간 가까이 기다려야 닿는다. 아이 둘과 보따리를 끌어안고 졸던 남자가 졸음이 낀 눈으로 벽시계를 올려다봤다. 그러곤 아이들을 두드려 깨워 개찰구 쪽으로 걸어나갔다.

하행열차를 타고 저 남자는 어디까지 가는 것일까. 남자의 아내가 지겹다는 말을 남기고 떠나버린 것일까. 한조는 터무니없이 중이나 되어 버릴까 하는 생각을 잠시 했다. 그렇게 마음이 가라앉을 수 없어요라던 이군의 말이 귀에 쟁쟁 울렸다. 벽을 마주하고 삼 년째 앉아 있는 선승(禪僧)이 이 절엔 네 분이나 계세요.

그것이 뭘까. 그런 결심이 어떻게 설까. 인간이란 그렇게 여러 질일까.

한조는 자신이 과연 이욱형 씨의 요청을 받아들여야 하는 것인지 생각해 보고 있었다. 그의 흥양기업(興洋企業)에 들어가, 그가 말하던 이른바 참모가 되어야 할까.

그편이 나을까. 혹시 수사망이 그에게까지 뻗칠지도 모른다 해서 느닷없이 서울을 떠나 이런 낯선 시골역까지 내뺄 그딴 돈벌이에 매달려 있느니 아예 이욱형 씨의 놀랄 만한 규모의 부(富)의 그늘 속으로 숨어 버릴까.

이욱형 씨는 그러고도 그에게 그만한 수입은 보장한다고 말하지 않았는가. 아니, 그럴 것도 없이 자신의 사무실은 그대로 유지해서 안 될 것도 없지 않은가. 박시대한테 맡겨 둬도 녀석은 충분히 잘 해내 줄 것이 아닌가.

한조는 박시대를 상무로 진급시킬 것인지 어쩔 것인지에 대해 궁리했다. 아니다. 진급시킬 바엔 상무가 아니라 전무라는 명함을 찍게 하는 게 어떨까. 그러곤 그에게 어디 가서 마음에 맞는 젊은 놈 하날 잡아오게 하면 되지 않을까.

그렇다. 우제정도 한번 만나볼 일이다. 그가 만약 한조실업으로 와줄 뜻이 있다면 전무는 그에게 붙여 줘야 할 직책이니까.

참, 우제정은 왜 세심사까지 왔었을까. 그리고 어째서 이군한테 중이 되려 하는 것인지도 모른다는 느낌을 주는 그런 말까지 했을까. 만약 그가 증권회사에 회의를 느낀 것이라면 한번 꾀어볼 만하지 않을까.

　그런 모든 구상에도 불구하고 한조는 여전히 이욱형 씨 밑으로 들어가는 일에 결심이 서지 않았다. 그래서, 만약 못하겠다고 하면 이욱형 씨는 제주도에서의 구출에 대해 보상하라고 할까.

　한조는 하품을 했다. 열차는 왜 아직도 오지 않을까. 그는 손목시계를 들춰봤다. 아직도 30분은…….

　서울로 돌아온 다음날 아침 느지막이 한조는 자기 사무실로 나갔다. 별일 없다곤 했지만 뭔가 아직도 꺼림칙한 데가 있어서 집전화를 두고 우정 아파트 앞의 공중전화통까지 가서 우선 사무실에다 전화부터 걸었는데 마침 박시대가 받아선 분명히 태풍은 비켜 갔다고 했으므로 한조는 마음이 가벼워졌다.

　"야, 너를 상무로 진급시킬까부다!"

하고 그가 전화통에다 대고 느닷없이 소리친 건 그런 어떤 해방감 때문에서였을까.

　"와 이러십니꺼. 앞으로 누가 잡으러 오만 내보고 대신 떼들어가라 그거지예."

　"이 자식 아주 나쁜 놈이군. 남은 일껏 생각해서 말하는데, 임마네 입으로 태풍 지나갔다고 해놓고 잡으러 온다는 건 또 무슨 소리냐?"

　"지가 어데 상무될 째비가 댑니꺼."

　"되는지 안 되는진 사장인 내가 판단해, 임마."

　"우쨌거나 퍼떡 나오시이소, 고만."

　"왜, 무슨 일 있어?"

　"무슨 일이 있는 기 아이라 사장님이 안 기시이 우짤 줄을 모리겠다, 아입니꺼."

　"이 자식 상무시킬 생각하고 있다고 했는데도 무슨 소리야?"

　"에이, 째비가 안 댄다 카이 캅니꺼."

"지금부터 각오를 바꿔!"

그러나 한조는 전화를 끊고 나자 너무 성급하게 말해 버렸다는 생각이 들어 사무실에 나가서는 그 말을 다시 입에 올리지 않았다. 나도 자동찰 한 대 사야겠는데, 불편해서라는 말만 하곤 곧 설희를 불러세웠다.

"혹시 웬 여자가 우리 사무실 주소 묻는 전화 한 일 없니?"

"주소를요? 여자가요?"

"그래, 여자가, 주소를."

"없는데요, 사, 삼…… 사장님."

설희는 삼촌이 튀어나올 뻔한 것을 가까스로 되삼키곤 얼굴을 발갛게 물들었다. 한조는 눈을 부라리는 한편으로 생각했다.

그렇다면 세심사 이철이한테 편지까지 보내어 그의 사무실 주소를 알려준 여자가 도대체 누구란 말인가. 더구나 다신 서울이라는 데는 발을 들여놓지 않을 결심이었다는데 그의 주소 알아내는 일 때문에 간다고까지 말했다는 여자——

그러나 머리를 조아린다고 감도 안 잡히는 여자가 떠오를 리도 없었으므로 한조는 박시대한테 몇 마디 이틀 동안의 경과에 대해 묻곤 공연히 사무실을 왔다갔다 서성거렸다.

강남 부동산업자 여섯이 구속되고 검찰에서 복부인 명단을 작성했다는 소문이 나도는 등 부동산업계 한 귀퉁이가 쑥밭이 된 셈이라는 박시대의 말이 귓가를 맴돌았다.

"사장님은 용케 빠졌심더."

"내가 뭐 죄졌어?"

"그래도 재수 엄써서 걸리면 걸렸지 빼쪽한 수 있습니꺼."

하긴 그렇기도 하므로 이 판에 더 벌이지 말고 가지고 있는 아파트와 단독주택 몇 채나 박시대한테 맡겨 처분하게 하고 이욱형 씨의 흥양기업으로 들어가 버리나. 가을 바람이 불면서 값이 뛰기 시작하자 박시대는 하루도 빠지지 않고 뛰어다니며 빈틈없이 체크하는 믿음직스러움을 보여주고 있는데 걱정할 게 뭐가 있는가.

"사장님, 머 고민이라도 있습니꺼?"

"아니. 나 잠깐 나갔다 올 테니까……."

한조는 결심이 선 듯 사무실을 휭 나섰다. 그러나 흥양기업을 찾아갈 것인지는 여전히 확신이 서지 않은 채였다.

흥양기업 사장 비서실에 들어서자 분위기가 어쩐지 썰렁한 느낌을 준다 했더니 역시 예감대로였다.

마침 비서실에 와 있던 조건재 전무가 반기며 한조를 사장실로 안내하긴 했지만 목소리에 힘이 없었다.

"사장님이, 마침 부산 내려가고 없는데……."

"부산을요?"

하면서도 한조는 웬일인지 이욱형 씨가 없다는 말에 한숨 돌린 것 같은 안도감이 느껴졌다. 결정은 그만큼 연기된 것이 아닌가 하여.

"이 상무하고 수산부장도 데리고 어제 내려갔죠."

"무슨 일이 있으십니까?"

"네. 신문에도 보도됐지만 우리 부산 지사에서 조그만 소란이 일어나고 있거든요."

"아하, 저도 며칠 지방에 다녀오느라 신문을 도통 못 읽었습니다만 무슨 일입니까?"

"왜 지난번 우리 배 한 척이 대만해협에서 침몰했잖습니까."

"네, 그건 이 장군님이 말씀해 주셨죠. 선원 네 명만 구조되고 여덟 명이 실종됐다고 하셨죠, 아마."

"맞습니다. 바로 그 문젭니다. 실종된 선원 유족이라는 것들이 지사로 몰려와 벌써 열흘째 악을 쓰고 있잖습니까."

"위자료 때문에……?"

"그렇죠. 도대체 사람들이 어째 그 모양인지, 사람 하나 죽은 걸

기화로 해가지고 당장 떼부자가 되겠다고 덤비는 게 아닙니까."

"그렇게 엄청난 요굴 합니까?"

"엄청나다 뿐입니까. 규정에도 없는 것을 요구한다 이겁니다."

"얼마나 달라는 건데요?"

조 전무가 이욱형 씨의 책상 위에 얹힌 육법전서를 들고 왔다. 그러곤 인터폰을 눌러 차를 날라 오라고 지시한 다음 마치 책의 무게를 재듯 한조 앞으로 들어 보이며 말했다.

"여기 선원법 98조와 99조에 보면 엄연히 유족 수당과 장례비 지급 규정이 나와 있거든요."

그에 따르면 선원이 직무 중에 사망했을 때는 월지급액의 36개월분에 해당하는 유족 수당과 3개월분에 해당하는 장례비를 선주가 지불하도록 돼 있다고 조 전무는 설명했다. 조 전무는 이어, 누가 그것을 안 주겠다고 한 것도 아니고 엄연한 그 규정대로 월급 5만 원인 선원 여섯 명한테는 유족 수당 180만 원에다 장례비 15만 원씩 얹어 주고 선장 갑판장도 실종이라서 월급 15만 원인 그 두 사람에겐 자그마치 585만 원씩을 지불하겠다는데 그렇게는 안 되겠다고 유족들이 버틴다고 연거푸 혀를 찼다.

"그 사람들 어떻게 주장하느냐 하면 그 돈 외에 근무 연수에 따라 1년을 1개월로 계산한 퇴직금, 보너스, 월급의 200프로에 해당하는 실종 수당, 연가비, 거기에다 또 회사에서 별도로 1인당 200만 원씩의 위로금까지 얹어 주지 않으면 물러서지 않겠다는 거니 우린 그럼 망하라는 얘기 아닙니까, 망하라는. 배 잃고 냉동 오징어 120톤 바다에 수장 지내고……."

한조는 비서실에서 날라 온 커피를 한 모금 마셔서 마음을 가라앉힌 다음 망설이던 입을 열었다.

"알고 보니 선원들 봉급이 형편없는 편이군요."

"우리끼리 얘기지만 하기야 그렇죠. 죽어서도 푸대접 받는다고들 하잖습니까. 참치잡이 선장들은 선원들 말 잘 안 들으면 그러죠.
‘너희들 때려죽여 바다에 던져 버리고도 고기 1톤이면 해결돼’ 하
고요.”

한조는 자신도 모르게 고개를 가로저었다.

“잘 타결이 지어져야 할 텐데……”

하는 말을 남기고 조건재 전무와 헤어져 흥양기업 사장실을 돌아 나
왔지만 한조는 기분이 매우 좋지 않았다. 무엇보다도 선원 유족들의
요구대로 들어주면 회사가 망한다고 말한 부분이 그중 비위에 거슬
렸다. 그걸 수습하겠다고 이욱형 씨마저 상무와 수산부장까지 달고
유족들한테로 달려갔다는 사실도 한조는 여간 마음에 안 드는 게 아
니었다.

한조는 물론 사업주로서 그럴 때 한푼이라도 덜 주고 싶어하는 심
리는 이해할 만한 것이며 그 점은 자신도 다를 바 없다고 생각했다.
그러나 조건재의 말대로 아무리 당시 사고 해역에는 태풍경보가 내
려져 있어서 선박의 항해가 금지돼 있었는데도 선장이 무리한 항해
를 강행하다가 사고를 당했다 하더라도 검은 어둠 속에서 거센 파도
와 싸우다가 브리지가 날아가고 물이 밀려들고 그러곤 애절한 구조
호소 끝에 마침내 기우뚱, 망망대해의 파도에 삼켜져 버리는 순간의
뱃사람들을 어찌 상상해 보지 않을 수 있는가.

한조는 너무 골똘히 그런 상상에 시달린 나머지 드디어 뭔가 분노
같은 것에 부대끼며 사무실로 돌아왔다. 이욱형, 당신과는 이제 마
지막이다 하는 생각이 거침없이 들 정도였다. 내가 언제부터 이렇게
됐는가.

“사장 돌아오면 걱정하시면서 다녀가셨다는 말씀 전하겠습니다”
라고 조건재는 말했지만 한조는 그의 방문을 전해 준다는 게 조금도
반갑지 않았다. 아니 없었던 일로 해줬으면 싶을 지경이었다.

그랬는데 바로 그 다음날 아침 한조가 출근하자마자 전화가 한 통

걸려 오더니 수화기를 받아 들자 그건 뜻밖에도 이욱형 씨가 아닌
가. 한조는 놀라서 소리쳤다.
　"이 장군님 제 전화 번홀 어떻게 아셨습니까?"
　"우리 조 전무가 알고 있드라."
　"조 전무님은 어떻게?"
　"언제 명함을 주드라 카든데."
　"그랬던가요?"
　"우짰든 마침 내가 자리에 엄슬 때 와서 미안한데."
　"조 전무님한테 말씀은 들었습니다만 내려가신 일은 어떻게 원만
히 수습이 되셨습니까?"
　"그름 누가 니리갔는데 그까짓거 하나 수습 몬하겠나."
　"유가족들이 순순히 물러났군요, 이 장군님 위풍에."
　"이 자석들이 전부 바본기라."
　"유가족이란 사람들 말씀입니까?"
　"와 유족들이고, 회사 간부라는 것들 말이제. 내 이런 돌대가리들
데불고 머 할라카이 대는 일이 엄서서…… 나 사장 같은 인물 한
둘만 있어도 고만 매끼 놓고 뒷전에 물러나 있어도 되는데."
　"원, 장군님은 별 말씀을."
　"안 그릏다. 그 불쌍한 유족들이 와서 사정을 하는데 이것들은 고
및푼 안 대는 거 애끼기만 하만 내가 잘했다 칼 줄 알고…… 그라
다가 신문 방송에까지 떠들어 붙이게 맹글어 가주곤 회사 망신 다
시키고 결국은 줄 거 다 주고…… 이런 빙신들!"
　"아, 그러니까 유족 요구대로 들어주신 거군요?"
　"어데 주기만 했나. 요구한 액수보다 백만 원썩 더 안 얹어 줬
나."
　한조는 이욱형 씨의 너무나 놀라운 말에 대꾸가 얼른 나오지 않았
다. 역시 조건재하고는 판연히 다른 사람이구나 하는 생각이 들자

갑자기 한조는 이욱형 씨에 대해 존경심마저 우러났다.

"그거 비참한 거 아녜요?"
우제정의 첫마디였다. 한조는 영문을 모르기도 하고 찔끔하기도 하여 눈을 홉뜨고 쳐다봤다.
"낡은 배로 파도와 농무에 맞서는 우리 원양어업 선원들 거 비참한 생활이라구요."
"내가 언제 원양어선 타겠다고 했어?"
"안 그랬죠. 하지만 하필이면 형님이 왜 그딴 잔인한 사업에 손을 대려 하느냐 이거예요, 허구 많은 돈벌이 다 두고."
우제정은 한조가 원양어업에 직접 손을 대려 하는 줄 알고 있었다. 그도 그럴 것이, 한조는 처음 그를 만나 이욱형 씨의 수산 회사에 들어가려 한다고는 말하지 않았으니. '원양어업이라는 거, 거 전망이 괜찮은 거야'라고만 했었으니까.
한조가 사실대로 말하지 않은 건 왠지 자신의 사업을 때려엎고 남의 수하에 월급쟁이로 들어가는 게 어떠냐고 묻는 것이 자존심에 관한 문제같이 느껴져서였다. 그래서 다만 수산업의 장래성에 대한 의견만 들어 보자는 것이었다.
"북태평양 격랑에 도전한 지 십여 년 만에 처참한 희생을 치르고 세계 제5위의 수산국이 되었다지만 제 심정 같애선 거기서 떼돈이 벌린다 해도 손대지 않을 거예요."
"난 너하고 다르잖니."
"하지만 하필이면 왜 원양어업이냐 이거예요. 더구나 강대국들이 모조리 2백 해리 전관 수역을 선포하여 바다를 막아 버린 지금 와서. 보세요, 캄차카 반도 근해도, 베링해 알류산 열도의 알래스카 앞바다도 모두 막히지 않았어요. 그래서 은대구, 명태, 청어값이 마구 뛰고 있잖아요."

　이 자식은 왜 이렇게 아는 것이 많은가. 아니 그게 아니라 그렇다, 왜 수산업이라는 게 원양어업뿐인가. 그러나 우제정은 한조가 근해어업에 대한 의견을 물을 때도 고개를 가로저었다.
　“한마디로 형님 재력 가지곤 당장 우리 나라 수산업계를 주름잡고 나서진 못할 거고 그렇다면 고작 고깃배 몇 척 띄워 가지곤…….”
　“내 돈 가지고 하는 게 아니란 말야”
하고 한조는 자기도 모르게 너무 부정적인 말을 하는 우제정의 말을 가로챘다. 그러자 우제정이 더욱 세차게 고개를 가로저었다. 아직도 한조 스스로가 수산업계에 진출하는 줄 알고, 그렇다면 더구나 포기하라는 것이 아닌가. 연근해 어민들의 72프로가 연 65프로라는 기절할 금리의 객주(客主) 고리채를 써서 망해 가고 있다고 우제정은 의분을 토했다.
　“요컨대 수산업에 손댄다는 건 증권이나 부동산 같은 것하곤 비교도 안 되는 투기예요. 만선(滿船)으로 돌아와도 그 고긴 중매인의 손가락 놀음에 적자로 끝장나게 마련예요.”
　중매인이란 또 뭘까, 하는 의문이 생겼으나 한조는 캐지 않았다. 묻기보다 한조는 이런 모르는 것 없는 친구의 탐구력은 과연 본받을 만하다는 생각에 매달리고 있었다. 이런 친구를 옆에 데려다 놓고 그 명민한 머리를 써먹을 길은 없을까.
　한조는 우제정을 전무로 불러오는 계획을 세웠던 것에 퍼뜩 생각이 미쳐 어딘가 초조가 낀 눈으로 그를 올려다봤다. 말을 한번 붙여 보느냐 마느냐. 그러나 그때 우제정이 먼저 입을 열어 깜빡 잊고 있던 애기를 꺼냈다.
　“형님, 이철이라는 청년 아시죠?”
　“알지. 내가 데리고 있던 아이지.”
　“그렇다더군요.”
　“제정이가 그 아일 어떻게 알지?”

"형님, 그 청년 지금 어디에 무엇이 되어 있는지 아시기나 하세
요?"

시치밀 떼고 무슨 말이 나오나 기다려 보자 하던 한조는 마침내
눈을 부라리고 소리쳤다.

"임마, 너 세심사엔 뭣하러 갔었어? 그리고 갔다 왔다는 말이라
도 했어야 할 거 아냐."

"아니, 형님 제가 세심사에 갔다온 거 어떻게 아셨어요?"

"내가 모르는 게 어디 있어. 너희끼리 모여 나 모략한 거 모를 줄
알구."

"그 청년이 기어코 절을 떠난 모양이군요? 절을 떠나 형님 찾아
온 거라면 실망인데요."

"중이 절을 떠나? 행자가 절을 어떻게 떠나니?"

"그럼 제가 세심사 들른 게 들통이 날 리 없는데 어떻게 아셨을까
…… 편질 보냈던가요?"

"내가 내려갔었어, 임마. 네가 내 주솔 가르쳐 줘서."

"형님 주손 이미 알고 있던데 뭘 그러세요. 아니 그보담도 웬일이
세요, 형님이 절간을 다 찾아가고?"

우제정은 말하고 나서 갑자기 정색이 되었다. 그러곤 그동안 여러
차례 그에게 전화를 했지만 공교롭게도 번번이 통화 중인 미묘한 경
험을 해오고 있다는 말도 했다.

"전화가 통화 중이라는 건 언제나 있을 법한 일이지 뭘 그래."

"세심사에서 이상한 애길 들어 전해 드리려고 전활 하는 판인데
번번이 통화 중인 게 이상하지 않아요?"

한조는 순간 귀가 번쩍 뜨였으나 되도록 표정에 나타내지 않고 우
제정의 다음 말을 기다렸다. 아니나다를까 우제정도, 그를 안다면서
이철이한테 편지까지 내어 그의 주소를 알려준 여자 애기를 알고 있
는 게 아닌가.

한조는 왜 그랬는지 모르지만 그 순간, 생각과는 달리 우제정의 말을 묵살하고 딴소릴 했다.

"야, 우리 나가자."

우제정이 말없이 따라 일어섰으므로 한조는 그를 데리고 대동중권의 객장을 떠났다. 그러곤 생각지도 않게 언젠가 정병택이라는 동회 서기와 간 일이 있는 터키탕을 찾아갔다. 그러나 문 앞에 이르러 간판을 쳐다보고 난 우제정이 놀라울 정도로 단호히 팔을 내저었다.

"이런 데 오는 거 좋아하지 마세요. 타락예요. 난 안 들어가요."

"나도 결코 좋아해서 온 게 아냐" 하고 한조는 당황하여 재빨리 변명하지 않을 수 없었다. "제정이한테 구경시켜 주려구 온 것뿐야."

"이런 데 구경 안 해도 억울할 거 하나 없어요."

"이딴 데 오는 걸 그렇게 죄악시하는 것도 좀 지나치다는 생각 안 들어?"

"수렁은 단번에 사람을 삼키지 않아요."

"한번 발을 들여놓으면 갈수록 빠진다?"

"그렇잖구요."

"제정인 여전히 증류수 같은 사내군, 미안하다."

"그보담도 형님, 그 여자 누구예요? 누군데 절 증기탕에 처넣고 삶아 버리려 드세요?"

"그건 오해다. 여기 온 거하고 그거하곤 아무 상관도 없어."

"실토하세요. 심상찮은 사건예요."

"심상찮다니? 그 여자에 대해 묻고 싶은 쪽은 오히려 나야."

"시치미떼지 마시구. 전 다 알고 있어요."

다 알고 있다니 도대체 무슨 얘긴가?

우제정이 세심사를 찾아간 여자에 대해 알고 있다고 한 건, 그러나 나중에 보니 단순히 넘겨짚어 본 것일 뿐이잖은가. 한조는 화가 나서 버럭 고함을 쳤다.

"임마, 사람 놀리는 거야? 내가 여자나 건드리고 다니는 바람둥이인 줄 알어?"

"아니신가요, 그럼?"

"이 자식이!"

"좋습니다. 그럼 그 여잔 누구예요? 형님이 아는 여잔 것만은 분명하니까요."

"내가 아는 여자가 어디 한둘이냐?"

"그러니까 형님이 건달 아니라는 얘긴 사실이 아녜요. 곧이 들리지 않는단 말예요."

"너 정말 사람들 앞에서 나 끝까지 망신시킬 거야?"

우제정이 목만 내놓고 히죽 웃었다. 그들은 욕탕 속에 들어앉아 그런 입씨름을 하고 있었던 것이다. 터키탕은 싫고 기왕 목욕하러 나섰으니 대중탕에 들어간다면 따라붙겠다고 하여 그렇게 한 것이 아니랴.

영웅은 호색이라고 했는데 남자가 색시 좋아하는 거야 자랑스런 거지 뭘 그러슈, 라는 말을 남기고 탕을 나가는 중늙은이까지 있었으므로 한조는 더욱 눈을 부라리고 우제정을 흘겼다.

"젊을 때 한세상이지 늙어 보슈, 다 소용없시다."

하면서 한증막 속으로 사라져 가는 저 늙은이는 얼마나 많은 여자를 울린 것일까. 그땐 이른바 옷고름 입에 물고 배시시 웃는 그런 여자들이었겠지.

한조는 목욕을 끝내고 탈의실에 나와서야 굳은 표정을 만들어 물었다.

"제정이 혹시 증권회사 사원하는 거 싫증난 거 아니냐?"

"건 왜 물으세요?"

"나한테 와서 나랑 같이 일 안 해 볼려나 해서."

“한조실업에요 ？”

한조는 전무 자리를 주겠다고는 하지 않고 대신 이렇게 되물었다.

“왜 내가 맘에 안 들어 ？”

“그건 불행예요. 지금이 형님이나 저한텐 아주 좋아요. 좋은 인간 관계란 적당한 거릴 유지해야 더 좋아지는 거예요. 제가 형님을 좋아한다는 것만 알아 두세요, 딴 얘긴 마시구. ”

“좋아하긴 뭘 좋아해. 제정인 황금을 돌같이 보고 난 돈벌렌데. ”

“형님 그런 면을 뜯어고쳐 볼 작정이거든요. ”

“중이 되어서 ？”

“무슨 얘기예요 ？”

“이철이가 그러는데 제정인 중이 될 거라던데 ？”

“그럴 용단만 선다면 하지요. 하지만 안 될 것 같아요. ”

“제발 쓸데없는 소리 마라. ”

“이철이란 청년 만나서도 그렇게 말씀하셨어요 ？”

“물론이지. 당장 같이 가자고 했지. ”

“그러니까 형님, 그 청년 데리러 내려가신 거군요. 그랬는데 실패하신 거군요. ”

“언젠간 *끄*집어내고 말걸. ”

“그 청년 얘기로는 형님 안다는 그 여자분이 머릴 깎을 것 같다던데요. ”

“도대체 어떻게 생긴 여자래 ？ 인상 같은 거라든지 무슨 얘기 들은 거 없어 ？”

“정말 전혀 짐작도 안 가세요 ？”

“전혀. ”

“한 가지만은 확실해요, 뭔가 가슴에 깊은 상처를 안고 있을 거라는 사실. 난 그게 형님 때문일 거라고 단정했죠. ”

“맹세코 아냐. 난 절대로 여자한테 상처 입히지 않아. ”

"알 수 없죠. 아직도 제가 속고 있는 건지."

우제정은 그렇게 말하고 나서 곧 손을 흔들며 사라져 갔다.

이욱형 씨로부터 언제 또 전화가 걸려 오려나 어딘가 조마조마한 위기감마저 느끼며 한조는 사흘째 끙끙거리는 중에 있었다. 이번에 전화가 있으면 그땐 찾아가서 어느 쪽으로든 가부간 결심을 말해야 하는데 한조는 아직도 그걸 결정 못 짓고 있었던 것이다. 흥양기업에 들어가느냐, 마느냐?

절망의 구렁텅이에 빠진 그를 거침없이 건져 주고 부푼 희망까지 안겨준 사람의 청을 거절해도 괜찮을까. 아니 그보다도 과연 거절할 수 있을까.

"무엇보담도 말이야?"

한조는 자신도 모르게 버럭 고함을 치며 의자를 차고 일어섰다. 설희가 놀란 눈을 하고 그를 쳐다봤다.

"왜 그러세요, 삼춘?"

"박 부장 어디갔니?"

"어머머, 좀 전에 전화받으시구선 그러세요."

"어디 있다고 그랬지?"

"사당동 무슨 다방이라구 안 그러셨어요?"

"알았다."

한조는 말하고 나서 또다시, 무엇보다도 말이야 하고 속으로 중얼거렸다. 무엇보다도 이욱형 씨 회사로 들어간다 해도 그의 사무실을 그대로 열어 둔 채로 들어가는 것을 이욱형 씨는 달가워하지 않을 게 아닌가 하는 점이 그중 난처한 문제였다. 그래 가지곤 마음을 두 갈래로 써야 되므로 업무에 집중력이 없어지지 않을까 꺼림칙해할 것이므로.

그렇다고 사무실을 닫았노라고 해놓고 살짝 다른 데다 방을 얻는 야비한 짓거리를 할 수도 없고……. 설령 그런다고 언제까지 들통이 안 난다고 장담할 수 있으며 만약 그의 그런 짓이 드러나는 날엔 그건 이욱형 씨한텐 의리를 저버린 행위로 비칠 게 뻔하지 않은가.

이러구러 전전긍긍하며, 이 나한조가 언제부터 이렇게 배짱도 없고 우물쭈물 결단도 못 내리는 인간이 돼버렸을까 하고 있는데 난데없이 붉은 헬멧을 쓴 제복의 사나이가 불쑥 그의 사무실 문간에 나타나지 않는가.

"나한조 씨가 누구세요?"

"……난데요?"

"전보요!"

전보라는 말에 한조는 한 바가지 찬비를 뒤집어쓴 듯 후두둑 정신이 깨어났다.

"전보라니…… 무슨 소리야?"

하고 황색 종이쪽을 받아든 한조가 문 쪽으로 쳐다봤을 때는 이미 배달원의 모습은 보이지 않았다. 한조는 얼떨떨한 채로 접힌 전보용지를 펴들었다.

'이철 씨 사망, 세심사'

또닥또닥 찍힌 활자를 두 번 세 번 읽어 보며 한조는 눈앞이 아득해 오는 것을 느꼈다. 도무지 믿어지지 않는다고 생각하기로 해야 하는 건가, 아닌가.

"무슨 전보예요, 삼춘?"

하며 아까부터 자리에서 일어서 쳐다보고 있던 설희가 물었으나 한조는 그 소리가 들리지 않았다.

"지금 몇시냐?"

하고 묻기 바쁘게 한조는 자신의 손목시계를 들춰봤다. 오후 네 시가 넘어 있었다. 한조는 곧바로 문께로 달려나갔다.

"나 빠르면 내일쯤 돌아올 거다."

설희가 문 밖으로 뛰어나오며 이미 층계참으로 내려서고 있는 한조의 뒤통수에다 대고 소리쳤다.

"어딜 가시는데요?"

"박 부장한테 그렇게 전하기나 해!"

밖으로 나서자 밝은 오후의 잔광이 비껴 비치고 있었다. 죽음의 냄새가 나는 빛이——

한조가 사포역에 닿은 것은 저녁 여덟 시가 넘어서였다. 어둠 탓일까, 한조는 잠시 괜한 걸음이라는 느낌마저 들어 역 앞의 작은 광장에 걸음을 멈추고 섰다.

그러나 곧 마음을 고쳐 먹고 사포읍을 빠져 나와 어둠에 싸인 들판길로 들어섰다. 스스스 하고 마치 구렁이가 기어가는 소릴 내며 마른 벼포기 위를 구르는 밤바람 소리가 몸을 오싹하게 했다. 이건 어쩌면 이철의 목소린지 모른다는 얼토당토 않은 생각을 하며 한조는 더욱 걸음을 서둘렀다.

—사장님, 그동안 너무 고생이 많으셔서 눈을 다치셨군요.

이군은 그의 안경 쓴 모습을 한참 동안 말없이 지켜보고 있다가 그렇게 말하지 않았던가. 용서해 주세요. 전 배은망덕한 놈예요.

이철은 그런 뜻의 말을 그 뒤에도 적어도 다섯 번은 했다. 올데갈데 없는 아이를 붙잡아 스무 살이 되도록 친동생같이 보살펴 주었는데 끝내는 의리를 팽개치고 도망쳤다는 말도 했다.

—그때 내가 꾸민 일이 결코 옳은 일이 아니었잖니.

—그거하고 제가 도망친 거하곤 아무 상관도 없어요. 사장님은 그때 일로 눈까지 버리셨는데 전 이렇게 편하게 지내고 있었거든요.

—네가 편하니 지금? 그리고 난 눈을 버린 게 아니야.

한조는 안경을 벗어 들었다. 그러곤 이철의 죽음은 도무지 이해할 수 없다는 생각을 했다. 도대체 그토록 마음을 가라앉히고 스님의 길을 걷던 녀석이 무슨 사고로 목숨을 잃었을까.

그렇다. 틀림없이 이철은 사고로 죽었을 것이다. 세심사 뒷산이 그렇게 험하다더니 거기서 실족을 한 것은 아닐까. 그런 산을 구두를 신고 올랐다는 그의 거짓말을 듣고 녀석도 고무신만으로 올라간 건 아닐까.

짜식, 뻔한 거짓말은 거짓말인 줄 알아야지.

한조는 검은 낙엽길로 들어서며 혀를 찼다. 녀석은 여기까지 그를 배웅해 주지 않았던가. 그러곤 끝내 헉 흐느끼며 돌아서서 뛰어 달아나지 않았던가.

갑자기 다리에 힘이 빠지는 것을 느끼며 한조는 검은 어둠에 싸인 산을 올려다봤다. 세심사로 통하는 길이 희미하게 아주 조금밖에 틔어 있지 않았다.

고개를 젖히고 쳐다봤으나 하늘엔 물론 달이 떠 있지 않았다. 초승달이어서 어느새 스러져 버렸는지 몰랐다. 오늘이 음력으로 며칠이었던가. 아니었다. 별도 숨어서 하나 찾아볼 수 없으므로 분명히 짙은 구름이 드리워져 있는 모양 아닌가.

서울을 떠날 땐 쨍한 오후의 햇볕이 있었는데…….

이철의 죽음이 두꺼운 구름을 몰아왔단 말인가. 한조는 잠시 멈춰 섰던 발걸음을 다시 떼어 놓기 시작했다. '세심사 2.5km'라는 이정표가 서 있던 지점이 여기 어디쯤이었던 것 같은데 하는 생각을 하며.

그때였다. 길가 솔 포기 사이에서 분명히 낙엽 부스러지는 소리가 들리지 않던가. 한조는 머리끝이 쭈뼛 일어서는 것을 느꼈다.

"누구야?"

하고 한조는 자기도 모르게 소리쳤다. 누군가 길로 내려서지도 않고 검은 그림자로 일어서고 있었던 것이다.

"나 사장님이시죠?"

검은 그림자는 놀랍게도 그의 이름을 부른 다음에야 길로 내려섰다. 뜻밖에도 여자의 목소린데 일단 경계를 풀고 한조는 어둠의 장막을 휘감고 길로 내려와 선 상대를 건너다봤다.

여자가 재차 물었다.

“나 사장님 아니세요, 혹시?”

“누구쇼, 댁은?”

“나 사장님이시죠. 저 숙희예요.”

“숙희?”

“아마 나 사장님은 절 모르실 거예요.”

하는 목소리를 듣는 순간 퍼뜩 생각이 났으므로 한조는 멈춰 섰던 발걸음을 떼어 여자 앞으로 두어 발짝 다가섰다.

“내가 왜 숙희를 몰라.”

“아세요?”

하며 이숙희도 한 발짝 다가서고 있었다.

“오천집에 있던 숙희라면.”

“기억해 주셨군요, 맞아요.”

“그런데 숙희가 이 밤중에 웬일이야, 이런 산 속에?”

“나 사장님을 기다리는 중인걸요.”

“나를?”

“네에.”

여자는 대답하고 나서, ‘전보 제가 띄웠어요’라는 놀라운 말을 하지 않는가.

“아무래도 알려드려야 할 것 같아서요.”

한조는 너무 뜻밖이어서 말을 잇지 못했다. 그렇다면 죽은 이철이한테 그의 주소를 알려준 여자란 바로 이숙희가 틀림없지 않은가.

“그럼……”

“네, 그래요 사장님은 모르구 계셨지만 전 이철 씨하구 알아요. 사장님이 이철 씰 오래 데리구 계셨다는 것두 알구요. 그래서 더 이철 씨 죽음이 안타깝구 슬퍼요. 사장님을 얼마나 뵙구 싶어했는데 한번 뵙지두 못하구 이렇게 갑작스레……."

"도대체 어떻게 된 거야? 이군이 어떻게 죽었어?"

한조는 목이 메어 말을 잇지 못하는 이숙희 앞으로 한 발짝 다가서며 물었다. 그녀는 대답하기 전에 먼저 이렇게 물었다.

"올라가셔야죠?"

"물론이지."

"그럼 걸으면서 말씀드릴게요."

"얼른 애기해 봐."

한조는 이숙희와 어깨를 나란히 하고 산을 오르기 시작하며 거듭 다그쳤다.

"바위에서 미끄러졌다나봐요."

"그러니까 실족사란 말야?"

한조는 걸음을 멈추고 어둠으로 얼굴의 윤곽조차 알아볼 수 없는 여자를 돌아봤다.

"경찰이 와서 현장을 돌아보고 그렇게 결론을 내렸대요. 벌써 사흘 전 일이라는데요."

"사흘이나 됐다구?"

"네에."

"세심사 뒷산에서?"

"사장님이 뒷산을 어떻게 아세요?"

"알지." 하고 나서 한조는 다시 걸음을 떼어놓았다. "얼마 전에 한 번 내려왔댔어."

이번엔 이숙희가 놀라서 되받았다.

"그러세요? 그럼 이철 씨 만나보셨군요."

"그래서 꼭 꿈만 같어, 이군이 죽었다는 게."

"편지 못 쓸 것 같다더니 결국 편지드렸었군요."

"그럼 이철 씬 여한은 없겠어요"

라고 이숙희는 혼잣말처럼 중얼거렸다. 한조는 그런 그녀를 돌아보
며 물었다.

"숙희가 편지로 내 주솔 이군한테 알려줬던가?"

이숙희로부턴 대꾸가 없었다. 혹은 어둠 속에서 고개만 끄덕였는
지 몰랐다.

두 사람은 말을 끊고 걷는 일에만 열중했다.

짜식이 하필 바위에서 미끄러져 죽다니 하고 한조는 생각했다. 바
다에 빠지는 건 다른 사람한테 참혹한 모습은 보이지 않지 않는가.
특히 태평양 바다에 빠지면……

그렇다고 한조는 적어도 죽으려면 태평양 정도엔 빠져야지 하는
생각을 하는 것은 아니었다. 거기에 빠져 죽으면 상어밥이 될 수도
있으므로…… 하는 따위의 생각을 하는 것은 더구나 아니었다. 현장
을 직접 보진 않았지만 낭떠러지 아래 떨어져 숨이 끊어진 모습이란
얼마나 처참한 모습이었을까, 하는 다만 그런 생각에 매달려 그는
쉴새없이 혀를 차고 있었다.

이숙희가 숨이 차서 쌔근거리는 소릴 옆에서도 완연히 들을 수 있
었으므로 한조는 걸음의 속도를 늦추고 물었다.

"힘들면 좀 쉬어갈까?"

"아녜요. 괜찮아요. 서둘러야 할지 몰라요. 너무 늦었걸랑요."

그녀의 말대로 너무 시각이 늦은 것도 같지만 호흡을 가누기 힘들
어 말도 끊어 하고 있는 여자를 데리고 걸음을 서둘 수야 없지 않은
가. 한조는 길섶 아무 데나 털썩 엉덩이를 던지고 앉았다.

"좀 쉬어가자구."

그러곤 이숙희가 반대를 않고 조금 떨어진 지점에 앉는 것을 기다
려 말을 붙였다.

"숙희를 이런 데서 만나리라곤 상상도 못한 일이군. 이군한테까지
　도 이름을 말해 주지 않은 모양이던데."

“네, 그랬어요. 부끄러워서요.”

“뭐가?”

“이철 씨가 알게 됨 결국 나 사장님두 아시게 될 것 아니겠어요.”

“그럼 숙희와 내가 모르는 사인가.”

“전 나 사장님께만은 제가 여기 온 걸 비밀루 하구 싶었죠.”

이숙희는 그러고 나서 곧 말을 고쳤다.

“아녜요. 그게 아녜요. 사실대루 말씀드릴게요. 나 사장님이 아시
게 됨 이철 씨두 제가 어떤 여잔지 알게 될 것 같아 사실은 그게
두려웠어요.”

“내가 입이 그렇게 가벼운 줄 알어?”

“입이 가벼워서 그러시는 게 아니죠. 사실대루 말씀하시는 거죠.”

“난 도대체 누굴까 하고 얼마나 궁금했다구.”

한조는 잠시 후 몸을 일으켰다. 이숙희도 따라 일어섰다. 낙엽이
죽는 소릴 내며 부서졌다.

“내 사무실 주손 어떻게 알았어?”

“서울루 올라가서 언니한테 전화를 걸었어요.”

“언니가 누구야?”

“오천집 김 언니 말씀여요. 그 언니가 시청에 계시는 나 선생님께
전화를 드려서…….”

“아하, 그렇게 그렇게 되어서…….”

“네, 나길조 선생님이 가르쳐 주셨어요. 마침 나 사장님 명함을
가지구 계셨대요.”

“숙희, 아직도 서울에 있나?”

그러나 이숙희는 그의 질문에 얼른 대답해 주지 않았으므로 한조
는 다그치지 않았다. 쏴아쏴아하고 솔잎을 휩쓰는 밤바람이 지나가
고 있었다.

이 여자는 지금 어디에서 무엇이 되어 있는 것일까. 서울엔 다시

나타나지 않으려 했는데, 라는 말을 했다면 분명히 지금 서울에 있
진 않을 게 아닌가.

혹시 중이 되려고 세심사에 다시 찾아왔던 것은 아닐까? 그렇게
왔다가 이철의 죽음을 알게 된 것은 아닐까. 그렇다면 어떻게든 이
여자만은 중이 되게 내버려 두지 말아야지. 한조는 막연하나마 그런
생각에 매달려 있었다.

“얼마 전에 찾아뵌 일이 있지요. 나한조라고 합니다.”

한조는 뜨락 아래 마당에 서서 방 안을 쳐다보며 말했다.

방 안엔 촛불이 타고 있어서 지게문 문턱에 팔꿈치를 걸치고 앉은
주지승 향운의 어깨가 들썩들썩 춤을 추는 듯한 착각을 일으키고 있
었다. 향운이 굵고 낮은 목소리로 말했다.

“기억이 납니다.”

“갑작스런 연락을 받고 오느라…….”

한조는 말을 흘리며 옆에 말 없이 서 있는 이숙희를 돌아봤다. 이
숙희가 재빨리 거들었다.

“제가 전보를 쳤어요, 향운 스님.”

“잘했어요. 그러잖아도 우린 연락을 하려도 주소를 가지고 있지
않아서…… 그래 얼마나 놀라셨을까, 전보 받고.”

“대충 애긴 들었지만 지금도 믿어지지 않는군요.”

그때 향운이 잠깐 좀 보자는 투의 손짓을 했으므로 한조는 흘끗
이숙희 쪽을 돌아봤다. ‘들어가 보세요, 전 여기서 기다리겠어요’라
고 그녀가 재빨리 속삭였다.

한조는 곧 주지승의 방으로 들어갔다. 향운의 목에 분명히 염주가
걸려 있는데 벽에 또 한 줄의 염주가 장삼과 함께 걸려 있었다. 조
그만 탁자 위에 펴논 한서(는 불경일 테지만) 위엔 굵은 또다른 염
주가 놓여 있었다.

향운이 무릎을 꿇고 돌아앉으며 그에게 자리를 권했다. 한조는 다

리를 접고 앉으며 말했다.

"갑작스런 일을 당하셔서 얼마나 충격이 크셨습니까."

"아니올시다. 믿고 보내 주셨는데 오히려 우리의 보살핌이 너무 소홀했던 것 같아 면목이 없습니다."

"뜻하지 않은 사고야 어떻게 막을 수 있었겠습니까."

"참 부지런하고 성실한 아이였는데…… 독경도 여간 열심이 아니었구."

향운은 시선을 아래로 내리깔고 혼잣말처럼 중얼거렸다. 한조가 뭐라고 대꾸를 않고 흔들리는 촛불을 바라보고 있는 동안에 향운은 이군한테 줄 법명까지 지어 놓고 있는 중이었다는 말을 했다.

"창능(昌能)이란 이름을 주어 다음 달쯤엔 머리를 깎게 할 작정이었지요."

"본인은 내년쯤일 거라고 생각하고 있었는데요."

"그렇게 말해 주었지요."

그랬는데 신심이 독실하여 행자승의 기간을 단축해 주려 했다는 뜻의 말을 하고 나서 향운은 염주를 집어 들고 한참 말없이 굴리고 있었다. 뜻밖의 질문을 한조에게 던진 것은 바로 그런 다음이었다.

"내가 묻고 싶은 것은 혹시 이군이 평소에 이상한 데가 없었는지 하는 점입니다."

"그게 무슨 말씀이십니까?"

"혹시 마음에 그늘이 져 있었다든지……."

"아니 그럼……?"

"아니올시다. 혹시나 해서 물어보는 것뿐입니다. 얼마 전에 오셨을 때도 그런 점은 안 보였겠지요?"

"말씀해 주십시오, 뭔가 이상한 말씀이신데."

"경찰까지 왔었습니다. 그들도 와서 여러 가지로 조사한 끝에 바위에서 미끄러진 것으로 결론을 내고 돌아갔습니다. 그런데 의심할 게 뭐 있겠습니까.”

“그랬는데 스님께선 왜 저한테 그런 질문을 하십니까?”

그러나 향운은 명쾌하게 대답을 않고 다만 이렇게 여운을 달고 있지 않은가.

“다만 한 가지…….”

이철의 죽음에 대해 세심사 주지승 향운이 여운을 남기는 말을 한 건 사실인즉 한조를 여간 놀라게 하지 않았다. 그러잖아도 산 밑에서 이숙희를 만나기 전까지는 왠지 사뭇 이군이 자살했을지 모른다는 생각에 지배당해 있던 그가 아닌가.

그래서 이 깜깜한 밤중에 산길을 어떻게 오를까 차츰 두려움에 휩싸일 만큼 뭔가 예감이 좋지 않기까지 하지 않았던가. 이숙희의 기척에 당장 생땀이 나뺐지만 그녀로부터 실족사란 말을 듣는 순간 겨우 안도 같은 한숨을 깨물던 그가 아닌가.

어느 편인가 하면 한조는 이철의 느닷없는 죽음에서 무슨 인력(引力) 같은 것을 느끼고 있었던 것이다. 전보의 내용을 들여다보는 순간, 아! 나는 이런 내용일 줄 이미 읽기 전에 알고 있었지 하는 근거없는 확신에 제압당했었으니까.

뭔지 몰랐다. 그가 과연 전보의 내용을 읽기 전에 분명히 그런 단정이 섰었는지조차도 그는 확인할 수 없었다. 그러면서도 한조는 서울역으로 나가면서, 마침내 열차가 움직이기 시작했을 때도, 태어나서 처음 받아 보는 전보통지서를 읽기도 전에 그것이 이철의 죽음을 알리는 내용임을 알고 있었다는 확신에 빠져 버렸던 것이다.

한조는 약간 겁에 질린 목소리로 말했다.

“스님, 말씀해 주십시오. 단지 한 가지 무엇입니까?”

“글쎄 단지 뭐랄까. 한 가지 이상한 점은…….”

“네, 이상한 점은요?”

“창능은 그날……” 하고 향운은 이철을 창능이라고 부르고 있었다. "저녁 예불 때까지도 절에 있었다는 점입니다. 물론 낮에는 나무를 하러 산엘 갔지만 무사히 돌아왔다는 거구요."

"그럼 이군이 밤에 산에 올랐다는 얘기 아닙니까, 스님?"

그때 향운이 대답 대신 방문을 펄쩍 열어젖혀 한조는 머리끝이 쭈뼛 일어설 정도로 놀랐다. 그러나 향운의 그런 행동은 행자 하나를 불러 아직도 바깥 마루끝에 쪼그리고 앉아 있는 이숙희를 어디로 안내하라는 지시를 내리기 위한 것뿐이었다.

"깜빡 잊고 있었군요, 밤공기가 몹시 쌀쌀한데."

"말씀만 듣고 곧 내려갈 예정인데요, 스님."

"이 시각에 어딜 가신단 말입니까."

"우선 말씀부터 해주십시오. 이군이 저녁 예불 때까지 이 절에 있는 걸 스님께서도 보셨습니까?"

"난 기억을 못합니다, 그 많은 절 사람들 중에 창능이 있었는지 어떤지. 다만 행자 하나가 같이 군불을 지폈다고 말하고 있고 다른 아이도 본 것 같다는 거지요."

"스님 가운덴 보신 분이 없구요?"

"모두 기억을 못합니다, 그날 봤는지 전날 봤는지를."

"경찰이 왔을 때도 그렇게 말씀하셨습니까?"

"불가에선 확실하지 않은 일을 두고 말하진 않습니다."

"어떤 확실하지 않은 점 말씀입니까? 행자들 사이엔 혹시 무슨 알력 같은 건 없었습니까?"

"바로 그런 의심을 받는 것이 싫어서도 경찰에 말하지 않은 겁니다. 적어도 우리 이 세심사엔 그런 의심살 점이 없고, 더구나 창능은 그날 낮에 혼자 나무를 하러 갔었다는 점이 중요하지요."

"그러니까 스님께선 이군이 낮에 그런 사골 당했다는 거지요?"

그러나 향운은 웬일인지 또 얼른 대답을 않고 염주를 굴리고만 있었다.

"모든 것은 부처님 뜻이지요, 나무관세음보살!"

이것이 한조가 향운에게서 들은 마지막 말이었다.

저녁 예불 때까지 세심사에 이철이 보였다는 행자들의 주장은 믿을 만한 것이 못 된다는 것인지 향운은 그렇게 모든 걸 부처한테 미는 것으로 말을 끝냈다.

한조가 별다른 이의를 달지 않고 주지승의 방을 나선 건, 부처가 데려갔다는데야 어쩌랴 해서는 아니었다. 만에 하나 타살일 여지도 전혀 없다고야 말할 수 없겠지만 그가 아는 한에선 이철이란 아이는 누구한테 무슨 앙심을 살 아이가 결단코 아니지 않았는가.

그럼에도 뭔가 개운치는 않아 안 듣기보다 못했다는 생각을 하며 한조는 뜨락 아래로 내려섰다.

"게 죽호 없느냐!"

하고 향운이 마루끝에 서서 행자를 부르고 있었다.

"그만 전 아래 사포로 내려갈까 합니다, 스님."

"너무 시간이 늦기도 했고, 그렇겐 안 됩니다. 창능을 생각해서도 하룻밤 유해서 가셔야지요."

한조는 두 손을 모아 합장을 해보이는 향운과 작별을 하고 등을 들고 나타난 죽호라는 행자를 따라 나섰다. 어둠에 잠긴 경내를 걸으며 한조는 행자한테 이숙희의 방에 대해 물어봐도 될 것인지 망설였다.

그러나 그는 생각과는 달리 이런 질문을 불쑥 던졌다.

"자네도 그날 이철을 봤던가, 저녁 예불 뒤까지?"

"그날이라니 원제 말씀이지라우?"

"이철이가 죽었다는 날."

"아, 예에, 군불을 땐 것은 저허고가 아니지라우."

"그러니까 자넨 못 봤군."

"봤어라우, 틀림없이. 그런데도 스님들은 우리 말을 안 믿어라우.”

“그럼 자넨 이철이 어떻게 죽었다고 생각하나?”

“뻔하지라우.”

“뻔하다니?”

그러나 행자는 뻔한 것을 대답해 주지 않은 채 어느 방문 앞에서 걸음을 멈췄다. 전에 왔을 때 묵은 방이 아닌 그 다음 채의 끝방이었다. 등을 번쩍 들어 방문의 윤곽을 드러내 보여주는 것은 들어가라는 뜻이겠으나 한조는 불빛에 얼룩지고 있는 행자의 유령 같은 얼굴을 마주보고 서 있었다.

그때 행자가 마침내 불쑥 말했다.

“자살 아니겠어라우.”

한조는 대꾸를 않고 문짝을 열어젖혔다. 안에 장지 덧문이 또 있었다. 행자가 등을 들고 뜨락 위로 올라서서 방 안을 비추었다.

“저그 남포 보이지라우?”

“난 성냥이 없는데.”

“담배도 안 피우라우?”

행자가 방바닥으로 조그마한 성냥곽을 집어던졌다. 한조는 램프에 불을 댕기며 물었다.

“이철이 왜 자살했다고 생각하지?”

“이런 산속에 있어 보랑께요.”

한조는 램프의 심지를 조금 올리고 난 다음 성냥곽을 행자한테 넘겨주었다.

“자넨 이철이하고 가깝게 지냈겠지?”

“젤로 친허진 않았지만…… 눈물이 절로 나오드만이라우.”

한조는 방문 앞으로 나서며 말했다.

“잘 자. 방이 뜨뜻하구먼.”

뭔가 미진한 듯 머뭇거리던 행자가 이윽고 이렇게 물었다.

“아저씨 나 사장님이지라우 ? ”

“내가 나 사장인 줄 어떻게 알지 ? ”

하고 한조는 놀라서 되물었지만 죽호라는 행자의 대답엔 별다른 의미가 없었다. 요컨대 죽은 이철이 자주 그의 이름을 말했다는 것인데 어떻게 말하더냐니까 열다섯인가 어느 때부터 그의 보살핌을 받으며 살았다는 정도가 전부였다. 이철보다는 두어 살 아랜 듯 좀 얼떤 데가 있어 뵈는 그는 들은 애기를 제대로 되새길 능력도 갖고 있지 않은 듯했다.

그랬는데 등불을 왼손으로 옮겨 들며 미적미적 서 있던 죽호가 뜻밖에도 이숙희 애길 꺼내는 게 아닌가.

“아까 그 여자분도 알지라우. ”

한조는 이때다, 하고 대뜸 물었다.

“참 어느 방에 있지 ? ”

그러나 죽호는 ‘저어그’라고 턱짓만 해보일 뿐 가르쳐 주지 않았다. 안다는 게 무슨 뜻이냐고 한조가 되물었을 때도 죽호는 전에 왔을 때 이철과 함께 오래 얘기했었다는 말밖엔, 무슨 내용이었는진 말하지 않았다.

한조는 하는 수 없이 재차 작별 인사를 했다.

“잘 자 ! ”

“예, 주무시지라우…… 참, 그 여자분 비구니가 될 거라드만요. ”

“누가 그래 ? ”

하고 한조가 재빨리 되받아 물었지만 죽호는 그것도 비밀이라고 생각하는지, 아니면 깐에 약을 올리고 싶은지 아무 대꾸가 없이 등을 앞세우고 방문 앞을 떠났다.

한조가 이숙희를 다시 만난 것은 다음날 새벽이었다. 댕그랑거리는 풍경 소리 때문인지 좀처럼 잠은 와주지 않고 이것저것 이철이 생각만 하다가 새벽녘이 거의 되어서야 뒤늦게 잠이 들었는데 어느 순간인가부터 귓가에 은은한 여자 목소리가 들리지 않던가.

"나 사아장님, 나 사아장님！"

그건 영락없는 귀신의 목소리였으므로 한조는 죽자고 이불깃을 끌어당겼는지 몰랐다. 퍼뜩 정신이 들어 이불을 헤집자 그는 다리는 다 내놓고 상체만 이불 속에 파묻혀 있었으니까. 그리고 문 밖엔 그를 부르는 목소리가 정말 있었다.

"나 사장님, 나 사장님, 주무세요？"

한조는 서둘러 이불을 걷어붙이며 가래 끓는 소릴 냈다.

"어, 누구요？"

"저예요, 숙희요."

한조는 허리끈을 추스르며 뿌옇게 어둠이 바랜 장짓문을 열어젖혔다. 그러곤 지게문을 밀어붙이고 재촉하듯이 말했다.

"들어와요, 들어와요！"

이숙희는 뜨락 밖의 잿빛 어둠에 싸여 서 있었다.

"네 시가 넘었어요, 벌써."

"이제 겨우？"

"예불이 시작된 걸요. 가셔야잖아요."

"먼젓번에 왔을 때 구경했어, 그건."

한조는 약간 짜증이 섞인 듯한 목소리로 말을 받았다. 그러나 이숙희가 그대로 버티고 서 있는데 아차 생각이 미쳐 그는 벽을 더듬거려 저고리를 떼어 들고 문턱을 넘어섰다.

이숙희가 앞서서 걸음을 서둘렀다. 대웅전 앞까지 가는 동안 한조는 계속해서 몸을 후룩후룩 떨었다.

"들어가세요."

한조는 이숙희가 시키는 대로 신발을 벗고 대웅전 안 마룻방으로 올라섰다. 다른 사람을 흉내내어 절을 하라는 시늉을 하며 그녀가 나직이 속삭였다.

“이철 씨를 위해서예요.”

“이군은 자살이야.”

한조에게선 자신도 모르게 불쑥 그런 말이 튀어나와 버렸다.

예불이 끝나 대웅전 마당을 돌아 나오는 동안 이숙희는 참았던 것을 지체없이 다그치고 들었다.

“나 사장님 아까 하신 말 사실이세요, 이철 씨가 실족사 한 게 아니란 말씀?”

그런 질문이 나오리라는 걸 한조도 이미 예상하지 않은 게 아니었으므로 그는 준비해 뒀던 말을 해주었다.

“그런 건 아니고 약간 의심이 갈 만한 데가 있는 모양 같아.”

“주지 스님께서 그러셨어요?”

“응, 그분이 그런 말을 해준 건 얼마나 고마운 일인지 몰라, 내겐.”

“어째서 그러세요?”

“난 사실을 알아야 하니까.”

“이제 사실을 아셨으니 어떻게 하시겠어요?”

“사실을 안 건 아니지. 혹시 자살이 아니었을까 하는 의심이 가는 데가 있다 정도뿐이니까.”

“실은 저두 들었어요, 한 행자승한테서요.”

“죽호라는 아이?”

“어떻게 아세요?”

“어젯밤에 만났지.”

“이철 청년이 밤에 산엘 올랐다면서요?”

“그건 확실하지 않아. 물론 밤에 산을 올라갔대도 그걸 꼭 이상하게만 봐야 하느냐 하는 문제도 있고. 여기서 얼마 안 되는 거리라거든.”

“전 가봤어요. 얼마 멀지 않아요.”

“그랬군.”

“그러니까 말이야.”

“한번 가보시겠어요, 나 사장님두?”

“숙희가 안내해 준다면.”

그들은 아침 공양이 끝나자 곧 주지승 향운에게 행선지를 알리고 세심사 뒷산을 오르기 시작했다.

두 사람이 문제의 지점에 이르렀을 때는 바스러지는 서릿발을 훑어온 나머지 바짓가랑이가 온통 눅눅하게 젖어 있었다.

“바로 저 바위예요.”

하고 이숙희가 가리킨 바위는 빗물을 흘려 보낸 지저분한 자국을 가진 십 미터쯤 되어 보이는 높이였다. 그렇게 곤추선 옆으로 키 작은 솔포기가 빼곡한 개골창을 이루고 있었으므로 아마도 바위 위로 오르는 길은 그쪽을 통해서일 것이었다.

그러나 이숙희는 절벽을 이룬 바위 하나밖엔 오르는 방법 등 아무것에 대해서도 설명해 주지 않았다. 절벽 밑에 삐죽삐죽한 바위들이 뒹굴고 있어 거기로 떨어진 사람의 모습이 얼마나 참혹한 형상이었을지 짐작하기 어렵지 않았지만 그녀는 이철의 시신이 누워 있던 자리에 대해서도 한마디 말이 없었다. 한조는 털썩 갈대밭에 엉덩이를 던지고 앉았다. 이숙희도 소매로 이마의 땀을 훔치며 따라 앉았다. 이제 겨우 아침 햇살이 마른 갈대 끝을 지나가고 있었다. 그렇게 갈대숲에 파묻혀 거기 앉아서는 한조각의 하늘밖에 보이지 않았다.

이숙희가 그를 쳐다보며 물었다.

“이철 씬 좋은 데루 갔겠죠?”

“그까짓게 무슨 의미가 있어?”

“나 사장님께서 새벽 예불까지 드렸으니 이철 씬 행복할 거예요.”

“참, 새벽에 숙희 나 오래 불렀댔어?”

“세 시에 문 앞에 갔었죠. 대답이 없으셔서 도량 따라 돌다가 반에 다시 갔어요. ”

“그래서 그랬었군. 난 꿈인 줄 알았어. 누군가 꿈속에서 사뭇 애
절한 목소리로 나를 찾잖겠어. ”

했을 뿐 한조는 그게 여자 귀신의 목소리 같았다곤 말하지 않았다.
그런 다음 한조는 나직한 목소리로 이숙희의 이름을 불렀다.

“숙희 ! ”

“네. ”

“참 좋은 아이였는데 말이야. ”

한조는 정작 하려던 말을 꿀꺽 되삼키고 엉뚱한 소리를 그렇게 중
얼거렸다. 이숙희가 갈대의 하얀 술을 꺾어 들고 앉아 그러는 그를
빤히 쳐다봤다.

“한줌의 재로 돌아가고 나면 그만이니 인간이 산다는 것도 허망한
거군. ”

“시신은 화장을 했다지요 ? ”

“그랬다더군, 어젯밤 주지승 말이. ”

“나 사장님두 사는 것이 허무하단 생각이 드세요 ? ”

“나는 왜……. ”

“사업하시는 분두요 ? ”

“오히려 더할지 모르지. ”

뜻밖인데요라는 표정으로 이숙희가 그를 또다시 찬찬히 뜯어 보
고 있었다.

“난 숙희가 띄운 전보를 받고 말이야, ”

“짧은 몇 자룬 충격을 덜어 드릴 방법이 없었어요. ”

“그 말을 하려는 것이 아니고, 왠지 지금 생각하면 내용을 읽기도
전인 받아 드는 순간에 이미 이군이 죽었구나 하는 예감이 있었단
말이야, 분명히. ”

“그러셨어요 ? ”

한조는 그러나 근래 그가 이상하게 자유롭지 못한, 어떤 인력(引力)의 지배를 느끼고 있는 것 같음에 대해선 말하지 않았다. 확실하지 않았다. 누군가의 손짓 같기도 하고 부르는 소리 같기도 했다.

물론 이욱형 씨가 분명히 그를 부르고 있는 현실이 있긴 하지만 그가 뭔가에 압도당하고 있는 건 반드시 그것만도 아니었다. 아니, 그보다는 이철이 장삼 자락을 펄럭이며 그를 불러 가려 하고 있는 것 같기도 하고 그 손짓에 우제정도 미지의 여성도(이숙희임이 드러났지만) 이미 마음이 흔들리고 있을 만큼 그건 거부하기 어려운 강한 어떤 인력처럼 그를 압박해 오고 있지 않았던가.

그렇게 그를 자유롭지 못하게 속박하던 것이 분명히 이철이었다면 이군의 죽음은 확실히 그에게 또 다른 허탈감 같은 걸 안겨준 게 틀림없었다.

한조는 곧 엉덩이를 떼고 일어섰다. 거기 더 이상 앉아 있는 건 그를 그런 근거없는 허탈감에 더욱 빠뜨리는 시간일 뿐이었다.

"내려갈까?"

갈대밭을 헤치고 능선으로 되돌아나올 때까지 한조도 이숙희도 한마디 말을 걸지 않았다. 곧 세심사의 골기와 지붕들이 내려다뵈는 지점에 이르러 한조는 뒤따라오는 이숙희를 돌아봤다. 갑자기 세심사란 절 이름이 기분 나쁘게 느껴져서였다. 마치 사람을 죽음으로 몰아넣는 마력을 지닌 것처럼 그 이름은 끝없이 죽음의 냄새를 피우고 있었다.

"숙희, 우리 이제 절을 떠나자구."

"그래요. 하지만 전 나 사장님하구 동행이 아닌걸요."

"무슨 뜻이야? 서울로 올라가지 않는단 뜻인가?"

"전 오천집을 나왔어요."

"서울에 있긴 하고?"

"아뇨."

"그럼 지금 어디 있지, 숙흰?"

"그건 묻지 말아 주세요. 대답 안 드려두 괜찮으시죠?"

"하지만 궁금한데."

"말씀드릴 기회가 있을지두 모르죠."

한조는 더 추궁하지 않았다. 그러나 말해 줄 때까지 기다리기로 포기한 것은 아니었다. 헤어지기 전까진 어떻게든 알아내고 말리라는 것이 그의 결심이었으니까.

두 사람은 곧 가파르고 몹시 완강하게 숲이 우거진 산길을 내려가기 시작했다.

"내 손을 잡아."

세심사 마당으로 내려서는 길로 두 사람은 주지승 향운을 만났다. 한조가 작별의 뜻을 말했으나 향운은 웬일인지 어딘가 냉랭함을 느끼게 하는 반응이었다.

"우린 또 만나게 되겠지요."

이숙희에게도 주지승의 냉담은 신경에 거슬리는 점이 있었던지 마침내 세심사 경내를 벗어나 산길로 들어서며 그녀가 되새겼다.

"꼭 이철 씰 홀루 남겨 놓은 느낌이네요."

"그래도 유골이 절에 봉안되어 있는 건 그 아이 원대로 된 편이 아닐까."

한조는 말하면서 지난밤 향운이 한 말을 떠올렸다.

―연고를 찾을 수도 없고 나 사장께도 연락할 길이 없어 부처님의 뜻대로 다비(茶毘)를 했지요.

―출가를 했으니 이군은 이미 세심사 식구지요.

―하지만 어떻게 하시겠는지…… 이렇게 오셨으니 혹시 유골을 나 사장께서 찾아가시겠는지…….

―이군은 스님 곁에 있고 싶어하지 않겠습니까.

―그럼 그렇게 알겠습니다.

—고맙습니다, 스님.

—창능의 죽음에 대한 미심쩍은 점은 잊으시오.

이숙희는 향운의 바뀐 태도가 아마도 그들 두 사람이 남녀로서 짝을 이루어 나타난 점에 연유하고 있는 것이 아닌가 생각되는지 잠시 뒤 이렇게 말했다.

"전 그만 아침 일찍 떠날 걸 그랬나 봐요."

"내가 그러게 놓아줬을 것 같구?"

"아무래두 이철 씨가 마음에 걸리는걸요."

"이군은 죽었어. 죽었는데 남은 게 뭐 있어. 그런 따위 믿지 마. 소용없는 짓이라구."

말 상대가 안 된다고 생각하는지 잠시 대꾸가 없이 걷던 그녀가 이윽고 되물었다.

"그렇게 생각하세요, 나 사장님은?"

"그렇찮고. 사람이 죽고 나서 남는 게 뭐가 있어."

그녀가 또 말이 없이 잠자코 걷기만 했으므로 이번엔 한조 쪽에서 물었다.

"숙흰 영혼이 남는다고 생각하나? 불교에서 말하는 윤생(輪生)이라는 것도 믿어?"

"모르겠어요. 괜히 두려워져요."

"숙희 혹시 중하겠다고 절간 드나드는 건 아니겠지."

"전 왜 여승이 됨 안 되나요?"

"그러도록 내버려두지 않을 거야. 당신이 무슨 자격으로, 라고 생각하지 마. 난 그런 거 못 참어."

"제가 중이 될 자격이나 있나요, 머."

"주지승이 우리 둘한테 시기 질투를 내는데 그건 자격이 있어선가?"

"그런 애긴 관두구요."

"사는 게 고달프니까 절간으로 들어간다는, 그런 생각은 틀린 거라구. 절간은 그런 데가 아닐 거라구. 어쨌든 머리를 깎을 만한 용기가 있으면 그 용기로 밖에서 살지 뭣하러 절로 들어가."

돌아보자 이숙희는 약간 굳은 표정으로 땅만 보며 걷고 있었다. 세상을 용기만으로 사나요,라는 그런 생각을 하고 있는 것일까. 한조는 그녀가 한때 교사였었노라고 하지 않았느냔 말을 하려다가 그만두고 이렇게 화제를 바꾸었다.

"우리 사포읍에 내려가서 거창한 점심을 사 먹자구."

"거창한 점심상 차릴 만한 음식점이 있을까요?"

"있어. 지난번에 왔을 때 한 집을 봐뒀지. 시골이라고 깔보지 말라구."

하고 나서 한조는 세심사 뒷산에서처럼 이숙희 앞으로 손을 내밀었다. 그러나 그녀는 얼른 응해 주지 않았다.

"산속인데 뭘 그래."

"우리 그냥 걸어가요."

"엎어져서 코 깰까봐 그러지."

이숙희의 눈가에 처음으로 웃음이 배어들고 있었다. 다소 명랑을 회복한 듯 이숙희는 들판길을 거쳐 사포읍으로 들어서자마자 지체없이 물었다.

"이제 안내하세요, 대단한 점심을 먹을 수 있는 집이 어딘지."

"그런 걸 내가 알 턱이 있어."

"어머나, 아신다구 해놓구선."

"시장 입구에 있는 선술집엔 한번 가본 일이 있지."

"그럼 글루 가요, 우리."

"질투심이 생길 텐데, 숙희. 굉장한 미인이 있거든."

"나 사장님 사모님이 보심 우리 이렇게 걷구 있는 걸 질투하실까 겁나는걸요."

“우리 사모님은 그런 면에 관한 한 초연해.”
“그런 말씀 마세요. 세상에 그런 사모님이 어딨어요.”
“그러니 그 선술집엔 다 갔군. 숙흰 질투 안 할 리 없으니까.”
“가세요. 제가 무슨 자격으루 질투를 하죠.”
“사모님으로서지, 무슨 소리야.”
“관두세요.”
이숙희가 갑자기 어딘지 정색이 되는 듯한 느낌을 주었으므로 한
조는 곧 되묻지 않을 수 없었다.
“왜, 내 말이 틀렸어 ? 기분 나쁜가 ?”
“아뇨.”
“하긴 막 한 청년의 죽음에 대한 걸 매듭짓고 내려오면서 우리가
기뻐하는 것처럼 되어선 안 되지 않느냐 하고 생각할 수도 있지.
하지만 이철이한테 만약 물어볼 수 있다면 우리가 끝까지 음침한
얼굴을 하고 돌아가기를 바라진 않을걸.”
“그런 이유 때문엔 아녜요.”
“그럼 뭐야 ?”
“저 아무렇지두 않아요, 나 사장님.”
한조는 잠시 말을 중단하고 이유가 무엇인지 생각해 보았다. 그러
곤 결론도 얻기 전에 거기 사포역 앞의 한 음식점으로 이숙희를 안
내해 들어갔다. 자리를 잡고 앉기 바쁘게 이숙희가 낮은 목소리로
속삭였다.
“이 집예요, 나 사장님 ?”
“나 사장, 나 사장 안 할 수 없을까, 애인끼리.”
“바로 그 점예요, 전 왜 그런지 애인이란 말이 그렇게 듣기 좋지
않아요, 언제부턴가.”
“애인이란 두 글자가 ?”
하고 한조는 뻗친 김에 한마디 더 한 다음 속으로 애당초 자신의 실

언이었다는 생각을 했다. 이숙희는 그녀가 술집에 있었고 그런 인연으로 해서 알게 된 남자가 자신을 애인이라고 거침없이 말하는 것은 아직도 술집 고객의 눈으로 보는 모욕적인 시선이라고 생각함에 분명했다.

성대한 오찬이 되도록 쇠고기를 구웠지만 한조는 실언한 것 때문인지 도무지 입맛이 돌아오지 않았다. 혹시 그의 컵에 술을 채워 주는 일에서도 수모를 느낄까봐 맥주 한 병도 주문하지 않았는데도.

이건 너무 신경을 쓴다 하면서도 그는 어느 정도냐 하면 자신이 미혼임을 선언하느냐 마느냐 고민할 지경이었다. 그걸 밝히는 것이 애인이라고 말한 것에 대한 해명이 될 수 있고 어쩌면 수모감도 깨끗이 걷어 주지 않을까 하여. 그러나 아무래도 그런 말을 하기엔 적절한 기회가 아니었다.

한조는 식당을 돌아나오며 이숙희가 목소리를 낮추어 묻던 말의 대답으로 이렇게 말했다.

"이 집은 내가 말한 질투심의 집이 아냐."

"하여튼 실컷 먹었어요, 선생님."

"선생님, 그거 기분 존데."

"그렇게 불러도 괜찮을까요?"

"대신 지금부터 선생님 말을 들어준다면."

뭔데요 하는, 웃음이 묻은 눈으로 이숙희가 한조를 쳐다봤다. 이런 종류의 하고 싶은 말은 망설여선 안 된다고 생각하여 한조는 대뜸 말했다.

"나도 오늘 서울 안 올라갈 테니 숙희도 오늘 돌아가지 마."

이숙희가 잠시 대답을 않고 그를 쳐다봤다. 그러나 전적인 거부는 절대로 아니라는 확신을 주는 반문을 그녀는 던졌다. 그래서는 뭘 하느냐는 뜻의. 한조는 됐구나 하고 속으로 쾌재를 불렀다.

"이 근처에 아마 이름난 온천이 있을걸."

“이 근처에요 ? ”

“그렇게 멀지 않을 거야. ”

“거길 가시려구요 ? ”

“어때, 괜찮지 ? ”

“선생님, 피부병 앓으세요 ? ”

“숙흰 참 아름다운 마음씰 가진 아가씨다. 온천엔 피부병 있는 사람이나 가는 곳인 줄 알고. ”

한조는 말하기 바쁘게 당장 이숙희의 팔을 잡아 끌었다. 옆구리에 날개가 붙은 듯 기분이 너무 유쾌했다.

“가서 하루 푹 쉬고 싶어. ”

마침 사포역 앞 작은 광장에 빈 택시 두 대가 졸듯이 서 있는 것이 보였다.

마음을 딱 정하지도 못한 채 한조의 일방적인 재촉에 끌려오고 있는 것이라도 좋다 했지만 택시 뒷좌석으로 구겨 넣어지듯이 한 이숙희의 몸짓엔 단순한 주저만이 끼여 있는 것이 아니었다. 뭔가 난처하고 거북살스러워 그녀의 표정은 시간이 갈수록 거의 울상이 되어 갔다. 한조는 신경이 쓰여 운전사에게 행선지를 대기 전에 우선 그녀한테 한마디 먼저 해야 했다.

“도착하고 보면 오길 잘했다는 생각이 들 거야. ”

“그렇겠죠 ? ”

“그럼. ”

한조는 일단 선무 공작을 끝내고 나서 운전대에 앉아 아까부터 그들을 돌아보고 있는 운전사에게 말했다.

“도고 온천으로 갑시다. ”

그러자 이번엔 운전사가 뜻하지 않게 망설이는 눈빛이었으므로 한조는 이숙희가 내리자는 말을 하기 전에 얼른 협상에 나섰다. 계기에 나타난 요금에다 3천 원을 더 얹어 주겠다. 그의 거침없는 제의에 만족했는지 운전사는 대답도 없이 시동 스위치를 넣었다.

택시가 역 앞 광장을 벗어난 다음에야 이숙희가 나직한 목소리로 물었다.

"가보신 곳이죠, 도고 온천이라는 데?"

"이런 기회가 아니곤 난 그런 데 가볼 팔자가 못 된다구."

"어머, 그럼 모르는 곳예요, 선생님?"

"그러니 기대도 크지. 막 가슴이 설레는데."

"사람이 많겠죠?"

"이름난 곳이니까. 하지만 주말이 아닌데 그렇게 많을라구."

"많지 않았음 좋겠어요, 선생님."

"숙흰 아무래도 너무 여성적이다."

"그래서 답답하시죠?"

"그게 매력이지 무슨 소리야."

운전사가 창을 내리고 휘파람을 쌕쌕 불어젖혔다. 포장이 안 된 도로를 무서운 속력으로 내달리고 있었으므로 그들의 뒤에는 구름 같은 먼지가 무섭게 따라붙고 있었다.

속력은 젊음의 특권이다 하는 생각을 하며 한조는 다소 겁에 질린 듯한 표정으로 앉아 있는 이숙희의 어깨를 끌어당겨 안았다. 그때 이숙희가 그의 귀밑에다 대고 재차 같은 말을 물었다.

"제가 너무 답답하죠, 선생님?"

한조는 대답 대신 더욱 힘주어 그녀를 끌어안았다.

두 사람이 도고 온천에 닿은 것은 오후 두 시도 되기 전이었으므로 이숙희는 멀건 대낮에 어떻게 목욕을 하느냔 생각을 하고 있는 듯했다. 혹은 몰랐다. 택시 운전사가 그들을 레저타운의 도고호텔 앞에 내려놓으며 던진 돼먹지 못한 말 때문에 그녀가 그만 그런 어색함에 빠져 버렸는지.

"좋은 곳입니다. 푹 담그십시오."

　택시를 돌려보내고 난 한조가 먼저 욕을 해주어야 할 만큼 운전사의 그 말은 신경에 거슬리는 상스런 말이 아닐 수 없었다.

　"웃기는 자식이군. 그럼 온천하러 온 사람이 푹 담그지도 않고 그냥 돌아갈까봐 그래?"

　이숙희가 여전히 주저가 낀 눈으로 호텔 건물의 풍광을 둘러보고 있었으나 한조는 그녀가 마음을 진정시킬 때까지 그냥 시간만 주어 방치하기로 했다.

　이윽고 그녀가 매우 그녀다운 의문을 나타냈다.

　"이제 어떻게 하죠, 선생님?"

　"어떻게 하면 좋을까?"

　"너무 어마어마한 곳이네요."

　"우리도 어마어마한 사람들이니까 잘 어울리지 뭐야."

　"전 빼구요."

　"뺄 이유가 있어야지. 우리 자신 있게 쳐들어가자구."

　"오면서 보니 조그만 여관들두 많은가 보던데요, 선생님."

　"우리도 한번 이런 집에 들어가 봐야 하는 거야, 작은 집에 허리를 구부리고 들어가는 건 싫다고 했잖았어" 하고 나서 한조는 합의를 거쳐 정하자 하여 이렇게 물었다. "생각이 나지 않는 게 한 가지 있는데, 우린 방을 두 개 얻어 들어야 할까?"

　"선생님 마음이시죠."

　"호텔 보이가 아까부터 우리가 촌뜨기같이 서 있는 걸 지켜보고 있거든. 빨리 정해야 해."

　"둘을 얻는 건 낭비죠."

　"맞았어. 우린 언젠가도 한방에 든 일이 있지, 아무 일 없이."

　"그때 일 생각함, 막 부끄러워져요."

　한조는 고개를 떨구는 이숙희의 등을 밀고 호텔 현관을 향해 걸어 들어갔다. 도어 보이가 그들을 위해 회전문을 밀어 주었다.

프런트로 가서 한조가 방을 얻고 있는 동안 이숙희는 스스럼을 못 걷어낸 얼굴로 플로어 한쪽에 외로이 서 있었다. 그녀는 그가 열쇠를 딸그락거리며 되돌아와 팔을 끌어야 하도록 몸이 굳어 있었으니까. 까짓 좀 구경거리가 되었대서 신경쓸 거 있느냐. 저런 촌여자가 어떻게 한일 합작의 이런 국제 규모 호텔에 다 들어오느냐 한들 무슨 상관이랴.

한조는 안내도 떼내 버린 단둘이서 3층으로 그들의 방을 찾아갔다. 그러나 문을 따고 이숙희를 앞세워 트윈 베드가 가지런히 놓인 방 안으로 들어가자 갑자기 화가 치밀었다. 세상 인간들은 왜 그토록 어색해하거나 세련 안 된 사람을 보면 동물원에 온 것 같은 기분이 되는가. 그런 데서 익숙하고 자신 있게 움직이는 게 뭐 그렇게 으스댈 만한 일인가.

"돼먹지 못한 인간들!"

속으로 투덜거리던 한조는 어느 순간 자기도 모르게 이숙희를 와락 끌어안고 말았다. 입술을 포개며 달려드는 그의 느닷없는 기습에 당황한 듯 이숙희의 핸드백이 방바닥으로 내동댕이쳐졌다.

그러나 그녀는 저항하진 않았다. 그렇다고 적극적으로 받아들이는 것도 아니었다. 다만 그녀가 지닌 전통적인 경직을 버리지 않은 그런 조용한 수용일 뿐이었다.

한조가 느닷없이 포옹에 목말라한 것은 어떤 분노 같은 것이었다는 사실을 이숙희가 알아차려 주었으면 얼마나 좋으랴. 포옹에서 해제된 그녀가 미묘한 뜻의 말을 했다.

"선생님, 용서해 주세요."

무슨 소리야, 하고 당장 되받고 싶었으나 한조는 말을 삼키고 대신 방바닥에 떨어진 그녀의 핸드백을 집어 주었다.

"전 잘 안 돼요, 선생님."

"숙희의 그런 면이 난 한없이 존걸."

"사람들이 많은 델 가면 재빨리 기가 죽어 버려요. 이렇게 문을 닫구 방 안에 들어앉으면 마음이 놓이구요. 선생님 같은 분한테 실수하는 건 괜찮거든요. 그렇죠, 선생님?"

한조는 팔을 벌리고 서서 말했다.

"이리와, 숙희."

이숙희가 들고 있던 핸드백을 의자에 올려놓고 그가 벌리고 있는 팔 안으로 들어왔다. 한조는 그녀와 입을 맞추기 전에 짧게 말했다.

"봐, 숙흰 이렇게 잘 하잖어."

길고 격렬한 입맞춤이었다. 이숙희 쪽에서도 처음과는 아주 다르게 매우 적극적인 대응을 해주었다. 한조는 초조감을 참지 못해 이숙희의 둔부를 정신없이 끌어안았다. 약속을 깨는 비신사적인 행동을 해도 괜찮을까. 그러나 그가 그런 갈등을 겪고 있는 동안에 이숙희가 마침내 낮은 목소리로 속삭이듯 말했다.

"선생님, 이제 그만요."

한조는 여자를 놓아 주었다. 그러곤 그녀가 격정을 가라앉히려는 듯 창틀 앞으로 걸어가는 동안 그는 욕탕으로 들어갔다. 다급한 배설을 예비한 몸짓으로.

내가 이렇게 용렬한 신사를 지키려는 건 과연 뜻이 있는 것일까. 그러나 다음 순간 한조는 고개를 도리질쳤다. 나는 절대로 끝까지 참으려는 것이 아니다. 오로지 연기하고 있는 것뿐이다. 설령 이숙희가 호소한다 해도 절대로 이번엔 언젠가처럼 물러나지 않을 것이다. 나는 저 여자와 결혼할 것이니까.

한조는 그런 각오를 되새기면서 욕탕을 돌아 나왔다. 이숙희는 아직도 그에게 등을 보이며 창밖을 내다보고 서 있었다.

"뜨거운 온천물이 펑펑 쏟아지고 있던데."

한조는 그녀 곁으로 다가가 어깨에 가볍게 손을 얹으며 그런 거짓말을 했다. 그녀가 그를 향해 돌아섰다. 엷은 미소가 그녀의 눈가에 묻어 있었다.

환희의 흔적이기를 바란다 하는 생각을 하며 한조도 그녀와 시선을 맞부딪고 가볍게 미소지어 보였다.

"목욕하고 싶지 않어?"

"이따가 할래요."

"그럼 나갈까?"

"아뇨."

"사람들이 득실거려서?"

"창밖을 내다보고 있으니 꼭 아주 먼 낯선 땅에 와 있는 느낌이 들어요, 선생님."

"여행이 존 건 아마 그래설 거야."

"어릴 땐 가끔씩 그랬어요. 동화 속에 나오는 나라를 여행하는 꿈을 꾸곤 했어요."

"백설공주 말야? 맞어, 숙흰 백설공주야."

"선생님!"

이숙희가 갑자기 한조한테로 안기며 탄성 같은 소리를 냈다. 한조는 당장 그녀를 끌어안고 침대 위로 엎어졌다.

마치 여체를 빚는 조각가의 손끝이었다. 한조는 이숙희의 몸을 그렇게 빈틈없이 더듬어 나갔다. 귓밥까지도, 머리카락까지도. 그러나 그 밖엔 직접 손끝이 닿지 않는 섭섭함이 있었으므로 그는 지체없이 그녀의 단추를 풀기 시작했다.

이숙희는 그가 그런 일을 손쉽게 할 수 있도록 내버려 두지 않고 두 팔로 그의 목을 죄어 안고 매달렸지만 그건 결코 거부하는 저항의 몸짓은 아니었다. 그녀는 다만 너무 가쁜 숨길이 고통스러울 뿐이어서 그녀의 호흡은 간단없이 신음소리로 변하고 있었다. 그러나 마침내 자각을 일깨워서, 이숙희는 그의 초조감에 떠는 손을 밀어내며 짧게 호소했다.

"커튼을 쳐주세요!"

한조는 거부하고 싶었다. 뜨겁디뜨거운 그녀의 몸을 잠깐도 놓아주고 싶지 않았다. 귀밑이 가장 뜨거운 부분일까. 그러나 더 뜨거운 부분이 있을 것이었다.

불과 3초를, 아니 어쩌면 그보다 더 짧은 시간을 할애하여 한조는 커튼자락을 잡아당기는 일을 해냈다. 너무 서둘러서 완벽하게는 안 되었지만 한뼘밖에 벌어지지 않은 틈은 제발 양해해 다오.

이숙희는 그의 희망을 흔쾌히 양해해 주었다. 그녀는 한조가 커튼을 치는 동안에 그를 외면하고 저쪽으로 돌아누워 버린 모양이었으므로 실은 커튼이 덜 닫혔는지도 모르고 있었다.

한조는 새우처럼 등을 구부리고 돌아누워 있는 그녀를 내려다보며 넥타이를 끌러 내버렸다. 너무 서둘러서 후두둑 와이셔츠 단추가 떨어져 나가고 있었다.

그의 몸무게를 감당하느라 침대가 잠시 비명을 질렀다. 그러나 너무 서두르는 것은 일방적인 폭력의 인상을 줄 위험이 있음을 반성한 나머지의 조심성 있는 행동이어서 그건 그리 요란스런 비명은 아니었다.

그녀의 몸은 조금도 식은 기미가 없이 여전히 뜨거웠다. 한조는 그런 그녀의 몸을 뒤에서 부드럽게 포옹했다. 그러곤 더 이상 외면하고 있지 않도록 서서히 어깨를 압박했다.

그녀는 곧 스스로 돌아누워 주었다. 그는 풀다가 남은 그녀의 블라우스 단추를 마저 풀기 시작했다. 그녀가 또다시 그의 벗은 어깨를 끌어안고 매달렸다. 브래지어의 고리가 벗겨지면서 드러난 우윳빛의 젖무덤을 그는 너무나 사랑했다. 그래서 그는 지체없이 그 위에 얼굴을 박고 엎어졌다. 마치 통곡하는 자세로. 그녀가 그런 그의 머리를 끌어안고 위로해 주었다. 그러나 다음 순간 그녀는 그를 달래고만 있기엔 스스로의 격정이 너무 북받쳐선지 경황없이 몸부림

치기 시작했다.

한조의 손이 서둘러 그녀의 둔부를 끌어당겼다. 치마 밑으로 아주 강한 탄력의 속옷이 감촉되었다. 그럼에도 그녀는 그것을 벗겨 내려는 그의 안간힘만은 거들어 주지 않았다. 외로운 작업이었지만 한조는 얼마 걸리지 않아 그것을 제거하는 일을 해내고 말았다.

어떤 안도감의 표시일까. 그가 그 일을 마침내 해낸 순간 그녀가 더욱 격렬한 몸부림으로 그를 끌어안았다. 한조는 한없이 감사했다. 단단한, 너무나 단단한 탄력의 천으로 차단되어 있던 그녀의 저 깊은 곳이 놀랍도록 뜨겁디뜨거운 데에 그는 더할 수 없는 감사를 보냈다. 그러곤 부드럽고도 격렬한 화합을 통한 환희의 순간을 목마르게 기다리는 그녀 쪽에서 마침내 환희를 참지 못해 하는 외마디 소리를 냈다. 하지만 그는 스스로의 기쁨에 너무 빠져 있어서 그녀의 외침을 다만 먼 메아리처럼밖에 들을 수 없었다.

몸이 한없이 아래로 가라앉는 것 같은 감미로운 피로를 조금씩 조금씩 맛보며 두 사람은 나란히 누워 있었다. 끝없이 가라앉아 마침내 한 장의 종잇장처럼 되고 있는 것 같았다. 아니, 자꾸만 몸이 작아져 가서 끝내는 한 알의 모래알 크기로 변하고 있는 것 같았다. 그러나 두 사람은 다만 그런 변신이 조금도 두렵지 않았다. 격렬한 최상의 열반 다음에 참으로 달콤한 휴식의 순간이 예비되어 있다는 것에 감사하고 있었다.

말도 필요한 것이 아니었다. 혹은 뭐라고 입을 열 여력마저도 그들은 남겨 놓지 않고 다 써버린 것인지 몰랐다.

이숙희가 그에게로 돌아누웠다. 그도 그녀 쪽으로 몸을 돌리고 모로 누웠다. 그녀의 그런 자세가 행여 뭔가 허허로움을 느낀 나머지는 아니기를 바라며 한조는 코를 맞대고 누워 그녀를 어루만지듯 끌어당겨 안았다. 그렇게 하고 두 사람은 깜빡 잠이 들었다.

그들의 눈이 떠졌을 때는 어느새 커튼에 짙은 어둠이 묻어 있었다. 이숙희가 먼저 입을 열고 놀라움을 표시했다.

"어머, 자버렸어요, 우린."

"숙희가 깨우지 않았다면 난 내일 아침까지도 내처 자버렸을지 몰라."

"설마요."

"이렇게 하품이 나오는 거 봐."

한조는 입을 탁탁 두드리며 하품을 했다.

"어저께 밤에 제대루 못 주무셨잖아요."

"그야 숙희도 마찬가지지. 아니, 숙흰 새벽 세 시도 전에 일어났다고 했잖았어?"

"그래서 우린 깜빡 잠들어 버렸나 봐요."

"이제 온천 안 하겠어?"

두 사람은 일어나, 이숙희가 곧 벗어 버릴 옷매무새를 다듬을 동안 한조는 탕물을 틀었다. 그러곤 30분 넘어 온천물에 몸을 담그고 피로를 씻어 냈다.

이숙희가 어떤 일이 있어도 욕조엔 같이 들어앉을 수 없다고 선언했을 뿐 아니라 성인 두 사람이 들어앉기엔 욕조의 크기가 너무 작긴 했지만 한조는 그녀가 들어간 지 5분도 안 되어 욕탕으로 뛰어들고 말았다. 그녀가 비명을 질렀지만 밖에서 옷을 다 벗고 의도적으로 기습을 감행한 그는 이미 욕조에 첨벙 가라앉은 뒤였다. 그렇다고 그녀가 한 번도 햇볕을 쐰 일이 없는 것 같은 백옥의 알몸을 드러내며 일어설 입장엔 있지 않지 않은가.

"이 물 정말루 진짜 온천물일까요?"

라는 질문을 던질 만큼 이숙희는 그리 오래지 않아 마음의 평정을 회복해 주었다. 그도 그럴 것이 그들이 한 욕조에 들어앉았다 해서 그것이 그들 사이에서 무슨 사건이 되는가.

"싫증이 날 때까지 앉아 있자구."

“하지만 먼저 나가 주셔야 해요.”

“무슨 소리야, 내가 늦게 들어왔는데.”

“어마, 안 돼요.”

“큰일났군, 난 절대로 먼저 나가지 않을 테니.”

“그럼 돌아앉으시겠다구 약속하세요.”

“난 원체 신용이 없는데 믿을 수 있을까.”

“그럼 어떡해요, 전.”

하고 이숙희가 발을 동동 구르는 시늉을 했으나 한조는 더욱 뻔뻔스런 태연을 가장하고 그러는 그녀의 팔을 끌어당기기까지 했다.

“내 생각에도 도무지 해결 방법이 없군.”

“하지만 전 들어 주시리라 믿어요.”

“내 청도 한 가지 들어준다면 ?”

“뭔데요 ?”

“이렇게 손을 뽑아 가려고만 하지 말고 더 다가와서 나를 안아 준다면.”

하기 바쁘게 한조는 그녀를 와락 끌어당겨 안았다.

마치 치한처럼 굴었지만 한조는 욕조에서 벗은 이숙희를 오래 안고 있지 않았다. 그리고 물론 그가 먼저 욕탕을 나왔다. 그가 몸을 닦고 방으로 나갈 동안 이숙희는 벽을 향해 돌아앉아 있었다. 그런 조건을 단 건 그였지만 그가 그런 말을 한 것은 어디까지나 농이었을 뿐인데 그녀는 그의 말이 떨어지기 바쁘게 단호히 돌아앉았다.

“내 육체미 좀 봐줘.”

하고 헛소릴 해도 그녀는 결코 동요하는 빛이 없었다.

한조가 소파에 늘어져 앉은 십 분 남짓 뒤에 이숙희는 화장만 빼곤 완전히 옷을 차려 입은 모습이 되어 욕탕을 나왔다. 한조는 곧 소파에서 일어섰다.

“내려가서 뭐 좀 먹고 마시고 하자구.”

"조금만 기다려 주세요. 머리가 젖었어요. 이대로 밖에 나감 사람
들이 흉봐요."
길게 땅거미가 졌는데 무슨 소린가 하는 생각이 들었지만 때와 장
소에 상관없이 그런 데 소홀할 수 없는 것이 여자이므로 한조는 다
시 소파에 엉덩이를 던지고 앉았다. 그런데 이숙희는 그가 화장대
앞에 앉아 얼굴을 매만지는 그녀를 바라보는 것도 허용하지 않았다.
"화장하는 여자를 보는 기쁨이 얼마나 큰 건데 그래."
"싫어요. 사모님이나 보셔야죠."
"난 숙휠 봐야겠는데."
"그럼 저 그만두겠어요."
"이거 구박이 너무 심해서……."
한조는 말을 얼버무리며 건너편 의자로 옮겨 앉았다. 그러곤 그의
말이 농임을 나타내기 위해 한마디 더 덧붙였다.
"두고 봐, 보복당할 테니."
"죄송해요. 잠깐이면 돼요"
라고 한 약속대로 정말 잠깐 만에 끝냈다고 선언한 이숙희를 데리고
호텔 입구로 내려오면서 한조는 세 번이나 그녀를 돌아보며 말을 망
설였다. 그러나 마침내 벼르고 별러 온 말을 해버리고 말았다.
"숙희, 우리 결혼하자!"
절대로 농으로 듣지 마, 하는 전제를 달고 한 말인데도 이숙희는
그의 제의를 진심으로 듣지 않는 듯 얼굴에 가벼운 웃음을 실을 뿐
이었으므로 그는 서둘러 그녀를 붙들어 세울 수밖에 없었다.
"숙희, 나 좀 쳐다봐. 이건 진정으로 하는 말이야. 벼르고 별러서
하는 말이라니까. 숙희가 '사모님' 했을 때 그냥 듣고 있었지만 난
아직 장가들지 않은 몸이야."
그럼에도 그녀는 눈을 아래로 내리깔고 대답이 없었다. 한조는 그
녀의 손목을 낚아채 흔들어 깨우듯 다그쳤다.

“자, 대답해 줘. 숙희가 사모님이 돼주는 거지?”

이윽고 이숙희가 무겁게 눈길을 들고 그를 쳐다봤다.

“선생님!”

“응. 말해 봐.”

“우리 그런 얘기 않기루 해요.”

“왜?”

그러나 이숙희는 끝내 그 이유를 말해 주지 않았다. 비록 잠시일망정 자신이 술집에 몸담고 있었던 사실을 아는 남자의 청혼을 어떻게 액면대로 받아들일 수 있으랴 하는 것일까.

아니면 그가 지금 일시적인 기분에 사로잡혀 난봉꾼다운 말을 하고 있다고 생각하는지 모른다는 생각도 들어 한조는 저녁을 먹으면서도, 그 뒤 맥주 몇 잔을 마시기 위해 매우 그럴듯한 분위기의 스낵 바를 찾아낸 다음에도 누누이 강조했지만 이숙희는 번번이 그의 말을 묵살했다.

그러나 밤이 이슥해서 호텔방으로 돌아가며 한조는 다짐했다.

알몸으로 만든 다음에라도 대답을 꼭 받아 내리라……

한조가 이숙희를 침대에 뉘어 놓고 그의 제의에 대한 대답을 받아 내리라고 생각한 건 그러나 얼마나 안이한 자기 본위의 착상이었던가. 물론 몸이 불같이 뜨거웠던 순간의 그녀는 마침내 대답했다. 그러나 그건 마치 군것질을 보채는 아이에게 쓰는 속임수와 같은 것이 아니었던가.

“선생님, 전 행복해요.”

“무슨 뜻이야?”

“사랑해요, 선생님.”

“내 청을 받아들인다는 뜻으로 이해해도 되지?”

하는 것을 마지막으로 다짐도 받을 겨를이 없이 그녀와 입술을 포개고 만 것은 오로지 그만이 너무 손쉽게 자신한 승리감일 뿐이었다.

어렵게 대답을 받아낸 자리에서 모든 구체적인 의논마저 다 끝내려 한다면 결코 적절치 않으며 얘기가 순조롭게 진전될 것 같지도 않다는 판단까지 그는 내렸다. 뿐만 아니라 밤이 지나는 동안이면 그녀의 결심이 더욱 확실한 모양으로 자리를 잡으리라 했다.

구체적인 일들은 그런 다음에 의논하자. 의논에 시간이 걸린다면 하루를 더 같이 보내도 좋다. 다만 결정만 되면 날짜를 미적미적 미루는 그딴 일은 하지 않으리라.

얼마나 밤이 깊었을까. 한조는 그의 팔을 베고 어느새 잠이 든 이숙희의 평화로운 모습을 들여다보면서도 그런 다짐을 되풀이하곤 했다. 이 여자는 누구보다도 내게 어울리는 짝이야 하고(우리는 대단히 어울리는 한 쌍이라구).

그랬는데 그가 눈을 떴을 때…… 아침의 환한 밝음에 눈이 찔려 후닥닥 정신을 되찾았을 때 그의 옆엔 이숙희가 누워 있지 않았다. 처음에 그는 의심하지 않았다. 욕조에 들어가 이른 아침의 유쾌한 마지막 온천을 즐기고 있겠지라고만 여겼다.

그게 아니고 실은 그녀가 떠나 버렸다는 것을 알아차리는 데는 그보다 훨씬 더 많은 시간이 걸렸다. 아무리 귀를 기울여도 욕탕에 물 흐르는 소리를 들을 수 없었을 때도 그는, 그렇다면 아침 산책을 나갔겠거니 하는 근거 없는 낙관에 빠져 나른한 게으름을 즐기고 있었다.

아니, 숙희가 이젠 혼자서도 방문 밖을 나설 여잔가 하는 안도감에도 불구하고 한조는 무엇보다 우선 그녀의 핸드백이 보이지 않는다는 놀라운 사실에 생각이 미쳤다. 시트를 차던지고 바닥의 카펫으로 내려서는 순간 그는 깜빡하는 현기증으로 잠시 몸을 비칠거렸다. 그건 참을 수 없는 상실감 때문이었다.

이숙희는 자신이 떠나야 함을 적은 종이쪽 하나 남겨 놓지 않았다. 그럼에도 마침내 숙박비를 치르고 호텔 현관을 나서는 순간 그는 이숙희로부터 이런 사과를 받고 있는 듯한 착각에 빠져 있었다.

　나 선생님, 용서를 빌어요. 결심을 굳히고 난 다음 선생님 앞에 나타나겠어요.

　벨 보이한테 이숙희가 호텔을 떠난 시간을 혹 기억하고 있는지 알아보려 했던 것도 포기하고 한조는 허탈한 걸음걸이로 정문을 향했다. 바람맞았음을 광고하는 그따위 질문을 어떻게 던질 수 있으랴. 뿐만 아니라 떠난 시각을 아는 것이 무슨 의미가 있으랴.
　그가 그날 오후 서울에 닿았을 때 그를 기다리고 있는 건 한 통의 편지였다. 그러나 그건 이숙희가 쓴 것이 아니었다. 이철이 살아서 마지막으로 쓴 놀라운 편지였다.
　한조는 읽던 편지를 내던지고 소리쳤다.
　"이 바보 같은 것들아 !"
　그건 말하자면 유서였던 것이다. 그리고 그의 항해를 순식간에 중단시키는 난파의 날이었던 것이다.

6. 비린내

아직 검디검은 어둠 속이었다.

한조는 자기도 모르게 몸이 후룩 떨렸다. 이제 겨우 의식이 깨고 있었다. 저만큼 앞쪽으로 캡에 반딧불 같은 불을 켠 채 멎어 서 있는 택시가 보였다.

"택시!"

그러나 웬일인지 한조는 목이 잠겨 소리가 크게 나오지 않았다. 그는 두 주먹을 바지 주머니에 찌르고 휘적휘적 불빛을 겨냥해 걷기 시작했다.

한조가 손잡이를 잡아당기려는 순간까지도 운전사는 고개를 발딱 젖혀 시트를 베고 있었다. 깜빡 잠들어 있는지 몰랐다. 차가 기우뚱함과 동시에 운전사가 자세를 고쳐 앉았다. 시동은 걸려 있어서 그는 곧 기어를 바꾸어 넣었다.

한조는 팔뚝을 들춰보다 말고 시계를 차고 나오지 않은 것을 알았다.

"지금 몇 시요?"

운전사가 시계를 읽어 보고 나서 대답했다.

"15분 전입니다. "

"그럼 아직 바리케이드가 안 치워졌겠군. "

"어딜 가시는데요 ? "

"노량진 쪽으로. "

"수산시장 가시는 거군요. "

"어떻게 아오 ? "

"한두 번 가봤어야지요"

하고 나서 운전사는 액셀러레이터를 밟아 차를 길 가운데로 밀어냈다.

"한번 가보죠. 설마 가는 동안에 치워지겠죠, 좀 이르긴 하지만. "

헤드라이트 스위치를 넣자 아무것도 없이 휑뎅그렁하게 빈 길이 멀리까지 드러나 보였다. 심은 지 얼마 안 되는 가냘픈 가로수는 잎새마저 하나 없어서 앙상하게 더욱 가난한 모습이었다.

운전사는 아파트 단지를 고대 빠져 나와 강변도로로 들어섰다. 출렁이는 불빛으로 어둠을 밀고 나가며 그는 하품을 했다.

한조가 그런 운전사의 뒤통수를 바라보며 말했다.

"바리케이드에 막힐지 모르니 천천히 갑시다. "

"염려 마십시오. 다 경험으로 삽니다. "

한조가 노량진 수산물 공판장에 도착한 것은 네 시 직전이었으니 그는 통금 속을 뚫고 온 거나 마찬가지가 아닌가.

서울 수산시장이란 커다란 아치 간판 밑을 지나 철책 사잇길을 한참 미끄러져 들어가던 택시가 이윽고 스르르 멎어 섰다.

"다 온 거요 ? "

"첨이시군요. 저 건물 안쪽 뚫린 속으로 들어가 보시오. 굉장도 안 할 겁니다. "

한조는 택시를 내려 트럭들로 빈틈없이 들어찬 사이를 걸어 들어갔다. 빤한 수은등 몇 개만 켜져 있을 뿐 거긴 아직 짙은 어둠에 묻혀 있는 것 같았다.

자, 이 친구를 어디 가서 찾는다? 새벽 특유의 술렁거림을 간직한 채 길게 가로누워 있는 건물의 옆구리, 그 커다랗게 벌린 입 속으로 들어서며 한조는 막연했다. 알고 보니 일자형의 그 긴 건물엔 그런 아가리가 여럿 있었고 초입엔 좌판을 펴고 라면을 끓여 파는 노점도 있었다.

한조는 김이 피어 오르는 커피를 후룩후룩 마시고 있는 두 사나이 앞으로 다가섰다. 어떻게 물어봐야 될지도 모를 질문을 던지느니 자신도 우선 따뜻한 커피나 한잔 마셨으면 싶었다. 그때 누군가 그의 어깨를 건드리는 사람이 있었다.

"나오셨군요."

그에게 알은 체를 한 사나이는 흥양물산의 수산부차장인 전수형이었다. 바로 그가 만나기로 한 장본인이었다.

"이쪽으로 오시죠."

전수형은 생선 비린내가 코를 찌르는 어둡고 질척거리는 건물 안의 횡한 통로를 걸어가며 말했다.

"이렇게 일찍 나오시느라 힘드셨겠습니다."

"전 차장은 나보다 더 먼 데 살면서 무슨 방법으로 이렇게 벌써 나왔지요?"

"저야 이미 이골이 났잖습니까."

"저 안쪽에도 언제 저 많은 사람들이 몰려 있는지 알 수 없군."

"다 신새벽 인생들 아닙니까. 사장님도 벌써 나와 계시는데요."

"그래요? 사장님까지 나오셨어요?"

A36호라는 시커먼 페인트 글씨가 높다랗게 붙은 밑으로 절반을 유리로 끼운 출입문이 있었다. 전수형이 유리가 더러운 문을 열면서 짧게 말했다.

"들어가시죠."

안을 들여다보자 천장에 매달린 형광등 불빛을 받으며 점퍼 차림의 이욱형 씨가 앉아 있었다.

"어서 오이라!"

그러나 한조는 얼른 발이 떨어지지 않았다. 조그만 방에 너무 여러 사람이 들어가 있었다. 적어도 일곱 명은 되어 보이는 그들 가운덴 수산부장 김영무밖엔 아는 얼굴이 없는 성싶었다.

한조는 그러나 뒤에 선 전수형의 무언의 재촉에 떠밀려 방 안으로 들어섰다.

"제가 늦었나 봅니다."

"아이다. 반부터 시작된다 안 카드나."

한조가 어정쩡한 몸짓으로 벽을 등지고 서는데 이욱형 씨가 일어선 자세로 그를 흘끔흘끔 훔쳐보고 있는 세 사나이를 향해 말했다.

"자아, 나가 봐라."

세 사내가 허리를 굽혀 보이고 나서 방을 나갔다. 그들은 모두 목이 긴 검은 장화에다 작업복 차림이었다. 둘은 아래위가 모두 블루진이고 하나는 잿빛의 점퍼를 입고 있었다.

"이리 온나. 여기 앉거라"

하고 이욱형 씨가 한조한테 자기 옆자리의 빈 플라스틱 의자를 가리켰다. 그제야 보니 한쪽에 조건재 전무까지 앉아 있는 것이 아닌가. 한조는 눈인사를 하고 나서 의자에 앉았다.

"이따가 한분 구경해 봐라. 볼 만할 끼다."

부릉부릉 끝없이 우는 화물 트럭 소리에, 쿵쿵거리며 사람 뛰어다니는 소리, 조금 거리를 두고 왁자하게 떠들어 붙이는 소리, 뭔가 메어 꽂히는 소리…… 그런 소리에도 조금도 마비가 안 되는 비린내까지 겹쳐 한조는 골치가 지끈지끈할 지경이었다.

그러나 그는 자신이 두통을 느끼는 건 전적으로 잠을 설친 탓이라고 생각했다. 그도 그럴 것이, 그는 새벽 네 시를 맞추려는 강박관념으로 해서 밤새 선잠을 잤던 것이다. 적어도 열 번 이상 깼을 뿐아니라 그때마다 '어이쿠, 늦었구나' 하고 놀라지 않았던가.

물론 이욱형 씨가 나온다고 해서는 아니었다. 그는 나온다는 말을한 일이 없었으니까. 한조는 조 전무까지도 나오리란 예상을 하지못한 채 집을 나섰던 것이 아닌가.

조 전무가 이윽고 자리에서 일어서며 말했다.

"자, 이제 우리 한번 나가 볼까요?"

"그래, 한분 구경하고 오이라."

한조는 조건재 씨, 수산부의 김영무와 전수형, 그리고 안면이 없는 또 다른 두 사내와 함께 방을 나서며 뭔가 뻣뻣한 긴장이 느껴졌다. 흥양물산에서 이 새벽 시장에서 차지하는 비중이 어느 정도인지감이 잡힐 것 같은 느낌이 들어서였다.

자, 왈왈왈왈…… 삼십칠!

자, 왈왈왈왈…… 이백 칠십 오, 자!

자, 왈왈왈왈…… 팔십 오, 자!

그러나 이건 한조가 귀를 기울이고 또 기울여서뿐 아니라 모든 상상력까지 다 동원하는 노력 끝에 얻어낸 결론이긴 하지만 사나이가끝없이 고함치고 있는 정력적인 부르짖음이 과연 그런 소린지 아닌진 여전히 확실하지 않았다.

다만 쉴새없이 손가락 두 개를 접었다 폈다, 젖혔다 엎었다 해보이면서 운동 경기의 시상대 같은 데 올라서서 소리치고 있는 사나이의 신호에 따라 뭔가 이뤄지고 있다는 사실만은 분명했다.

그가 시장측에서 나온 경매인(競賣人)이고 그의 상대는 가운데다즐비한 생선 궤짝을 늘어놓고 맞은켠인 저쪽의 단위에 한 줄로 늘어서 있는 중매인(仲買人)들이었다.

챙이 달린 노란 모자에다 큼직하게 검은 숫자를 붙이고 나온 중매인들 역시 제가끔 기록서를 든 참모들을 거느리고 마주 서 있는 경매인과 대결하면서 그의 손가락 신호와 목쉰 소리에 따라 쉴새없이 손가락을 흔들고 있었다.

경매인과는 달리 결코 입을 여는 일이 없이 오로지 손가락만으로 원매가(願買價)를 표시해 보이고 있는 그들 중매인들의 손끝은 마치 경매인의 신호가 전류이듯 흠칠흠칠 놀란 모습으로 떨었다.

"손가락 둘을 꼽아 올리면 2천, 2만 또는 20만이고 꼽아 올린 두 손가락을 뒤집어 보이면 4천, 4만 또는 40만, 엄지와 검지를 꼽아 보이면 6천, 6만, 60만, 그걸 뒤집어 보이면 다시 두 배……이런 식이죠."

전수형은 친절하게 설명해 주었지만 경매인이 끝없이 소리쳐 대는 것이 어떤 말이냐는 물음엔 대답이 엉뚱했다.

"이상한 말이죠? 잘 모르실 거예요. 저렇게 몇 시간씩 소리칩니다. 보통 정력가가 아니지요."

물이 철벅철벅한 시멘트 바닥에 서서 갈고리로 궤짝 속의 생선을 찍어 올려 보이면 경매인이 손가락을 접어 보이기 시작하고 그에 따라 중매인의 신경질적으로 떠는 손놀림 대답이 있고, 그리고 그 중 가장 높은 경락가격(競落價格)을 꼽아 보인 중매인의 모자 번호를 찾아내어 끝장을 내는 경매 행위. 그러나 그 모든 과정은 눈깜짝할 사이에 일어나는 일이다.

다만 그런 광경을 지켜보는 한조 일행을 뺀 모든 단 아래 구경꾼들까지 가만 서 있지 못하고 손을 꼽아 보이는 매우 정감적인 데가 있다는 점이 재미있다고나 해야 할까. 그들은 더러 신호만으론 성에 차지 않아 버럭버럭 고함을 지르기까지 하니까 말이다.

"삼백 육십오! 삼백 육십오!"

그러나 전수형의 설명은 그들이 단순한 구경꾼이 아니라 그들 노란 모자의 중매인들에게 구매를 의뢰한 실제 구매자들이라는 게 아닌가.
　"손가락 하나 어떻게 꼽는가에 따라 그날의 장사 성패가 달렸는데 초조하지 않을 수 있습니까."
　"그럼 전 차장은 왜 손가락을 꼽아 보였수?"
　"저기 우리 중매인이 둘이나 서 있지 않습니까. 아까 사무실에서 만나셨지요, 저어기 왼쪽에서 세 번째 오른쪽에서 다섯 번째 사람."
　"에?"
　"차츰 아시게 될 겁니다."
　전수형은 뭔가 의미가 있는 웃음을 혼자 흘렸다. 적어도 돈의 흐름에 관한 한 남다른 후각을 가진 한조의 코가 전수형의 설명이 없었다 해서 끝까지 어리뻥뻥해하고만 있었을까.
　요컨대 중매인을 내세워 최후의 적당한 가격을 제시해 줌으로써 단지 비싼 선어를 확보만 하고 있는 것이 아니다. 확보한 생선 궤짝들을 그 뒤 산더미같이 쌓아 놓고 돌아서서 소매상을 상대로, 혹은 중간 도매상을 상대로 낙찰가격보다는 훨씬 높은 가격으로 팔아 넘기는…….
　조건재 씨는 보증금과 담보를 잡히고 입찰권을 따낸 중매인이 아니곤 일반인은 경매에 참가할 수 없다고 하지 않았던가.
　"다만 생선을 대량으로 소비하는 호텔이나 일부 음식점에 매매 참가인 제도를 두어 허용하고 있지만 그 밖엔 어떤 사람도 직접 경매엔 붙을 수 없거든요."
　결국 이욱형 씨가 버는 돈이란 이런 새벽의 질척한 어물시장을 통해서였는데 그는 왜 일찍이 그에게서 비린내조차 맡지 못했을까. 그것을 맡지 못하여, 지금 와서 보니 그렇게 대단한 고기축에도 끼지 않는 방어 한 마리를 사들고 가느라 그토록 끙끙댔던 것일까.
　한조는 갑자기 비린내에서 향기를 맡는 느낌이었다. 질척거리고

더러 첨벙 발이 빠지기도 한 물구덩 속도 사랑할 수 있을 것 같았
다.

조희재의 오빠인 건재 씨가 그런 생각에 골몰한 한조에게 말을 걸
었다.

"재미있지요?"

"재미있는데요."

"이제 저쪽으로 가봅시다."

"어딥니까?"

"오징어, 명태, 꼴뚜기 같은 선어 궤짝들이 경매되고 있는 구역이
죠. 여긴 말하자면 고급 선어들이구요. 여기선 한 궤짝 한 마리도
있으니까 아침 여덟 시까지도 경매가 계속되기 일쑤죠."

아, 그랬다. 백화점의 화려한 냉동 진열장에 등장하면 사람 몸뚱
이 하나 값보다 더 비싼 가격표가 붙을 고급 선어들이 마치 쓰레기
궤짝을 치우기 위한 번거로운 절차처럼 보일 위험마저 있는 풍요의
착각. 더러운 물구덩 속을 뒹구는 돗도미의 거구가 골치 아픈 시체
처럼 보이는 이 우스운 건방짐——이런 가소로운 헛배부름은 조건
재 씨와 수산부 사람들을 따라 보통 생선을 파는 구역으로 온 이후
로 더욱 커졌다.

고급 생선들처럼 중매인들이 노랗게 달라붙은 것도 아니고 경매
인과 마주선 중매인은 단 하나. 그들은 모두 유유자적 가격을 정하
며 눈이 모자라는 경매장의 생선 궤짝 행렬을 짚어 나가고 있었다.

그리고 많은 꽁치와 오징어와 고등어들을 제치고 꼴뚜기 궤짝들
에만 벌떼같이 사람들이 꾀는 것도 한조로선 이해할 수 없었다.

기둥마다 큼직한 숫자가 적힌 것을 가리키며 조건재 씨가 설명하
였다.

"저기 십번 이후 기둥부터는 조금 이따가 올라올 인천 공판장 트
럭들의 경매장이죠."

“인천에서 경매된 걸 여기 와서 또 경매한단 말씀인가요?”

“물론이죠. 내막을 알면 복잡하게 돼 있어요, 이거.”

“이해할 수 없는 일이군요.”

“곧 알게 될 겁니다. 저기 경매인과 상대하고 있는 중매인도 우리 사람이니까요.”

한조는 조 전무가 가리키는 노란 모자를 바라봤다. 그는 마치 경매인과 너무 먼 거리에서 가위 바위 보를 하고 있는 듯한 딱 그런 모습의 짓거리를 계속하고 있는 중이었다.

한조는 어느 순간 갑자기 심장이 떨꺽 멎어 버리는 것 같았다. 조 전무가 그런 그를 돌아보며 무슨 일이냐고 물었지만 한조에겐 들리지 않았다.

그는 쌓아논 생선 궤짝 틈새를 빠져 뛰었다. 아까부터 구두에 물이 스며들어 찔꺽거렸지만 기분 나쁜 것도 언짢을 겨를도 그에겐 없었다. 가까이 다가갈수록 그녀가 더욱 틀림없었다. 무슨 고기인진 알 수 없지만 생선 두세 마리를 비닐 봉지에 넣어 들고 그녀는 노점들을 기웃거리며 출구 쪽으로 나가고 있었다.

한조는 마침내 다급한 어조로 소리쳤다. 목소리가 떨려 나왔다.

“숙희! 숙희!”

그러나 웅성거리며 서 있던 다른 아낙들은 놀란 눈을 하고 돌아보는데 깃을 세운 잿빛 코트를 어깨에 걸친 그녀만은 돌아보지 않았다. 뿐만 아니라 더 이상 생선 고를 생각이 없어졌다는 듯 걸음을 재게 놀려 걷기 시작했다.

한조는 좌판을 펴놓고 한 줄로 길게 늘어앉은 여인들 뒤쪽을 따라 물구덩을 차며 걸었다. 뭇 시선들이 그를 따르고 있었으므로 더는 그녀를 부를 용기가 나지 않은 채……

누군가 기미를 알아차리고 그녀의 옆구리를 찌른 것일까. 어느 순간 걸음을 멈추고 어리뻥뻥한 표정으로 돌아보는 그녀. 그러나 이게 어떻게 된 것인가. 돌아선 여자는 이숙희가 아닌 모르는 여자가 아 닌가.

한조는 몸이 굳어 버리는 것을 느꼈다. 경직이 내린 모습으로 서 있는 그를 여인이 물끄러미 건너다봤다.

왜 그러세요, 라고 여인이 묻지 않은 건 그나마 얼마나 다행인가. 의문이 담긴 눈으로 잠시 그를 바라보고 섰던 여인은 이윽고 돌아서 서 말없이 걸어가기 시작했다. 한조는 그럼에도 여인이 완전히 시야 에서 사라질 때까지 그대로 서 있었다. 저 영락없는 뒷모습이 어째 서 이숙희가 아닌가.

별 수 없이 돌아설 수밖에 없는 그의 눈에 들어오는 경매장의 풍 경. 버스 한 구간은 너끈히 될 휑한 그 공간은 마치 신새벽 태풍이 할퀴고 지나간 자국처럼 너무나 을씨년스러워 묘지와 같은 스산함 을 느끼게 했다.

경락가격이 떨어지기 바쁘게 트럭을 들이대고 선착장의 밀수꾼들 처럼 날렵하게 생선 궤짝을 걷어가 버린 그곳은 그렇게 세 시간이 안 되어 허허로운 빈터로 변해 있었다. 꼭 이숙희의 착각을 경험한 한조의 가슴 속처럼……

언제 다가왔는지 조 전무가 곁에서 물었다.

"사람을 잘못 본 모양인가요?"

"어떻게 그렇게 닮을 수가 있을까."

하고 한조는 혼잣말로 중얼거렸다.

"보통 사이의 여성이 아닌 모양이지요?"

한조는 대꾸를 잊고 걸음을 떼어놓았다. 찔꺽거리는 신발이 그제 야 여간 기분 나쁘지 않아 그는 얼굴을 잔뜩 찡그렸다. 흘끗 돌아보 자 수산부차장 전수형의 지시를 받으며 장화를 신은 청년 둘이 얼음 가루가 쏟아지는 생선 궤짝을 옮겨 쌓고 있는 모습이 보였다. 아직 도 너무나 이른 아침이었다.

"꼴뚜기를 산매상한테 팔고 있어요"라는 짧은 한마디를 붙이고 나서 조 전무가 한조의 팔을 끌었다. "우린 그만 갑시다. 목욕이나 합시다."

뭔가 증오에 차 있는 한조의 심정을 읽기라도 한 듯 조 전무는 목욕탕에나 가자던 자신의 제의를 재빨리 취소하고 그의 의견을 물었다. 그리고 그가 얼른 대답을 않자 마치 겁을 집어먹은 듯한 표정으로 그의 눈치를 살폈다.

'집으로 돌아가겠소'라는 말이 곧장 한조의 입 안을 맴돌았다. '영원히'라는 말까지 덧붙여서.

그랬다. 한조는 주저앉아 버리고 싶은 피곤을 느꼈다. 흥양물산과 영원히 작별하고 싶은 생각만이 그에겐 불같이 솟구쳤다. 그의 그런 심경마저 조 전무는 간파한 것일까. 그래서 그런 경우엔 공복감을 제거하는 것이 도움이 된다고 생각한 것일까.

"아냐, 어디 가서 해장국부터 한그릇 하는 것이 해롭지 않을 것
    같은데……."
하고 조 전무는 조심스럽게 말끝을 흐린 다음 이렇게 거짓말까지 덧붙이고 있었다. "난 늘 고주망태가 돼서 그런지 아침이면 해장국 생각이 굴뚝 같애진단 말씀이야."

"그럼 갑시다."

한조는 세심하게 신경을 쓰고 있는 상대를 생각해서 그 역시 거짓말을 한마디 보탰다.

"나도 엊저녁에 너무 폈더니……."

"아니 그럼 우리하고 헤어진 다음 옆길로 샜었단 말이오?"

이른바 입사 환영회를 지난밤에 가지지 않았던가.

"그럼요. 그 뒤로도 두 집이나 더 거쳤죠."

"술이 언제 그렇게 늘었지요?"

"집 앞에서 우연히 친구 하날 만나 가지고선……."

두 사람은 조 전무의 승용차를 타고 막 붐비기 시작한 아침 일곱 시의 한강대교를 건넜다.

조 전무는 장화를 벗고 구두로 바꿔 신었지만 한조는 질척거리는 신발 그대로여서 찻속은 지체없이 비린내로 그득 찼다. 그러나 한조는 자신의 그런 더러워진 구두에 대해 오래 고민하지 않아도 될 놀라운 사태에 맞닥뜨리리라고 상상이나 했던가.

해장국이라면 청진동이라는 것밖에 모르는 조 전무의 상식에 놀라운 일격을 가한답시고 고작 자동차의 방향을 의주로 철둑 쪽으로 돌려 놓고는 의기양양해한 자신을 생각하면 그건 얼마나 놀라운 사건인가. 그도 그럴 것이, 조 전무가 거기 조금도 유명해 뵈지 않는 교외선 철둑 옆의 해장국집 형제식당의 국밥 맛에 연거푸 감탄사를 발했을 때, 놀랐지 하는 생각마저 한 그였으니까.

그랬는데 해장국집을 돌아 나와 북창동 언덕배기 골목 안에 있는 사우나탕으로 끌려가서 혹시 숨구멍까지 생선 비린내가 배지 않았을까 염려하듯이 잔뜩 땀을 뽑고 목욕탕을 나서는 그의 앞에 말짱한 새 구두 한 켤레가 놓였던 것이다.

한조는 놀란 목소리를 내지 않을 수 없었다.

"이거 어떻게 된 겁니까?"

"발에 맞을지 모르겠는데."

"꼭 맞는데요."

"다행이구먼."

"이럴 것까진 없는데……."

"그럼 일껏 목욕까지 하고 나서 비린내 나는 신발을 그래도 신을 거요, 더구나 여자가 만나자는데?"

"여자라니, 무슨 애깁니까?"

"약속장소까지 데려다 줄 테니 만나보면 알겠지. 대신 너무 오래 지체하지 말고 돌아와요."

조 전무는 그러기 바쁘게 어리둥절한 표정으로 서 있는 그의 등을 밀었다. 욕탕 앞에 대기하고 있던 차를 타고 5분 남짓 달린 끝에 조 전무는 그를 ‘광장’이라는 뜻의 호텔 입구에 내려놓았다.

“2층으로 올라가 보시오. 다시 말하지만 너무 오래 지체하지 말고 헤어지는 거 잊지 말고.”

에스컬레이터에 실려 호텔 2층으로 오르면서도 한조는 그를 기다리는 여자가 누굴까 하는 궁금증을 떨쳐 버릴 수가 없었다. 아니 그렇지 않았다. 이숙희였으면 얼마나 반가울까 하는, 어떤 경우에도 그럴 가망이 없는 한 가닥 기대를 그는 걸어 보고 있었으니까.

그리 넓지 않은 커피숍은 오가는 자동차들로 북적대는 서울시청 광장이 한눈에 내려다뵈는 창을 한 면으로 하고 있었다. 아침 커피를 마시는 사람들이 많았다. 그러나 사람들이 많아서 못 찾아낸 것이 아니라 그가 알 만한 여자는 분명히 거기 어느 구석에도 앉아 있지 않았다.

서양 사람도 몇 보였으나 주로 머리를 짧게 깎아 올리고 면도를 하여 턱주가리가 파란 일본인들이 대부분이어서 그가 작은 커피숍을 둘러보는 일은 조금도 착오를 일으킬 여지가 없었다. 한조는 자리를 잡고 앉으려던 생각을 바꾸어 곧장 출입구께로 걸어나갔다. 왠지 조건재의 놀림이었을 것 같은 느낌이 들어서였다.

“어머, 어디 가세요?”

한조가 여자의 놀란 목소리를 들은 것은 에스컬레이터를 타고 막 1층 로비로 내려가기 시작한 다음이었다.

돌아보자 조희재가 엇갈려 지나가며 소리치고 있는 것이 아닌가. 그러나 그는 이미 아래로 떠내려가는 중인 반면 그녀의 에스컬레이터는 벌써 2층으로 올라서려는 순간이었다.

별 수 없이 아래층까지 다 내려갔다가 다시 올라가는 에스컬레이터를 타는 번거로운 과정을 거쳐 겨우 원점으로 돌아간 그에게 조희재가 눈을 흘기며 항의했다.

"제가 온댔는데 왜 그새 도망가세요?"

"난 희재 씨가 오는 줄은 전혀 몰랐어요. 둘러봐도 아는 여자가 안 보여 놀림당한 줄 알았지요."

"오빠가 말 안 했단 말예요?"

"전혀."

"그런데 어떻게 여기 오셨어요? 왜 거짓부렁시키세요?"

"희재 씨에 대해선 일언반구도 없이 미인 하나가 기다리고 있다고만 합디다."

"오빠가요? 우리 오빠가 그런 농담을 다 했어요?"

"거짓말인지 지금 전화로 물어보슈."

"어마, 이상한 일이네."

조희재는 그가 조금 전에 둘러보고 나온 커피숍으로 그와 함께 걸어 들어가면서도 재차 감탄했다.

"오빠가 그런 말을 다 할 줄 알구……."

그러곤 자리를 잡고 앉기 바쁘게 이 말부터 했다.

"참 저희 회사에 들어오시기루 한 거 감사드려요. 오늘 새벽에 노량진 수산시장 구경하셨다면서요?"

"덕분에 오빠께서 이렇게 새 구두까지 사 줍디다."

한조가 발을 들어올려 보이는 몸짓을 바라보며 그녀는 다만 웃음을 머금었다.

"남편이 어젯밤 그랬어요. 인상을 강하게 받게 구두를 다 버려두 내버려 두라구요."

"그럼 의도적이었단 말요?"

"그럼요. 그런 다음 저희 집으루 오셔서 목욕하구 아침 식사 같이 하기루 했죠."

그랬는데 도중에 계획이 바뀌어 사우나탕에 들어앉아 있다면서 조 전무가 그녀에게 전화했다는 것이 아닌가. 전혀 낌새도 못 채게 조건재는 언제 전화를 했을까. 그리고 모두가 의도적이라고 한 조희재의 말은 무슨 뜻일까.

한조는 갑자기 발이 불편했다. 의도적인 사전 모의에 의해 얻어 신게 된 신발이라는 데 생각이 미치자 가죽이 자꾸만 발등을 죄어드는 것 같았다.

조희재의 오빠가 아침부터 그녀를 그와 만나게 한 이유는 또 무엇일까. 그보다도 그는 왜 미리 짜여 있던 계획대로 한조를 데리고 그의 매붓집으로 가지 않고 도중에 계획을 바꾸었을까.

한조는 머리를 조아렸지만 알 수가 없었다. 아니 그가 한 여인을 잘못 보고 따라갔었다는 것 때문에 조건재가 계획을 바꾸었다고는 생각하고 싶지 않았다. 계획을 바꾸곤 여자로 하여 갑작스레 우울증에 빠져 버린 그에게 매우 강력한 대역으로 조희재를 등장시켰다고는 절대로 생각하고 싶지 않았다.

한조는 약간 냉랭한 목소리가 되어 물었다.

"그러니까 조 여사가 여기 나온 건 조 여사 뜻이 아니군요?"

"갑자기 조 여사예요?"

"이제 난 조 여사 회사 월급쟁이가 됐으니까."

"이욱형 씨 회사죠. 어쨌든 전 한조 씨가 그렇게 부르는 건 싫어요. 그리구 저희 집에 안 오셨으니까 대신 제가 나왔죠. 급하게 나오느라 좀 늦었구요."

그럼 나를 만나자고 한 이유는 뭐요 라는 질문을 던지고 싶어하는 한조의 눈길을 눈치챘다는 듯이 조희재가 곧 말을 이었다.

"이욱형 씨 청을 들어주신 거 감사드리고 싶어서요. 그리구 노량진경매장 보신 소감두 듣고 싶구요."

"사뭇 언젠가 방어 한 마리 사들구 갔던 일만 부끄러워집디다."

조희재가 눈꼬리에 웃음을 달고 그를 건너다봤다.

"그것밖에 없어요?"

"고기가 마치 쓰레기더미같이 보이는 것하고."

"그게 실값어치대루 보여야 하는 거 아녜요?"

"그런데도 이제 다신 생선은 입에 대지 않을 거다 하는 생각만 들던데요."

"비린내 때문에요?"

"쓰레기같이 취급되어서라니까요."

한조는 이 말을 그로부터 30분도 채 안 되어 돌아간 회사에서도 되풀이 써먹었는데, 무슨 영문인지 그의 이 말을 들은 이욱형 씨가 무릎을 치며 감탄했다. 댁의 오빠가 늦지 않게 회사에 나타나라고 했다는 핑계를 달고 조희재와 고대 작별하고 돌아간 그에게 이욱형 씨도 똑같은 질문을 던졌던 것이다.

"그래, 으떻드노?"

"생선이 쓰레기 취급입디다."

"바로 그거다. 그른데 다른 인간들은 그른 건 안 보이고 고깃값만 우째 되나 신경을 안 쓰나."

"그러시지 마십시오. 방금 사모님을 뵙고 오는 길인데 사모님께서도 생선이 쓰레기로 보여선 안 된다고 하시던데요."

"기집들이 멀 아노. 어데 나군이 말하는 기, 생선이 쓰레기그치 보이드란 애기가, 쓰레기그치 취급되드란 말 아이가."

"쓰레기같이 보였습니다."

"그래, 그기 쓰레기그치 안 보일라만 우째 돼야 되겠드노, 나군 생각엔?"

"글쎄, 뭐랄까요, 제 생각엔 우리 생선들이 대단위 공판장에서까지 얼음부스러기에 잰 나무궤짝에나 담겨 나오는 것만은 면해야 되지 않을까 싶더군요. 전 사실 놀랐습니다."

이욱형 씨가 또다시 무릎을 치고 있었다.

"우리 나군 눈 좀 봐라. 바로 그긴 기라. 가장 시급한 기 나군이
애기한 대로 콜드 체인 시스팀인기라."
"네?"
"냉동 체인 제도 말이다."
한조는 그러나 여전히 무슨 말인지 얼른 감이 잡히지 않은 상태였
다. 이욱형 씨가 인터폰을 통해 조건재 전무를 부르고 있었다.
조 전무가 곧 사장실에 나타났다.
"이리 좀 앉그라."
조 전무가 소파의 한조 옆자리로 앉으며 그에게 물었다.
"새벽에 너무 일찍 일어나서 골치 아프지 않아요?"
"괜찮습니다."
"다행이군요."
"목욕을 시켜 주신 덕분일 겁니다."
두 사람은 거기서 말을 끊고 사장을 건너다봤다. 그러자 사장이
눈싸움을 하듯 그런 그들을 잠시 말없이 마주 쳐다보다가 이윽고 입
을 열었다.
"이따가 우리 점심이나 같이 하자, 나군 데불고."
"아침에 제가 해장국 샀는데요."
"자꾸 사 주만 버릇 나빠진다 그 말가?"
두 사람은 말하고 나서 소리내어 웃었다. 같이 농지거리를 한다는
기분으로서는 아니었지만 한조도 한마디 하지 않을 수 없었다.
"사우나탕에도 데려가 주시고 구두도 한 켤레 사 주셨는데요."
"구두꺼정 사 줬다고?"
마치 놀랐다는 듯한 기색을 지어 보이던 사장은 그러나 곧 표정을
바꾸고 말했다.
"그근 잘 몬한 것 같다. 나군이 오늘 하루 종일 비렁내 나는 신발
을 신고 댕기게 내삐리도야 하는 긴데."

“그랬다간 진저리치고 내뺄까봐 겁이 나서요.”

“그라믄 우짜꼬, 점심은 사 주지 마까?”

“왜요, 저야 덕분에 점심 얻어 먹으면 좋죠.”

“그래 만난 김에 한분만 더 사 멕이자. 이따가 글로 온나.”

“그 얘기뿐이지요?”

“이 상무도 데불고 오이라.”

조 전무가 방을 돌아 나간 다음 사장은 다시 총무부장을 부르도록 비서 임양한테 지시하고 있었다. 그러곤 총무부장이 나타나기 전에 말하려는 듯 서둘러 한조를 향해 말했다.

“얘기했던 대로 당분간 수산부에 가 있그라.”

“네, 알겠습니다.”

사장이 다시 그를 돌아보며 말했다.

“총무부장 따라가만 얘기해 줄 끼다.”

한조는 곧 일어서서 총무부장을 따라 사장실을 나섰다. 비서실을 거쳐 복도로 나선 다음에야 총무부장이 처음 입을 뗐다.

“조 전무님이 말씀하셔서 책상은 벌써 들여놨습니다.”

“번거로움을 끼친 것 같은데…… 제 이름은 나한줍니다.”

“네, 익히 들어서 알고 있습니다. 전 박승호라고 합니다. 앞으로 잘 부탁드립니다.”

두 사람은 복도에 서서 악수를 나누었다. 어떤 반응을 나타내나 하고 한조는 자신이 직장 생활을 하는 건 이번이 처음이라는 말을 덧붙여 보았지만 박승호는 별다른 반응을 보이지 않았다. 그런데 미쳤다고 남의 밑에 들어와, 하는 투의 반응을 나타내지 않고 다만 이렇게만 끝맺었다.

“아, 그러세요.”

수산부 사무실은 예상했던 것보다 훨씬 커서 책상 수만도 서른은 될 성싶었다. 그 많은 부원들이 시선을 모으고 입구를 들어서는 그를 쳐다보고 있었다.

"아침엔 수고 많으셨습니다."

수산부장 김영무는 총무부장의 안내를 받아 다가간 한조를 쳐다 보며 그렇게 말했지만 그는 분명히 총무부장과는 달랐다. 그의 눈길은 명백한 적개심으로 이글거리고 있었다. 그랬으므로 한조는 인계 임무를 끝낸 총무부장이 돌아가기 바쁘게 그에게 물었다. 되도록 바보스런 말투로.

"제가 여기서 할 일이 무엇일까요?"

그러나 김영무는 짧은 한마디로 잘라 말할 뿐이었다.

"사장님이 지시해 주셨을 텐데요."

"아무 말씀도 안 계시던데."

"저도 모릅니다." 하고 나서 김영무는 스스로 생각해도 좀 지나 쳤다는 느낌이 드는지 이렇게 한마디 더 덧붙였다. "아직은."

한조는 속에서 치미는 것이 있었지만 참고 변함없는 평화주의자 로 대응했다.

"제가 생선에 대해 뭐 아는 게 있어야지요. 생선횟 좋아하지두 않 구, 쩐 고등어손이나 먹으며 자랐으니."

한조의 목소리가 너무 컸던지 가까운 자리에 앉은 부원들이 쿡쿡 거리며 웃는 소리가 들렸다. 어쨌든 그의 이런, 나오는 대로 지껄이 는 듯한 말투가 김영무의 잔뜩 긴장하고 있던 경계심을 부끄럽게 만 든 것일까. 그의 말끝이 당장 달라지고 있음을 느끼게 하는 분명한 징후를 나타냈다.

"오늘 아침엔 해장이라도 같이 할까 하고 전 차장한테 일러두기까 지 했는데 섭섭했습니다."

"글쎄 말입니다. 그만 전무님한테 덜미를 잡혀서……."

"높은 분들하고만 너무 어울리지 마십시오."

김영무의 태도는 이튿날엔 그 정도도 아니어서 전날에 비하면 완전히 누그러진 듯했으니 어쩌면 그 사내는 대단히 현명한 편인지 몰랐다. 한조를 경계하고 그를 경계의 눈으로 본다고 해서 회사 경영주가 데려다 논 인물인 그를 어떻게 할 것인가.

아니 자신이 그런 적개심을 품은 대응을 하는 것을 경영주 쪽에서 알아차리게 된다면 결코 이로울 것이 없지 않을까 하는 판단을 김영무는 내린 것이 틀림없었다. 이튿날 아침 사무실에서 마주치자 그는 미소마저 번진 얼굴을 하고 그의 책상 앞으로 다가왔으니까.

"일찍 나오십니다."

"나 선생 오늘 새벽에 오셨더라면 좋은 구경을 하셨을 텐데 기회를 놓치셨습니다."

"무슨 일이 있었습니까?"

"굉장히 큰 상어 한 마리가 들어왔는데 경락을 시켜 배를 가르자 그 속에서 뭐가 나온 줄 아십니까. 손목시계 하나가 나왔다 이겁니다."

"손목시계가요?"

"네에. 그것도 아직 바늘이 움직이고 있는."

"그럼, 사람을 잡아먹은 놈 아닙니까, 그것도 금방."

"최소한 팔뚝 하나 이상은 잘라 먹은 게 분명하죠, 언젠가. 왜냐하면 그 시겐 밥을 주지 않아도 오랫동안 가는 시계였으니까요."

"정말 굉장한 구경거릴 놓쳤군요, 억울하게도."

"그건 틀림없는 사실입니다. 조금 있으면 그 시계를 들고 나타날 테니 한번 보십시오."

"오늘 새벽에도 가겠다고 말씀드렸더니 사장님 말씀이 사흘만 걸러서 나가라지 않으십니까."

전날 조 전무, 이 상무, 거기다 조희재까지 끼인 점심 식탁에서 이욱형 씨는 정말로 그렇게 말했었다.

"나군, 사흘만 쉬었다가 나가 봐, 또 새로운 뭔가가 보일 거야."

　　조선호텔 꼭대기에 있는, 뷔페로 나오는 식당에 앉아 이욱형 씨는 그 밖에 별달리 중요한 말은 하지 않았다. 너무 별 용건도 없이 그에게 점심을 사는 것 같아 한조는 뭔가 이상한 느낌조차 들지 않던가.

　　말하자면 이욱형 씨가 회사 간부들과 자신의 젊은 아내까지 합석하는 오찬을 굳이 뷔페 식당으로 정한 것은 한조 그가 촌놈답게 얼마나 게걸스럽게 퍼다 먹는지 보고 싶어서였던 것은 아닐까 하는.

　　그런 느낌이 퍼뜩 들자 한조는 모든 체면을 팽개치고 오로지 그들을 즐겁게 해주는 일만 해야겠다는 결심을 세웠다. 사람을 즐겁게 해주는 일은 위대한 행위다 하고. 얼마나 많은 양을 퍼다가 끝없이 걸어 넣었던지 보다 못한 조희재가 난처한 얼굴로 그에게 이렇게 물었다.

　　"나 선생님 오늘 아침 걸르셨죠?"

　　"제가 너무 욕심을 부린 모양이지요. 하지만 많이 먹었다고 돈 더 내라곤 안찮아요?"

　　"그렇게 드시구두 괜찮을까요?"

　　"그 점은 염려 마십시오."

　　둘러앉은 사내 셋이 소리내어 웃었다. 조희재도 마지못한 듯 따라 웃었다.

　　"후식두 너무 여러 가질 너무 많이 담아 오셨어요. 그리구 또 커피까지 드시겠어요?"

　　"물론이죠. 전 담밸 안 피니까요."

　　이윽고 이욱형 씨가 커피에다 혈압강하제 두 알을 넣어 저으면서 말했다.

　　"나군한텐 당분간 직책은 안 준다. 수산부 업무 내용을 다 익힐 때꺼정은."

　　"익힐 수 있을까 모르겠습니다, 제가."

“나군 같으면 불과 얼마 안 가서 완전히 파악할 수 있어. 다른 부서엔 신경쓰지 말고.”

다른 부서란 말이 한조에겐 액면대로 들리지 않았다. 그 자신의 사무실에도 정신을 쓰는 이중 생활은 할 생각을 말라, 뭐 그런 뜻이 아니겠는가.

이욱형 씨는 식당을 나오며 이렇게 한마디 더 덧붙이기도 했다.

“회사 도서실에 가봐. 수산 관계 책은 비교적 충실하게 갖춰져 있을 거야.”

점심을 얻어먹으며 이욱형 씨로부터 받은 지시는 그게 전부였다. 그가 수산부 업무 내용을 파악하면 아마도 그 책임을 맡기는 자리를 줄 거란 말을 해준 것은 오히려 조 전무 쪽이었다.

“전 수산부장 자릴 절대로 맡지 않을 겁니다. 현재 부장이 있잖습니까.”

“설마 나 선생한테 고작 부장자리나 맡길 생각일까. 지금 사장 생각은 흥양기업에서 수산부를 떼어 새 회살 만들 계획이거든, 흥양수산을.”

“그럼 흥양물산은 뭡니까?”

“나 선생 생각은 어떻소? 사장 구상은 흥양기업에서 수산부를 독립시키면서 흥양기업을 흥양물산으로 이름을 바꾸었으면 하거든.”

“흥양기업도 있고 흥양물산도 있고 흥양수산도 있고 하면 안 됩니까?”

“작명가 말이 흥양기업은 이름이 좋지 않다는 거예요.”

“그래서 간판부터 미리 바꾸어 달았군요.”

“맞아요. 아직 등기는 안 돼 있지만.”

“점쟁이 말을 왜 믿습니까?”

“사장한테 그렇게 좀 애기해 줘요. 지난번 대만해협에서 냉동선 침몰 사고가 나고부터 더 고집을 부리거든.”

“그렇다면 우기기도 어렵겠군요.”

“그런 점도 없지 않아요.”

두 사람은 말을 끊고 제각기 고개를 주억거렸다. 흥양기업이라는 회사 이름을 점쟁이한테 감정시켜 흥양물산으로 바꿀 정도라면 그의 입사 날짜도 일진을 봐서 결정한 것은 아닐까 하는 생각마저 한조는 들었다.

그럴 만한 근거는 충분히 있었다. 한조가 흥양물산으로부터 연락이 왔을 때 일단 이욱형 씨를 찾아가 만나긴 하지만 설령 입사 결정을 본다 해도 출근은 며칠 남지 않은 동짓달 초하루부터나 하리라 짐작했었다. 뿐만 아니라 사무실까지 찾아와서 사장의 뜻을 전달한 조건재 전무와도 그런 식으로 대충 합의를 보지 않았던가.

“제가 손대고 있는 이 사무실 일도 어떻게 할지 좀 생각해 봐서 당장 정리할 수 있는 것들은 정리한다 해도 그렇지 못한 것은 누가 뒤처리를 해주도록 조처를 해놓고 가야 저도 홀가분하고 흥양 쪽도 기분이 좋잖겠어요. 그게 또 제가 취할 도리이기도 하구요.”

“그렇죠. 친구하고 차 마실 약속하듯이 털고 나설 수야 없죠. 단칸 신혼부부가 셋방을 옮겨도 자질구레하게 신경써야 할 일이 많은 법인데. 우린 다만 나 사장께서 하던 사업마저 버리고 와주실 결심을 굳힌 사실 하나만 갖고도 감사하지 않을 수 없어요. 오시는 시기야 전적으로 나 사장님 형편을 존중 안 할 수 없지요. 그점 신경쓰지 마십시오.”

“사업이랄 거야 뭐 없지만…… 그리고 무엇보다 제가 가서 흥양물산에 무슨 도움을 드릴 수가 있을까 두려운 것이 제가 선뜻 나서기가 망설여지는 가장 큰 이유입니다.”

“무슨 겸양의 말씀을, 우리 사장이 나 사장한테 걸고 있는 기대가 얼마나 큰지 아십니까. 솔직히 말해서 옆에 있는 우린 시기심이

날 정도라구요.”

“이 장군께서 못난 저를 왜 그렇게 봐주시는지 모르겠습니다.”

“아니지요, 나 사장의 사업 수완이나 기업가적 자질에 대해선 나도 들은 것이 있습니다. 우리 사장이 충분히 조급해할 만하다고 생각하지요.”

“천만에, 과분한 말씀입니다. 제가 무슨 수완이 있고 뭘 안다고 그러십니까.”

“하여튼 전 기쁜 소식을 갖고 돌아갑니다. 근간 우리 사장을 한번 만나 주시고 다만 언제부터 오실 것인지는 나 사장의 뜻에 따를 뿐이라는 거 명백히 해두고 싶습니다.”

이랬는데 한조가 이욱형 씨를 만나는 순간 그의 말은 전혀 다르지 않았던가.

“내 전무인데 들었다. 얼매나 기분 존 애기고.”

“전 두렵습니다, 자꾸 그런 말씀을 하시니까.”

“두려울 거 엄다. 겁낼 만한 실력 있는 놈이 이 회사엔 한나도 엄다. 나군캉 내캉 둘이 한분 뛰보자.”

“최선을 다하겠습니다, 장군님.”

“암만, 재미있을 끼다. 그라고 날짜 연기하지 마라. 낼은 안 될 끼고 모레 아침부터 출근해라. 나군 사옵 정리하고 말고 할 끼 머 있노.”

“장군님, 구멍가게라고 너무 얕보시는데요.”

“그 말이 아인 기라. 난도 나군 무슨 사업하는지 다 안다. 그양 두고 오이라. 그양 두고 와도 박시대가 잘 맡아서 끌고 갈 끼다.”

“장군님이 박시대를 어떻게 아십니까?”

“내가 와 모르노. 관심 많은 나군 사무실 일을 내가 모른단 말가. 그눔 믿을 만하고 능력도 있는 것 같드라. 안심해라.”

한조는 이욱형 씨의 말에 놀라지 않을 수 없었다. 그 자신도 모르

고 있는 박시대의 고향을 이욱형 씨는 경남 충무 출신이라고 일러주
기까지 했으므로.

이욱형 씨가 한조의 입사 날짜에 대해서도 점쟁이의 자문을 받았
다고 생각하는 것은 그가 이틀 뒤부터 출근하는 건 도저히 불가능이
고 깨끗이 11월 초하루부터 출근하는 것으로 하자고 했을 때 이욱
형 씨는 이렇게 말했기 때문이다.

"내가 나군하고 만나는 건 중대사다. 초하루보다는 그믐날이 더
졸 만큼 중대사라 이기다."

"정 그러시다면 그믐날로 하시죠."

했는데 이욱형 씨는 말미를 며칠이라도 길게 잡고 싶은 한조의 요구
를 받아주려 하지 않았다. 그 정도가 아니라 이틀 뒤부터 출근한다
는 다짐을 끝내 받아내고 싶어했다.

"그럴 바엔 차라리 내일부터 출근하죠 뭐."

"낼은 너무 빠르고, 모레가 정 불가능하믄 그 이틀 뒤로 날을 잡
자."

이 정도면 이욱형 씨가 일진을 봤으리란 의심을 품을 만한 충분한
근거가 있지 않은가.

한조는 더 이상 버티지 못하고 그로부터 나흘 뒤인, 시월의 마감
을 불과 사흘 남겨논 28일부터 출근할 것을 약속하고 이욱형 씨와
헤어졌다. 그러곤 사무실로 돌아오자마자 박시대를 몰아세웠다.

"너 임마, 왜 사무실에 죽치고 앉아 있어?"

"와예?"

"몰라서 물어. 이게 반항이야, 이젠."

그러나 박시대의 얼굴엔 히죽 웃음기가 번지고 있을 뿐이었다. 농
담하고 있는 게 아니야 하는 험상궂은 표정을 지어도 아무 효험이
없었다.

"사장님, 뭐 못 묵을 거 잡샀능교? 안 그래도 찬바람이 솔솔 부

는데.”

“뭐야?”

“맘이 싱숭생숭해진다 이깁니다. 젖비린내 나는 설희 저기 다 예뻐 보이께 이거 사람 환장할 지경 아입니꺼.”

뭐예요, 지금 뭐라 그러셨어요, 하고 설희가 되받고 나선 것이 계기가 되었을까. 한조는 모든 걸 농담으로 돌리는 수밖엔 없다는 생각이 들었다.

막돼먹은 데가 없진 않지만 그래도 이만큼 허물없이 굴 수 있는 이른바 가족적인 분위기란 좋은 것이 아닌가 하는 생각이 들어서였다. 이욱형 씨 말대로 박시대란 녀석은 능력도 갖춘 양질의 사나이일지 모른다는 생각도 한조는 들었다.

설희가 예뻐 보인다고 한 게 혹시 흔한 말로 프러포즈를 하는 근사한 다른 표현이었으면 싶기도 하여 한조는 잠시 박시대를 조카사위로 삼아 버리는 상상조차 해보고 있었다. 그렇게만 된다면 모든 거 다 떠맡겨 놓고 흥양물산에 가 있어도 되지 않겠는가.

그러나 의심나는 점만은 물어보지 않고 덮어둘 수 없었으므로 한조는 다시 굳은 표정을 만들어 박시대를 노려봤다.

“와 그라십니꺼 또?”

“너 임마, 첩자지?”

“머라꼬예?”

“너 이욱형이란 사람 알지?”

“누구요? 이욱형이요?”

“시치미떼지 마, 임마.”

“그기 누굽니꺼?”

“정말 몰라? 예비역 장성인데 몰라?”

“이름도 못 들었심더.”

“정말이야?”

“와예? 와 내인데 그 사람 얘길 묻십니꺼?”

“내가 네깐놈 어디서 난 줄 알아서 뭘 해, 그 사람은 네가 어떤 놈인지 다 알고 있더라만.”

“스타가예? 와 내 출세 한분 했네.”

한조는 입을 다물어 버리고 말았다. 박시대한테 이욱형 얘긴 더 이상 하지 않기로 했지만 나흘 뒤부터 사무실을 맡긴다는 통보는 안 할 수 없어 한조는 박시대와 설희를 데리고 점심을 같이 하러 갔다. 설희도 그의 점심 초대에 약간 들떠 있었지만 싱숭생숭한 박시대가 더했다.

“사장님, 오늘 무신 바람이 불었십니꺼?”

“네가 임마 바람났다고 했잖아.”

“지가 언제예?”

“싱숭생숭하다며?”

“내도 사타구니에 털난 어른입니더. 낸 어데 목석인 줄 압니꺼.”

“너 당장 쫓아버릴 거다.”

“와 이러십니꺼. 그래도 할 일은 다 합니더. 이달 말로 청약 마감 되는 타운 아파트 서류도 다 맹글어 놨지요, 장안 아파트 두 채도 시세보다 백 만원 한 장은 비싸게 계약서 써놨지요, 지가 어데 바람났십니꺼.”

“입이 더럽다 말이다, 설희도 있는데.”

“사타구니 털난 얘기 했다고예? 쟈는 안주 그른 거 모립니더.”

“뭐라구요, 시대 씨?”

하고 설희가 마침내 달려들고 있었다.

“뭐라꼬? 시대 씨라꼬?”

“약오르시죠, 부장님. 그런 말 안 듣구 싶으심 조심하세요.”

“니도 생길 거 다 생깄다 이기가?”

“오모모, 시대 씨 좀 봐.”

“관둬.” 하면서 한조는 생선요리를 주로 파는 일본식 식당으로 들어섰다. “시대, 왜식 좋아하나?”

“지야 머 못 묵는 거 있십니꺼.”

“하긴 참 항구놈이니 생선은 잘 먹겠구나.”

시간이 좀 일러선지 홀도 거의 비어 있었지만 한조는 둘을 데리고 굳이 2층으로 층계를 밟고 올라갔다. 박시대는 다다미가 깔린 것이 기분 나쁘다고 투덜거렸다. 대다수 한국인들의 일본에 대한 반감은 그런 투로 나타나는 감상에 지탱되고 있는 것인가.

한조는 식탁을 마주해 두 직원을 나란히 앉혀 놓고 우선 생선회 한 접시를 주문했다. 반주도 한잔 하겠냐는 질문에 박시대는 물론이라고 대답했다.

“날씨도 갑재기 썰렁해졌는데 따끈한 정종 반 되만 묵읍시더.”

여자가 들어와 간장에 겨자도 풀어 주고 술잔도 채워 주어선지 박시대는 생선회에 곁들인 정종 한 주전자를 단숨에 마셔 버렸다. 그러곤 혼자 마시는 게 재미없어선지 설희로 하여금 굳이 정종 한 잔을 다 마시게 만들어 아이의 얼굴을 고추잠자리로 만들었다.

한조는 매운탕 세 그릇을 주문하고 나서 마침내 본론을 꺼냈다.

“너희 둘한테 할 애기가 있다.”

“하이소. 그라실 거 같습디더. 공짜로 이 비싼 생선회 사 주실 리 있습니꺼.”

“이 자식 말하는 거 봐. 내가 임마 그렇게 인색하니?”

“그만 이바구나 하이소. 술 깹니더.”

“당분간 너희 둘이 회살 좀 끌어가 달란 애기다. 특히 시대 니가 전적으로 책임지고.”

“무슨 애깁니꺼. 사장님 어데 가시능교?”

“응.”

“어데예?”

"외국."

"외국요? 좋겠다. 그럼 당분간이란 근 얼매 동안입니꺼?"

"글쎄."

"그라믄 안 댑니더. 언제예, 메칠이믄 몰라도 그렇기 길믄 난 몬 합니더. 사장님 안 기시는데 내 혼자 우짤깁니꺼. 안 댑니더. 어 데예, 몬합니더."

박시대는 고개를 절레절레 내젓기까지 했다. 사장이 없는 한조실 업은 절대로 끌어갈 자신이 없다고 덤비는 박시대를 안심시키기 위 해선 한조는 자신이 외국 여행을 떠나지 않음을 말하지 않을 수 없 었다.

"나 외국에 가지 않아."

"그라믄예? 지가 우째 나오나 볼라꼬 한분 해본 소립니꺼?"

"그런 것도 아니고."

"그라믄예? 사람 답답하게 맹글지 말고 마 탁 털어노이소."

"털어놓을 것도 없고."

"그라지 말고 얘기하이소. 먼가 있는가배요."

"너희들 곁에 있긴 있으면 되겠니? 서울도 떠나는 것이 아니면? 그렇다면 시대 니가 사장된 기분으로 끌고 갈 수 있겠지?"

"우찌 되는 깁니꺼, 이바구가?"

이바군즉슨, 하고 한조는 자신이 불가피한 사정으로 남의 회사 경 영을 돌봐주게 되었다는 말을 했다. 어디까지나 경영을 돌봐주는 것 이므로 그는 자신의 사업 수완 있음을 과장해서 말하지 않을 수 없 었다.

"어마어마하게 큰 재벌 그룹인데 경영자가 시원찮아 좀 기우뚱거 리고 있거든."

박시대가 입을 일자로 다물고 그를 쳐다봤다. 알코올이 번져 토끼 눈깔이 된 설희도 쌔근쌔근 숨만 몰아쉴 뿐 말이 없었다. 넌 아무

소리 말고 이 야생마 같은 박시대나 홀려라 하고 한조는 속으로 기대가 컸다.

한참 만에 박시대가 입을 열었다.

"사장님 사업 솜씨 업계에선 알아주는가배예."

"너도 내 밑에 몇 년 있으면 배우게 돼."

"우리 사장님 끝내주시네예. 우쨌든 기분 좋심더."

"그럼 각오했지, 시대?"

"사장님이 옆에 기실 낀데 내 몬할 끼 머 있십니꺼."

"단 최종 결정은 내가 내릴 테니까 언제든지 큰 문제는 내 결재를 받아야 돼?"

"그 회사로 가서예?"

"절대로 그 회사 나타나선 안 돼. 전화를 걸어서도 안 되고. 내가 매일 한 번씩 전화 연락 할 테니까."

"디기 까다롭네예. 하여튼 알았심더. 설희, 야 데꼬 그만 들어무뿌릴지 모릅니더."

"그래 가지곤 십리도 못 가."

한조는 겨우 이해를 시킨 것에 마음이 놓여 낮술 한잔을 꼴깍 마셔 버렸다. 이욱형 씨가 분명히 사무실을 그냥 유지하라고 스스로 말했으므로 그는 이제 떳떳하지 않을 것도 없지 않은가.

"나씨들은 전부 술 몬하는 사람들입니꺼. 사장님도 꼬치잠자리 같네예."

하는 박시대를 데리고 음식점을 나온 한조는 사무실로 돌아오는 길목에서 뜻밖에도 서귀자와 마주쳤다. 주황색 포니를 언제 그랬는지 새빨간 빛깔로 바꾸고는 차창을 열고 그녀가 소리쳤다.

"어머나, 대낮부터 무슨 술을 그렇게 들었어요!"

"어디 가는 길인가요?"

"어딘 어디예요. 한조 씨 만나러 오는 길이죠."

“그래요? 웬일이오, 날 다 찾아오고?”

“빨랑 타세요.”

“타다니?”

“어디 가서 얘기 좀 해요.”

한조는 박시대와 설희를 보내고 자신은 서귀자의 빨간 조랑말에 올라탔다. 차가 곧 움직였다. 그리고 향수 냄새가 그의 욕정을 부스스 흔들어 깨우고 있었다.

서귀자의 진홍빛 포니가 을지로의 큰길로 들어서는 동안 한조는 말없이 그녀의 운전 솜씨만 지켜보았다.

“추위가 곧 올 것 같네요.”

을지로 입구 네거리를 쫓기듯 건너가며 서귀자는 여유만만함을 과장하는 그런 말을 하고 있었다.

“아직은 눈이 오자면 멀었을걸요.”

“시골에 가면 빨간 감이 소복 매달린 걸 보겠죠?”

“초가 지붕엔 빨간 고추가 널리고.”

“갑자기 그런 풍경이 보구 싶어지네요.”

“하지만 다 옛날 얘기고 지금은 초가 지붕 같은 거 찾아볼래도 없다는 사실을 알아야죠.”

“왜들 그렇게 멋대가리 없어졌을까.”

그게 멋대가리와는 애당초 관련이 없긴 하지만 여하간에 한조는 서귀자가 그런 감상적인 말을 다하고 있는데 놀라지 않을 수 없었다. 그녀는 서울시청 앞 광장을 가로질러 가는 동안 이런 말까지 했으니까.

“시간 있으시죠? 우리 야외루 한번 나가 볼래요?”

“나야 좋지만 웬일이오, 귀자 씨가?”

“난 머 감정두 없는 여잔 줄 아세요.”

“뜻밖인 것만은 틀림없으니까”

하고 한조는 듣기 좋은 말 대신 사실대로 말하는 쪽을 택했다. 왠지 이제 이 여자한테 더 이상 비위 맞추고 아첨하는 말만 하는 건 걷어치우자 하는 생각이 들어서였다.

"한조 씬 이 서귀자가 변한 걸 모르세요."

했지만 서귀자가 변했다는 건 희망사항일 뿐임을 증명하듯 그녀가 말하는 야외란 고작 한강변에 있는 한 레스토랑이 아니던가.

"내리세요."

자동차 문짝을 열어젖히기 전에 한조는 비아냥대듯 한마디 했다.

"야외가 이렇게 가까운 데 있을 줄은……."

"맘이 변했어요."

"여자의 매력은 변덕이니까."

"이 집 와보셨어요, 한조 씨?"

"여기에 이런 집이 있는 줄도 몰랐수."

"들어가 보세요, 재미있어요. 도시적 재미가 있다구요."

강물에다 검은 기둥을 담그고 마치 독일의 건축물같이 검은 나무 창틀을 박은 3층 집은 작은 지붕을 슬레이트 기와로 덮고 로렐라이란 옥호를 붙여 놓고 있었다.

서귀자가 주단을 깐 층계를 밟으며 말했다.

"이층에 가면 조끼 맥주가 맛있어요. 실내를 딱 독일식으로 꾸며 놨어요."

독일을 가봤어야지 제기랄. 한조는 소리내어 혀를 차며 서귀자에 한발 뒤처져 층계를 걸어 올라갔다. 이 여자가 무슨 얘길 하려고 이런 데까지 끌고 온 것일까.

그러나 치마폭 끝자락으로 향수 냄새를 흘리며 2층으로 올라간 서귀자는 바에 걸터앉아 맛있다는 조끼 맥주를 주문하고 나서도 입을 열지 않았다. 안면이 있는 듯한 바텐더하고만 쓸데없는 잡담이 길었다. 시골의 빨간 감 얘기가.

흑맥주가 담긴 조끼가 바를 타고 미끄러져 앞에 놓이고, ‘이거 외제 맥주예요’ 한 다음 거품에 입술을 담그고 나서야 서귀자가 드디어 의자를 돌려 앉으며 한조를 돌아봤다.
“한조 씨, 저 가게 집어쳤어요. 놀라운 사건인가요?”
“정말이오?”
“놀라워요?”
“놀라운데.”
“더 놀라운 일이 있어요.”
놀라운 얘기는 조금씩 조금씩 아끼며 들려주고 싶은 듯 서귀자의 표정엔 자신이 지금 하려고 마음먹은 얘기의 단맛을 스스로 빨고 있는 빛이 역연했다. 한조는 까짓 단맛이 다 빠져도 좋다 하고 내버려 두었다.
이윽고 서귀자가 입을 열고 우선 놀라지 말란 뜻의 다른 표현부터 썼다.
“실은 별 얘기 아녜요. 챙피한 얘기죠 머.”
“무슨 얘기를 하려고 그렇게 뜸만 들이는지 모르겠지만 한번 해보쇼, 난 강심장이니까.”
“정말 별 얘기 아니래두요.”
“그러니까.”
“저 결혼해요.”
“뭐요?”
한조는 들었던 맥주 조끼를 내려놓으며 소리쳤다. 놀란 척해 주자는 마음이 조금치도 보태진 것이 절대로 아니었다. 서귀자가 결혼을 한다는 건 확실히 놀라운 사건이 아닐 수 없지 않은가. 그러나 그녀는 마치 한조가 놀라서 말을 못하는 건 모독이라는 듯 그를 비난했다.
“왜 서귀잔 시집 못 갈 줄 알았어요?”

“상대는 누구요?”

“어떤 사람일 것 같애요?”

“재일교포 실업가.”

“네?”

“그래야 어울릴 것 같은데.”

“정말예요? 정말 그렇게 생각하세요?”

“그럴 것 같잖우?”

“난 안 그렇게 생각하는데.”

“그럼 어떤 사나일까?”

서귀자는 잠시 대답이 없었다. 그러나 뭔가 질투심 같은, 아니 허전함 같은 감정에 빠져 있는 한조를 돌아보며 그녀가 곧 말했다. 정말 놀라운 사실을……

“이상한 일이네요. 사실 재일교포예요.”

“뭐라고요?”

“서른아홉 살 먹었어요. 내가 노처녀니 할 수 없죠, 머.”

서귀자는 그 사나이가 바로 그녀의 한남동 ‘보세의 집’을 산 장본인이라고 했다. 그렇다면 계약을 맺고, 중도금을 치르고, 가게 운영에 대한 설명을 해주고…… 뭐 그러다가 엉뚱하게 발전했다는 얘기가 아니겠는가.

그녀는 거기까진 설명하지 않았지만 한조는 묻지 않고도 넉넉히 짐작이 갔다. 상대가 일본에 뿌리를 가진 실업가겠다, 모국의 시장성을 냄새 맡을 만큼 빠른 상재(商才)를 지녔겠다, 외제로 재미를 보고 그걸로 유명한 가게에 일제 물품들이 진열되겠다.

그랬다. 서귀자는 앞으로 그런 모습으로 나타날 가게를 놓치고 싶지 않았을 것이다. 복통을 일으켰을지도 몰랐다. 그래서 물주를 찾아낸 가게의 안주인이 되는 방법을 찾아낸 것이리라. 한조는 갑자기 서귀자를 쳐다보는 것조차 불쾌한 느낌이 들었지만 정중한 축하의 말을 하고 있었다.

"축하합니다, 귀자 씨."

"한조 씬 결혼 안 하세요?"

"상대가 있어야죠."

너 따위가 나를 넘겨다 본 건 아니겠지라는 뜻인 듯 서귀자는 담박에 말을 바꾸었다.

"사업은 잘되세요? 건설주두 계속 뛰구 아파트값두 불붙었으니 신나죠 머. 약올라요, 한조 씨 생각함."

"까짓거."

"참, 김선표 씨 소식 아세요?"

"출감했겠지."

"벌써 언젠데요."

아, 김선표가 부도 수표를 뗀 죄값을 마침내 다 치르고 나왔구나. 한조는 자신도 모르게 한숨 같은 걸 깨물었다. 무엇일까. 김선표가 빈 주먹이 되어 나서는 과정을 그렇게 겪는 동안에 자신은 최소한 3억 이상의 돈을 만들지 않았느냐 하는 데 생각이 미쳐서일까.

비록 본전으로 때운 것이긴 하지만 빚도 다 갚고, 김선표 그에겐 영치금 만원에다 사식으로 찐 달걀을 스무 개까지 넣어 주지 않았던가. 그의 늙은 홀어머니를 찾아가선 그에게 꾼 돈 100만 원에다 30만 원을 더 얹어 전하는 일도 했고.

한조는 어느새 서귀자가 결혼하는 대사건을 까맣게 잊고 있었다.

"고생했군. 그러니까 얼마 동안이나 있은 건가요, 감옥에를?"

"열 달이래요."

"열 달이 짧은가……."

"얼굴이 아주 반쪽이 됐어요."

"귀자 씰 찾아왔던가요?"

"네, 바루요. 출감한 지 사흘 만이라더군요."

“그 친구 그러면서 내겐 전화 한 통도 없고.”
“그러잖아두 한조 씨 애기두 했어요. 계란을 스무 개씩이나 넣어 줬다면서요?”
“그 친구가 그럽디까?”
“그럼요.”
“영치금도 만원 넣었는데?”
“그 애기도 했어요.”
“뭐라면서요?”
“그거 받구 울었대요.”
한조는 서귀자의 말에 왠지 가슴이 철렁하는 것을 느꼈다. 김선표가 감방에 앉아 눈물을 흘렸다니.
“그날 마침 비가 내렸다면서요?”
“기억이 안 나는데.”
“비 오는 날이 그렇게 싫대요. 그런데 나한조라는 사람이 넣어 줬다는 계란 스무 개의 전표에 손가락 도장을 찍구 나니 그렇게 갑자기 눈물이 솟구치더래요.”
“그 안에 있으면 그렇게 약해지는 건가.”
한조는 중얼거리는 한편으로 김선표의 동글납작한 얼굴을 떠올렸다. 언제나 새빨간 넥타이만 매고 제비같이 해가지고 다니던 친구가 아니던가.
때로 한남동 서귀자의 가게에서 마주쳐도 한조와는 아예 상대도 않는다는 투로 서귀자와만 말하고, 그가 혹시 대화에 끼어들려 해도 거들떠보지조차 않으려 하던 친구, 더러는 자기네끼리 눈짓을 해가며 아마도 그를 무식하고 무례하다고 소곤댔을 친구.
한번은 그가 물건을 싣고 서귀자의 가게 뒷마당으로 들어섰을 때 김선표가 재빨리 가게 앞문으로 자취를 감추는 것을 그는 놓치지 않았다. 아마 빨리 계산하고 보내 버리라고 일렀던지 서귀자도 전에 없이 서둘렀다. 그런 눈치쯤 못 차릴 한조가 아니었으므로 일부러 시간을 끈 다음 가게 문 앞에 몸을 숨기고 서 있는 김선표를 잡아들였다.

그러자 김선표가 드디어 신경질을 부렸다.

—당신같이 눈치없는 친군 첨 봐.

하지만 그 정도에 물러설 한조가 아니었다.

—이 추위에 왜 문 밖에 서 있나 해서.

—당신 꼴 뵈기 싫어서 그래.

—나도 당신만 서귀자 차지하는 거 배 아파서 못 가겠어.

그러나 이 모든 얄밉고 증오를 불러일으키던 일들은 그나마 모두 과거의 일이고 지금 김선표는 맨주먹이 되어 감옥을 나오지 않았는가. 더구나 기대했던 서귀자는 결혼을 선언했고.

한조는 흑맥주 한모금을 맛본 다음 서귀자한테 물었다.

"그래, 김선표 씬 지금 어떻게 하고 있수? 나도 한번 만나보고 싶은데."

"아마 만나볼 수 없을걸요."

"왜?"

"죽었거든요."

한조는 갑자기 눈앞이 아뜩했다.

이튿날 새벽에 한조는 노량진 수산시장으로 나갔지만 경매 장면이 제대로 눈에 들어오지 않았다. 서귀자가 하던 말만 끝없이 머릿속을 맴돌았다.

—김선표 씨 자살했어요.

출감한 지 꼭 닷새 만이었다고 서귀자는 일러주었다. 그러니까 그녀를 찾아온 이틀 뒤에 김선표는 극약을 먹어 버렸다는 게 아닌가. 극약을 먹고 죽은 무서운 모습의 주검을 발견한 홀어머니의 충격이 얼마나 컸을까.

―이거 월매나 생광스럽게 쓰겄슈.

그가 전해준 130만 원을 받아 들고 감격해하던 김선표 노모의 얼굴이 한조는 자꾸 떠올랐다.

"빌어먹을 자식!"

한조는 자기도 모르게 버럭 소리를 내질렀다.

'깡'이라고 불리는 이른바 새벽 경매는 이미 절반 이상 진행되고 있었다. 수산부장 김영무가 손가락을 세워 소속 중매인 이시백과 최남룡 두 사내한테 열심히 입찰 가격을 지시하고 있는 모습이 저만큼의 뿌연 어둠 속으로 보였다.

전날 그는 서귀자와 어떻게 헤어졌는지 분명하게 기억할 수 없었다. 자살할 수밖에 없었던 심정 이해할 수 있지 뭘 그러세요라던 서귀자의 잔인한 냉담에 화를 냈던 것은 기억이 생생하지만 그 밖의 일은 도무지 희미했다.

펄펄 뛰듯이 화를 내는 그에게 서귀자는 마침내 자신의 말을 취소하긴 했다. 그러나 그건 오로지 바텐더를 의식해서 한 말인지도 몰랐다. 그녀는 곧 김선표를 비난하는 말을 덧붙였으니까.

―김선표 씬 공장 확장에 너무 과욕을 부렸지 뭐예요.

―귀자 씬 아주 겸손한 욕심만 부렸구?

―제가 무슨 욕심을 부려요. 증권에 손 좀 댔다구요. 전 밑졌어요. 아파트에서두 재미 못 봤구요. 결국은 가게까지 팔아야 했잖아요.

그렇게 된 게 결국은 과욕이 빚은 결과 아니랴. 하지만 한조는 그런 반문을 던지는 대신 이렇게 물었다.

―혹시 그 친구한테도 귀자 씨 결혼한다는 얘기 했수?

―그땐 아직 결혼은 생각지두 않았을 땐데요.

한조는 무의식적으로 고개를 주억거리고 있었다. 김영무가 다가오고 있었다.

"조금만 있다가 해장하러 가십시다."

한조는 여전히 고개를 끄덕이기만 했다. 아마도 그 직후 그가 서귀자를 향해 소리쳤었겠지. 우리 그만 나갑시다 하고.

"바보 같은 자식!"

한조는 또다시 혼잣소리를 내지 않을 수 없었다. 그러나 어느새 그는 이철을 생각하고 있었다. 그의 유서 같은 편지를.

나 사장님께.

사장님이 다녀가신 뒤로 저는 마치 구렁텅이에 빠진 것 같은 나날을 보내왔습니다. 그렇습니다. 이 산속은 제게 함정이었습니다. 너무 괴로울 때면 더러 사장님이 왜 오셨을까 원망되기도 했답니다. 아니 제가 왜 사장님께 편지를 드리고 제가 있는 곳을 알려드렸던가 얼마나 후회하였는지 모릅니다.

사장님께서 저를 데려가시고자 하셨을 때 저는 따라나서고 싶었다는 것을 사장님이 떠나시고 난 다음에야 알아차렸습니다. 저는 이 외딴 산속에서 부처님의 세계에 이를 자신이 없음을 알았습니다.

너울거리는 죽음의 자락이 저를 죄고 있습니다. 그게 제가 여기서 할 수 있는 유일한 일이라고 외칩니다. 저도 차츰 편안한 마음이 되어가고 있습니다.

제가 어떤 짓을 해도 사장님은 용서하시리라 믿습니다. 안녕히 계십시오.

이철 합장

글로리아 홀.

하객들은 좌석이 50석쯤 되는 작은 방을 거의 메우고 있었다. 바닥은 뽀얀 우윳빛의 화려한 양탄자로 덮여 있었다. 마치 곧추선 백

합 꽃잎같이 생긴 여러 개의 촉대에선 촛불이 떨고 있었다. 한조는 팔짱을 끼고 잠시 식장 뒤켠에 서 있었지만 이상하게도 아는 얼굴이 하나도 보이지 않았다.

누군가 흰 장갑을 낀 사내가 앞쪽으로 걸어 나갔다. 마이크 앞까지 간 사내는 돌아서서 나비 넥타이를 다시 한 번 매만져 본 다음 검정 양복 저고리의 단추를 끼웠다.

그때 한조 옆으로 다가와 목소리를 죽여 말하는 여자가 있었다.

"나오셨어요?"

돌아보자 서귀자 가게의 최양이었다. 성숙한 여인이 되어 버렸구나 싶게 오랜만에 만나는 폭이었다.

"여어, 난 어떤 미인인가 했지."

"나 사장님, 섭섭하시겠어요."

"뭐가?"

"우리 서귀자 씨 결혼식장에 나오셨으니까요."

"축하하러 온 사람 보고 무슨 소리야."

"나 사장님은 결혼 안 하세요?"

"여자가 있어야 하지."

"눈독들였던 여잔 이렇게 결혼식장 잡아 놓구 연락하구요?"

"그러게 말야."

넥타이를 맨 사내가 드디어 개식 선언을 하고 있는 중이어서 더 이상은 말하고 있을 분위기가 아니었으므로 한조는 재빨리 최양의 둔부를 철썩 갈겼다. 못 만나고 지낸 그새 최양의 말이 그토록 퐁퐁 늘었다니. 최양이 찔끔 놀라 눈을 흘겼다.

"미스 최가 나한테 시집올래?"

"오머머!"

"왜, 내가 행복하게 해줄 것 같지 않어?"

"제가 왜 꿩 대신 닭예요?"

“그건 오해다. 난 오늘 신부된 여자하고 아무 상관 없어. 사업상 관계 외엔.”

“거짓부렁 마세요.”

“쉿, 나타났어.”

이상한 결혼식이었다. 고광남이라는 이름을 가진 신랑이 신부 서귀자와 손을 맞잡고 함께 입장하고 있었다. 앞쪽을 봐도 주례의 모습조차 보이지 않았다. 서귀자의 자존심에 따라 결혼식의 모습이 그런 형태로 나타나고 있는 듯한 느낌을 한조는 지울 수가 없었다.

서 있는 사람은 주인공들과 사회자를 빼곤 그들밖에 없다는 데 생각이 미쳐 한조는 얼른 최양의 소매를 끌었다. 그러곤 의자에 앉기 바쁘게 최양에게 물었다.

“미스 최, 아직도 서귀자 씨 가게 나가고 있겠지?”

“그만뒀어요, 한 달 전에.”

“그럼 정말 나한테 시집와도 되겠구나.”

“만원 줄 테니 여관 가자구 하신 건 어떡허구요.”

“내가 언제?”

“오머머, 하지만 나 사장님은 재미있으신 분예요.”

“서귀자한테 당하기나 하고?”

“그러면서두 좋아하셨죠? 그쵸? 그건 사실이죠?”

“한때. 이제 기분이 좋으니?”

“이젠 결혼하세요.”

결혼식장에 가야 하므로 점심을 같이할 수 없다고 한 그에게 이욱형 씨도 비슷한 말을 던지지 않던가.

“나군은 결혼 안 할 끼가?”

신랑 신부가 사회자의 성혼 선언에 이은 징표로서 반지를 교환하고 나서 이쪽으로 돌아서서 정중하게 절을 하고 있었다. 그러곤 곧 결혼행진곡에 맞춰 식장을 걸어 나오는 동안 그와 잠깐 눈길이 마주친 것을 최양은 놓치지 않은 모양이었다.

식장 입구에 서서 내객들과 일일이 악수를 나누는 신랑 신부 곁으로 다가가며 최양이 소곤거렸다.

"나 사장님, 신부의 슬픈 눈길과 마주쳤어요. 하지만 악수두 하실 수 없군요. 남자 손님은 신랑하구만 인사해야 하니깐요."

지하층에 있는 양식당에서 결혼 피로연이 열린다고 누군가 거듭 외치는 사나이가 있었다.

"한 분도 가시지 말고 아래 버킹검궁으로 내려가 주십시오. 곧 피로연이 열리게 될 것입니다."

어느 때 어느 자리건 사람이 많이 모이는 곳엔 싱거운 자가 한둘은 꼭 끼게 마련이어서, 벗은 털외투를 팔에 척 걸친 버젓한 모습의 한 사내가 기어코 시비를 걸고 나섰다.

"가정의례준칙이라는 게 엄연히 있는데 피로연을 공공연히 열어도 되는 거야? 무슨 특권층이라도 돼?"

"혹시 보사부에서 나오셨나요?"

"난 보사부가 어디 있는지도 몰라."

"그럼 아무 말씀 마시고 내려가셔서 연회나 즐기시지요. 음식이 매우 고급일 겁니다."

"당신 나한테 충고하는 거요? 내가 이딴 호텔 식당에도 한번 못 와본 사람인 줄 알어?"

"이딴 호텔이라고 하면 이 호텔 미국인 지배인이 화낼 텐데요. 그리고 오해가 있으신 것 같은데 고광남 선생, 즉 오늘의 신랑되시는 분은 일본 정부가 발행한 영주권 소지자란 사실을 상기해 주시기 바랍니다."

"그래서?"

"그래서 준칙 정도쯤엔 저촉을 받지 않는다는 말씀이 될까요?"

사내는 머쓱해져서 말이 없었다. 한조는 슬쩍 사내의 등을 밀지 않을 수 없었다. 입구께로 거의 다가선 지점까지 와서 일깨워 주었다.

"재일교포란 사람들 우리 여권 가지고 있다는 사실을 잊었습니까. 즉 그들도 국내법의 올가미 밖에 있는 건 아니라구."

"난 모르는 줄 아슈. 그런 충고 안 해 줘도 돼요."

쓸개 빠진 사내는 괜히 엉뚱하게 한조를 향해 화를 냈다. 그러나 이번엔 최양이 그의 옆구리를 찌르며 응전을 극력 말렸으므로 한조는 여유만만한 미소 하나로 전쟁 발발을 억제했다.

"잘하셨어요."

라는 말을 남기고 최양이 신부 서귀자와 인사를 나누는 동안 한조는 증오와 아니꼬움에 떠는 눈으로 신랑의 손을 잡아 흔들었다.

"감사하므니다."

개자식, 축하하므니다라고 말해 줄걸. 한조는 고광남의 손을 놓고 돌아서서 서귀자를 쳐다봤다. 그러나 그가 서귀자한테 악수를 나누자고 덤빈 건 얼마나 큰 실수였던가.

대단한 사람들이 모인 자리에서 면사포를 쓴 서귀자는 한조쯤은 안중에도 없음이 분명했다. 그녀는 손을 내밀어 주지 않았을 뿐만 아니라 그를 쳐다보지조차 않았다.

너 따위하곤 신분이 틀려, 하객들의 면면들을 보고도 모르니, 하는 그런 표정으로 감색 우단 투피스 여인과 인사를 나누고 있었다.

"서 여사, 신혼 여행은 어디로 갑니까?"

한조는 묻고 나서 자신의 목소리가 너무 높았다는 느낌이 들기는 했다. 경멸감을 드러내는 노골적인 표정이 되었지만 그러나 서귀자는 짧게 대답해 주었다.

"일본으로 갈 거예요."

식장 밖 복도로 나온 다음 최양이 그의 태도를 비난했다. 도도하게 구는 여자 앞이라고 해서 굳이 바보같이 처신하는 건 대단히 못난 짓이라는 것.

한조도 한마디 하지 않을 수 없었다.

"도도하게 굴어 봤자 저 여자 고작해야 오키나와나 갈 계획일 거야. 거기 가서 미군 전투기 구경이나 하고 올 거라구. 홋카이도로 가는 건 상상도 못한다니까."

피로연회장이라는 버킹검궁에는 내려가 보지도 않고 한조는 최양을 데리고 곧장 호텔 정문을 빠져 나왔다. 그렇게 행동을 정하기까지엔 두 사람 사이에 약간의 다툼이 있었다.

"미스 췐 내려가 보지 그래."

"나 사장님이야말루 피로연 참석하셔야 해요."

"나는 왜?"

"오기 땜에 축의금 엄청나게 내셨을 텐데 조금이라두 되찾으셔야 잖아요."

"음식 체해. 그보다도 미스 췐 앞으로 있을 자신의 피로연을 위해서도 봐두는 게 좋을 텐데."

"제가 이런 데 와서 결혼식을 해요? 나 사장님 같은 분 만난다면 몰라두."

"일류 대학 출신이 무슨 소리야. 희망을 가지라구."

"나 사장님두 참석하신다면 동무해 드리겠어요."

"난 안 가, 바빠서. 다른 이윤 없어."

"저 혼자선 못 가요. 전 서귀자 씨 고용원이었던 신분이니까요."

"그럼 우리 꽁무니 빼자."

"좋아요."

"내가 맛있는 점심 사 줄게."

"뭘 사 주시겠어요. 나 사장님?"

"뭘 먹고 싶어?"

"보신탕."

"보신탕?"

최양이 손을 입으로 가져 가며 키들키들 웃었다.

호텔 정문 앞 길목을 지켜 서 있는 데 지쳐 마침내 한조는 최양을 즐겁게 해주는 무용수가 되었다. 그렇게 십분은 충분히 발레를 한 끝에 잡힌 택시에 올라앉자 최양이 코트 자락으로 무릎을 끌어 덮으며 물었다.

"나 사장님은 왜 자가용 안 사세요?"

"내가 무슨 재주로."

"아직두 트럭 타구 다니세요?"

"그거 날아간 지 언제라고."

"거짓부렁 마세요. 나 사장님한테선 언제나 돈 냄새가 나요."

"그래서 내가 좋은가?"

"나 사장님, 매력이라곤 없는 분이구요."

"슬픈 얘기군."

을지로 6가 국립의료원 안에 음식점이 하나 있다고 해서 최양한테 끌려간 것인데, 최양은 거기 스칸디나비안 클럽이라는 집의 뷔페 점심을 들며 재차 그의 매력 없음에 대해 말했다.

"어느 편인 줄 아세요. 한남동 가게에 있을 땐 나 사장님 오심 측은한 느낌이 들군 했어요. 죄송해요, 마구 말해서. 서귀자 씨한테 그렇게 당하시면서두 좋게만 해주시려구 하세요. 그래서 막 화가 나군 했어요."

"요컨대 뱃도 없는 머저리더라 이거지."

"아마도 나 사장님 이런 식당두 첨 오시는 걸 거예요."

"또 한상 집어와서 먹어도 돈 더 내라곤 안 하는 건가?"

하고 한조는 여전히 반편 행세를 했다. 며칠 사이에 뷔페 식당과 인연이 깊어진 것 같은 느낌이 들면서도, 최양이 스스로 자신이 한 말을 바꾸었다.

"물론 첨 오신 건 절대루 아닐 거예요. 그런데두 꼭 이런 덴 나 사장님보다 제가 더 잘 알구 익숙할 것 같은 느낌이 들거든요.”
“미스 췬 참 이름이 뭐지？”
“경미요.”
“예쁜 이름을 가졌군.”
“우리 휴게실루 나가서 차 마셔요.”
한조는 최경미를 따라 식당 반대쪽에 있는 널따란 휴게실로 건너
갔다. 유럽의 혈색 좋은 젊은 왕의 사진이 벽에 걸려 있었다.
“이런 거실이 있는 집에서 살았음 좋겠죠？”
“내가 하나 지어 줄까, 경미한테？”
한조는 말하고 나서 최경미를 흘끗 돌아봤다.
“말루만 그러지 마세요.”
“우리 그만 일어설까？”
한조가 최경미와 헤어져 회사로 돌아오자 마침 수산부 사무실에
서는 김영무가 전화 수화기 세 개를 한꺼번에 들고 고함을 치고 있
었다.
“야, 동대문！ 복어는 3천 650원, 숭어는 875원, 꽃게는 590원.
신촌！ 신촌은 복어 3천 800, 생명태 270, 모시조개 한 근 430,
조기 600. 영등포는 바지라기, 조기, 고막, 은대구, 오징어 모두
한시 삼십 분 현재 시세 이하론 넘기지 마. 내일 새벽 깡 풀 때
보면 알 거야. 막 뛰고 있어. 묵호 주문진에서 연달아 연락이 왔
는데 심상찮다는 거야. 느닷없이 냉수대 현상이 일어나고 있대.
북극권에서 흐르는 한대류가 일찍 내려와 꽁치들이 북상할 통로
가 차단당하고 있어. 어군 탐지기가 잡았어. 꽁치는 있는 대로 모
조리 아현동 냉동 창고로 실어 보내.”
두 개의 수화기를 양손에 나누어 들고 한 개는 어깨로 받쳐 꼰 고
개로 누르며 생선 판매 시세를 지시하고 난 김영무가 그것들을 차례
로 내려놓기 바쁘게 벨이 또 울리기 시작했다.

각 시장에서 가격 지시를 받기 위해, 또는 형성된 시세를 보고하
기 위해 걸려 오는 전화들이었다.

"빨리 길주상회에 가봐, 얼마씩에 넘기고 있는지. 남대문 너희만
그렇게 멍청한 짓을 하고 있다는 거 알아둬. 380원에 넘겼으면
최소한 30원은 덜 받은 거야. 그렇다면 한 상자엔 얼마고 전량이
면 얼마나 손해 보는지 알어? 정신차리라구, 정신!"

시내 도처의 시장에 자리잡고 있는 이 회사 소속 소매점들은 모두
컨트롤 타워인 수산부장 김영무의 지시를 받아 생선을 팔고 있었다.

흥양물산이 노량진 공판장의 중매인뿐만 아니라 시내 각 시장의
소매점도 갖고 있어서 새벽 경락가격보다 열곱은 비싼 값으로 생선
을 팔고 있다는 것을 한조가 안 것은 불과 며칠 전의 일이었다.

수산부의 이인문을 한조는 며칠 전이던가, 회사 도서실에서 만났
다. 그는 스물아홉 살 먹은 수산부 일년생이었다.

"나 선생님, 무슨 책 보세요?"

"웬일이요, 미스타 리는?"

이인문은 대답을 않고 다가와 그가 들여다보는, 어류의 생태에 관
해 적어 논 책의 표지를 젖혀 봤다.

"이걸 언제 다 읽으시겠어요?"

"졸음만 쏟아지는군."

"별 도움이 안 될걸요, 그 책."

"물고기들도 괴상한 버릇이 많긴 하군."

"배를 타실 것도 아닌데 다른 책을 보시죠."

"어떤 책을 말이야?"

"유통구조가 젤 문제 아니겠습니까, 생선은."

"콜드 체인 시스템인가 뭔가 말인가?"

"나 선생님, 그동안에 많이 아셨군요. 하지만 냉동 시스템은 돈이
너무 어마어마하게 들어 쉽게 갖추기가 어려워요."

"그렇다면 유통구조 개선은 요원한 얘기 아닌가."

"그렇잖죠. 복잡하고 이해할 수 없는 유통구조를 즐기고 악용하는 사람들이 있으니 문제죠. 자그마치 몇 단계나 되는 줄 아세요. 아홉 단계나 거쳐요. 그러는 동안 생선값은 열곱이 넘는, 아무도 그 값이 왜 그렇게 되는지 모르는 값으로 뛰구요."

"그걸 즐기고 악용하는 사람들이란 누구야? 흥양물산도 그 중의 하나란 뜻은 아니겠지, 설마."

그랬는데 이인문은 대답 대신 흥하고 코웃음을 치는 게 아닌가. 어부들이 잡아온 고기는 새벽의 산지 수산협동조합 공판장에 넘겨져 최초의 경매에 위탁되는 것이 이른바 아홉 단계 유통과정의 첫 시작이라고 이인문은 설명했다.

"어민에서 산지 위판장→중매인→반출상→내륙 공판장→중매인→중간 도매상→산매상→소비자, 그 어떤 상품보다도 복잡한 유통과정을 거치는 것이 생선예요. 그때마다 마진이 붙으니 생산자와 소비자 사이의 간격이 이해할 수 없을 만큼 거리가 멀 수밖에 없죠. 생선 장사가 투기일밖에 없는 이율 이해하시겠죠, 이제."

"그 중간에서 특히 이득을 많이 보는 사람들이 있을 거 아냐."

"문제는 재력이지요. 돈 많은 사람들이 생선 가격을 쥐고 흔들어요."

우리 흥양물산같이? 라는 말을 덧붙이고 싶었지만 한조는 꿀꺽 되삼키고 이인문의 설명만 듣기로 했다.

"수산물은 일시 다획성인데다 천재지변의 영향을 가장 민감하게 받거든요. 냉동 능력을 갖출 만한 재력만 있으면 춤추는 가격 변동을 얼마든지 파도 타듯 할 수 있잖겠어요."

"그렇겠군."

"신날 거예요."

"누구 말이오?"

“수산 업주들.”

“남의 말 하듯 하는군, 미스타 린.”

“전 아직 제가 과연 수산부 부원일 수 있을지 자신이 없거든요. 그래서 저하곤 상관없는 남의 업무 같거든요, 아직도.”

“그렇다면 이 회사 인건비만 축내 온 셈 아니오, 일년 동안이나.”

“이익이라는 것에 너무 철저해요, 잔인할 정도로.”

“그게 기업의 속성 아닌가?”

“어느 분야보다도 비인간적일걸요.”

“나를 너무 쉽게 믿는 편 아닌가?”

“무슨 말씀예요?”

“기업주는 자기 기업의 이윤 추구 방식에 회의를 품는 사원을 별로 좋아하지 않을 텐데.”

“그러니까 나 선생님께서 저를 경영진에 보고하신단 말씀이신가요? 하지만 나 선생님은 아직 그러실 만큼 업무 내용을 파악하고 계시지 못한데두요.”

한조는 소리 없이 웃었다. 그러곤 자신도 모르게 이인문에게 엉뚱한 질문을 던졌다.

“미스타 리, 혹시 우제정이란 사람 모르오?”

“누군데요? 우리 회사 사원인가요?”

“아니, 황금 보기를 돌같이 하는 청년이 하나 있어요.”

“전 다른데요. 전 황금을 황금으로 보걸랑요.”

“마음이 놓이는군.”

“너무 마음 놓지 마세요.”

“무슨 뜻이야?”

“나 선생님이 너무 어른같이 말씀하시는 게 불쾌하다 그겁니다.”

“마치 경영진이나 되는 것처럼?”

하고 한조는 또 씨익 웃음을 흘렸다. 이인문의 느닷없는 도발적 말

투는 적어도 그의 출현 이후의 수산부 분위기를 반영하고 있음이 분
명하지 않은가.

"저하고 많아도 오년 이상 차이지지 않을걸요."
하는 말을 끝으로 이인문은 도서실을 나갔다. 수산부에서들 뭐라고
말하고 있는지 알기나 하느냐 하는 투의 뻣뻣한 뒤통수를 내보이면
서……

한조는 기분이 좋지 않았다. 그러나 단지 그것만은 아니었다. 한
편으론 뭔가 뿌듯한 자신감 같은 것이 느껴졌다.

—생선은 새벽에 결단이 난다. 늦어도 오전 중으로 본전을 빼라.
그러나 아직은 새벽조차도 아닌 야간 통금 중의 밤 한 시가 아닌
가. 한조는 하품을 하며 눈물이 글썽한 눈으로 부두 끝을 응시하고
있었다. 빼곡하게 마스트를 세우고 접안해 있는 정선들이 밝힌 불빛
으로 부둣가는 온통 대낮같이 밝았다. 아직도 빽빽이 들어찬 어선들
사이를 비집고 둥둥둥 접안을 서두는 배들이 있었다.

"드디어 들어왔군요. 저게 우리 배예요."
옆에 선 사내가 손가락질을 해보였다. 방어진 수산회사에서 나온
박상기였다. 그는 한조를 어업신문 기자인 줄 알고 있었다.
이욱형 씨의 각본이었다. 이욱형 씨는 한조를 묵호로 보내면서 거
기 홍양수산 가공공장 건설소장 고현상한테 전화를 걸고 한조의 신
분을 끝까지 위장하여 업계 신문의 기자로 행세케 하라고 지시를 내
렸던 것이다.

한조는 다만 그런 사실을 모르고 현지에 도착했는데 묵호에 닿아
고현상을 만나자 그가 그렇게 말하지 않던가.

"왜 그렇게 해야 하나요?"
"그래야 전 과정을 파악하는 데 자유로울 수 있지요."
"난 기자 흉내를 낼 자신이 없는데……."

“우리 회사에 신세를 지고 있는 업자한테 연락을 해봤지요. 마침 오늘 밤중에 독도 근해로 나갔던 오징어 배가 들어온다는군요.”
“큰 밴가요?”
“30톤급이라는데 보름 만에 돌아온다는군요. 그런 배를 만나게 된 건 나 선생한텐 행운입니다.”
“어떤 이유에서 그런가요?”
“태풍을 만나 여드레 동안이나 죽을 고생을 한 배라니까.”
“지금이 어느 땐데 태풍을 만나요?”
“바다는 변화무쌍 아닙니까. 돌풍이었겠지요, 예상도 못한. 그러길래 어부들은 바다를 이름없는 무덤이라고들 하지요. 파도를 만장이라고 하고.”
그렇게 죽을 고비를 넘기고 돌아온 배가 마침내 지친 손끝으로 부두의 돌핀을 붙잡고 있다는 것이 아닌가. 한조는 약간 흥분된 목소리로 말했다.
“가봅시다.”
배 곁으로 다가가자 조타실 앞에 제18 광성호라고 쓴 글씨가 보였다.
“오징언 일본조라는 낚시로 걸어 올리죠. 낚시 끝에 불이 켜졌을 뿐인걸요.”
한조도 그 정도는 알고 있었다. 명태자망, 기선 저인망, 상어연승, 기선 권현망, 건착망, 안강망, 정치망, 타뢰망…… 하는 그물들이 어떻게 생겨먹은 것인지도 그림을 통해 알고 있었다.
이윽고 피로에 지쳐 수세미 같은 얼굴을 한 선장이 부두로 내려섰다. 박상기가 한조를 세워 둔 채 몇 발짝 걸어갔다. 그러곤 뭐라고 몇 마디 주고받은 다음 어깨를 나란히 하고 그에게로 다가왔다.
“이분이 바로 나 기자님입니다.”
선장이 귀찮은 듯 손을 내밀며 말했다.

“난 권시우라고 하요. 머 물어보소.”

“수고 많으셨습니다.”

“뱃눔 사정은 재미도 엄고 누가 알아주지도 않는데 멀 쓰요. 이따가 괴기 부리그든 얼매나 괄시받는지 봐두소. 그기 흥미있을 끼요.”

선장 권시우는 그렇게 말하고 곧장 돌아설 기세였으나 잠시 뒤 박상기를 흘끗 돌아보고 나서 한조한테 다시 말을 걸어 주었다.

“날씨도 추분데 기다리게 해서 미안하요, 기자 선생.”

“어디 좀 들어가 앉을 데가 없겠죠?”

라고 한조가 박상기한테 물은 건 얼마나 사정을 모르고 던진 질문이었던가.

“아이요. 난 그럴 시간이 엄소.”

“숙소로 가셔야지요?”

“오징얼 하역해야 하요, 막바로.”

“선장님이 직접 말입니까?”

“기자 선생, 뱃눔 사정을 너무 모르는구만. 선원 열여섯 눔들은 내보다 더 지치 있소.”

“풍랑을 만나셨단 얘긴 들었습니다.”

“조업한근 단 5일뿐이고 가는 데 하루 오는 데 하루, 나머진 모다 파도에 밀리다녔소. 인제 알 만하요, 얼매나 고상했는지?”

“어획은 만선입니까?”

“3천 상자? 그랬으만 얼매나 좋겠소. 이따 보만 알끼요.”

선장 권시우는 말하기 바쁘게 광성호 쪽으로 걸어갔다.

숙련된 몸짓들에 의해 오징어 상자들이 부려졌는데도 하역 작업은 거의 세 시간이나 계속되었다. 하역이 끝나자 동시에 통금이 풀렸다.

20마리씩 챙겨 넣은 오징어 상자는 모두 564상자. 1만 1천 200마리 남짓이라면 6만 마리 만선에 너무도 저조한 실적이 아니랴. 한조는 선장이 파김치같이 피로한 이유를 알 만했다.

박상기가 쌓아논 상자 옆에 서서 말했다.

"이건 꼭 좀 써주세요. 꽁치, 오징어, 명태철에 어로 저지선을 못 넘어요. 38도 30부를 못 넘게 해요. 3마일만 더 넓혀 33부까지 북상시켜도 황금 어장을 눈앞에 두고 돌아서는 안타까움은 좀 덜 텐데 말예요."

"그래요?"

"예사로 들으시는데, 그러시지 말고 메모해 두세요."

한조는 얼른 수첩을 꺼내 들고 38도 33부라고 적어 넣었다. 그리고 위장 신분이 드러나지 않도록 하기 위해선 한마디 더 묻지 않을 수 없었다.

"그 밖에 또 애로 사항은 없습니까?"

"어디 애로 사항이 한두 가집니까. 차츰 말씀드리죠. 우선 보세요."

위판장 부두에 여기저기 생선 상자들이 산더미처럼 쌓여 올라갔다. 오징어, 꽁치, 노가리, 명태, 새우…… 그리고 어디서 나타났는지 점퍼나 털파카의 단추를 목 밑까지 모조리 끼운 모습의 사내들이 꾸역꾸역 몰려들기 시작하더니 왁자지껄 떠들어 젖혔다. 생선 상자 무더기 사이사이가 그들로 빈틈없이 메워졌다.

곧 경매가 시작됐다. 박상기가 상식적인 설명을 붙이고 있었다.

"중매인들이죠. 백만 원을 보증금으로 내고 400만 원 이상 되는 재산을 담보 잡혀 입찰 참가 자격을 얻은 돈 많은 상인들예요. 이곳 묵호에만도 이런 중매인들이 마흔다섯 명이나 돼죠."

"어부들이 직접 생선을 팔 수 있으면 더 좋을 텐데."

하는 한조의 시치미를 뗀 물음에 박상기가 펄쩍 뛰었다.

"생선값을 누가 정합니까. 생선은 크기도 크기지만 선도가 생명인데 중매인들만이 그걸 귀신같이 가려내거든요. 오죽하면 그 날카롭고 매서운 눈을 매눈이라고 하겠어요."

매눈이라고요, 하며 한조는 그 말도 수첩에 적어 넣었다. 박상기가 얼른 덧붙여 설명했다.

"오랜 경험으로 얻은 눈매죠. 선원, 선주, 상인 모두 그들의 결정에 절대 복종이지요."

그때 누군가 다가와서 말했다.

"저기 가보시오. 댁네 오징어가 경매에 붙으려 하고 있는 것 같은데."

박상기가 후닥닥 놀란 몸짓으로 뛰어갔다.

광성호의 물오징어 564상자는 300만 원도 안 되는 280만 원에 낙찰이 되었다. 크기를 무시하고 마리당 값을 평균 잡는다면 248원. 박상기가 즉각 원가 계산을 해보이고 있었다.

30톤급 어선을 몰고 독도 근해까지 열흘을 출어하자면 경유 16드럼, 쌀 두 가마, 17명 부식비, 프로판 가스, 선원 수당 등을 합해 아무리 줄여 잡아도 백만 원은 든다는 것. 거기다 상자대, 얼음값, 경매 위탁 수수료를 또 지불하면 입항료 세금 부담은 생각 않고도 밑가는 판에 풍랑을 만나 광성호는 귀항 예정일을 닷새나 늦게 돌아오지 않았느냐는 것.

"이제 어부들이 7, 8백만 원짜리 꽁치 자망도 내팽개치고 배를 부두에 묶어 놓는 이율 아실 만하죠?"

"이번에 광성호 선원들은 얼마쯤 받게 되나요, 수당으로?"

"우리 회사하고 45 대 55로 갈라 먹으니 한번 계산해 보시죠."

"선주 쪽이 물론 55겠죠?"

"그렇죠."

"그럼 생활급도 안 되겠군요."

"말씀 아닌 실정이죠. 너무 수당이 적어 우리 광성호도 36명이 승선 정원인데 16명만 타고 갔다 온 거예요."
"혹시 배 탈 사람이 없어선 아닌가요?"
"그 점도 없진 않아요. 이곳도 인력난예요, 사실. 살 수가 없다면서 모두 떠나요. 뿔뿔이 흩어져 버려 출어하자면 어떻게 선원을 확보하냐 하는 게 그중 고민이거든요."
"요긴한 얘기 많이 들었습니다. 수고 많았습니다, 밤새."
한조는 헤어지기 위해 손을 내밀었다.
"아직도 드릴 말씀이 많은데요."
"하십시오."
"이곳 산지에서 10원하는 꽁치가 기자 선생 계시는 서울 소매상한테 가면 얼마나 가는지 아세요?"
"얼마나 갑니까?"
"백 원으로 사잡수실 거예요."
"아까 경매되는 데 보니 10원은 아니던데요. 마리당 12원씩 먹히는 것 같던데요."
"글쎄요, 그게 최종소비자한테 가면 백 원도 넘는단 말씀이에요."
"그런 건 어떻게 안 될까요?"
하고 한조는 되물었다. 그런 어마어마한 중간 이익을 뜯어 먹을 길이 좀 없을까 하는 자문일 뿐이었다. 그런데도 박상기는 즉각 주장했다.
"오로지 언론에서 떠들어 주시기에 달렸죠. 시간 있으시면 이따가 오늘 우리가 넘긴 오징어 어떻게 도시로 반출돼 가는지 한번 추적해 보세요. 제 얘기 실감날 겁니다."
"그러잖아도 반출상 알아뒀지요. 주문진상회 주인이라더군요."
"묵호에선 제일 현금이 많은 실력자죠."
"그런가요?"
"그 홍영환이란 사람 뒤에 누가 있는지 아세요?"

"누가 있습니까?"

박상기는 잠시 말하기를 꺼리듯 망설였다. 하지만 잠시 뜸을 들인 끝에 전제부터 달았다. 이건 신문에 쓰지 않는다는 약속을 해주세요 하고.

"약속하죠."

"서울에 있는 어마어마한 거상하고 손이 닿아 있어요. 흥양기업이라는. 제 말이 거짓말인지 주문진상회에 한번 앉아 계셔 보세요. 쉴새없이 서울과 암호 전화를 주고받는 걸 보실 거예요."

한조는 말없이 고개를 주억거렸다. 박상기가 그러고 있는 그에게 손을 내밀었다.

"바쁘실 테니 이제 가봐야겠군요. 도움이 되셨는지 모르겠습니다."

아직 어둠의 두께가 너무 두꺼웠다. 부두를 벗어나자 마치 웅크리고 그를 기다리기라도 했듯이 갑자기 검은 어둠이 그의 눈앞을 막아섰다. 한조는 어둠 속을 응시하고 서서 잠깐만이라도 어디 가서 눈을 붙여야겠다는 생각을 했다.

"잠시 쉬러 안 가시겠어요?"

그의 마음을 꿰뚫어보고 있는 것 같은 그런 말이 가까이에서 불쑥 튀어나왔다. 어둠을 헤치고 자세히 들여다보자 그의 코앞에 더벅머리 사내 아이 하나가 다가와 있었다.

"색시 있니?"

한조는 묻고 나서 뜻하지 않은 자신의 물음에 스스로 놀랐다. 사내 아이가 달려들어 그의 팔을 끌었다.

"아저씨, 진짜예요? 제 얘기대로 하시겠어요?"

"어떻게?"

"제 말대로 하시면, 와아 이런 일도 있나 하시게 돼요."

"이 자식이 왜 이렇게 허풍이 세."

"풍이 아네요, 아저씨. 바로 어젯밤에 막차 타고 온 여자가 있단 말예요. 밤새 울어 눈이 퉁퉁 부어 있다니까요."

"나더러 우는 여자 달래란 말야, 새벽부터?"

"에이, 손님 왜 이렇게 형광등이실까. 아직 딱지도 안 뗀 여자다 그 말예요. 이제 이해가 가세요?"

"알았다. 너 여기 꼼짝 말고 서 있어. 공중전화통 어디 있니?"

"전환 왜요?"

"여자 딱지 떼고 가겠다는 보고는 해야 할 거 아냐."

"누구한테요?"

"왕초한테."

"알겠어요. 가시겠다, 이거죠. 가세요. 하지만 후회하실걸요."

"아냐, 임마. 공중전화통 안 가르쳐 주면 너를 따라가고 싶어도 못 가."

"그렇게 말씀 안 하셔도 돼요. 가시려거든 가세요."

"이 녀석 속아만 살아 왔나, 왜 이래?"

한조는 말을 흘리면서 사내 아이와 멀어져 갔다. 서울을 떠날 때 조 전무는 낙찰된 고기가 즉각 트럭에 실려 서울로 떠나는 것이 보통이므로 기회를 잃지 말고 추적해야 돌아와서 금방 들통날 거짓말을 안하게 될 거라고 하지 않았던가.

몇 발짝 떼놓던 사내 아이가 뒤에서 소리쳤다.

"왼켠으로 돌아가 보세요. 공중전화 박스 두 개가 나란히 서 있을 거예요."

한조가 그래도 대답을 않자 아이는 재차 소리치고 있었다.

"전화하곤 꼭 돌아오시는 거죠? 여기서 기다리고 있을게요."

곧이어 '알았죠' 하는 다짐 소리도 꼭두새벽 찬공기를 뚫고 찌렁 울렸다.

"알았어, 오 분만 기다려."

그러나 한조는 소리내어 말은 않은 채 왼쪽 길로 꺾어져 들었다. 부스 안이 너무 어두워 건설소장 고현상의 하숙집 전화번호 적어 논 것을 뜯어 읽을 길이 없었다. 담배를 태우지 않으므로 성냥곽도 없는 판에……

그러나 마침내 기억의 힘을 빌려 고현상의 하숙집을 불러냈을 때 여자의 목소리는 고현상이 통금 해제와 함께 집을 나갔다는 것이 아닌가.

"어디로요?"

"글쎄요."

한조가 하는 수 없이 혼자 주문진상회에 도착했을 때 고현상은 뜻밖에도 형광등이 켜진 상회 주인 홍영환의 사무실에 앉아 있었다. 깜빡 졸고 있었는지 한조가 가게를 거쳐 사무실 문을 열자 고현상이 펄쩍 놀라는 몸짓을 했다.

"소장님이 여길 어떻게 오셨지요?"

"아아 네, 나 선생님이 일로 오실 거라고 해서……."

"누가 그럽디까? 제가 전활 하기로 한 게 아닙니까?"

"전 다 알고 있지요."

한조는 무슨 대답이 나오는지 보기 위해 재빨리 되물었다.

"알고 계시다니 무슨 애깁니까?"

"경매가 끝났다면서 방어진수산 젊은이가 전화를 했더군요. 광성호 오징어가 이 가게 홍 사장한테로 넘어갔는데 서울에서 내려온 기자님이 일로 가신다면서 헤어졌다구요."

"그 친구가 소장님 하숙집 전화번홀 다 알고 있습니까?"

"네, 어제, 나 선생님을 소개하면서 알려줬었죠."

"소장님 저한테 너무 세심하게 신경을 써주셔서 부담이 큰데요."

한조는 홍영환이란 사내 뒤에 홍양물산이 있다는 사실을 왜 말하지 않았느냔 애긴 하지 않았다. 그는 다만 본사의 지시에 따라 움직

이고 있을 것이므로 그것도 꼭두새벽부터 이 가게에 등장한 걸 보면
본사의 조 전무나 누구로부터 그의 존재에 대한 무슨 귀띔까지 듣고
있는지 몰랐다.

어색한 표정을 수습 못해하며 담배 개비에 불을 붙이고 있는 고현
상을 돌아보며 한조가 다 아는 애길 물었다.

"이렇게 일찍 무슨 일이 일어납니까?"

"가보시겠습니까? 홍 사장이 오징어를 싣고 있는데요."

"왜 진작 얘기해 주시지 않고……."

"생선 상자 싣는 거야 볼 만한 일도 아니잖습니까."

"벌써 다 실어 버리지 않았을까요?"

고현상은 홍 사장의 서울측 연락원이 전날 전화로 서울 노량진 어
시장의 오징어 시세가 뜻밖에 873원까지 떨어져 킬로당 1천 69원에
사들인 한차분을 올려 보낸 그가 70만 원 가까운 손해를 봤다는 연
락을 받고 그날 올려 보내야 할지, 아니면 이곳 수협 냉동창고에 넣
어 두었다가 다음날 보내야 할지 여태 망설이고 있었으므로 아직 다
싣진 못했을 거라고 했다.

"망설이다가 보내기로 결정을 내렸군요?"

"아마 새벽에 서울서 연락이 온 모양이지요."

"어떻게요?"

"보내랬기에 싣겠죠."

고현상이 말하는 서울측 연락원이란 바로 홍양물산이 아니랴. 한
조는 홍양의 놀랍고도 빈틈없는 조직망에 새삼 감탄했다. 적어도 묵
호뿐만이 아니고 전국의 모든 어항에 손을 뻗쳐 거미줄 같은 현지
중매인망을 짜놓고 있음을 상상하기에 어렵지 않았기 때문이다.

한조는 사무실을 나서며 고현상에게 넌지시 떠보았다.

"홍 사장이란 사람 돈 많아 뵈던데요."

"대단한 재력을 가졌죠."

하고 고현상이 서슴없이 대답했다.

“자기 자본인가요 ? ”

“산지 상인들 자기 재력으로 뛰는 사람 별로 없지, 아마요. ”

그들은 그렇게 어둠이 깔린 길로 나서다 말고 마침 가게로 들어서는 홍영환과 마주쳤다.

“아니, 벌써 적재가 끝났나요 ? ”

하고 고현상이 놀란 목소리를 내자 홍영환이 장갑을 벗어 들며 대답했다.

“까짓 얼마 돼서. 2천 상자밖에 더 되우. ”

그들은 홍영환을 뒤따라온 낯선 세 사내와 함께 홍의 사무실로 되돌아 들어갔다. 그러곤 자리에 앉기 바쁘게 고현상이 한조를 홍에게 소개했다. 이분이 서울 어업신문에서 취재차 내려온…… 하는 투로.

이 얼마나 우스꽝스런 숨바꼭질인가. 홍이 흥양물산의 꼭두각시에 지나지 않는다는 사실을 알면서도, 그리고 그가 흥양에서 왔다는 것을 알면서도 서로 시치미를 떼고 손을 잡아 흔드는──

아니었다. 홍은 그의 신분에 대해 정말 업계 신문기자인 줄로만 알지도 몰랐다. 서울 흥양에서 사람이 내려왔다면 마치 감시받는 느낌이 들어 기분 나빠할 위험이 있으니 흥양 쪽에선 그의 존재를 밝히지 않았을지도 모르지 않는가. 실제로 홍은 그에게 이렇게 물었으니까.

“뭘 취재하러 온 겁니까 ? ”

“네, 이것저것 아무거나요. 그러잖아도 아까 광성호 오징어를 사셨을 때 이 상회 어느 분한텐가 말씀드렸었는데요. 유통 과정에 대한 취재에 좀 협조를 부탁한다고. ”

그때 젊은 사내 하나가 나섰다.

“그게 바로 전데요, 부두에서 애기한. ”

“그런가요. 어두운 데서 봐서 알아보지 못했군요. ”

홍이 듬직한 목소리를 과장하고 다시 말했다.

"그러니까 유통 과정에 관심이 있으시구면, 선생은?"

"관심이 아니라 취재 대상이죠."

"그럼 우리 오징어 트럭은 벌써 떠났을 텐데 따라가 봐야잖겠소?"

"아직 출발은 안 했습니다, 사장님."

하고 한조와 부두에서 만났다는 사내가 대답하고 있었다. 바로 그가 나중에 한조에게 설명해 주었다.

묵호에서 서울까지 생선을 운송하자면 상자당 가격으로 우선 상자에 넣고 상하차하는 데 35원, 상자값 187원, 얼음값 70원, 자동차 운임 150원 등을 합해 상자당 440원, 거기다 서울 노량진 공판장에 무는 경매 위탁 수수료, 다음날 아침까지 넣어 놓아야 할 냉동창고 사용료 등을 합치면 한 상자에 1천 600원 꼴은 너끈히 치인다는 것.

그들이 얘기를 하고 있는 동안에 서울에서 전화가 걸려와 홍영환의 고함치는 소리가 들렸다.

"어, 어, 그쪽 날씨가 어떻다고? 여긴 비가 오느냐고?"

그건 시세나 생선 반입량을 말하는 암호임에 틀림없었다.

"그럼 날씨가 좋다면 오늘 올라갈까? 서둘지는 말라고? 우산은? 필요 없다 이거지. 어디로 가? 자네 회사로 찾아갈까, 집으로 갈까?"

저쪽에서 지시하고 있는 상대는 누구일까 하고 한조는 상상해 보았다. 수산부장 김영무일까, 아니면 차장 전수형일까. 적어도 유능하고 부지런한 부하들을 두고 조건재나 그런 사람이 새벽부터 전화를 거느니 하지는 않을 게 아닌가.

홍은 전화를 끊고 나서 부하 직원들에게 지시했다.

"노량진으로 바로 가지 말고……."

“알았습니다.”
“알지, 사당동？”
“압니다.”
“그쪽으로.”
홍영환은 한시름 놓은 듯 하품을 하며 늘어지게 기지개를 켰다.

서울로 돌아온 한조는 이욱형 씨를 만나기 전에 수산부로 가서 김영무부터 먼저 만났다. 김영무는 눈꼬리가 약간 위로 찢어져 첫인상이 어딘가 위험인물을 느끼게 하지만 그동안 지내면서 됨됨이를 보자 그렇지만도 않았기 때문이다.

꼭 전쟁하듯 하는 새벽부터 정오까지의 그를 보면 오로지 그 일을 위해 태어났고 그것에서만 보람을 느끼는 것처럼 그는 온 정력을 남김없이 쏟고 있었다. 그리고 처음 얼마 동안 사사건건 신경을 날카롭게 세우던 그에 대한 경계심도 곧 청산되어서 너무 바쁘게 돌아가는 그에 비해 한가하게 도서실이나 드나드는 것이 민망하여 한조가 더러 그런 뜻을 말하면 김영무는 바쁜 중에도 미소를 띤 얼굴로 말상대가 되어 주곤 했다.

—저녁에 무슨 약속 없으면 한잔 하십시다. 오늘은 아주 멋지게 해치웠거든요. 삼성상사 수산부가 케이옵니다.

—그 회사가 제일 강적이라고 하잖았어요？

—그럼요. 악발이들만 모였죠.

—기분 존데요.

—좋다 마답니까.

그렇잖아도 한조에겐 다섯 살이나 나이가 위일 뿐 아니라 어쨌든 그가 책상을 수산부에 놓고 있는 한 출장 보고를 먼저 해야 할 사람은 김영무라고 그는 생각하지 않을 수 없었다. 설령 그에 대한 김영무의 태도가 바뀐 데는 그의 반편 같은 처신이 주효했던 것인지 모른다 해도.

마침 전화 수화기를 내려놓는 참이던 김영무가 벌떡 일어나 악수부터 청했다.

"수고하셨습니다. 밤을 홀딱 새우셨다면서요."

김영무의 이런 대꾸는 벌써 그의 묵호에서의 행적에 대한 보고가 이미 회사에 들어와 있음을 뜻하지 않는가. 한조는 그런 김영무의 말에 걸맞는 거짓말 한마디를 덧붙여 두었다.

"주문진상회 홍 사장이 부장님한테 안부 전하십디다."

그러나 김영무로부터 미처 대답을 듣기도 전에 조 전무가 수산부 사무실에 불쑥 들어섰다.

조 전무가 놀란 듯이 소리쳤다.

"아니, 언제 돌아왔소?"

"지금 막 들어서시는군요."

하고 김영무가 대신 대답하는 동안에도 조 전무가 한조를 아래위로 찬찬히 훑어봤다.

"눈이 쑥 들어갔군. 수고했어요."

"부장님 뵙고 막 보고드리러 찾아뵐 참이었는데요."

한조는 자신이 쓸데없이 시간을 끌고 있지 않았음을 밝히기 위해선 그렇게 말하지 않을 수 없었다.

"아, 좋아요. 돌아올 시간은 됐는데 하고 기다리긴 했지만. 사장님도 기다리고 있고."

"곧 가겠습니다."

"지금 가지 뭘, 김 부장도 같이 가자구."

한조는 두 사나이와 함께 수산부를 나와 사장실로 갔다. 가는 동안 한조는 묵호를 떠난 오징어 두 트럭에 대해 물었는데 전무가 무슨 뜻인지 그의 질문을 깔아뭉개지 않는가.

"그까짓 오징어 두 트럭의 행방을 여기서 다 파악할 수 있어요?

노량진서 하루 거래되는 생선이 얼마나 되는지 알우. 자그마치 십만 톤이라구. 2백 50억 원어치. 8톤 트럭에 실어도 1만 2천 5백 대분이나 된다 이거야."
"그래서 제가 묵호 다녀온 건 그냥 놀러 보낸 거다 그 말씀인가요?"
하고 한조는 어딘가 화가 묻은 목소리로 되물었다. 김영무가 조건재를 앞질러 얼른 대답했다.
"오징어 도착했습니다. 벌써 냉동창고에 들어갔지요."
"그게 어디 우리 꺼야."
알고 보니 전무가 딴전을 피운 이유는 바로 거기 있었다. 한조는 적개심으로 어금니를 악물었다. 주문진상회와 관련없는 것처럼 속이려 들다니.
화가 나 있어선지 사장실로 들어서는 한조의 표정은 눈에 띄게 일그러져 있었다. 이욱형 씨가 소파에 앉은 채로 쳐다봤다.
"고단해서 그런가 꼭 화난 거 같다, 나군."
"보고가 늦었습니다."
한조는 냉랭한 목소리로 말하고 나서 소파 등받이 뒤로 가서 섰다. 조 전무가 자리에 앉고 이욱형 씨가 그와 수산부장을 쳐다보며 앉으라는 시늉을 해보였다. 그러곤 그가 건너편 자리에 앉기를 기다려 말했다.
"구경가라 칸 긴데 보고할 끼 머 있을꼬?"
"돌아왔다는 보고 말씀입니다."
"볼 만하드나, 그래?"
"사람들이 잠을 안 자더군요."
"뱃놈의 인생이 그리 고달픈기라."
"그래도 동정하진 않았습니다. 그리고 겉만 봐선 마치 신바람이 나서 잠이 오지 않는 사람들같이 보일 위험도 있더군요."

“나군 말재주 쎄대이, 인제 보이.”

“산지 생선값과 최종 소비자 가격 사이가 너무 거리가 먼 데 그곳 사람들은 화가 나 있었습니다.”

“그래서 나군도 지금 화가 나 있는 기가?”

“전 화나 있지 않습니다. 말씀하신 것처럼 약간 피곤하긴 합니다만.”

“나군은 그 사람들 불평에 대해 으떻게 생각하노?”

“그것도 저로선 동정할 입장이 아니라고 생각했습니다.”

“누가 하고?”

“글쎄요.”

“우쨌든 잘 갔다왔다. 우리 점심이나 묵으로 가자.”

식당에 앉아 이욱형 씨는 무슨 뜻인지 잘 다녀왔다는 말을 되풀이하고 싶어했다. 그러곤 긴 나무젓가락 끝에 회친 생선 토막을 집어 들고 중얼거렸다.

“이것들이 식탁에 오르기까지…….”

그러기까지의 과정을 자신은 얼마나 즐기고 있는가 하는 뜻은 설마 아닐 테지. 한조는 또다시 부아가 스르르 끓어오르는 것을 느꼈다. 거대한 재력으로 전국의 어항들을 빈틈없이 장악하고는 그것의 중간 마진을 단계마다에서 골고루 긁고 있는 것은 스스로에겐 얼마나 기분 좋은 일이랴. 그러면서도 전무는 그가 그런 조직망에 대해 눈치채는 걸 두려워한 게 분명하다면, 그에게 왜 수산부를 맡기려 했을까.

한조는 회사로 돌아오자마자 수산부장 김영무한테 물었다.

“주문진상회 같은 산지 위판장 중매인 겸 반출상이 몇이나 됩니까?”

“굉장히 많잖을까요?”

“우리 회사 소속으로 말입니다.”

“여섯 명이죠. 모두가 소속은 아니고 네 사람한텐 자금을 대주고
있죠, 우리 사장님이. 여러 군데 어촌계 조직도 우리는 갖고 있구
요.”
“우리 회사 어선은 몇 척이나 되구요 ?”
“원양 트롤 어선이 세 척, 가공 시설을 갖춘 모선과 냉동선 등 부
속선을 거느린 공선어업 체제가 돼 있죠. 연근해 어업으론 95톤
짜리 대형 기선저인망 두 척, 10톤 이하 안강망, 유자망 배 일곱
척이 있구요.”
“도대체 가늠도 안 가는군요, 수산부 규모가.”
“이른바 수산시장 5대 대물 중의 하나라고들 하잖습니까, 우리 사
장님을.”
“그 가운데 첫쨉니까 ?”
“자금 동원 능력으로 보면 첫째라고 해야 될 거구요, 규모로는 삼
성상사가 더 클지 모르죠.”
한조는 자기도 모르게 한숨을 깨물었다.

　　12월은 주요 어족 성어기.
　　경기 충남 해안 : 대구.
　　전북 해안 : 대구 숭어.
　　전남 해안 : 대구.
　　경남 해안 : 삼치 대구 상어 준치 가자미 방어.
　　경북 해안 : 대구 넙치 가자미 방어.
　　강원 해안 : 명태 대구 도루묵.

　한조는 오후의 도서실에 앉아 책장을 넘기고 있었지만 아무것도
머리에 들어오지 않았다. 5대 거상(巨商) 가운데 하나라던 김영무
의 말도 머릿속을 맴돌고, 서울에 도착하자마자 박시대한테 전화를

했던 일도 그는 되떠올려보고 있었다. 우제정이 찾아왔던 사건말고
는 아무 일도 없었다고 박시대는 말했지.

영하 16도의 성급한 추위를 뚫고 우제정은 무슨 일로 사무실까지
찾아왔었을까.

한조는 대동증권으로 전화를 해봐야겠다는 생각을 하면서 도서실
입구로 걸어 나갔다. 그러나 그가 수화기를 들기도 전에 인터폰 벨
이 먼저 울리기 시작했다.

그리고 작은 책상 앞에 앉아 하루 종일 뜨개질에만 열중인 임양이
뜻밖에도 인터폰 수화기를 그에게로 넘겼다.

"뭐야?"

"사장님이세요."

수화기를 받아 들자 이욱형 씨의 굵고 갈라지는 목소리가 흘러 나
왔다.

"나군 내 방으로 좀 오이라."

한조는 수화기를 임양한테 넘겨 주면서 우제정한테 전화부터 하
고 갈 것인지 잠시 생각했다. 그러나 그만두기로 하고 대신 임양한
테 한마디 던졌다.

"그물 짜는 거냐?"

"오머머, 이게 그물루 보이세요?"

"책 속에 파묻혀 책은 안 읽고."

"여기 있는 책 하나두 재미있는 게 없어요. 맨 물고기들 애기뿐이
잖아요."

"그런 책들만 봐서 내 눈엔 그게 어망처럼 뵌 모양이다."

한조는 말을 흘리며 도서실 출입문을 밀었다.

이욱형 사장은 한조가 들어서자 자기 책상 앞을 떠나 중역회의용
의 긴 장방형 탁자 쪽으로 걸어갔다.

"이리 앉거라."

정교한 장식이 된 의자들이 양쪽으로 다섯 개씩 놓여 있고 탁자 머리에 등이 높은 사장 의자가 그것들을 압도하듯이 놓여 있었다.

이욱형 씨가 중역석의 걸상 하나를 뽑고 엉덩이를 앉혔다. 한조는 맞은편에 자리를 잡고 앉으며 사장의 눈길을 노려봤다.

"나군, 아깨 왜 화가 났었노?"

한조는 너무나 예상 밖의 질문에 잠시 말문이 막혔다. 그러나 지체없이 말했다.

"화난 일 없습니다."

"거짓말이다. 꼭 어뜬 기집년인데 바람맞은 얼굴 같드라."

"여자라면 막차로 금방 도착한 진짜가 하나 있다는 말은 들었습니다." 하고 한조는 약간 웃음을 띠고 말했다. "녀석 말대로 하면 딱지도 안 뗐다는 거지요."

"그른데……."

"그만뒀지요."

"와? 시간이 엄서서?"

"밤새 고향 생각을 하며 울었다고 해서요."

"하는 소리겠지."

"그렇겠죠."

"마침 주문진상회 홍영환일 만났다 캤나?"

"네, 그렇습니다. 하지만 사장님이 그 사람을 어떻게 아십니까?"

순간 이욱형 씨의 얼굴이 갑자기 실룩거리기 시작했다. 그러곤 실룩거리던 얼굴이 차츰 제모습으로 돌아오면서 회심의 미소 같은 것이 엷게 번져 나갔다. 한조를 긴장시키기에 충분한 그런 표정의 변화를 이욱형 씨는 일으키고 있었다.

이윽고 그가 입을 열었다.

"나군 솔직하지 몬하다."

"무슨 말씀이십니까?"

"화나지 안 했다꼬 안 했나."

"그게 뭐 그렇게 중요합니까?"

"중요하지러. 나군은 화가 났었그든. 홍영환이가 우리 히사 사람인데 아인 것처름 속이려 한 기 기분 나빠 얼굴이 뻘개져 있었는 기라."

"제가 설령 그랬었다 해도 사장님께선 그런 것까지 어떻게 아셨습니까?"

"내가 그름 그른 것 하나 눈치 못 채릴 줄 알았나."

"아니죠. 주문진상회 관겐 줄은 알 수가 없으시죠."

"먼가 이상하다 싶어 오후에 수산부장을 안 불렀드나. 그랬드이 나군은 이미 알고 돌아온 것 같은데 전무가, 그 맹꽁이 그튼 작자가 잡아떼드라 안 카나. 옳지, 나군이 보통 화난 기 아이구나 했다."

"사장님도 저한테 말씀 안 해 주신 게 있죠."

"신문기자로 맹근 거 말이가? 그기야 그래야 파악하러 댕기기 좋으라꼬 한 거 아이가. 나군 덜 애쓰고 댕기라고 도와준 긴데 무신 소리고. 그것도 기분 나쁘드나?"

"당황했죠, 처음엔."

"우쨌든 나군, 그 빠른 머리로 홍영환이가 누군지 딱 보고 안 걸 아인 것처름 말한 전무가 한심한 인간 아이가."

"사원한테 회사 사정을 너무 깊이 알리고 싶지 않으셨던 건 경영진으로서 당연한 태도죠."

"무신 소릴. 내가 나군인데 수산부를 매낄 방침이라는 거 알믄서 그걸 비밀로 냉기 놓는단 말가."

이욱형 씨는 역정을 내듯이 내뱉고 나서 정말 화가 난 것처럼 얼굴을 일그러뜨렸다.

"말이 난 김에 한 가지 더 말해 두꾸마. 말했던 대로 수산부를 독립시켜 홍양수산을 설립하기로 했다. 중역회의 결의로 벌써 등기 수속 중이다. 늦어도 다음달엔 끝날 낀데, 나군 그만하믄 대강 업무 파악이 됐을 끼고 그걸 좀 맡아 도고 하는 얘기다.”

이욱형 씨는 그가 미처 뭐라고 대답할 겨를도 없이 새 회사 사장엔 지금의 전무 조건재를 앉히고 상무로는 수산부장 김영무를 기용할 방침이라는 말까지 했다.

언젠가 그에게 책임자 자리를 주겠다고 했을 뿐 아니라 방금도 ‘맡아 달라’는 표현을 쓴 탓인지, 한조는 잠깐 동안이나마 사장이 그가 아닌 조건재라는 말에 울컥 섭섭한 느낌이 없지 않았다. 결국 그에게 맡아 달라는 자리는 전무이사란 직함이 아니랴.

“절 잘못 보시고 하시는 말씀입니다. 전 수산에 관한 한 아직 아무것도 모릅니다.”

라는 한조의 말을 이욱형 씨는 오로지 서운함을 나타낸 말로만 이해한 것일까.

“사내 인화를 생각해서 건재를 당분간 앉혀 놓을라 칸다. 그르이 사장은 이름뿐인 허재비고 나군이 전무가 되어 운영해 도고 그 말이다.”

하고 이욱형 씨는 마치 위로하듯 하는 말을 했다. 그리고 그의 말문을 막고 대화를 마감해 버렸다.

“그쯤 알고 그 문제는 그만 얘기하자.”

“하지만 사장님……. ”

“나군 은제 바도 그 앵경 어울린대이.”

“이거 도수도 없는 안경인데요.”

“그래도 계속 쓰고 댕기라. 자, 가봐라, 나군.”

한조는 자리를 일어서는 수밖에 없었다. 사장실 입구로 걸어가는 그의 뒤통수에다 대고 이욱형 씨는 느닷없이 이런 말도 던졌다.

“한조실업은 잘돼나, 나군 ?”